grafit

So einen schrecklichen Tatort haben Psychologin Daniela Ellinger und Kommissar Oliver Busch noch nie gesehen: Kopfüber hängen drei Leichen von der Wohnzimmerdecke. Vater, Mutter und der älteste Sohn wurden auf bestialische Weise getötet. Die Spurenlage ist eindeutig – der sechzehnjährige Marvin, das vierte Familienmitglied, ist der Täter. Aber was war sein Motiv, und wie konnte er die Morde allein ausführen?

Die Psychologin und der Polizist sollen den Fall eigentlich gerichtsfertig abschließen, doch sie fördern Unglaubliches zutage: Jeder, der die Familie gekannt hat, hat sie gehasst. Kann Marvin am Ende vor Gericht gestellt werden?

Ein noch nie da gewesenes Setting, eine ungewöhnliche Erzählweise und eine Überraschung nach der anderen – atemlos spannend!

Chemnitzer Str. 31, 44139 Dortmund
Internet: http://www.grafit.de
E-Mail: info@grafit.de

Druck und Bindearbeiten: CPI – Clausen & Bosse, Leck
ISBN 978-3-89425-412-4
1. 2. 3. 4. 5. / 2014 2013 2012

Sebastian Stammsen

Endlich sind sie tot!

Kriminalroman

grafit

Der Autor

Sebastian Stammsen, geboren 1976 am Niederrhein, studierte Psychologie. Er lebt mit seiner Frau und zwei Kindern in Tönisvorst.

Schon mit seinen ersten beiden Krimis um das sympathische Krefelder Ermittlerduo Markus Wegener und Nina Gerling konnte der Autor eine breite Fangemeinde gewinnen. Nun schickt er mit *Endlich sind sie tot!* zwei neue Ermittler aufs Krimiparkett, die ein alles andere als harmonisches Team bilden.

www.sebastian-stammsen.de

Für Stefanie in Liebe

Mittwoch

1

Daniela

Blut. An der Wand, an der Wohnzimmertür, auf dem Sofa und dem Boden. Überall war Blut. Wir fanden kaum einen freien Platz für unsere Füße. Flüssiges Glänzen, schwarzrote Lachen, trockenes Braun. Spritzer, Tropfen, Rinnsale, Schlieren, Pfützen. In welcher Form auch immer, Blut und noch mehr Blut.

Noch schlimmer als der Anblick war der Geruch, denn ihm konnten wir nicht entgehen. Er schwängerte die Luft, die uns umgab, und bedrängte uns von allen Seiten. Obwohl wir es nicht wollten, nahmen wir ihn mit jedem Atemzug in unsere Lungen auf und ließen ihn uns durchdringen. Würden ihn in unserer Kleidung und auf unserer Haut nach draußen tragen und auch dann noch nach Tod und Verwesung riechen, wenn wir diesen Tatort schon lange verlassen hatten.

Zuerst kam der Schock. Danach folgte Angst in Begleitung von Ekel. Und als ich wirklich verstand, was ich hier sah, breitete sich das Grauen in mir aus.

Ein Spießrutenlauf war nichts gegen den Slalom, den wir durch das Wohnzimmer absolvierten. Immer darauf bedacht, mit unseren Überziehschuhen keine wertvollen Spuren zu verwischen, verrenkten wir Arme und Beine, machten präzise Schritte und Sprünge. Durch mein enges Kostüm und die furchtbar unförmigen Latschen unter der sterilen Schutzkleidung fielen meine Bewegungen alles andere als grazil aus. Das Grauen war inzwischen zu einem aufdringlichen Begleiter geworden, den ich auch durch die wildesten Verrenkungen nicht mehr loswerden konnte.

Als wir schließlich den Raum durchquert hatten, fanden wir vor einer dekorativen Kaminimitation ein trockenes Plätzchen und atmeten tief durch. Keine gute Idee. Ich musste würgen, atmete flach durch den Mund weiter und drehte dem Raum den Rücken zu.

Reinhold folgte meinem Blick zur Wand und stellte nüchtern fest: »Hier muss ein Künstler wohnen.« Der Erste Kriminalhauptkommissar Reinhold Bühler war der Leiter des Kommissariats 11 der Kriminalpolizei Krefeld und praktisch mein Auftraggeber. Er deutete auf ein großformatiges Bild über dem Kamin.

Ich beugte mich näher heran und wagte es, etwas tiefer einzuatmen. »Öl«, sagte ich dann fachkundig. Ich bin Dr. Daniela Ellinger, Psychotherapeutin in Krefeld. Manchmal berate ich die Polizei in besonderen Fällen. Dies war ohne jeden Zweifel so ein besonderer Fall. Und es war das erste Mal, dass ich aus meiner Praxis direkt an einen Kriegsschauplatz gerufen worden war, den die Polizei verharmlosend ›Tatort‹ nannte.

Reinhold fragte mit Blick auf das Meisterwerk über dem Kamin betont interessiert: »Kennst du dich damit aus?«

Ich erklärte verkrampft: »Das Bild kann nicht sehr alt sein. Die Farbe ist noch nicht vollständig durchgetrocknet und darum hat es noch kein Firnis. Deshalb kann man es riechen.« Sogar hier, fügte ich in Gedanken hinzu.

»Interessant«, meinte Reinhold, ohne interessiert zu klingen. Wir klammerten uns an das Bild wie Ertrinkende in einem reißenden Fluss an ein Stück Treibholz, aber unsere Rettung war trügerisch und nicht von Dauer.

Ich betrachtete das Bild, das drei ineinander verschachtelte blaue Quadrate zeigte. Die Leinwand schätzte ich auf hundertzwanzig Zentimeter im Quadrat. »Gute Technik«, meinte ich. »Aber verschwendet bei diesem Motiv.«

»Gute Technik?«, fragte Reinhold skeptisch.

»Schau mal hier, die Farbverläufe. Unglaublich fein gestaltet. Sogar lasiert.«

»Aha«, sagte Reinhold ratlos. »Ich kann damit nichts anfangen.«

Ich auch nicht, deshalb grübelte ich bereits, ob meine weichen Knie es wohl mitmachen würden, wenn ich mich umdrehte. Ein Schaben und Quietschen – Gummi auf Kunststoff – unterbrach meinen Gedanken und ich fuhr vor Schreck zusammen. Automatisch wanderte meine Hand in Richtung Kopf – so lange ich denken konnte, reagierte ich so, wenn ich nervös war. Ich strich mir mit meiner linken Hand die Haare hinter das Ohr. Das sah eitel aus, aber es war mir nie gelungen, diese Macke loszuwerden. Es war eine gänzlich unbewusste Geste und normalerweise merkte ich erst an den Reaktionen anderer, dass ich es tat. In diesem Moment an diesem Tatort brauchte ich keine Blicke oder hochgezogenen Augenbrauen befürchten, denn meine Finger erreichten meine Haare erst gar nicht. Stattdessen schabte mein Latexhandschuh mit einem unappetitlichen Geräusch über die Kunststoffkapuze meines weißen Schutzanzugs. Schnell brachte ich meine Hand wieder unter Kontrolle.

Reinhold schien davon nichts bemerkt zu haben, aber sein Blick verriet mir, dass es nun so weit war: Wir mussten uns erneut dem Tatort stellen.

Meine Knie gehorchten, aber mein Magen rebellierte beim Anblick der Leichen. »Wir sind im Schlachthaus gelandet«, flüsterte ich.

Reinhold sagte nichts. Wenn es ihm genauso ging wie mir, kämpfte er mit der Übelkeit. Ich war mir nicht sicher, ob seine Reaktion auf den Tatort mich beruhigen sollte oder nicht.

Morgens, bevor ich zur Arbeit ging, zog ich nicht nur ein Kostüm oder einen Hosenanzug an, sondern gleichzeitig auch die Psychotherapeutin. Aus Daniela wurde Frau Dr.

Ellinger. Voller Mitgefühl für ihre Klienten, aber gleichzeitig erfüllt von einer professionellen Distanz zu ihnen, die es mir erlaubte, die Psychologin am Abend mit all ihren Erinnerungen, den Sorgen und Nöten der Klienten genauso mühelos abzustreifen wie meine Arbeitskleidung. Meine Kleider gehörten zu meiner Rolle, die mich wie eine Rüstung schützte – sie versagte nie. Selbst wenn zehn Klienten mit schwerer Depression an einem Tag ihre trübsinnige Weltsicht vor mir ausbreiteten und ihr Bestes taten, um mich mit sich in den grauen Abgrund zu ziehen, sie schafften es nicht, meinen Panzer zu durchbrechen. Abends konnte ich unbeschadet wieder ich selbst sein. Immer.

Auf den Vergleich mit dem Schlachthaus war ich gekommen, weil vor uns im Wohnzimmer der Familie Brose drei der Familienmitglieder kopfüber von der Decke hingen. Halb nackt. Und tot. Der Anblick schnürte mir die Kehle zu. Eine Reaktion, die Dr. Ellinger, professionelle Therapeutin und Beraterin der Polizei, nicht zeigen durfte.

»Warst du schon mal in einem Schlachthaus?«, erkundigte sich Reinhold.

»Mit der Schule«, sagte ich. »Und du?«

»Heute zum ersten Mal.«

Ich war froh, meine Beine noch einigermaßen unter Kontrolle zu haben. Wir machten ein paar verrenkte Schritte auf den Gerichtsmediziner zu, der die Leiche untersuchte, die uns am nächsten war. Ich kannte Dr. Karl Konermann von einigen früheren Fallbesprechungen, hatte ihn aber noch nie direkt bei der Arbeit gesehen. Als wir bei ihm ankamen, blickte er kurz auf. Offenbar sah man mir meinen Gefühlszustand an, denn er fragte besorgt: »Geht es?«

Ich nickte vorsichtig. Bis jetzt, fügte ich in Gedanken hinzu. Ich sah Reinhold ebenfalls nicken. Doch Karl streifte seine Handschuhe ab und holte eine kleine Tube aus seiner Tasche. »Gib mir deinen Zeigefinger«, forderte er mich auf.

Ich gehorchte, zog ebenfalls meinen Handschuh aus und sah zu, wie er uns eine erbsengroße Menge einer trüben Salbe auf die Finger drückte. »Wofür …?«, begann ich.

Reinhold kannte sich offenbar besser aus als ich und rieb sich die Salbe, ohne zu zögern, unter die Nase. Ich folgte seinem Beispiel. Es brannte ein wenig, aber der Geruch nach Blut und Schlimmerem schnurrte sofort zu einer unbedeutenden Unannehmlichkeit am Rande meines Bewusstseins zusammen.

2

Oliver

Kriminalkommissar Lars Königs war neu beim KK 11, was man spätestens daran merkte, dass sein Gesicht die Farbe seiner Überziehschuhe annahm, als er die Seenplatte aus Blut erblickte. Die Leichen, nebeneinander fein säuberlich aufgereiht wie Schweinehälften im Kühlraum einer Metzgerei, taten ein Übriges.

Jeder von uns hatte andere Schwierigkeiten an den ersten Tatorten, beim Anblick der ersten Leichen. Und obwohl mein ›erstes Mal‹ schon Jahre zurücklag, musste auch ich an diesem Tatort schlucken. Ich bin Kriminaloberkommissar Oliver Busch und Lars ist mein neuer Partner. Damit er mir nicht auf die Füße kotzte, hielt ich ihm eine Rolle mit Mentholkaubonbons hin.

Er grinste schief und steckte sich einen in den Mund. Slalommäßig durchquerten wir den Flur und arbeiteten uns zur Quelle des Blutbads vor.

Schon vom Flur aus hatten die Leichen ein bizarres Grauen versprochen. Von der Türschwelle aus betrachtet, konnten sie ihr Versprechen mühelos einlösen. Ich hörte Lars neben mir würgen.

»Hast du schon gefrühstückt?«, fragte ich.

Er schüttelte den Kopf. Ich glücklicherweise auch nicht, fügte ich in Gedanken hinzu, ich musste ja ein Vorbild für den Grünschnabel sein.

»Dann geht das gleich vorbei«, verkündete ich abgebrüht.

»Wenn du meinst«, sagte Lars matt.

Nachdem die Übelkeit nun erledigt war, kam der Tatort an die Reihe. Aber gerade als ich den ersten vorsichtigen Schritt in den Raum setzen wollte, zog etwas anderes meine Aufmerksamkeit auf sich. Ich blieb wie angewurzelt stehen. Lars lief mir mit voller Wucht in die Seite, doch das spürte ich kaum. Ich starrte auf die Person, die neben Reinhold durch den Raum stakste.

»Was macht *die* denn hier?«, zischte ich. Zwar hatte mich beim Anblick der rosaroten Pumps im Flur schon eine böse Vorahnung beschlichen. Bis jetzt hatte ich sie allerdings noch erfolgreich verdrängt.

Lars schaute neugierig an mir vorbei. »Wen meinst du?«

»Na, die da«, brummte ich. Obwohl wir tatortgerecht im weißen Ganzkörperkondom mit Kapuze und Gesichtsmaske herumliefen, die Körperformen verschleiert und Gesichter verhüllt, konnte ich mir mehr als gut vorstellen, was sich unter diesem bestimmten Anzug verbarg. Überlange blonde Haare und ein enges rosafarbenes Kostüm. Und zweifellos die Besitzerin der Pumps mit fünfzig Zentimeter hohen Absätzen vor der Tür.

»Das ist doch diese Gutachterin, oder?« In Lars' Stimme schwang ein Interesse mit, das ich nicht nachvollziehen konnte.

»Ja«, murmelte ich. »Barbie.«

»Ich denke, sie ist Psychologin?«

»Psycho-Barbie«, präzisierte ich.

»Die wird uns bestimmt beraten«, vermutete Lars.

»Das hat uns noch gefehlt«, nuschelte ich.

»Was hast du?«

»Was ich habe? Die hat doch garantiert wieder eins von ihren knappen Kostümchen an. Sieht so etwa die passende Kleidung für einen Tatort aus?«

Lars schaute mich für einige Sekunden forschend an. »Und was ist deiner Meinung nach die passende Kleidung für einen Tatort?«, fragte er dann aufmüpfig.

»Das erkläre ich dir ein andermal. Immerhin hat man ihre Pumps konfisziert, bevor sie damit ihre Überzieher zerfetzen konnte«, erwiderte ich und ließ ihn stehen. Ich schlängelte mich vorbei an den Blutpfützen und näherte mich todesmutig der Psychologin.

Reinhold telefonierte mit seinem Handy. Als Lars mühsam hinter mir hergestolpert kam, beendete er sein Gespräch und seufzte. »Das war Markus. Lars, ich muss dich von diesem Fall abziehen. Markus braucht Unterstützung.«

»Oh, okay. Vielleicht ist da etwas weniger Blut«, meinte er hoffnungsvoll und schneller als ich gucken konnte, war Lars verschwunden.

Ganz toll. Mein Partner ließ mich im Stich und die Psychologin streckte mir ihre Hand entgegen.

Mit gerunzelter Stirn starrte ich auf die zierliche Hand in Latex, die zu dieser noch zierlicheren Frau gehörte. »Nicht an einem Tatort«, brummte ich unwillig. Und als sie nicht reagierte und anscheinend weiter auf einen Händedruck bestehen wollte, fügte ich unwirsch hinzu: »Kontamination. Spurenverschleppung. Wir müssen hier drin auf Höflichkeitsgedöns verzichten.«

Sie begriff und ihr Arm verschwand in den Falten ihres Overalls. Gleichzeitig machte sie einen Schritt rückwärts, wahrscheinlich weil sie keine Lust auf die Nackenschmerzen hatte, die sie zwangsläufig bekommen musste, wenn sie mich länger als zwei Sekunden anschaute.

Ich wurde aus meinen Beobachtungen gerissen, als Reinhold Karl fragte: »Was kannst du uns sagen?«

Der Gerichtsmediziner streifte sich neue Handschuhe über und deutete auf die Leiche, die neben ihm baumelte: »Also das hier ist, glaube ich zumindest, Sven Brose, achtzehn Jahre alt. Schüler.«

Der Junge trug eine Jeans und ein aufgerissenes Hemd, dessen Ursprungsfarbe nicht mehr zu identifizieren war. Von seinem Gesicht war überhaupt nichts mehr zu erkennen. Da war wohl jemand ziemlich wütend gewesen.

»Was ihm passiert ist, kann ich noch nicht genau sagen. Es sieht mir aber sehr danach aus, als sei er erschlagen worden.«

»Wohl eher püriert«, präzisierte ich.

Die Psychologin verzog das Gesicht und schluckte heftig. Hoffentlich fiel sie nicht in Ohnmacht.

Karl nickte. »Er hat unzählige Schläge abbekommen. Wie viele, kann ich dir später genau sagen. Es hängt von der Waffe ab, mit der er getötet wurde.«

»Ein Hammer«, tönte eine Stimme von der Seite.

Ich erkannte Kriminaloberkommissar Otto Riegel. Er kam in demselben tänzelnden Gang zu uns, mit dem Lars und ich uns vorher durch das Zimmer gearbeitet hatten. Mit blonden kurzen Haaren, blauen Augen und einer auffallenden Blässe versuchte er, so abgebrüht wie ich zu wirken. Keine Chance.

Er hielt eine durchsichtige Tüte für Beweismittel hoch. Darin war ein blutverschmierter Hammer zu sehen.

Karl nickte. »Ja, das könnte die Tatwaffe sein.«

»Wo hast du den her?«, fragte Reinhold.

»Vom Täter.«

»Du hast den Täter?«

»Ja klar haben wir den Täter. Ihr seid wohl nicht auf dem neuesten Stand?«

»Ich weiß nur, dass du mich angerufen hast und wir uns schnell einig waren, dass wir für diesen Fall Hilfe brauchen«, sagte Reinhold.

War das der Grund, aus dem Barbie hier war? Weil Otto beim Anblick dieses Massakers kalte Füße bekommen hatte?

Otto erklärte: »Nun ja. Als ihr gekommen seid, haben wir den Kerl wohl gerade in den Transporter gesteckt.«

»Und wer ist nun der Täter?«, fragte ich ungeduldig.

»Marvin Brose, sechzehn Jahre. Der jüngste Sohn der Familie.«

Schön. Wenn das so einfach war, dann würden wir diesen Marvin Brose befragen, ein Geständnis aus ihm herauspressen und damit wäre die Sache erledigt. Das klang gut.

»Er hat seinen Bruder mit einem Hammer erschlagen?«, fragte Reinhold.

»Wenn dieser Hammer die Tatwaffe ist, dann schätze ich, hat er fünfzig Mal zugeschlagen«, meldete sich Karl.

Die Psychologin gab ein ungläubiges Echo: »Fünfzig Mal?« Ihre blauen Augen aufgerissen, begann sie, unmerklich zu schwanken. Das Durcheinander, das sie an unserem Tatort anrichten würde, wenn sie wie eine Hysterikerin aus dem neunzehnten Jahrhundert ohnmächtig dahinsank, mochte ich mir gar nicht vorstellen.

»Vielleicht öfter«, bestätigte Karl. »Ich halte es für unwahrscheinlich, dass es weniger Schläge waren.«

»Er mochte seinen Bruder nicht besonders«, kommentierte ich unbeeindruckt.

»Das wird sich noch zeigen«, entgegnete Otto.

»Wann ist er gestorben?«, fragte Reinhold.

»Ich schätze, er ist seit fünf oder sechs Stunden tot«, teilte Karl mit.

Es war zehn vor acht am Mittwochmorgen. Sven war folglich irgendwann zwischen ein und drei Uhr in der Nacht gestorben.

»Wie lange …?«

»Es sieht nach systematischer Folter aus«, sagte Karl. »Er hat nicht nur am Kopf zugeschlagen. Der gesamte Oberkörper des Jungen ist mit Hämatomen übersät. Ich kann noch nichts Genaues sagen. Aber selbst wenn der Täter schnell war, hat das mindestens eine Stunde gedauert.«

»Bevor er tot war?«

»So schätze ich. Alle Verletzungen wurden ihm vor seinem Tod zugefügt.«

»Starke Emotionen«, versuchte Frau Ellinger einen fachlichen Kommentar.

Worauf wir ahnungslosen Polizisten natürlich niemals von alleine gekommen wären. Es ging eben nichts über eine sogenannte Expertin.

»Sonst noch etwas?«, fragte Reinhold.

»Gehen wir zum Nächsten«, sagte Karl.

Wir versammelten uns vor dem Vater der Familie wie eine kleine Trauergemeinde und warteten schweigend darauf, dass Karl das Wort ergriff. »Das ist Clemens Brose, zweiundfünfzig Jahre«, erklärte er.

Ich ließ meinen Blick an seinem Körper herabwandern und bemerkte, dass auch bei ihm der Kopf am stärksten betroffen war.

»Frankensteins Monster«, sagte Reinhold.

Je länger ich den Kopf des Mannes betrachtete, desto plausibler wurde der Vergleich. Reinhold bezog sich nicht auf die Attraktivität von Herrn Brose, über die wir ohnehin nichts mehr sagen konnten. Ich erkannte in seiner Stirn in einem Kreis um seinen Kopf angeordnet mehrere Löcher, aus denen Blut in seine Haare und auf den Boden gesickert war. Was ihm aber am meisten Ähnlichkeit mit einem Geschöpf von Dr. Frankenstein verlieh, waren die beiden langen Nägel, die seitlich aus seinen Schläfen ragten.

»Als sei der Kopf kaputt gewesen«, sagte ich mit einem leichten Frösteln. Allmählich setzte auch mir dieser Tatort zu.

»Meine Kinder haben früher so was immer gespielt«, sagte

Otto tonlos. »Der Kopf ist kaputt, wir müssen mal ein Loch bohren und etwas hämmern.«

Reinhold, Karl, die Ellinger und ich schauten Otto an. Er hob abwehrend die Hände. »Ehrlich.«

»Danach war man wieder geheilt?«, fragte ich.

»Ja klar.«

»Dann hat der Täter vielleicht etwas falsch verstanden.«

»Und das war auch der Junge …?«

»Marvin. Genau.«

»Wie kannst du so sicher sein?«, fragte Reinhold.

»Das zeige ich euch gleich. Lass uns erst die Leichen anschauen.« Otto erklärte: »Wir haben eine blutverschmierte Bohrmaschine und eine Schachtel mit Zimmermannsnägeln gefunden. Den Hammer kennt ihr ja schon.«

Karl sagte: »Er ist als Zweiter gestorben. Ungefähr vor drei Stunden.«

»Erst Sven, dann der Vater«, sagte ich.

»Genau. Bei ihm waren es die Nägel.«

»Und die Verletzungen …?«, fragte Reinhold.

»Alle vor seinem Tod. Auch er wurde gefoltert. Ohne es sicher zu wissen, tippe ich darauf, dass der Täter erst die Löcher gebohrt und dann die Nägel benutzt hat.«

»Er hat die Löcher überlebt?«, fragte Reinhold ungläubig.

»Das Gehirn hält eine Menge aus«, erklärte Karl. »Die Löcher sind nicht so tief. Vielleicht fünf oder sechs Zentimeter.« Er deutete auf die Stirn von Herrn Brose. »Sie setzen außerdem sehr weit oben am seitlichen Schädel an. Dort befinden sich im Gehirn keine lebenswichtigen Funktionen.«

Karl brachte die Leiche leicht zum Schwingen, sodass sie eine halbe Drehung machte und wir die Rückseite des Schädels sehen konnten. Die Psychologin holte tief Luft, ihre Hände ballten sich bei dem Anblick zu Fäusten.

»Hier ist noch ein Nagel. Der sitzt direkt im Hirnstamm. Ich glaube, der hat ihn umgebracht.«

»Wie bei einer Hinrichtung«, erkannte Otto.

»Mit Genickschuss«, ergänzte ich.

»Richtig«, sagte Karl. »Das ist mit großer Sicherheit sofort tödlich. Aber auch schwierig zu machen.«

»Wie meinst du das?«

»Seht selbst«, sagte Karl und gab der Leiche einen weiteren sanften Schubs. Herr Brose schwang vor unseren Augen langsam hin und her. Im Gegensatz zu der anwesenden Psychologin nahm ich das Ganze stoisch hin.

»Er lässt sich sehr leicht bewegen«, erläuterte Karl. »Der Zugang zum Hirnstamm gehört nicht zu den weichsten Stellen des Schädels. Wenn ich dort einen so langen Nagel hineinschlagen will ... Noch dazu mit glitschigen Händen, in einen blutverschmierten Schädel ...«

Reinhold unterbrach: »Okay, wir haben verstanden.«

Otto bemerkte: »Es gibt noch etwas Seltsames an dem, wie er es gemacht hat. Wenn die Opfer alle noch am Leben waren und er sie gefoltert hat, warum haben die dann nicht geschrien? Sich gewehrt? All die Stunden? Es scheint, als hätten die Nachbarn nichts gehört.«

Karl nickte. »Eine gute Frage, Otto. Ich habe keine Hinweise gefunden, dass die Opfer geknebelt waren, und es gibt auch keine Spuren, die auf einen Kampf hindeuten. An Händen oder Armen meine ich, soweit sie noch intakt sind.«

»Aber sie haben noch gelebt?«

»Sie sind bei lebendigem Leibe so misshandelt worden«, bestätigte der Gerichtsmediziner.

3

Daniela

»Gift«, sagte der hünenhafte Kommissar ruhig. Im letzten Moment konnte ich meine Hand davon abhalten, wieder in Richtung meiner Haare zu starten.

Ich hatte Oliver Busch von einem früheren Fall als ziemlich reserviert in Erinnerung. Um nicht zu sagen ablehnend. Mit seinen breiten Schultern, riesigen Händen, stechenden Augen, streichholzkurzen Haaren und verschlossener Miene machte er auch heute nicht den charismatischsten Eindruck. Allerdings: Wenn ich so aussah, wie ich mich fühlte, würde ich heute auch keinen Schönheitspreis mehr gewinnen.

Karl nickte. »Das ist auch meine Vermutung.«

»Du meinst, er hat sie betäubt?«, fragte Reinhold.

»Das dürfte sich leicht feststellen lassen«, sagte Karl. »Aber nach dem, was wir hier von diesem Täter gesehen haben, glaube ich nicht, dass er seine Opfer bewusstlos machen wollte. Eher ein Gift zur Lähmung.«

»Damit sie die Folter erleben, aber sich nicht wehren können«, sagte ich leise.

Karl nickte, sagte aber nichts.

Ich atmete langsam aus, was meinen Knien ein wenig Stabilität zurückbrachte. Ein Tatort war die erste Möglichkeit, etwas über den Täter zu erfahren und eine Verbindung zu ihm aufzubauen. Bisher kannte ich Tatorte nur von Fotos und aus den Polizeiberichten. Und den Einblick, den ich hier und jetzt erhielt, empfand ich als zutiefst verstörend. Selbst anwesend zu sein, machte es mir unmöglich, mich so zu distanzieren, wie ich es gewohnt war. Ich hatte das unbestimmte Gefühl, von den Opfern, der Tat und letztlich auch dem Täter auf einer Ebene berührt zu werden, die sehr viel tiefer lag als die Erschütterung über den Tod dreier Menschen. Vielleicht war es die Brutalität der Morde, das viele Blut oder die Beklemmung der Polizisten. Der Tatort fühlte sich bedrohlich an. Als hätte der Täter mehr zurückgelassen als nur seine Opfer.

»Daniela, ist alles in Ordnung?« Ich spürte Reinholds Hand auf meinem Arm.

»Ja, sicher«, antwortete ich hastig.

»Du warst etwas weggetreten«, meinte er besorgt.

»Ich habe mir überlegt, was im Kopf des Täters vorgegangen sein muss«, behauptete ich und gab mir einen Ruck. Reinhold hatte mich engagiert und ich wollte ihn nicht dadurch blamieren, dass ich schon nach ein paar Minuten in Ohnmacht fiel. »Es geht um Kontrolle und Macht, so viel scheint klar zu sein. Aber da ist noch etwas anderes.« Das ich bis jetzt nicht benennen konnte, außer dass es sich dunkel und bedrohlich anfühlte.

»Wollen wir weitergehen?«, fragte Karl.

Um ehrlich zu sein, wäre ich in diesem Moment überall lieber gewesen als hier. Aber ich nickte tapfer und folgte den anderen zur nächsten Leiche. Immerhin schien es die letzte zu sein. An sie kamen wir nicht näher als eineinhalb Meter heran, weil unter der Leiche alles mit Blut bedeckt war. An einer Stelle lag ein Kunststoffstreifen, gerade breit genug für zwei Schuhe. Wahrscheinlich Karls Arbeitsplatz.

»Wir müssen nicht näher ran, wir können alles von hier sehen«, sagte Karl. »Das ist Anni Brose, neunundvierzig Jahre. Die Mutter der Familie.«

Ihr Körper war zierlich, ihr Gesicht schmal und blass. Beides schien unversehrt.

»Sie wurde nicht gefoltert?«, fragte ich überrascht.

»Das kommt darauf an, was du unter Folter verstehst«, entgegnete Karl. »Ihre Wunden befinden sich auf dem Rücken.«

Er versetzte den Körper behutsam in Schwingung, bis er sich drehte.

Ich schlug unwillkürlich die Hand vor den Mund. Die flache linke Hand auf meinem Bauch, sonst ein todsicheres Mittel gegen plötzliche Übelkeit, versagte. Der Rücken der Frau war eine einzige klaffende Wunde. Das Blut ließ es nicht zu, Anzahl und Größe der Verletzungen zu bestimmen. An einer Seite erkannte ich blutiges Gewebe, bei dem es sich um innere Organe handeln konnte. Ich schluckte verkrampft.

»Was ist denn …?«, fragte Kommissar Busch nicht ganz so cool, wie er es sich wahrscheinlich wünschte.

»Das ist ihre Gebärmutter«, erklärte Karl nüchtern. »Der Täter musste eine Menge Muskeln und anderes Gewebe wegschneiden, um das so zu arrangieren. Weitere Wunden gibt es nicht. Die Frau ist langsam verblutet. Das meiste Blut auf dem Boden stammt von ihr.«

»Ach du meine Güte«, murmelte Reinhold.

»Und wann ist sie gestorben?«, brummte Kommissar Busch.

»Vor einer, vielleicht anderthalb Stunden«, sagte Karl. »Hätte sie nicht so viel Blut verloren, hätte der Notarzt sie vielleicht noch retten können.«

»Das heißt, sie war erst eine halbe Stunde tot, als sie gefunden wurde?«, fragte Reinhold.

»Ungefähr, ja.«

»Wer hat eigentlich die Polizei gerufen?«, wollte Busch wissen.

»Das war eine Nachbarin«, sagte Otto. »Sie wollte ihre Zeitung hereinholen, als sie das Blut unter der Tür der Broses durchsickern sah.«

Wir befanden uns in einem modernen Mietshaus in den südlichen Ausläufern der Krefelder Innenstadt. Im Haus wohnten neun Parteien auf drei Etagen. Ich stellte mir die

Szene vor, wie die arglose Frau noch halb verschlafen ihre Tür öffnet, dann über den kurzen Flur schaut und eine Entdeckung wie in einem Horrorfilm macht.

»Schon befragt?«, wollte Reinhold wissen.

»Noch nicht. Sie wartet in ihrer Wohnung auf uns«, antwortete Otto.

Reinhold schaute Karl an. »Sonst noch etwas über die Leichen?«

»Vorerst nicht. Alles Weitere nach der Autopsie, würde ich sagen.«

Das war mir sehr recht.

»Zum Täter?«, fragte Busch an Otto gerichtet.

Otto nickte, wir verabschiedeten uns von Karl und gingen Richtung Flur. Wir folgten dem Blut von Frau Brose, das direkt zur Wohnzimmertür hinaus, an der Garderobe vorbei und unter der Wohnungstür in den Hausflur gelaufen war.

Die Garderobe war ein billiges Kombimöbel in Bucheimitat mit Schuhschrank und Kleiderhaken, an denen die Jacken der Familie hingen. An der Garderobe direkt neben der Wohnungstür stand ein Stuhl, ebenfalls in Plastikbuche, und wurde vollständig vom Blut eingeschlossen. In dem Fluss aus Blut waren die Abdrücke von zwei Schuhen zu erkennen, denen ich bei meiner Ankunft keine Bedeutung beigemessen hatte.

»Er saß auf diesem Stuhl«, sagte Otto.

Wir betrachteten die Garderobe, den Stuhl und den Boden eine Weile. Harmlose Fußabdrücke von einem nicht so harmlosen Jungen.

»In den Schuhabdrücken ist kein Blut«, stellte Busch fest.

»Er hat dort gesessen, bevor das Blut hier langgeflossen ist«, folgerte ich.

Eine neue Stimme schaltete sich in unser Gespräch ein. »Richtig.«

Ich erkannte Ralf Menzel, den Leiter der Spurensicherung. Er war genauso blass wie Otto. Und wenn sogar er blass war, dann konnte ich doch auch weiche Knie und Magengrummeln haben, oder?

»Was machst du denn hier?«, fragte Reinhold.

Er sagte: »Ich komme nicht, um dir zur Beförderung zu gratulieren.«

»Oh, wie unhöflich.«

»Vielleicht später«, meinte er.

Reinhold erinnerte uns: »Wir waren bei den Blutspuren.«

Ralf nickte: »Was dagegen, wenn ich übernehme, Otto?«

Otto räumte seinen Platz.

»Also, der Junge hat auf diesem Stuhl gesessen. Regungslos. Die Tatwaffen vor sich auf dem Boden.«

Ralf deutete auf mehrere schwache rote Schlieren, die man leicht übersehen konnte.

»Das Blut fließt um ihn herum, er bewegt sich nicht. Wartet einfach ab. Wie erstarrt. Bis wir ihn finden.«

Eine haarsträubende Vorstellung. Eine Streifenwagenbesatzung hatte heute Morgen zweifellos schon den Hauptgewinn gezogen.

»Wo ist der Täter jetzt?«, fragte Reinhold.

»Erika bringt ihn ins Krankenhaus«, sagte Otto. »Er war voller Blut und muss gründlich untersucht werden.«

»Wir haben den Jungen schon grob abgescannt«, sagte Ralf. »Wir nutzen die Daten jetzt für die Rekonstruktion.«

Ich nickte langsam, immer noch bedrückt von der ganzen Situation. »Er hat sich einfach so verhaften lassen?«

»Ohne eine Regung.«

»Hat er etwas gesagt? Ich meine hierzu?«, fragte ich und machte eine unbestimmte Geste in Richtung Wohnzimmer.

»Er hat kein Wort gesprochen«, sagte Otto. »Er wirkte wie unter Schock.«

»Aber du hast doch gesagt, er wäre der Täter«, warf Busch ein.

»Ist er auch. Trotzdem steht er unter Schock.«

»Wie ein Zeuge?«

»Oder ein Opfer.«

Busch schaute Otto skeptisch an. »Und er ist ganz sicher der Täter?«

Nun schaltete Ralf sich wieder ein. »Ganz sicher.«

»Und warum?«, hakte Reinhold nach.

»Wenn du mich einmal ausreden lässt, erkläre ich es dir«, sagte Ralf, allerdings ohne Schärfe. »Das mit dem Blut und den Schuhen hast du gesehen. Das beweist, dass der Junge aus dem Wohnzimmer kam und dann hier saß, während seine Mutter verblutete. Er befand sich im Wohnzimmer, als sie noch lebte, und setzte sich in den Flur, als sie noch lebte. Während das Blut seine Schuhe umschlossen hat, ist sie gestorben.«

Immer wenn ich glaubte, dass die Abscheulichkeiten sich nicht mehr steigern ließen, ging es doch noch einen Schritt weiter. Diesmal durch die penible Begutachtung dieser furchtbaren Details. Bei der meine Fantasie mit mir durchging und mir immer neue und neue Bilder der Tat und des Täters präsentierte.

Dabei war Ralf noch gar nicht fertig. »Mehr noch als diese Schuhabdrücke war der Zustand des Jungen eindeutig. Er trug Blutspuren auf seinen Händen, in seinem Gesicht und auf seiner Kleidung, die nur der Täter haben kann.«

»Du meinst Spritzmuster und so etwas?«, fragte Reinhold.

»Genau. Und so etwas. Die Spuren sind eindeutig. Der Junge ist der Täter.«

Was meinem Verstand schwerfiel, schaffte meine Fantasie mühelos: Sie präsentierte Marvin, einen sechzehnjährigen Schüler, als Mörder seiner eigenen Familie.

»Dann ist der Fall gelöst«, meinte Busch lapidar. »Gehen wir doch nach Hause.«

Otto lächelte dünn. »Schön wär's.«

Obwohl ich Kommissar Busch instinktiv zustimmen und den Tatort so weit wie möglich hinter mir lassen wollte, wusste natürlich auch ich es besser. Uns blieben die Fragen, ob der Junge allein gehandelt hatte und warum er eigentlich seine Familie gefoltert und getötet hatte. Und ich befürchtete, dass ich genau deshalb gerufen worden war. Dabei war ich im Moment genauso ratlos wie die Polizisten um mich herum.

4

Oliver

In vielen Mordfällen kommt man über das Motiv an den Täter. Man findet heraus, wer einen Vorteil vom Tod des Opfers hat, wer eine Beziehung zum Opfer hatte, die so gestaltet war, dass sich daraus ein Motiv ergab. Dann überprüfte man die verdächtigen Personen und die Chancen standen nicht schlecht, dass man dabei den Täter ausfindig machte. Diesmal war es genau andersherum: Der Täter stand fest und wir hatten die Chance, den Mistkerl einzusperren und den Schlüssel wegzuwerfen. Was wollten wir mehr? Dr. Barbie sah das aber wahrscheinlich anders.

Wir gingen die wenigen Schritte zurück ins Wohnzimmer und ließen die Szene noch einmal auf uns wirken. Drei tote Körper hingen von der Decke. Wir sahen zu, wie Karl zwei Männern Anweisungen gab, die die Mutter von ihrem Haken nahmen und auf eine Bahre legten.

Ich fragte: »Wie lange hat er seine Opfer bearbeitet?«

Ralf antwortete: »Das ist schwer zu sagen. Ich habe mit Karl gesprochen. Ohne die Zeugen gehört zu haben, schätze ich, er hat vielleicht gegen zweiundzwanzig Uhr angefangen. Als er fertig war und sich in den Flur gesetzt hat, war es wohl so gegen fünf Uhr am Morgen.«

»Unfassbar«, sagte die Ellinger und ich musste ihr uneingeschränkt zustimmen.

»Sieben Stunden systematische Folter«, fasste Otto zusammen. »Der Junge ist ein Monster.«

»Hattest du den Eindruck?«, hakte ich nach.

»Nein«, erwiderte Otto sofort. »Überhaupt nicht. Vom Aussehen her nichts Besonderes. Ein wenig klein und schmächtig vielleicht.«

Wut konnte einem Täter unglaubliche Kraft verleihen, somit war der Körperbau des Jungen zweitrangig. Da wir nun aber offensichtlich ein Motiv benötigten und eine Psychologin hinzugezogen werden sollte, entschloss ich mich, die Dinge in die Hand zu nehmen. Immerhin hatten wir ja bei der Polizei einen fähigen Psychologen, der keine rosafarbenen Röcke trug.

Während Karl den Abtransport von Vater Brose dirigierte, stellte ich mich ein Stück abseits, nahm mein Handy und wählte die Nummer von Dr. Stefan Klein, dem Polizeipsychologen, der in meinen Augen viel eher das Zeug dazu hatte, mit so einem Fall fertigzuwerden. Er meldete sich bereits nach dem zweiten Klingeln und ich atmete erleichtert auf.

Ich schilderte kurz den Tatort und die wesentlichen Informationen, die wir erfahren hatten, bis hin zu der Tatsache, wer der Täter war und dass wir nun herausfinden mussten, warum das alles geschehen war.

»Das klingt grauenhaft«, meinte Stefan. »Ich helfe natürlich gern. Aber ich bin nicht sicher, ob ich die Zeit habe. Ich bin gerade auf dem Sprung zu einem Tatort im Stadtwald.«

Irgendwie hatte ich befürchtet, dass er so etwas sagen würde. Vor meinen Augen machten sich die Bestatter daran, Sven abzuhängen. Ich fluchte leise vor mich hin und beendete dann das Telefonat. Man konnte eben nicht immer Glück haben.

Ich schaute erst die Ellinger und dann Ralf an. »Wie sieht es aus, führst du uns herum?«

Ralf nickte nüchtern. »Wenn ihr neue Überschuhe anzieht, können wir zusammen durch die Zimmer gehen. Bisher haben wir uns auf das Wohnzimmer konzentriert.«

Ralf reichte uns die neuen Überzieher und jedem ein frisches Paar Latexhandschuhe, dann machten wir uns auf den Weg, um herauszufinden, wie Familie Brose gewohnt hatte.

Die Wohnung besaß einen kompakten Grundriss mit einer kleinen Küche, einem winzigen Badezimmer, einem Abstellraum in der Größe eines Wandschranks und drei Schlafzimmern. Der Schnitt der Wohnung war modern, das Baujahr des Hauses schätzte ich auf 1990. Der Flur war mit hellem Laminat ausgelegt, die Wände in leuchtendem Gelb gestrichen.

Als Erstes bogen wir in die Küche ab. Wir öffneten einige Schränke, fanden aber nichts Ungewöhnliches. Geschirr und Besteck, Töpfe, Pfannen, Dosen, Lebensmittel, alles war sauber und ordentlich an seinem Platz. Falls es Zerrüttungen in der Familie gab, so wies in der Küche nichts darauf hin.

Ralf entdeckte einen Messerblock, in dem das Fleischermesser fehlte. Die Griffe der anderen Messer passten zu dem der Tatwaffe. Es war ein wenig unheimlich, wie schnell sich die harten Tatsachen bei diesem Fall zusammenfügten.

5

Daniela

Das nächste Zimmer war das Schlafzimmer der Eltern. Mein Blick fiel sofort auf das Bild über dem Bett. Es stellte einen großen braunen Kreis dar, durchzogen von beigen Rissen auf weißem Untergrund. Das Motiv wurde in einigen Zentimetern Abstand von einem Rahmen aus grobem unbehandeltem Holz umgeben.

»Hier wohnte der Künstler«, stellte ich fest. Das Zimmer war auf den ersten Blick ansonsten unauffällig.

»Sieht modern aus«, meinte Oliver Busch, was aus seinem Munde so klang wie die höfliche Umschreibung für scheußlich.

Ich ging näher an das Bett, das mit naturfarbener Leinenbettwäsche bezogen war. Der Kreis war auf ein Stück Stoff derselben Farbe aufgebracht, das Material sah aus wie Erde. Die vielen Risse, die ihn durchzogen, erinnerten mich an Ackerböden, die in extremer Hitze ausgetrocknet waren.

»Hier hat auf jeden Fall jemand künstlerische Ambitionen. Vielleicht ein ökologischer oder esoterischer Hintergrund?«, mutmaßte ich. »Mutter Erde, die Gepeinigte?«

»Du meinst, es war einer dieser Ökotypen?«, fragte Reinhold.

»Könnte ich mir vorstellen.«

»Für mich ist das ein Kreis aus Matsch, der gleich abbröckelt«, kommentierte Busch so trocken wie die Erde auf dem Kunstwerk.

»Der ist gut fixiert«, entgegnete ich. »Und Kunstwerke sagen manchmal viel über den Künstler selbst aus.«

»Solange wir nicht so eine Künstlerkommune besuchen müssen«, brummte Busch düster.

Ich schaute ihn an und überlegte, warum er so bissig reagierte. Wie zuvor schon bei meinem höflich gemeinten Versuch, ihm die Hand zu schütteln. »Alles in Ordnung, Herr Busch?«

Er beantwortete meine Frage nicht, sondern sagte: »Und der Rahmen sieht aus wie vom Sperrmüll geklaut.«

Natürlich hatte er mit allem recht, was er sagte. Es war mehr der Tonfall, der mir Sorgen bereitete. Reinhold offenbar auch, denn er fragte: »Oliver?«

Busch presste die Lippen zusammen, schüttelte den Kopf und nuschelte etwas, das man als Entschuldigung deuten konnte.

Reinhold starrte ihn immer noch an, aber Busch vermied es standhaft, den Blick zu erwidern.

Zwar kannte ich mich mit Durchsuchungen nicht aus, dafür aber mit gereizten Menschen und der oft magischen Wirkung einer Ablenkung. Deshalb schlug ich vor: »Vielleicht schauen wir einfach, was die Eltern in ihren Schränken haben.«

Reinhold antwortete nicht, ging aber zum Kleiderschrank. Ralf nahm sich die Kommode vor, ich vergewisserte mich bei Reinhold, dass ich mitmachen durfte, und übernahm die Nachttische. Busch schloss sich Ralf an. Keiner der Schränke enthielt etwas Nennenswertes, sondern einfach nur eine Menge Kleidungsstücke. Die spektakulärste Entdeckung machte ich im Nachttisch von Herrn Brose unter einigen Illustrierten. Dort fand ich tausendvierhundert Euro in bar und einige Notizen mit Zahlen und kryptischen Abkürzungen, die mir überhaupt nichts sagten.

Ich zeigte den Zettel Ralf, der ihn aufmerksam betrachtete. »Ich bin mir nicht sicher«, sagte er nach einer Weile. »Aber ich halte es für ein Wettsystem.«

»Du meinst, wie für Fußballspiele?« Ich bediente nicht gerne ein Klischee, aber gerade mit Fußball kannte ich mich überhaupt nicht aus.

»Wahrscheinlich ist dieser Raum das Hauptquartier der rumänischen Wettmafia«, meinte Busch mit einem unbestimmbaren Unterton, vielleicht in einem missglückten Versuch, einen Scherz zu machen. Reinhold warf ihm einen irritierten Blick zu, ich ignorierte ihn und wandte mich wieder Ralf zu.

Der erklärte: »Richtig, aber ich glaube, der ist für Pferderennen. Siehst du hier die Abkürzungen? Wenn ich mich nicht täusche, beziehen die sich auf einzelne Rennen: Uhrzeiten, Startpositionen, Wettquoten.«

Ich folgte seinem Finger und sah, was er meinte. »Er hat also bei Pferderennen gesetzt.«

Ich stellte mir die Rennbahn am Sonntag vor. Vor ein paar Jahren hatte ich einen Mann mit Pferdephobie behandelt, mit dem ich zum Abschluss der Therapie die Rennbahn besucht hatte. Wir hatten Rennen gesehen, die Jockeys beobachtet und die Stallungen besichtigt. Es war ein würdiger Abschluss gewesen und ich kannte auf jeden Fall mehr von der Rennbahn als der durchschnittliche Krefelder.

Aber wenn ich an das Publikum dachte, auch an die Leute, die am Wettschalter anstanden, spürte ich mehr als dass ich wusste, dass die Mitglieder der Familie Brose dort so wenig hingepasst hätten wie ein Innenminister der CSU auf den Christopher Street Day.

»Woran denkst du?«, fragte Ralf.

»Ich kenne die Rennbahn ein wenig. Ich frage mich, ob dieser Mann da nicht ein Fremdkörper gewesen wäre«, formulierte ich diplomatisch.

»Das ist nicht mein Fachgebiet«, sagte Ralf.

»Du meinst, er wäre nicht versnobt genug gewesen?«, tippte Reinhold.

Busch merkte an: »Seit es das Internet gibt, muss man nicht mehr persönlich hingehen zum Wetten.«

Der Punkt ging an ihn. So langsam fragte ich mich, ob der Kommissar es darauf anlegte, mir möglichst viele peinliche Fehler vor Augen zu führen.

»Wozu ist dann das Bargeld in seiner Schublade?«, konterte ich. »Damit kann er im Internet nichts anfangen.«

Busch nickte langsam. »Wir werden es herausfinden, das ist eine einfache Übung.«

»Könnte das mit dem Motiv zusammenhängen?«, fragte ich halb an mich selbst gerichtet.

»Geld ist immer ein Motiv«, entgegnete Busch lapidar.

»Wir sollten überprüfen, was es mit dieser Wettsache auf sich hat«, meinte Otto. »Kontobewegungen, Internetaktivitäten, Belege, Quittungen.«

»Das klingt vernünftig«, sagte Busch zufrieden. »Ralf, könnt ihr aus diesem Zettel Klartext machen? Für ganz normale Leute, die nicht wetten?«

Ralf nickte. »Natürlich.«

Weil das Schlafzimmer sonst nichts hergab, zogen wir weiter.

Der nächste Raum bot eine Ablenkung, auf die ich mich nur allzu gern einließ. Das Zimmer war klein, die Sonne blinzelte durch ein winziges Fenster herein und überzog die Regale an den Wänden mit einem goldenen Schimmer.

»Da haben wir ja das Zentrum des künstlerischen Schaffens«, raunte Busch.

Und tatsächlich wurde der Raum von einer großen Staffelei beherrscht, auf die ich sofort neidisch war. Ein Rollcontainer stand daneben, eine Palette lag darauf, als warte sie nur auf die Rückkehr des Künstlers. Die Regale waren gefüllt mit Leinwänden in verschiedenen Größen, mit Tuben und Töpfen, Pasten und Pulvern, Pinseln und Palettmessern. Und natürlich mit Farben. Unmengen von Farben.

Ich hatte vor einigen Jahren auch mit der Malerei begonnen, kam aber viel zu selten dazu, und meine Staffelei wirkte mickrig gegen die in diesem Atelier, deren Wert ich auf mindestens fünfhundert Euro schätzte. Von dem Rest ganz zu schweigen. Ich ließ meine behandschuhte Hand bewundernd über das geölte Holz der Trägerstruktur gleiten.

»Sollte man in einem Atelier nicht etwas mehr Licht haben?«, fragte Ralf.

»Das stimmt«, bestätigte ich. Und zumindest das hatte ich bei mir zu Hause. »Aber hier gibt es ein gutes Hilfsmittel. Pass auf.«

Dann griff ich nach dem Schalter der Stehlampe, die direkt neben der Staffelei platziert war. Als ich die Lampe anknipste, durchflutete augenblicklich gleißend helles Licht den Raum. Ralf und Reinhold hatten sich geistesgegenwärtig so wie ich die Hand über die Augen gelegt.

Busch war so groß, dass er über den mattierten Schirm direkt in die Leuchte des Deckenfluters schaute und blinzelte verblüfft.

»Meine Güte«, japste er, wandte sich von uns ab und rieb sich die Augen. »Was war das denn?«

»Eine Tageslichtlampe«, erklärte ich. »Noch dazu eine ziemlich starke.«

Im gleißenden Licht der künstlichen Sonne kamen buchstäblich alle Geheimnisse ans Licht, die bis dahin verhüllt geblieben waren, zum Beispiel zwei feine Schnitte auf Reinholds Oberlippe, die er sich beim Rasieren zugezogen hatte.

»Und so etwas braucht man zum Malen?«, fragte Busch skeptisch, als sei eine solche Beleuchtung nur für polizeiliche Vernehmungen zugelassen.

»Dieses Licht ist zu neunundneunzig Prozent identisch mit dem Tageslichtspektrum. Dadurch werden die Farben natürlich wiedergegeben«, erklärte ich.

»Teufelszeug«, brummte Busch, bevor er sich einem der Regale widmete.

Wir durchstöberten das Atelier, fanden aber nichts Auffälliges. Immerhin gab es neben ein paar Kohlezeichnungen und Bleistiftskizzen einige Blätter mit Notizen in einer runden schnörkeligen Handschrift. »Eindeutig von einer Frau, also war die Mutter die Künstlerin«, vermutete Ralf.

6

Oliver

Das letzte Zimmer, bevor wir wieder ins Wohnzimmer gelangten, wurde unmissverständlich von zwei Jugendlichen bewohnt. Schreibtisch, Schränke, Betten, alles gab es zweimal in spiegelbildlicher Anordnung. Die Poster waren bunt und zeigten schräge Typen, hingen aber nicht so dicht gedrängt, dass man die Wand dahinter nicht mehr sehen konnte. Dazu gehörte eine zumindest optisch ultramoderne Stereoanlage.

Ich brummte: »Schwarz. Warum muss es immer schwarz sein?«

»Das ist so eine Phase«, sagte Ralf.

»Von ihm stammt das Bild im Wohnzimmer definitiv nicht«, meinte Reinhold.

»Stimmt, dann wäre es schwarz.«

»Oder sein Zimmer blau.«

»Ein Punkt für dich«, sagte ich. »Und diese Typen da? Sind das Rapper?«

»Auf der einen Seite Rapper, auf der anderen Hip-Hopper«, belehrte die Ellinger uns. Ich konnte den Unterschied nicht erkennen und fragte mich auch, wie sie das fertigbrachte, wo sie doch die Expertin für Verrückte sein sollte und nicht für Musik. Für mich blieben es seltsame Typen in lächerlichen Posen.

Mithilfe der Schultaschen und der Schreibtische fanden wir schnell heraus, dass Sven die Seite mit den Rappern bewohnte und Marvin die Seite mit den Hip-Hoppern. Ich blätterte einige Hefte aus seinem Rucksack durch. »Er hatte ein Problem in Englisch«, sagte ich.

»Sven nicht«, teilte die Ellinger mit.

»Und in Mathe auch«, ergänzte ich.

»Sven nicht.«

Dann kam ich zum Deutschheft. Ich entdeckte die Korrektur der letzten Klausur. Ich hielt das Heft hoch, sodass Reinhold es sehen konnte.

»Das ist keine Korrektur, das ist ein Blutbad«, stellte er fest.

Tatsächlich überwog das Rot auf den Seiten, die Benotung war vernichtend. »Meinst du, er war sauer?«

Reinhold zuckte mit den Achseln. »Aber wenn er sauer war, dann doch sicher auf seine Lehrerin … Frau Münstermann. Die lebt ja wohl noch.«

»Wahrscheinlich«, meinte ich und fuhr mit der Hand über mein Gesicht. Ich hörte mich ohne Überzeugung sagen: »Oder seine Mutter hat ihn aufgefordert, mehr für Deutsch zu üben.«

Reinhold antwortete mir gar nicht erst. Die Ellinger betrachtete mich stirnrunzelnd, bot aber auch keine Alternative an. Dabei war sie doch hier, um uns die Psyche des Mörders zu erklären.

Simon erschien in der Tür. Er war der Spezialist der Spurensicherung für Daten und alles Elektronische. Wie ich erwartet hatte, leuchteten seine Augen hinter den dicken Brillengläsern auf, als er den Computer auf dem Schreibtisch sah. »Endlich eine Aufgabe für mich.«

Ralf sagte: »Komm rein, Simon.« Auch er war offenkundig froh, dem Wohnzimmer entkommen zu sein.

Simon ging zum Schreibtisch, setzte sich auf den Bürostuhl und ließ seine Knöchel knacken. »Ganz schön eng hier. Da bekommt man ja Beklemmungen.«

Womit er eindeutig recht hatte. Die beiden Jungen teilten sich ein Zimmer, das für eine Person schon knapp bemessen war. Zumal in diesem Alter. Und dabei gab es durchaus noch ein weiteres Zimmer in der Wohnung.

Doch anscheinend hatte die Malerei der Mutter Priorität gehabt.

»Könnte es nicht sein, dass die Jungs mächtig sauer auf ihre Mutter waren?«, schlug ich vor. »Sie mussten sich diesen Verschlag hier teilen, nur damit die Mutter ein eigenes Malzimmer hat.«

»Ein Atelier«, korrigierte die Ellinger mich spitzfindig.

»Meinetwegen auch ein Atelier. Für Jugendliche in diesem Alter muss das wie eine ziemliche Ungerechtigkeit ausgesehen haben.«

»Sie meinen, Hass auf seine Mutter war das Motiv für Marvins Tat?«, fragte die Ellinger skeptisch.

»Immerhin hatte der Mord einen direkten Bezug zur Mutterschaft.« Gruselnd erinnerte ich mich an die Gebärmutter.

»Und warum hat er dann die anderen ermordet?«

Ich antwortete nicht, sondern riss die erste Schreibtischschublade auf, um sie zu durchsuchen. Ich entdeckte das Übliche: CDs, Papiere, einen kleinen Stapel Briefe.

»Liebesbriefe«, stellte ich fest, nachdem ich ein paar Zeilen überflogen hatte. Ich fand den Namen des Mädchens – Claudia – und notierte ihn mir. Das war eine Person, mit der wir auf jeden Fall reden mussten.

Ich wollte die Schublade gerade wieder schließen, als Ralf neben mir auftauchte und meine Hand festhielt. »Einen Moment noch«, sagte er.

Was er dann tat, verblüffte mich. Er nahm den doppelten Boden der Schublade heraus und stellte ihn behutsam zur Seite. »Eine sehr gute Tarnung«, beruhigte er mich. »Von oben überhaupt nicht zu sehen, nur von der Seite.«

Im nächsten Moment standen wir alle im Halbkreis um die Schublade.

Simon pfiff durch die Zähne. »Wow, die sind hier aber alle gut im Geschäft«, sagte er.

Ich nahm das Bündel mit Geldscheinen und ließ es über

die Finger gleiten. »Zwanzig-Euro-Scheine, vielleicht viertausend Euro.«

»Ich hatte in seinem Alter nicht so viel Geld herumliegen«, sinnierte Ralf.

»Habe ich bis heute nicht«, fügte Simon hinzu. »Ich hatte damals aber auch keine Drogen in der Schublade.«

Tatsächlich war der Rest des Geheimfachs bis zum Rand gefüllt mit kleinen Tütchen.

»Das ist doch schon mal was«, kommentierte ich. »Ganz so harmlos war der Junge also nicht.«

Im Wohnzimmer waren die Leichen abgeräumt und zusammen mit Karl auf dem Weg in die Gerichtsmedizin. Die ganze Szene wurde immer noch vom Blut bestimmt. Mittendrin die vier Kollegen der Spurensicherung, die kniend, hockend und stehend jeden Zentimeter des Zimmers begutachteten, kleine Marker aufstellten, Fotos machten und Dinge eintüteten, die ihnen wichtig genug erschienen, um sie mitzunehmen.

Ralf kommentierte: »Wenn wir noch einen Rundgang machen, stören wir nur. Das Wichtigste kann ich euch auch so sagen. Alle Spuren, die wir bisher gefunden haben, passen zu dem Tatablauf, der offensichtlich ist. Der Junge hat sie nacheinander ermordet, die Tatwaffen kennen wir bereits.«

»Was sind das eigentlich für Haken da an der Decke?«, fragte ich.

»Wir vermuten, es sind Halterungen für Boxsäcke. Wir haben eine Boxausrüstung dort hinten in der Ecke gefunden.«

Ich folgte mit dem Blick Ralfs Finger und entdeckte in der Ecke den Boxsack. »Also haben wir einen Boxer in der Familie.«

»So eine Aufhängung muss ziemlich viel aushalten«, erläuterte Ralf. »Ein Boxsack wiegt gut fünfzig Kilo und dann die Belastung durch die Bewegung.«

Was natürlich eine neue Frage aufwarf. »Wie hat er denn seine Opfer überhaupt da raufbekommen? Ich meine, das ist doch ziemlich schwer, oder? Selbst wenn die sich nicht gewehrt haben.«

»Ich weiß es noch nicht«, räumte Ralf ein.

»Vielleicht eins der Sitzmöbel oder eine Leiter«, meinte die Ellinger.

»Wir haben bisher noch keine gefunden.«

»Im Blut unter den Leichen gibt es auf jeden Fall keine Spuren«, sagte ich langsam. »Was darauf hindeutet, dass er sie zuerst alle aufgehängt und dann mit der Folter begonnen hat.«

»Richtig«, bestätigte Ralf.

»Die Zimmerdecke ist ziemlich hoch. Nehmen wir mal an, er hat eine Leiter oder ein anderes Hilfsmittel benutzt, auf dem er die Körper in relativ hoher Position abgelegt hat, um dann die Beine aufzuhängen. Und dieses Hilfsmittel ist nicht hier. Nicht im Raum, vielleicht gar nicht in der Wohnung«, dachte ich laut.

Aus meinen Worten entwickelte sich ein interessanter Gedanke. Ralf, Reinhold und die Ellinger schauten mich gespannt an. »Dann heißt das, entweder der Mörder hat es weggeräumt. Dann wäre er sehr ordentlich. Oder es gab eine zweite Person, die ihm beim Aufhängen geholfen hat.«

»Ein Komplize?«, fragte die Ellinger überrascht.

»Ein Helfer, Mittäter, vielleicht sogar jemand, der die Anweisungen erteilt hat.« Das war zwar Spekulation, aber manchmal führte die direkt zum Täter. Oder in diesem Fall zu seinem Motiv.

»Zu zweit hätten sie die Opfer vielleicht auch ohne Hilfsmittel aufhängen können«, erkannte Ralf.

»Und es wäre leichter für ihn gewesen, die Folter durchzustehen. Drei Opfer über sieben Stunden hinweg zu malträtieren, das erfordert einige ungewöhnliche Eigenschaften beim Täter«, überlegte ich.

»Du meinst Wut?«, fragte Ralf.

Niemand konnte sieben Stunden lang wütend genug sein, um eine solche Tat auszuführen. Ich stellte klar: »Ich dachte eigentlich an Bösartigkeit.«

Ralf, Reinhold und die Ellinger schauten nachdenklich auf die Haken, an denen bis eben noch die drei Leichen gehangen hatten. In meinen Gedanken zeichneten sich die wesentlichen Fragen für unsere Ermittlungen ab. Die wichtigste war, ob der Täter alleine gehandelt hatte oder ob noch andere Personen beteiligt waren. Eine zweite Frage war die nach dem Motiv. Natürlich waren beide Fragen eng miteinander verknüpft und die Beantwortung der einen konnte auch zur Lösung der anderen führen. Wobei mich das Motiv immer noch nicht sonderlich interessierte. Diese Menschen waren bereits tot, jetzt galt es nur noch, den Täter für den Rest seines Lebens aus dem Verkehr zu ziehen.

Letztendlich konnten wir dem Tatort nicht noch mehr Informationen abringen. Im Treppenhaus streiften wir unsere Anzüge ab und entsorgten sie ordnungsgemäß in einem Müllbeutel der Spurensicherung.

Mein Verdacht bestätigte sich in vollem Umfang: Die Ellinger enthüllte ein Kostüm in leuchtendem Rosa, mit dem sie selbst Barbie mühelos überstrahlen konnte. Trotz des rosa-blonden Leuchtens widerstand ich dem Drang, meine Sonnenbrille aufzusetzen. Schließlich wollte ich nicht unkooperativ wirken.

Otto kam die Stufen herauf und klappte gerade sein Handy zu. »Unser Verdächtiger wird im Krankenhaus unter die Lupe genommen«, teilte er mit.

»Wer stellt die Mordkommission zusammen?«, fragte ich.

»Reinhold.«

Ich stellte mir Reinhold am Telefon und auf den Fluren vor, wie er sagte, was für ein interessanter Fall sich gerade ergeben hatte und was der alles für Entwicklungsmöglichkeiten und Karrierechancen bot. Wer klug genug war, brachte sich rechtzeitig in Sicherheit.

Ich konzentrierte mich wieder auf unseren Tatort. »Wie steht es mit den Nachbarn?«, fragte ich.

»Wir haben die meisten noch angetroffen. Es sind einige Berufstätige dabei, aber die anderen können wir befragen«, sagte Otto. Er schaute auf einen kleinen Zettel. »Außer den Broses wohnen im Haus noch acht Parteien. Vier sind im Moment verfügbar.«

Erika kam die Stufen hoch und gesellte sich zu uns. Mit kurzen schwarzen Haaren, drahtigem Körperbau und grauem Hosenanzug hätte sie genauso gut eine Geschäftsfrau sein können.

»Hast du ihn gut abgeliefert?«, fragte Otto.

Erika nickte. Sie wirkte ein wenig unterkühlt, aber ansonsten unbeeindruckt vom Tatort.

»Gab es Probleme?«, fragte ich.

»Nein. Er war vollkommen passiv. Lethargisch. Er ließ alles mit sich machen, hat nicht reagiert, nicht gesprochen, nur stumpf vor sich hingestarrt.«

Otto hatte uns schon gesagt, der Junge habe wie traumatisiert gewirkt. Konnte meine Idee mit einem zweiten Täter das Verhalten des Jungen plausibler machen?

»Wie teilen wir die Nachbarn auf?«, fragte Erika.

Reinhold schaltete sich in unser Gespräch ein. »Wir haben vier Befragungen vor uns. Ich dachte mir, Oliver und Daniela wollen sicher gern mit der Frau sprechen, die auch die Blutspuren entdeckt hat. Rosemarie Schnurr, die direkte Nachbarin. Dann gibt es in der zweiten Etage noch die Familie Cagas, die Eltern sind verfügbar. Das könntet ihr auch machen. Otto und Erika übernehmen Herrn Schiller und die Eheleute Stelling, die im Erdgeschoss wohnen.«

Mir fiel beinahe die Kinnlade herunter. »Wie bitte? Seit

wann werden denn ... Außenstehende in die Ermittlungsarbeit einbezogen?«

Für einen Moment sprach niemand, dann räusperte sich Erika und nickte Otto zu. »Wir fangen dann mal an«, sagte er und weg waren sie.

»Das ist ein ungewöhnlicher Fall und deshalb wählen wir ein ungewöhnliches Vorgehen«, erklärte Reinhold kühl und in einem Ich-bin-hier-der-Chef-Tonfall, der keinen Widerspruch duldete. Er fügte hinzu: »Ich bin mir sicher, dass die psychologische Perspektive für uns eine wertvolle Unterstützung sein wird.«

Über diese Aussage, die klang wie ein weichgespültes Politikerstatement, konnte man sicherlich geteilter Meinung sein. Ich bildete mir ein, schon lange genug Befragungen durchzuführen, um alle relevanten Perspektiven selbst abdecken zu können. Aber anscheinend zählte jahrelange Erfahrung im KK 11 nicht mehr viel.

Ich versuchte, meinen Ärger herunterzuschlucken. Dass ich kurz vor meinem nächsten Karriereschritt zum Hauptkommissar stand und auf Reinholds Beurteilung angewiesen war, half dabei ungemein. Ich nickte knapp, wandte mich zur Tür und sagte: »In Ordnung. Worauf warten wir noch?«

7

Daniela

Der Mann war grob, er war unhöflich bis zur Unverschämtheit und aggressiv, obwohl er sich erstaunlich gut unter Kontrolle hatte. Nun stolzierte er über den Flur davon. Auch ohne weitere Worte war unmissverständlich klar, was er davon hielt, mit mir gemeinsam die Nachbarin zu befragen.

Ich überlegte kurz, war mir aber absolut sicher, dass ich normalerweise nicht so auf andere Menschen wirkte. Nicht als Therapeutin auf meine Klienten und nicht als Frau auf Männer. Kommissar Busch war deshalb ein Rätsel, das mich aber nicht genügend faszinierte, um mich an dessen Lösung zu versuchen. Also schaltete ich meine professionelle therapeutische Neutralität an und folgte ihm in die Wohnung von Rosemarie Schnurr.

Draußen begann ein freundlicher Herbstmorgen, der einige Sonnenstrahlen durch die Fenster des kleinen Wohnzimmers schickte. Ich schätzte Frau Schnurr auf ungefähr achtzig Jahre. Sie empfing uns mit gebeugtem Rücken und müden Augen, bat uns herein und ließ uns auf ihrer Sitzgarnitur Platz nehmen.

Busch strahlte immer noch keine Begeisterung aus, aber auch er schien ein Profi zu sein. »Es freut mich, dass Sie sich die Zeit für uns nehmen«, begann er freundlich. »Mein Name ist Busch von der Kriminalpolizei und das ist meine Kollegin Frau Ellinger.«

Ich bemerkte die suggestive Formulierung, die mich praktisch zur Polizistin machte. Was zumindest verhinderte, dass sich Frau Schnurr fragte, was eine Psychologin in ihrer Wohnung zu suchen hatte.

»Wir würden Ihnen gerne ein paar Fragen stellen«, sagte Busch nun, zwinkerte mir herausfordernd zu und lehnte sich demonstrativ zurück. Vielleicht war es keine echte Machonummer, die Busch abzog, aber es war mehr als deutlich, dass ich mich beweisen sollte. Kindisch. Am Ende bildete er sich noch ein, dass er besser mit Menschen reden konnte als ich, bloß weil er Polizist war.

Ich seufzte innerlich, nahm die Herausforderung an und begann die Befragung. »Frau Schnurr, Sie haben heute Morgen die Polizei verständigt?«

Die Rentnerin wirkte zerbrechlich und ängstlich, ihre Haut im Licht der Herbstsonne dünn und durchscheinend wie Pergament. Rosemarie Schnurr nickte.

»Schildern Sie doch bitte, was heute Morgen geschehen ist.«

»Ich … Also ich bin um sechs Uhr aufgestanden, so wie immer. Ich hatte gut geschlafen.« Ich entdeckte ein scheues Lächeln auf ihrem Gesicht, das aber sofort von einem verschämten Augenniederschlag verdrängt wurde. Sie fuhr fort: »Ich wollte meine Zeitung hereinholen. Und dann habe ich es gesehen.«

»Das Blut?«

»Ja«, ihre Stimme war heiser. »Unter der Tür.«

Ich wartete ein wenig, aber Frau Schnurr sprach nicht weiter. »Dann haben Sie den Notruf gewählt?«

»Ja, ich … Ich meine, nicht sofort. Ich war so erschrocken. Wie gelähmt, wissen Sie. Ich wusste gar nicht, was ich tun sollte. Ob es überhaupt Blut war.«

»Sie hatten Zweifel?«

»Es hätte auch ein Scherz sein können«, sagte sie.

Halloween war noch einen Monat hin, deshalb hakte ich nach: »Ein Scherz?«

»Ja, die …«, Frau Schnurr musste schlucken, »… die Jungs hätten sich so etwas schon ausdenken können.«

»Sie meinen die Söhne von Familie Brose?«

Sie nickte zögerlich.

»Warum hätten sie das tun sollen?«

»Um mich zu ärgern«, antwortete die Rentnerin sofort.

Aus dem Augenwinkel erkannte ich, dass Busch einen Stift nahm und in sein Notizbuch schrieb. Zumindest war er auch eingeschnappt professionell genug und vergaß die Ermittlungsarbeit nicht.

»Ist so etwas schon einmal vorgekommen?«

»Sie meinen mit Blut?«

Ich nickte.

»Nein. Aber andere Dinge.«

»Was für Dinge?«

Frau Schnurr schaute auf den Boden zu ihren Füßen. Opfer, schoss es mir durch den Kopf. Sie verhält sich wie ein typisches Opfer.

Als sie begann, sprach sie leise, fast scheu: »Also ... zuerst einmal der Lärm.«

»Ruhestörung?«, fragte Busch.

Wie aufgeschreckt von diesem Wort warf Frau Schnurr hastig ein: »Nein, Ruhestörung eigentlich nicht. Ich weiß nicht so recht. Ich meine, es sind halt junge Leute.« Sie erinnerte mich an einen Regierungspolitiker, der sich bei der ersten kritischen Frage sofort um hundertachtzig Grad drehte.

Ich fragte: »Wie muss ich mir das vorstellen?«

Ich glaubte nicht, dass Frau Schnurr ihren Rücken noch weiter beugen oder den Kopf noch weiter senken konnte, doch ihr Wunsch, am liebsten in ihrem Sofa zu verschwinden und unsichtbar zu werden, war unübersehbar.

»Da war zum Beispiel die Musik ...«

»Laute Musik?«

»Ja, vielleicht«, sagte Frau Schnurr. Als wir sie fragend anschauten, fügte sie hinzu: »Ich glaube schon.«

Busch sagte: »Frau Schnurr, alles was Sie uns über Ihre Nachbarn sagen können, hilft uns bei unseren Ermittlungen.«

Sie nickte langsam, überwand aber ihre Zögerlichkeit nicht. »Vor allem abends«, sagte sie leise.

»Die Musik?«

»Ja. Und nachts.«

»Was gab es noch?«, fragte ich.

Frau Schnurr seufzte. »Das ist schwer zu beschreiben.«

Wir warteten, bis sie weitersprach.

»Es war eigentlich immer Lärm. Musik, eine Party, Hämmern, Bohren. Oder ein Streit, bei dem sich alle angeschrien haben.«

Ich dachte unwillkürlich an die Wohnung im Studentenwohnheim, in der ich während meines Studiums gewohnt hatte, und wie sehr mir der Lärm dort zugesetzt hatte. Partys während ich für die Prüfung lernen wollte, Autorennen auf dem Parkplatz, einmal sogar eine Drogenrazzia der Polizei. Zeiten, in denen *ich* schwarze Augenringe und gebeugte Schultern gehabt hatte.

»War das sehr belastend?«

»Ja, ich kann kaum eine Nacht schlafen. Rund um die Uhr dieser Lärm.« Sie schwieg eine Weile, dann sagte sie mit einer Stimme voller Bitterkeit: »Als mein Hermann gestorben ist, bin ich hierhergezogen, weil ich eine gute Wohnung wollte. Kein Heim. Ich wollte noch eine schöne Zeit haben, wissen Sie?«

Die alte Dame tat mir leid. Die Frustration musste enorm gewesen sein, nachdem sie festgestellt hatte, dass die Familie Brose ihren Wünschen nach einer schönen und ruhigen Zeit im Weg stand.

»Haben Sie schon einmal …?«

»Natürlich. Ich habe sie oft gebeten, etwas Rücksicht zu nehmen.«

Ich fragte: »Und?«

Frau Schnurr sprach nun schneller und wirkte eher wütend als beschämt. »Das Ergebnis war, dass es noch lauter wurde. Dann lag plötzlich meine Wäsche im Waschkeller auf dem Boden. Und am nächsten Tag war mein Kellerraum aufgebrochen.«

Ich konnte mir nicht vorstellen, dass Frau Schnurr ihre Bitte anders als in allerhöflichster Form vorgetragen hatte. Ich merkte, dass ich auch wütend wurde. Ich dachte an die Leichen im Wohnzimmer und erinnerte mich daran, dass es zwischen dem Schikanieren von Nachbarn und einer solchen Gewalttat einen großen Unterschied gab.

»Und dann?«

»Mein Freund hat die Polizei gerufen.«

»Ihr Freund?«

»Der Nachbar gegenüber. Dirk. Er meint, er muss sich um mich kümmern.« Sie sagte das mit einer Nachsicht, die man nur in hohem Alter und auch dann nur mit viel jüngeren Menschen hat.

Busch machte sich eine Notiz, vermutlich einen Merkposten, die Polizeiakte der Familie Brose durchzuschauen.

»Was hat das ergeben?«

Sie seufzte. »Nichts. Natürlich war die Polizei auch nebenan. Aber es ließ sich nichts nachweisen. Am Ende war alles nur noch schlimmer.«

»Wie das?«

»Meine Wäsche lag nicht mehr nur auf dem Boden.«

Wir schwiegen einen Moment, aber Frau Schnurr wollte offenbar nicht ins Detail gehen. »Gab es noch andere Dinge?«

»Ja ... ach, ich weiß nicht. Ich möchte wirklich nicht Ihre Zeit ...«

Mit der ungerechtfertigten Scham von Menschen, die zu Opfern geworden waren, kannte ich mich bestens aus. »Frau Schnurr«, sagte ich ruhig. »Wir müssen so viel wie möglich über die Broses herausfinden. Alles, was Sie uns sagen können, hilft uns, die Ereignisse besser zu verstehen.«

Frau Schnurr nickte. »Es ist nur ... Ich möchte nicht ...«

»Schlecht reden über Leute, die sich nicht mehr wehren können?«

Hier zeigte sich eine Erziehung der alten Schule. Vielleicht auch einfach nur ein Gefühl für Anstand. Man konnte sicher darüber streiten, was heutzutage seltener anzutreffen war. Frau Schnurr nickte bestürzt.

Ich versicherte ihr: »Wir sammeln lediglich Informationen und möchten Sie bitten, uns zu helfen.«

Mit einem tiefen Seufzer sagte die Rentnerin: »Da war noch der Grill.«

»Erzählen Sie uns davon«, forderte ich sie auf.

»Die Broses grillen sehr oft. Manchmal zwei Mal oder drei Mal am Tag. In der Nacht. Und jedes Mal zieht der Rauch genau auf meinen Balkon. Ich muss alle Fenster schließen.«

»Immer in der Grillsaison?«

»Nein, das ganze Jahr über«, sagte Frau Schnurr.

»Auch im Winter?«, fragte ich erstaunt.

»Ja. Dann haben sie draußen gegrillt und drinnen gegessen«, erklärte sie.

Grillfetischisten. Busch notierte pflichtbewusst.

»Und Sie haben um etwas Rücksicht gebeten?«

Sie senkte wieder den Blick. »Ja. Eine Stunde nachdem ich mit Herrn Brose gesprochen hatte, startete er seinen Grill. Dann holte er einen Ventilator und stellte ihn so, dass noch mehr Rauch in meine Richtung zog. Unabhängig von der Windrichtung.« Ihre Stimme bebte bei der Schilderung.

Mir kam der Gedanke, dass es vielleicht im Haus schon vorher Tote hätte geben können, wenn Frau Schnurr nur bewaffnet gewesen wäre. Auf der anderen Seite schien sie mir trotz allem, was sie durchgemacht hatte, sehr friedfertig.

Ich ersparte der Rentnerin weitere Fragen zu diesem Thema. »Wie war denn der Umgang mit den Broses? Ich stelle mir die Situation sehr schwierig vor. Diese Leute lassen Sie nicht schlafen und beschädigen Ihr Eigentum. Schikanen ohne Ende. Trotzdem wohnen Sie ja nebeneinander und begegnen sich manchmal.«

»Ich habe Begegnungen immer vermieden«, sagte sie mit versteinertem Gesicht.

»Das lässt sich sicher nicht immer vermeiden.«

»Das stimmt«, räumte sie ein. »Ich habe diese Leute nicht angeschaut. Ich konnte es nicht ertragen, die Bosheit und den Triumph in ihren Augen auch noch zu sehen.«

»Würden Sie die Familie so beschreiben? Als boshaft?«

»Wie würden Sie es nennen? Immer wenn wir uns doch begegnet sind, riefen sie mir Sachen hinterher.« Ihre Stimme wurde leiser und ein leichter Schauder durchlief ihren Körper, obwohl sie in der warmen Sonne saß.

»Waren denn alle so oder gab es aus der Familie eine Person, die harmlos war? Oder besonders schlimm?«

Ihre Antwort kam ohne Zögern: »Der jüngste Sohn. Marvin. Das ist der Schlimmste.«

Ich machte mir wiederum den Unterschied zwischen Ruhestörung, Sachbeschädigung und Beleidigung auf der einen Seite und Mord auf der anderen bewusst. Trotzdem passte diese Einschätzung von Frau Schnurr natürlich gut zur Lage der Dinge.

»Wirkte er bedrohlich auf Sie?«, wollte ich wissen.

Sie schien nachzudenken. Ihr Gesicht verzog sich dabei, als würde Marvin im Raum stehen. »Ja. Er ist nicht besonders groß, aber in meinem Alter … Ich hatte Angst vor ihm.«

»Hat er Sie körperlich bedroht?«

»Nicht direkt. Durch Blicke. Indem er ganz langsam Platz machte, wenn wir uns begegneten.«

Was für ein reizender Junge, dachte ich.

Busch sagte: »Frau Schnurr, Ihre Aussage ist sehr hilfreich für uns. Dürfte ich Sie bitten, heute Nachmittag ins Präsidium zu kommen, damit wir sie ausführlich dokumentieren können?«

»Sehr gerne.«

Ich leitete das Ende meiner Befragung ein. »Gut. Dann habe ich noch einige Fragen zum Abschluss.«

»Ja.«

»Gab es Freunde? Besuch? Haben Sie davon etwas mitbekommen?«

Sie sagte, wiederum mit der Nachsicht des Alters: »Frau Ellinger, es war unmöglich, irgendetwas, das diese Familie gemacht hat, nicht mitzubekommen. Alles, was sie taten, war unglaublich laut.«

»Die Freunde auch?«

»Ja, die Freunde auch. Es gab mehrere, die häufiger kamen. Zu Partys. Und auch sonst. Alles sehr unangenehme Menschen. Vielleicht noch unangenehmer als Marvin. Nein, das geht eigentlich gar nicht.«

Busch ließ sich eine Beschreibung dieser Freunde geben, die allerdings wenig hilfreich ausfiel. Es waren junge Leute gewesen mit Kleidung, wie sie Jugendliche trugen und sie waren mit aufgemotzten oder durchgerosteten Autos vorgefahren. Sie waren laut gewesen, hatten Bier getrunken und gegrölt. Einmal war sogar einer von ihnen betrunken die Treppe hinuntergefallen. Als Frau Schnurr ihm zu Hilfe eilen wollte, hatte er sie zum Dank angepöbelt. Namen konnte Frau Schnurr uns keine nennen.

Busch notierte alles gewissenhaft. »Sie erwähnten vorhin Streitereien in der Familie«, sagte er. »Wie muss ich mir das vorstellen?«

»Sie schrien sich an. Meist der Vater seine Söhne. Beschimpften sich.«

»Kam es auch zu Gewalttätigkeiten?«

»Das weiß ich nicht. Es könnte sein. Laut genug war es jedenfalls.«

Wir nickten verständig. »Wissen Sie, worum es ging?«

»Das war ja nicht zu überhören. Meistens um Kleinigkeiten. Schulnoten. Oder ob die Jungs noch die Oberstufe besuchen sollten oder nicht. Welche Ausbildung infrage kam. Wie lange sie wegbleiben durften. Ob sie eine Party feiern durften. Fernsehen. Computer. So etwas.«

Eigentlich keine unüblichen Themen. »Haben Sie in dieser Nacht etwas gehört?«, fragte Busch.

»Nein«, sagte Frau Schnurr leise. »Es war absolut ruhig. Ich habe so gut geschlafen wie noch nie, seit ich hier wohne.«

In ihre Worte mischte sich die Scham, wie ich vermutete, darüber, dass sie geschlafen hatte, während ein paar Meter entfernt Menschen ermordet worden waren. Ganz so als hätte ihr ruhiger Schlaf dazu beigetragen.

Frau Schnurr seufzte schwer. »Wissen Sie, ich denke, wenn man zusammen in so einem Haus wohnt, dann ist es doch selbstverständlich, dass man aufeinander Rücksicht nimmt, oder? Aber es ist ganz anders. Diese Leute interessiert Rücksicht überhaupt nicht. Sie sind so boshaft, wie man es sich nicht vorstellen kann.«

»Wie lange wohnen Sie denn schon hier?«, fragte Busch.

»Zwei Jahre.«

Aus eigener Erfahrung wusste ich, dass das eine sehr lange Zeit war, wenn man kontinuierlich am Schlafen gehindert wurde. Ich fragte mich, wie Frau Schnurr das überhaupt ausgehalten hatte. Von den gezielten Schikanen ganz abgesehen.

Busch war offenbar der Meinung, dass wir genügend Anhaltspunkte gesammelt hatten, und begann, uns zu verabschieden. Auf dem Weg zur Tür blieben wir in dem kleinen Flur stehen. Frau Schnurr flüsterte so leise, dass wir es kaum hören konnten: »Es ist jetzt vorbei, oder? Die werden nicht zurückkommen.«

Es war die leise, misstrauische und zugleich beschämte Hoffnung auf ein Ende der Schikanen, auf ein Leben in Normalität. Im Flüsterton vorgetragen, um das Schicksal nicht herauszufordern. Die gebeugten Schultern und die zittrige Stimme verrieten, dass Frau Schnurr diese Hoffnung schon früher gehegt hatte, darin allerdings immer wieder enttäuscht worden war.

Ich überlegte sorgfältig, was ich ihr antworten konnte. Drei der Broses waren tot, ermordet vom vierten.

Busch sah das offenbar genauso wie ich. »Nein«, sagte er ruhig. »Niemand von denen wird jemals zurückkommen.«

Der Seufzer, den sie ausstieß, war so tief, dass ich instinktiv ein Stück zur Seite wich, um nicht von den Steinen getroffen zu werden, die als Lawine von ihrem Herzen niedergingen. Tränen glitzerten in den Augen der Rentnerin. Meine Nackenhaare richteten sich bei diesem Anblick auf.

8

Oliver

»Es scheinen nicht die angenehmsten Nachbarn gewesen zu sein«, meinte die Ellinger, als wir wieder im Hausflur standen.

»Sie neigen zum Understatement«, kommentierte ich. Zumindest aber hatte ich in der letzten halben Stunde gesehen, dass sie im richtigen Moment die richtigen Fragen stellen konnte. Den Katastrophenalarm konnte ich also zum Ausnahmezustand abmildern.

»Vielleicht«, räumte sie ein. »Wer kommt als Nächstes dran?«

Ich schaute in mein Notizbuch. »Das ist Familie Cagas. Die wohnen oben.« Also stiegen wir die Treppe hinauf und klingelten. Es war die mittlere Wohnung, direkt über den Broses.

Vor der Wohnungstür der Cagas' verdichtete sich eine Geruchskombination aus abgestandenem Zigarettenqualm und schalem Bier, bis vor vier Jahren noch charakteristisch für die kleine Kneipe an der Ecke, in der sich Arbeiter abends trafen, um sich die Welt wieder ins Lot zu trinken.

Als Herr Cagas die Tür öffnete, konnte ich ihn mir gut als einen dieser Arbeiter vorstellen, auch wenn er heute Morgen unrasiert, in ausgebeulter Jogginghose und verschwitztem Unterhemd zu Hause war. Er schaute uns aus blutunterlaufenen Augen mit abgrundtiefen Augenringen an.

Ich sagte: »Guten Morgen. Mein Name ist Busch von der Kriminalpolizei und das ist …«, es ging mir immer noch schwer über die Lippen, »… meine Kollegin Frau Ellinger.«

Frank Cagas bat uns freundlich herein. Er schloss die Tür hinter uns und rief laut und mit unangenehmem Mundgeruch über meine Schulter: »Ela, die Polizei ist da!«

Obwohl ich mich bemühte, flach zu atmen, bekam ich schon auf dem kurzen Weg durch den Flur Beklemmungen. Wir bogen ins Wohnzimmer ab, wo glücklicherweise ein Fenster offen stand. Die Ellinger und ich setzten uns zielstrebig direkt davor. Unsere Blicke trafen sich für einen Moment. Sie hatte sich ziemlich gut unter Kontrolle – zumindest für eine Reinkarnation von Barbie – und ließ sich nichts anmerken.

Die Einrichtung war zweckmäßig, aber alt und zerschlissen. Der Laminatboden war an den Fugen aufgequollen und vor dem Sofa abgewetzt, sodass die billige graue Trägerstruktur zum Vorschein kam. Das Sofa wies auf den Plätzen vor dem Fünfzig-Zoll-Breitbildfernseher deutliche Sitzkuhlen auf. Eine Morgentalkshow flimmerte über den Bildschirm. Frank Cagas nahm die Fernbedienung und stellte den Ton ab. Wahrscheinlich hatten beide genügend Übung, um den Inhalt der Sendung auch ohne Ton zu erfassen.

Auf einem zerkratzten Sideboard entdeckte ich in einem billigen Rahmen einen Schnappschuss der Familie. Neben den Eltern zählte ich fünf Kinder, deren Alter ich zwischen sechs und zehn Jahren einordnete. Herr Cagas ließ sich schwer in einen Sessel fallen, von wo aus er uns und gleichzeitig die Mattscheibe im Blick hatte. Seine Frau fragte uns, ob wir einen Kaffee wollten. Wir lehnten höflich ab. Daraufhin holte sie zwei Becher für sich und ihren Mann. Ich betrachtete ihre stumpfen Haare, den stumpfen Blick, die Jeans und Bluse in einer Farbe irgendwo zwischen Grau und Gelb. Ich hatte den Eindruck, ihre Schultern seien noch mehr gebeugt als die von Frau Schnurr. Kaum saßen die beiden uns gegenüber, hatten sie sich neue Zigaretten angesteckt.

»Herr und Frau Cagas, wir kommen zu Ihnen, weil Ihre Nachbarn, die Familie Brose, ermordet wurden.«

Die beiden nickten stumm, ohne erkennbare Regung. Vielleicht war es angebracht, dass wir erst einmal ein wenig miteinander warm wurden. Falls wir bis dahin nicht erstickt waren.

»Ihre Kinder sind in der Schule?«

Auf Ela Cagas' Gesicht schlich sich ein flüchtiges Lächeln, das dort fremd wirkte und ihrer übrigen Haltung widersprach. Ihre Augen leuchteten auf. Aber sowohl das Lächeln als auch das Leuchten waren im nächsten Moment wieder verschwunden, abgelöst von einem furchtsamen Blick, so als wolle sie das Schicksal nicht durch den Stolz auf ihre Kinder herausfordern.

»Die sind in der Schule«, bestätigte Herr Cagas und benutzte den Aschenbecher auf dem Couchtisch, der schon überquoll.

»Gehen alle in die Schule?«

»Ja«, sagte Frau Cagas mit einem Seufzen. »Die Zeit vergeht so schnell. Unsere Älteste ist schon zehn.«

»Macht den Kindern die Schule Spaß?«

»O ja!« In ihrem Lächeln lag keine Scheu mehr. »Und sie haben sogar ziemlich gute Noten.«

»Eigentlich erstaunlich«, brummte Frank Cagas.

Seine Frau stimmte ihm zu, ihr Lächeln kühlte sich ab.

»Warum erstaunlich?«, fragte ich.

»So wenig wie die schlafen können«, sagte Herr Cagas mürrisch.

»Ja, das ist schlimm«, pflichtete seine Frau ihm bei.

Damit waren wir wohl mitten im Thema. Ich fragte: »Was meinen Sie?«

»Na, deshalb sind Sie doch hier«, antwortete Cagas. »Um etwas über diese Leute zu erfahren, oder?«

»Ja.«

»Dann sage ich Ihnen jetzt etwas. Diese Leute sind verantwortlich dafür, dass unsere Kinder nachts nicht vernünftig schlafen können.«

»Wir natürlich auch nicht«, ergänzte seine Frau.

»Richtig. Ständig irgendwelcher Lärm. Musik, Geschrei, Gepolter.«

»Hämmern und Bohren«, fügte Frau Cagas hinzu.

»Nie auch nur ein Augenblick Ruhe.«

Das klang ganz ähnlich wie der Albtraum, den Frau Schnurr seit zwei Jahren hier erlebte. »Und haben Sie schon …?«

»Natürlich. Einmal fing um halb elf eine Party an. Bei uns haben die Wände gewackelt. Wir konnten uns nicht mal mehr unterhalten, so laut war die Musik.«

»Unsere Kinder sind aufgewacht«, sagte Frau Cagas, nun ganz ohne Lächeln. »Waren erschrocken. Haben geweint.«

»Ich ging runter«, erinnerte sich Herr Cagas. »Ich sagte, wir haben kleine Kinder, die müssen in die Schule. Die müssen schlafen.«

Ela Cagas schnaubte verächtlich. »Als ob die das jemals interessiert hätte.«

Ihr Mann nickte. »Und was glauben Sie, macht dieser Rotzbengel? Er fängt an zu lachen. Er lacht mich aus. Und er sagt: ›Mann, stellen Sie sich nicht so an, aus Ihren Kindern wird doch eh nichts.‹«

Allein die Erinnerung daran löste in dem Mann so viel Wut aus, dass ich mich unwillkürlich zurücklehnte und in Deckung gehen wollte. »Und was ist dann passiert?«

»Dann habe ich die Polizei gerufen.«

Eine kluge Entscheidung, dachte ich.

»Aber das hat nichts geholfen«, setzte Cagas sofort hinzu. »Irgendwie haben die das spitzgekriegt und als die Polizei das Haus betreten hat, war es plötzlich still. Mucksmäuschenstill. Absolut kein Ton mehr zu hören.«

»Was sonst nie passiert«, ergänzte Frau Cagas.

»Die Polizei konnte nichts machen und ist wieder gefahren.«

»Und dann«, sagte Frau Cagas bitter, »ging es weiter. Noch lauter als vorher.«

Ich sagte: »Sie müssen sehr wütend sein.«

»O ja.«

»Immer noch?«

»Natürlich.«

»Wie lange ist das her?«

»Vielleicht zweieinhalb Jahre. Aber das war ja nur ein Beispiel. Es gab ständig Lärm. Ständig.«

Ich ergriff die Gelegenheit und fragte ihn direkt: »Sind Sie froh, dass Ihre Nachbarn tot sind?«

Herr Cagas zögerte nicht eine Sekunde: »Ja.«

Seine Frau fügte eilig und ängstlich hinzu: »Ich wäre schon glücklich gewesen, wenn die einfach ausgezogen wären. Oder wenn wir hätten umziehen können.«

Was absolut plausibel klang. Wer eine solche Belastung über Jahre ertragen musste und kein taoistischer Mönch war, blieb davon nicht unberührt.

»Sie konnten nicht umziehen?«

»Nein, wir ...«, begann Ela Cagas.

»Wir haben kein Geld«, stellte ihr Mann grimmig fest. »Wir sind arbeitslos. Seit sechs Jahren.«

Ich nickte. Keine Arbeit, kein Geld, kein Umzug, kein Schlaf, keine Energie, keine Arbeit. Ein Teufelskreis ohne Ausweg.

»Wissen Sie«, sagte Herr Cagas, »mir ist klar, dass wir keine guten Eltern sind. Wir gehen nicht zur Arbeit. Ich trinke zu viel. Ich bin nicht klug und wir können unseren Kindern nicht viel bieten. Ich glaube nicht, dass ich im Leben noch etwas erreichen kann.«

Ich schätzte ihn auf Mitte dreißig, aber die Lebensfreude, die er versprühte, passte zu einem Patienten mit Krebs im Endstadium. Seine Frau nahm seine Hand mit einem liebevollen und besorgten Blick.

Herr Cagas sprach weiter mit einer Mischung aus Resignation und Wut. »Aber solche Leute wie die Broses, die machen mich krank. Wir werden immer beschimpft und niedergemacht. Sozialhilfeempfänger, Schmarotzer. Asoziale.«

Kriegen ihre Kinder nur, um ihre Wohnung und ihr Bier zu finanzieren, ergänzte ich in Gedanken.

»Aber für meine Kinder habe ich die Hoffnung noch nicht aufgegeben«, fuhr Frank Cagas fort. »Und jetzt frage ich Sie: Wer ist hier im Haus asozial? Wenn diese Leute mit Absicht und immer wieder Lärm machen, dass es sich anhört, als würde das ganze Haus einstürzen? Mitten in der Nacht unsere Kinder aufwecken, bis sie vor Schreck und Erschöpfung weinen?«

Ich an seiner Stelle hätte diese Typen schon längst kaltgestellt. Aber als Polizist in einer Mordermittlung war es nicht meine Aufgabe, den Mann zu bedauern, sondern zu prüfen, ob er mit den Morden in Verbindung stehen konnte. Er war nicht in der besten körperlichen Verfassung mit seiner schlaffen Körperhaltung, eingefallenem Brustkorb und leichtem Bauchansatz. Trotzdem war er jung und kräftig genug, um als zweiter Täter infrage zu kommen.

Ich fragte: »Gibt es unter den Broses eine Person, die Sie besonders schlimm finden?«

Wieder kam seine Antwort schnell und ohne Zögern. »Marvin. Der jüngste Sohn.«

»Warum gerade er?«, fragte ich.

»Er ist … Er war …«, setzte Frau Cagas an. Dann fragte sie: »Lebt er überhaupt noch?«

»Als Einziger.«

»Dann hat er …? O mein Gott.«

Ihrem Gesichtsausdruck nach zu schließen, hatte Frau Cagas auch ihre Probleme damit, Marvin mit diesem Mord in Verbindung zu bringen. »Ich meine, er war unangenehm …«

»Widerwärtig«, korrigierte Herr Cagas.

»Stimmt, aber dass er seine Familie ...« Sie schüttelte ungläubig den Kopf.

»Was ist mit den Streitigkeiten in der Familie?«, gab ich zu bedenken.

»Wir streiten uns auch manchmal. Das heißt nicht, dass wir einander umbringen würden.«

Als sei noch eine weitere Relativierung erforderlich, teilte Frau Cagas mit: »Die Mutter war auch furchtbar.«

Ihr Ehemann nickte bestätigend.

»Es war unerträglich. Vor allem für die Kinder. Also habe ich mir gedacht, ich spreche mal mit ihr. Von Mutter zu Mutter. Ich habe ihr ein paar Ereignisse geschildert und gebeten, vielleicht ein wenig auf die Lautstärke zu achten.«

Ich ahnte das Ergebnis dieser Aktion.

»Es hat sie überhaupt nicht interessiert«, erzählte Ela Cagas mit Tränen in den Augen. »Sie beschimpfte mich. Was mir einfiele, ihre Söhne zu beschuldigen. Es hätte noch nie irgendwelche Probleme oder Beschwerden gegeben. Es war so erniedrigend. Und dann hat sie mich bedroht. Sie sagte, wenn ich noch einmal käme, würde sie das Jugendamt anrufen und behaupten, dass wir unsere Kinder schlagen.«

Was für reizende Leute, dachte ich – nicht zum ersten Mal. Aber andererseits: Wenn der verblichene Bundespräsident missliebige Journalisten bedrohen konnte, warum sollte nicht auch Frau Brose ihre Nachbarn einschüchtern?

Frau Cagas schluchzte. »Ich meine, was ist denn das für eine Mutter?«

Jetzt schaltete sich meine sogenannte Partnerin ungebeten in die Befragung ein. »Manche Leute sehen sich selbst immer als Opfer«, erklärte die Psychologin sanft. »Ganz egal was passiert ist. Sie hat das als Angriff gegen sich empfunden.«

Die Information war logisch, aber die versteckte Botschaft gefiel mir nicht.

Deshalb ergänzte ich: »Sie haben jedes Recht, empört zu sein. Es gibt Leute, so wie Ihre Nachbarn, denen ist einfach nicht zu helfen.«

Ein irritierter Seitenblick der Ellinger. Ich ignorierte ihn und fragte: »Fällt Ihnen jemand ein, der etwas gegen die Familie hatte?«

Herr Cagas lachte auf. »Sie meinen außer allen Bewohnern hier im Haus?«

Ich nickte.

»Sie sollten die Frage andersherum stellen: Wer hatte eigentlich nichts gegen die Familie? Die Liste ist bestimmt sehr viel kürzer.«

Bevor die Psychologin sich wieder einmischen und dem armen Kerl einreden konnte, dass er die Belastung durch die Missetaten seiner Nachbarn absichtlich übertrieb, um seinen Hass auf sie zu rechtfertigen oder irgendwelchen anderen Psycho-Blödsinn, fragte ich Cagas: »Hatte die Familie denn Freunde?«

Er antwortete gepresst: »So erstaunlich es ist, sie hatten Freunde. Die Jungs hatten Kumpels vom gleichen Kaliber. Die Eltern hatten keine Freunde. Ab und zu Besuch von Verwandten.«

»Bruder oder Schwester?«, hakte ich nach.

Herr Cagas zuckte die Schultern. »So gut kenne ich mich bei denen nicht aus.«

»Woher wissen Sie dann, dass es Verwandte waren?«

»Es muss einfach so sein. Ihre Stimmen waren sich so ähnlich.«

»Das müssen Sie erklären«, bat ich ihn.

»Die würde ich unter tausend anderen erkennen.« Bei diesen Worten schüttelte es den Mann.

»Können Sie sie beschreiben?«

»Tief und durchdringend. Aber irgendwie schräg. Wie ein falsch gestimmtes Instrument. Und lallend. Wie betrunken.«

Ich notierte das, fragte aber zur Sicherheit nach: »War Herr Brose vielleicht tatsächlich betrunken?«

»Sicher war der auch mal betrunken. Ziemlich häufig sogar. Aber er sprach ständig so.«

»Wie war der Kontakt zu den Verwandten?«

»Die waren nicht so oft da«, berichtete Frank Cagas. »Ich glaube nur zu Geburtstagen und so.«

Doch beide konnten uns weder Namen noch hilfreichere Personenbeschreibungen geben als Frau Schnurr.

Schließlich schwenkte ich auf die abschließenden Fragen ein. »Haben Sie in der letzten Nacht etwas gehört?«

Herr Cagas lächelte beschämt. »Ich habe nichts gehört. Überhaupt nichts. Das hat mich schon total nervös gemacht. Richtig unheimlich.«

Seine Frau nickte zur Bestätigung. »Wir haben vor lauter Nervosität fast kein Auge zugetan.«

Ich machte mir eine Notiz. Vielleicht hatten die beiden wirklich nichts gehört. Oder sie hatten etwas gehört, wollten es aber nun nicht sagen, weil ihnen klar geworden war, was sie gehört hatten. Ihre Aussage, in der Nacht kaum geschlafen zu haben, war angesichts ihrer müden Gesichter allerdings glaubwürdig.

Ich verabschiedete uns. »Herr und Frau Cagas, vielen Dank für Ihre Geduld. Es kann sein, dass wir Sie in den nächsten Tagen noch einmal ins Präsidium bitten, um Ihre Aussage in aller Ruhe aufzunehmen.«

»Nur zu«, sagte Frank Cagas. »Wir sind ja hier.« Es sollte wohl bitter klingen, aber ich hörte nichts als Müdigkeit aus seiner Stimme.

»Vielleicht möchten Sie sich ja noch ein wenig hinlegen, bevor Ihre Kinder aus der Schule kommen?«, fragte die Ellinger unvermittelt.

Verwechselte sie jetzt eine polizeiliche Vernehmung mit einer ihrer Therapiesitzungen?

Frau Cagas sagte dankbar und voller Sehnsucht: »O ja, Frank, lass uns das machen.«

Herr Cagas brachte uns zur Tür, seine Frau schaltete den Fernseher aus und verschwand im Schlafzimmer.

Nachdem die Tür ins Schloss gefallen war, hörte ich die gedämpfte Stimme von Frank Cagas: »Endlich sind sie tot ...«

9

Daniela

»Glauben Sie, die schlafen jetzt wirklich?«, fragte Busch, als wir die Treppe hinuntergingen. Die Frage überraschte mich und sein Grinsen bewies, dass er nicht immer mürrisch und verschlossen war.

»Müde genug sind sie«, antwortete ich zurückhaltend. Immerhin hatte ich keine Ahnung, wie schnell sein Grinsen eine anzügliche Färbung annehmen konnte.

»Oder die feiern jetzt, dass ihre Nachbarn tot sind«, spekulierte der Kommissar.

»Kann gut sein.«

Vor der Wohnungstür der Broses hielten wir an. »Würden Sie das auch feiern?«, fragte Busch. »Wenn Sie in diesem Haus wohnen würden? Würden Sie sich auch freuen?«

»Ist das jetzt eine Fangfrage?«, tastete ich mich misstrauisch vor.

»Hass und Freude sind nicht strafbar«, beruhigte er mich. »Und hypothetische Überlegungen in der Regel auch nicht.«

Ich dachte zurück an die Befragungen. An meine Erfahrungen aus der Praxis, an Klienten, die in ähnlichen Situationen gesteckt hatten. Ja, dachte ich. Eindeutig ja.

Ich formulierte vorsichtig: »Vielleicht. Das ist schwer zu sagen.«

Busch schaute mich von der Seite an. »Frau Dr. Ellinger, wir sind jetzt Partner. Oder zumindest so etwas Ähnliches.«

»Das weiß ich.«

»Also antworten Sie mir nicht mit irgendwelchen Floskeln, nur weil Sie politisch korrekt sein wollen.«

Ich war überrascht von dieser Wendung und vermutete darin einen Versuch, unsere Beziehung auf eine ungezwungenere Basis zu stellen. Ich spielte mit und sagte: »Als Auftragnehmerin der Polizei bin ich der politischen Korrektheit verpflichtet.«

»Unsinn.«

»Ich zeige Ihnen die Vertragsklausel zur politischen Korrektheit, wenn Sie wollen.«

Er blieb stehen und schaute mich direkt an. »Bekomme ich noch eine Antwort oder nicht?«

Vielleicht war das der Moment, in dem wir wirklich anfingen, als Partner zusammenzuarbeiten. Ich sagte: »Ich würde eine Flasche Champagner aufmachen. Mindestens.«

»Na also«, grinste Busch. »Das war doch gar nicht so schwer.«

»Und Sie?«, fragte ich.

»Was ist mit mir?«

»Würden Sie sich auch freuen?«

»Definitiv.«

»Und was würden Sie machen?«

»Dasselbe wie Frank Cagas. Mit meiner Frau ins Bett gehen, ohne fürchten zu müssen, von irgendwelchen asozialen Proleten unterbrochen zu werden.«

Ich schüttelte langsam den Kopf.

Er fragte angriffslustig: »Was ist?«

»Wir sind seit einer Stunde Partner, oder?«

»Worauf wollen Sie hinaus?«

»Dass ich Sie schon zum ersten Mal wegen eines Verstoßes gegen die Dienstvorschriften decken muss.«

»Quatsch«, brummte er und wischte meine Worte beiseite.

»Asoziale. Und Proleten«, erinnerte ich ihn. »Ihre Wortwahl ist schockierend.«

»Sie ist präzise«, beharrte Busch.

Dann gingen wir wieder in die Wohnung der Broses. Die Spurensicherung war immer noch bei der Arbeit und die Beamten schienen sich, zumindest im Wohnzimmer, nicht von der Stelle bewegt zu haben.

Simon kam uns im Flur entgegen. Er trug einen Korb voll mit Beweismitteln. »Und, wie war die Befragung?«

»Die Familie Brose, das waren ganz reizende Leute«, flötete Busch. »Zum Glück ist der Beliebteste von ihnen noch am Leben.«

Simon schaute den Kommissar neben mir irritiert an, dann wandte er sich an mich. »Daniela?«

»Alle sind froh, dass die Leute tot sind. Allerdings ist der Schlimmste von ihnen noch am Leben.«

Das erstaunte ihn noch mehr. »Alle sind froh?«

»Vielleicht gibt es heute Abend sogar ein Feuerwerk«, meinte Busch.

»Okay«, sagte Simon mit einem Kopfschütteln. »Ich will sehen, was ich aus den Computern herausbekommen kann.«

»Gut«, antwortete Busch. »Wir wollen nur noch einen Blick auf den Balkon werfen.«

»So gut ist die Aussicht nicht«, bemerkte Simon.

Ich lehnte in der Wohnzimmertür. Schon von hier aus konnte ich sehen, was uns interessierte.

»Da steht er ja.«

»Wer denn?«, fragte Simon.

»Der Ventilator.«

»Tatsächlich, der ist mir noch gar nicht aufgefallen«, sagte er erstaunt. »Was hat das zu bedeuten?«

Ich erzählte ihm von den Schikanen.

»Das ist ja wirklich ganz reizend«, erkannte nun auch Simon.

»Sag ich doch«, brummte Busch und bot an: »Komm, wir helfen dir.«

Wir klemmten uns jeder eine Kiste mit Beweismitteln unter den Arm, dann machten wir uns auf den Weg ins Präsidium.

10

Oliver

Es war ein wunderbarer Vormittag, der den ersten goldenen Herbsttag versprach. Die Luft war klar, die Sonne schien von einem makellosen Himmel und ließ die Blätter leuchten. Ein perfekter Tag zum Rudern, aber ich musste mich mit einem durchgeknallten Teenager befassen, der seine Familie abgeschlachtet hatte – und zu allem Überfluss hatte ich dabei auch noch fachkundige Unterstützung, die mir in Gestalt einer rosa-blonden Therapeutin wie ein kleines Hündchen überallhin folgte.

Reinhold empfing die Ellinger und mich schon an der Tür des Besprechungsraums. »Meine Güte«, sagte er. Er war atemlos, als wäre er aus seinem Büro hergesprintet. »Der Fall schlägt ja jetzt schon Wellen. Zum Glück wissen die Medien noch nichts.«

Ich sagte: »Der Täter steht doch sowieso fest.«

»Das schon und ich habe mir den Jungen angeschaut.« Er legte mir eine Hand auf die Schulter. »Das ist ein ganz seltsamer Fall. Wir brauchen Leute mit Erfahrung. Ich bin froh, dich dabeizuhaben, Oliver.«

War das ein Friedensangebot oder musste ich misstrauisch werden? Ich nickte knapp, dann gingen wir hinein. Ich entdeckte Otto, Erika und Ralf. Staatsanwalt Macke erschien kurz darauf. Nachdem die Kommissare Thorsten Stanke und Katrin Burmeister auch noch gekommen waren, begannen wir die Sitzung. Reinhold begrüßte alle, stellte unseren Fall kurz dar und schloss mit den Worten: »Somit steht der Täter fest.«

»Das ist erfreulich«, konstatierte der Staatsanwalt. »Das klingt für mich nach dreifachem Mord mit besonderer Schwere der Schuld.«

»Für mich auch«, stimmte Reinhold zu. »Da wir den Täter bereits kennen, ist es Ziel der Ermittlungen, die Hintergründe aufzuklären. Was war das Motiv des Täters? Und hat er allein gehandelt? Frau Dr. Ellinger wird uns bei der Klärung dieser Fragen hilfreich zur Seite stehen.«

Dann fasste Ralf die bisherigen Erkenntnisse der Spurensicherung zusammen, die nicht über das hinausgingen, was wir bereits vor Ort erfahren hatten. Ralf zeigte mit dem Beamer einige Fotos vom Tatort und den Leichen, die von der Decke hingen. Als er die Todesursachen und die Dauer der Folter erwähnte, kam auch Staatsanwalt Macke zu dem Schluss: »Das waren Hinrichtungen.«

Ralf erläuterte den Zusammenhang zwischen der Tötungsart und den Blutspuren und stellte abschließend fest, dass aufgrund der Spurenlage kein Zweifel daran bestand, dass Marvin Brose der Täter war.

»Geben denn die Spuren Hinweise darauf, dass eine zweite Person anwesend war?«, fragte Reinhold.

»Das können wir noch nicht mit Sicherheit sagen. Wir werden den Tatort noch in einem Computermodell nachbilden und Tatablauf sowie Spuren darin modellieren. Durch einen Abgleich mit den Spuren, die wir am Täter sichergestellt haben, können wir dann darauf schließen, ob eine weitere Person anwesend war.«

Standardverfahren. Macke nickte. »Und was ist Ihre momentane Einschätzung?«

»Im Moment können wir eine weitere Person weder ausschließen noch bestätigen.«

»Wir haben übrigens noch ein viertes Opfer gefunden«, sagte Ralf. »Den Hund der Familie.«

»Gollum«, machte Otto.

Ich sagte: »Gesundheit.«

Frau Ellinger hob hastig eine Hand vor ihren Mund, während Otto mich genervt anschaute. »Oliver, der Hund hieß Gollum.«

Wenn dieser Fall eines zu bieten hatte, dann waren es bizarre Details. »Wer nennt denn seinen Hund Gollum?«

»Tierquäler?«, schlug Erika vor.

Macke machte sich eine Notiz, vielleicht einen weiteren Punkt für seine Anklage.

»Von einem Hund haben wir noch nichts gehört«, sagte ich.

»Wir schon«, sagte Otto. »Er hat einmal Herrn Schiller, der in der Wohnung unten links wohnt, im Hausflur gebissen. Er hat deshalb einen Herzinfarkt erlitten.«

»Der Hund passte zur Familie«, diagnostizierte Daniela Ellinger.

»Wie wurde der Hund getötet?«, wollte ich wissen.

»Ihm wurde das Herz herausgeschnitten.«

Staatsanwalt Macke notierte eifrig. Otto und Erika schilderten ihr Gespräch mit Günther Schiller, einem fünfundachtzigjährigen Witwer, der im Erdgeschoss wohnte. Seine Geschichte ähnelte der von Frau Schnurr. Auch er wollte nach dem Tod seiner Frau nicht ins Heim, sondern in einer normalen Wohnung noch ein paar schöne Jahre verbringen. Er wohnte seit einem Jahr im Haus und hatte bald feststellen müssen, dass er nichts von dem, was er sich erhofft hatte, dort finden würde. Zumindest nicht, solange die Broses auch dort wohnten.

»Er hat ein schwaches Herz«, erklärte Otto. »Er musste seine Medikamentendosis verdoppeln, seit er dort wohnt, damit er nicht vor lauter Schreck und Aufregung stirbt.«

»Lass mich raten«, sagte die Ellinger. »Er hat auch um etwas Rücksicht gebeten.«

»Hat er«, bestätigte Otto.

»Und danach wurde es noch schlimmer«, vermutete meine neue Partnerin.

»Richtig«, sagte Otto. »Wenn ich das alles so höre ... Ich frage mich, was war denn bloß los mit diesen Leuten? Ich meine, so reagiert doch keiner. Wenn mich jemand höflich um etwas bittet, dann denke ich doch zumindest mal darüber nach und raste nicht gleich aus, oder?«

Schweigen breitete sich aus, bis sich alle Blicke auf magische Weise auf die Psychologin richteten. Sie nickte, räusperte sich und erklärte: »Ich habe nur Informationen aus zweiter Hand und was ich sage, ist spekulativ. Aber nach dem, was ich gehört habe, scheinen bei allen Familienmitgliedern Züge einer narzisstischen Persönlichkeit eine Rolle zu spielen.«

»Das musst du bitte erklären«, sagte Reinhold.

»Narzissten sind von ihrer eigenen Großartigkeit überzeugt. Davon, dass andere sie nicht verstehen und ihnen unrecht tun. Sie würden nie auf den Gedanken kommen, selbst etwas falsch zu machen. Ihnen fehlt die Fähigkeit zur Empathie, um diese Weltsicht zu korrigieren. Und sie reagieren extrem empfindlich auf Kränkungen und Beleidigungen.«

Da passte doch endlich einmal etwas zusammen bei unserem Fall. »Daher die unverhältnismäßigen Reaktionen«, erkannte ich. »Und die Überzeugung, selbst Opfer zu sein.«

Die Ellinger nickte.

»Und diese Leute, solche Narzissten, sind die denn auch gefährlich?«, wollte Reinhold wissen.

»Das kommt auf die Gesamtpersönlichkeit an«, antwortete die Ellinger. »Wenn es eine Vorgeschichte von Gewaltanwendung gibt und keine grundsätzliche Hemmschwelle, können solche Menschen sogar extrem gefährlich werden.«

»Herr Schiller hat schon Vorbereitungen getroffen, um zu seinem Sohn zu ziehen. Die Kartons stehen gepackt in seinem Flur«, fiel Erika ein.

»Dann waren wir noch bei den Stellings, die im Erdgeschoss rechts wohnen«, berichtete Otto. Er schilderte, dass es sich um ein junges Ehepaar handelte, das noch so lange in der Wohnung ausharren wollte, bis sie sich ein eigenes Haus kaufen konnten. Ungefähr ein Jahr veranschlagten sie als Wartezeit.

»Die Zeit wird jetzt wesentlich angenehmer werden«, sagte Erika.

»Die beiden kämen zumindest körperlich als Mittäter infrage«, meinte Reinhold.

»Richtig.«

Reinhold wechselte das Thema. »Ich würde gern zuerst noch auf die Taten selbst eingehen und danach auf eine mögliche weitere beteiligte Person.« Dann wandte er sich an Frau Ellinger. »Möchtest du uns vielleicht deinen Eindruck schildern?«

»Sehr gern«, sagte sie, rutschte auf ihrem Stuhl nach vorne und beugte sich vor. Sie sprach sehr langsam – wahrscheinlich, damit wir begriffsstutzigen Polizisten ihr auch folgen konnten. »Die Morde sind mit großer Brutalität ausgeführt worden. Das Erschlagen mit dem Hammer. Die Verstümmelung mit dem Messer. Die Bohrmaschine und die Nägel. Das herausgeschnittene Herz beim Hund.«

Alle nickten zustimmend und ein wenig betroffen.

»Hinzu kommt, dass die Taten nicht schnell ausgeführt wurden, sondern langsam und sehr zielgerichtet. Ein Vorgang brutaler Folter über sieben Stunden hinweg. Das ist absolut ungewöhnlich.«

»Und das erlaubt Rückschlüsse, oder?«, fragte Erika.

»Ja«, bestätigte die Psychologin. »Es ist anzunehmen, dass der Täter für seine Opfer intensiven Hass oder Abscheu empfand. Die Brutalität der Taten lässt auf eine hohe Emotionalität schließen, also zum Beispiel große Wut. Ungewöhnlich ist, wie gesagt, die Dauer der Taten und die zielgerichtete Folter. Die Morde geschahen nicht im Affekt oder aus einem spontanen Impuls heraus, etwa aus einem Streit oder einem Wutausbruch. Sie können allenfalls als Auslöser gedient haben.« Sie ließ ihre Worte wirken, bevor sie bedächtig weitersprach. »Das Motiv und den Antrieb zur Tat vermute ich eher in Hass oder Abscheu, die sich über einen längeren Zeitraum kontinuierlich aufgebaut haben. Währenddessen konnte der Plan im Täter reifen, bis er schließlich in der letzten Nacht zur Ausführung kam.«

»Wodurch kann sich so etwas entwickeln?«, fragte ich. »Außer dieser Narzissmus-Sache, meine ich.«

»Dazu sind kontinuierliche Erfahrungen nötig, lange Zeitperioden, in denen der Täter auf seine Opfer extreme Wut empfindet. Und dass es für ihn keinen Ausweg aus der Situation gibt. Irgendwann kommt es dann zu Tötungsgedanken. Diese werden durch immer neue Vorfälle bestärkt und vertieft.«

»Es gab immer wieder Streitigkeiten in der Familie«, sagte ich.

Die Ellinger nickte. »Das könnte durchaus dahinterstecken. Es kommt dabei sehr stark auf die Person des Täters an. Wie empfänglich er ist und wofür.«

»Also worüber er sich am meisten aufregt.«

»Genau. Und das muss er dann immer und immer wieder erleben.«

Ich stellte mir den Täter als Jungen vor, der mit seinem Vater stritt, bis er ausrastete. Irgendetwas stimmte an diesem Bild nicht. »Er hat seine gesamte Familie ermordet.«

Sie entgegnete ruhig: »Meine Überlegungen gingen ausschließlich von den Taten aus und dort auch nur von deren Brutalität. Ich sage gleich, dass diese Morde mir ein Rätsel sind. Wir sollten in jedem Fall auch die Symbolik der Morde betrachten.«

»In Ordnung«, stimmte Reinhold zu.

Frau Ellinger fuhr fort: »Unsere Informationen über die einzelnen Familienmitglieder sind zwar noch unvollständig, doch die Symbolik ist bereits jetzt auffällig. Wir wissen, dass der Vater oftmals abends und nachts gebohrt und gehämmert hat. Vermutlich war Sven der Boxer. Die Mutter hat die Nachbarin mit der Zerstörung ihrer Familie bedroht. Der Hund hat einen Herzinfarkt verursacht.«

So weit, so gut.

»Nach meiner Einschätzung bezieht sich die jeweilige Todesart auf diese Eigenschaften der Opfer. Der Vater wurde mit der Bohrmaschine und Nägeln getötet. Sven wurde brutal erschlagen, eine Verbindung zum Boxen. Der Mutter wurde die Gebärmutter herausgeschnitten, ein deutlicher Hinweis auf einen Verstoß gegen ihre Mutterrolle, vielleicht ein Bezug zur Drohung an die Nachbarin oder andere Ereignisse, die wir noch nicht kennen. Dem Hund schließlich wurde das Herz entfernt, was auf einen Zusammenhang mit dem Herzinfarkt von Herrn Schiller hindeutet, den er ausgelöst hat.«

»Sie alle wurden auf die Weise ermordet, in der sie die anderen Bewohner des Hauses gequält haben«, fasste ich zusammen.

»Wir wissen, wie gesagt, noch sehr wenig über die Familie«, sagte sie. »Aber die Zusammenhänge sind zu offensichtlich, um sie zu ignorieren.«

Für einige Momente breitete sich Schweigen aus. Denn so eindeutig und schlüssig diese Überlegungen auch waren, passten sie überhaupt nicht mit unseren anderen Erkenntnissen zusammen.

»Das würde bedeuten, die Art und Weise der Morde deutet auf einen der Nachbarn als Täter«, sagte Erika schließlich.

»Ja«, stimmte die Psychologin zu. »Ohne diese eindeutige Beweislage bezüglich Marvin wäre das meine erste Vermutung.«

»Aber die Beweise lassen keinen Raum für Spekulationen«, erinnerte Ralf.

»Tat und Täter sind nicht stimmig«, sagte die Ellinger nachdrücklich. »Da wir den Täter eindeutig kennen, ist doch die Frage, wie es zu diesen Taten kommen konnte, wo die Symbolik in eine andere Richtung deutet als die Beweise.«

Damit eröffnete sie eine Runde fröhlichen Spekulierens. Katrin Burmeister machte den Anfang. »Vielleicht hat ihn der Lärm auch gestört? Es war ihm peinlich, Teil dieser Familie zu sein? Und er hat sich auf diese Weise befreit und gerächt?«

Das kam mir absolut abwegig vor, Reinhold begann aber unsere Sammlung trotzdem mit diesem Punkt und schrieb ihn oben auf das Flipchart.

Otto übernahm die Erwiderung: »Bisher haben alle Nachbarn übereinstimmend gesagt, Marvin sei der Schlimmste von allen gewesen und der größte Teil des Lärms sei von ihm ausgegangen.«

Katrin zuckte mit den Schultern. Nun machte Erika einen Versuch. »Er wollte es nur so aussehen lassen, als sei es einer der Nachbarn gewesen. Er wählte die Mordmethoden so, damit er nicht in Verdacht gerät.«

Reinhold schrieb auch das auf.

Otto konterte erneut: »Der Junge saß reglos auf dem Stuhl im Flur. Er hat nicht versucht, sich vom Tatort zu entfernen, die Spuren zu verwischen oder die Tatwaffen zu beseitigen.«

Als Erika nicht mehr antwortete, versuchte Otto es selbst mit einem Vorschlag: »Oder es gab einen zweiten Täter. Einen der Nachbarn, der ihm geholfen hat. Oder ihn gezwungen hat, zuzusehen. Er wirkte absolut traumatisiert.«

Ralf entgegnete: »Die Spuren sprechen eine eindeutige Sprache. Es ist ausgeschlossen, dass er nur Zeuge ist. Ohne jeden Zweifel.«

Otto meinte: »Ich weiß, wie traumatisierte Menschen aussehen. Und er sah so aus.«

»Und ich weiß, welche Spuren einen Täter überführen«, erwiderte Ralf.

In ihrer Auseinandersetzung lag keine Feindseligkeit, sondern lediglich die Ratlosigkeit, die uns alle plagte.

Reinhold zog das Fazit: »Kümmern wir uns also darum, die Hintergründe der Tat aufzuklären. Findet sich ein Motiv innerhalb der Familie? Gab es eine zweite Person und wer könnte sie gewesen sein? Wer macht nun was?«

Herr Macke kündigte an: »Ich werde den Haftbefehl beantragen. Informieren Sie mich, wenn es etwas Neues gibt.«

»In Ordnung.«

Thorsten sagte: »Die restlichen Nachbarn müssen befragt und die Akten über die Familie zusammengetragen und gesichtet werden. Das könnten Katrin und ich machen.«

»Gut«, sagte Reinhold.

Otto schlug vor: »Wir sollten über die Hintergründe der einzelnen Familienmitglieder ermitteln. Freunde, Schule, Beruf. Damit könnten Erika und ich anfangen.«

»In Ordnung«, stimmte Reinhold zu. »Und Oliver und Daniela können den Täter befragen.«

Das war ein eindeutiger Tiefschlag zum Abschied. Aber was konnte ich auch schon erwarten? Eine externe Gutachterin engagierte man nicht für fünf Minuten und ich war offenbar zum Barbiesitter auserkoren worden. Zumindest für den Augenblick entschied ich mich aber, ein folgsamer Beamter zu sein und die Faust nur in der Tasche zu ballen.

11

Daniela

Nachdem die nächste Sitzung der Mordkommission auf Abruf vereinbart worden war, machten Busch und ich uns auf den Weg zum Krankenhaus, wo Marvin Brose auf uns wartete. Anscheinend sollte wir ab jetzt das neue Dream-Team bilden. Wie ich Busch einschätzte, war er davon genauso begeistert wie ich.

Wir gingen zielstrebig in den Bereich, der Besuchern normalerweise nicht zugänglich war. Auch hier schien alles steril, trotzdem wurde der Geruch nach Krankheit nur unzureichend vom Desinfektionsmittel überdeckt. Auf dem Flur vor dem Zimmer des Jungen schoben zwei Polizisten Wache. Busch sprach mit gesenkter Stimme und vertraulichem Tonfall mit ihnen, ich konnte nur verstehen, dass einer der Polizisten fragte: »Hast du eigentlich öfter solche Fälle?«

Busch murmelte mit einem kaum merklichen Seitenblick zu mir: »Gott bewahre.« Dabei blieb unklar, ob er die Gewalttaten meinte oder unsere Zusammenarbeit.

Das Krankenzimmer befand sich in einem abgeteilten Sicherheitsbereich und verfügte wie die Verhörräume bei der Polizei oder die Therapieräume in einer Klinik über einen Nebenraum, in dem Beobachter durch einen Einwegspiegel und ein Mikrofon jede Einzelheit verfolgen konnten.

Noch während wir auf dem Flur standen, öffnete sich die Tür zu Marvins Zimmer und zwei Männer traten heraus. Wir lernten den vom Jugendamt bestellten Ergänzungspfleger Konrad Bredow und den von diesem eiligst hinzugezogenen Pflichtverteidiger Rüdiger Dobler kennen. Der Ergänzungspfleger fungierte als ein vorübergehender Elternersatz, damit Marvin nicht schutzlos seinem Schicksal ausgesetzt war.

Konrad Bredow war ein Mann um die fünfzig mit rundem Gesicht, noch runderem Bauch und grauen Haaren um seine runden Geheimratsecken. Ich entdeckte einige Lachfältchen, aber die Sorgenfalten hatten sich tiefer in sein Gesicht eingegraben und waren weit in der Überzahl. Er sagte seufzend: »Er reagiert überhaupt nicht. So etwas habe ich noch nie erlebt.«

Der Rechtsanwalt stand ein wenig ratlos neben Bredow. Mit schmalem Körperbau, korrektem Anzug, korrektem Scheitel und einer wuchtigen Hornbrille wirkte er nicht so angriffslustig, wie er es im Sinne seines Mandanten vielleicht hätte sein sollen.

»Was meinen Sie damit, dass er nicht reagiert?«, hakte Busch nach.

»Sitzt nur da und stiert Löcher in die Luft«, erläuterte Bredow und wiederholte: »Habe ich noch nicht erlebt so was.«

»Ich auch nicht«, unterstützte ihn der Rechtsanwalt.

Busch gab ein Grunzen von sich. »Ich informiere Sie kurz, was wir dem Jungen vorwerfen«, sagte er und schlug die Mappe auf, in der er alle Unterlagen zum Fall aufbewahrte. Er schilderte knapp den Tatort, zählte die Straftaten auf, die schon zusammengekommen waren, und zückte schließlich noch einige Fotos. »Und jetzt können Sie sagen, dass Sie so etwas noch nie erlebt haben«, meinte Busch zum Schluss trocken.

Die beiden Herren, die Marvin beistehen sollten, wurden blass, bewahrten aber tapfer ihre Fassung. Ich hoffte inständig, beim Anblick der Leichen zumindest ein wenig vorteilhafter ausgesehen zu haben.

»Möchten Sie bei der Vernehmung anwesend sein?«, fragte Busch die beiden.

»Wir müssen«, konstatierte Bredow. Dobler nickte zustimmend.

Busch spähte nachdenklich durch die Jalousie in das Zimmer des Jungen. »Was sollen wir jetzt mit ihm machen?«

Ich vermutete, er meinte damit, ob wir ihn zu zweit befragen sollten oder ob ich es zunächst alleine versuchen wollte. »Zu viele fremde Personen könnten ihm Angst machen«, gab ich zu bedenken. Und dann würde er dichtmachen und kein Wort sprechen, fügte ich in Gedanken hinzu.

Busch nickte. »Man stelle sich bloß vor, wir würden dem armen Kerl Angst einjagen.« Seine Worte trieften vor Sarkasmus, aber ich konnte nicht mehr darauf reagieren, denn im nächsten Moment wandte er sich an einen der Polizisten neben der Tür. »Er ist doch am Bett fixiert?«

»An beiden Händen und beiden Fußgelenken«, bestätigte Buschs uniformierter Kollege.

»In Ordnung«, meinte der Kriminalkommissar an mich gewandt, »dann versuchen Sie Ihr Glück, ich schaue zu.«

Busch verschwand im Nebenraum und ließ mich im Flur mit seinen Kollegen und Marvins Betreuern stehen. Die schauten mich neugierig an oder zumindest einige Teile von mir, die in meinem rosafarbenen Kostüm steckten. Das konnte ja heiter werden.

Mit einem Seufzer folgte ich Busch in den Nebenraum. Er stand schon am Spiegel und sah mit verschränkten Armen und versteinerter Miene in das Krankenzimmer. Der Mann war mir immer noch ein Rätsel. In einem Moment aufgeschlossen, geistreich und witzig, im nächsten schon wieder abweisend, sarkastisch und beinahe feindselig. Ich stellte mich ohne Kommentar neben ihn.

Der Junge saß mit dem Gesicht zu uns. Ich musterte ihn neugierig. Er war gewaschen und trug inzwischen ein Krankenhaushemd, das aussah wie dreimal recycelt. Er saß mit gesenktem Kopf teilnahmslos auf seinem Bett und starrte die Bettdecke an. Oder durch sie hindurch auf etwas, das an einem entfernten Ort, in einer anderen Zeit oder auch nur in seiner Fantasie existierte. Er hatte kurz geschorenes, seltsam farbloses Haar, durch das die Kopfhaut schimmerte, so als käme er direkt aus einem Erziehungscamp oder hätte gerade erst eine Läuseepidemie überstanden. Ich wusste, dass er sechzehn Jahre alt war. Von seiner Größe und seinem Körperbau her hätte er genauso gut zwölf sein können. Er hatte ein schmales, spitz zulaufendes Gesicht mit einem leichten Überbiss. Seine Augen blieben verborgen, aber auch so konnte ich genug erkennen, um zu wissen, dass er keine besonders attraktive Erscheinung abgab.

Busch murmelte: »Er sieht aus wie eine Ratte.«

Ich schaute ihn an und fragte: »Haben Sie sich vielleicht auf ihn eingeschossen?«

Er hob seine Hände. »Ich sage nur, was ich sehe. Und dort sitzt ein Junge, der aussieht wie eine Ratte.«

»Er wirkt tatsächlich wie traumatisiert«, sagte ich betont sachlich, denn nur so würden wir weiterkommen. Die Art und Weise, in der er geistesabwesend auf dem Bett hockte und regungslos ins Nichts starrte, Minute um Minute, unterschied sich in den entscheidenden Nuancen von einer weit fortgeschrittenen schweren Depression.

»Durch seine eigene Tat?«, fragte Busch.

Ich entgegnete ruhig: »Ich sage nicht, dass es Sinn ergibt oder dass ich es erklären kann. Aber ich glaube, ich habe jetzt genug gesehen, es wird Zeit, ihn zu befragen.«

Sein Blick hielt mich zurück. Die Art, wie er mir in die Augen schaute, offen und direkt, war entwaffnend. Was war denn jetzt wieder in ihn gefahren?

»Ihre Haare sitzen perfekt.«

Ich starrte ihn perplex an. »Wie bitte?«

»Ihre Haare«, sagte er geduldig. »Sie streichen immer wieder mit der Hand ...«

O mein Gott. Wann hatte ich wieder damit angefangen? Und wie lange hatte Busch das schon beobachtet? Ich suchte in seinem Gesicht nach Anzeichen von Spott oder Häme. Doch ich fand keine. Trotzdem wollte ich so schnell wie möglich den Raum verlassen.

Bevor ich die Flucht ergreifen konnte, kam eine Ärztin herein, die sich als Dr. Janzen vorstellte und uns eine schmale Mappe aushändigte.

»Das ist der Bericht der medizinischen Untersuchung.« Mit bedauerndem Gesichtsausdruck fügte sie hinzu: »Es wird sehr schwierig, ihn zu befragen.«

»Warum?«, fragte Busch und griff sich die Mappe.

»Seine Zunge war zum Teil abgetrennt«, sagte die Ärztin.

Hatte ich nicht schon festgestellt, dass die Horrorenthüllungen in diesem Fall kein Ende nahmen? Ich spürte, wie ein eiskalter Schauer meine Wirbelsäule hinauflief und die Härchen in meinem Nacken aufrichtete.

»Wie bitte?«, fragte Busch.

»Meine Güte«, würgte ich hervor.

»Jemand hat versucht, sie herauszuschneiden, aber den Schnitt nicht vollendet«, las Busch. »Könnte er das selbst getan haben?«

Die Ärztin stutzte. »Rein technisch gesehen, ja. Aber wer würde …?«

Busch schnitt der Ärztin das Wort ab. »Die Sanitäter haben davon nichts gesagt.«

»Wir haben die Zunge in einer Notoperation wieder vollständig angenäht. Er hat großes Glück gehabt, wird aber wahrscheinlich einige Tage benötigen, bevor er sein volles Artikulationsvermögen zurückerlangt.«

Busch nickte. Meine Gedanken überschlugen sich. Der Kommissar hatte den Nagel auf den Kopf getroffen. Auch für die Zunge stellten sich dieselben Fragen wie bei den anderen Details. Hatte er es selbst getan und wenn ja, warum? Oder gab es eine zweite Person, die ihm die Zunge hatte abschneiden wollen oder ihn dazu gezwungen hatte, sich selbst zu verstümmeln? Je länger ich darüber nachdachte, desto weniger passte diese neue Information zu einer der beiden Möglichkeiten, die wir bisher in Betracht gezogen hatten.

»Lassen Sie mich raten«, sagte Busch, diesmal ohne Schärfe, »das passt nicht mit unseren bisherigen Überlegungen zusammen.«

»Das ist ein neuer Gesichtspunkt«, räumte ich ein. Und es war zum Verzweifeln. Warum konnten nicht zumindest einmal zwei Aspekte des Falls zusammenpassen?

»Warum sollte er nach der Tat versuchen, sich selbst die Zunge herauszuschneiden?«, fragte Busch.

»Das ist eine rhetorische Frage, oder?«, gab ich zurück.

Busch grummelte etwas zur Antwort, die Ärztin schaute uns ungläubig an. »Sie meinen doch nicht wirklich, er hätte selbst ...?«

Ich entgegnete: »Ich werde ihn einfach fragen.«

Mit diesen Worten verließ ich den Beobachtungsraum und betrat einen Augenblick später das Krankenzimmer. Bredow und Dobler trotteten hinter mir her.

Ich zog einen Stuhl heran und setzte mich neben Marvins Bett. Der Ergänzungspfleger und der Pflichtverteidiger blieben unschlüssig stehen, schauten mich bedröppelt an und waren weit davon entfernt, ihren Schützling gegen mich zu verteidigen.

Meine Mappe legte ich auf einen kleinen Beistelltisch. Ich schwieg und beobachtete aufmerksam, ob der Junge in irgendeiner Form auf mich reagierte. Ich sah die Falten zwischen seinen Brauen und um sein Kinn herum und konnte jetzt auch seine Augen erkennen. Sie hatten einen ebenso unbestimmbaren Farbton wie seine Haare, rangierten irgendwo zwischen Rot, Braun und Grau.

Als Marvin auch nach einigen Minuten nicht reagierte, nahm ich ein paar weiße Blätter aus meiner Mappe, legte sie auf seine Beine und platzierte einen Kugelschreiber in Reichweite seiner rechten Hand.

Beim ersten Kontakt achtete ich immer darauf, nichts zu überstürzen. Gerade in dieser Phase konnte man viel über sein Gegenüber lernen, wenn man einfach wartete und genau beobachtete. Marvin zeigte in seiner Fähigkeit, reglos auszuharren, geradezu stoische Qualitäten. Schließlich sagte ich: »Hallo, Marvin, mein Name ist Daniela Ellinger.«

Ich hatte meine freundliche und sanfte Therapiestimme benutzt, doch Marvin zeigte sich unbeeindruckt und unerreichbar.

Ich konnte förmlich spüren, wie Busch hinter dem Spiegel unruhig wurde und sich darüber Gedanken machte, warum man mich wohl hinzugezogen hatte, wenn ich noch nicht mal die kleinste Reaktion aus einem Sechzehnjährigen herauskitzeln konnte.

Aber weil hier immer noch ich die Expertin war, würde der Kommissar ein wenig Geduld lernen müssen.

Ich sagte: »Ich untersuche den Tod deiner Eltern. Und den deines Bruders.«

Auch wenn man die Schritte mikroskopisch klein macht, überschreitet man zwangsläufig irgendwann die Schwelle. Bei Marvin war es in diesem Moment plötzlich so weit. Er hob schlagartig den Kopf und starrte mich an. Die Angst in seinen Augen grenzte an Panik, aber nun war er ganz bei mir. Damit war ein Anfang gemacht.

Ich sagte, ohne ihn aus den Augen zu lassen: »Sie wurden ermordet, Marvin.«

Als Täter hätte ich bei ihm Genugtuung oder Stolz erwartet, als Opfer einer zweiten Person Scham oder Trauer. Aber bei meinen Worten blieb noch nicht einmal die Angst in seinem Gesicht sichtbar. Stattdessen wirbelten die Emotionen durcheinander – mal wurde das eine, mal das andere Gefühl nach oben getragen, ohne sich halten zu können, direkt vom nächsten verdrängt, sodass sich mir ein pulsierendes Chaos präsentierte, aus dem ich nicht schlau wurde.

Ich fragte: »Marvin, weißt du, warum du hier bist?«

Er öffnete den Mund, versuchte zu sprechen, brachte aber nur ein Gurgeln zustande. Die Verzweiflung, die daraufhin in sein Gesicht trat, glich der eines unschuldig zum Tode Verurteilten. Er begann, tonlos zu weinen.

Ich hatte einige Übung darin, negative Gefühle bei anderen auszuhalten. Das war eine Grundvoraussetzung für meinen Beruf. Die Herren Bredow und Dobler waren anscheinend damit überfordert, denn sie traten verlegen von einem Bein auf das andere.

»Wenn du möchtest, kannst du mir etwas aufschreiben.«

Der Junge nickte mit roten Augen und bebendem Kinn. Er nahm den Kugelschreiber und schrieb ein Wort auf das Papier.

Die Schrift war krakelig. Ich las laut: »Ja.« Dann schaute ich wieder Marvin an. »Du weißt, warum du hier bist.«

Marvin zog die Nase hoch. Ich reichte ihm ein Taschentuch.

»Du weißt, dass deine Eltern ermordet wurden?«

Der Junge nickte.

»Und dein Bruder?«

Neue Tränen flossen.

»Und euer Hund?«

Wie Marvin dasaß, war er ein einziges Häufchen Elend. Ich kannte Täter, die nach ihrer Tat in Selbstmitleid zerflossen, aber bei Marvin stellte ich mir unweigerlich die Frage, wie dieser Junge eine stundenlange Folter hatte durchstehen können. Als Täter wohlgemerkt.

Ich beschloss, dass es an der Zeit war, direkt darauf zuzusteuern, was uns am meisten interessierte: »Du warst dabei, als sie ermordet wurden.«

Marvin nickte. Tränen tropften auf das Papier.

»Warst du es, der sie ermordet hat?«

Daraufhin geriet Marvin noch mehr in Aufruhr. Seine Arme zuckten, sein Kopf rotierte, schlackerte ohne bestimmbare Richtung hin und her. Aber gerade, als ich mich fragte, ob der Junge vielleicht einen Anfall hatte, beruhigte er sich wieder. Er öffnete und schloss seinen Mund, brachte aber keinen verständlichen Laut heraus.

Ich sagte so ruhig wie möglich: »Du kannst etwas aufschreiben, wenn du möchtest.«

Marvin wischte sich mit dem Ärmel notdürftig die Tränen aus dem Gesicht, dann nahm er den Kugelschreiber. Seine Hand zitterte, als er schrieb.

Ich wartete geduldig ab. Marvin schaute mich mit großen Augen an, als ich die Worte vorlas. »Ich war es. Ich bin unschuldig.«

Ich hörte mich selbst seufzen. »Du hast sie also ermordet. Alle?«

Der Junge nickte, immer noch ein Häufchen Elend.

Ein Geständnis, mit dem man in den meisten anderen Mordermittlungen zufrieden gewesen wäre. Der Täter war gefunden, durch Beweise überführt und geständig. Was wollte man mehr?

»War noch jemand bei dir?«, fragte ich.

Der Aufruhr in Marvin begann von Neuem.

»Du möchtest die Frage nicht beantworten«, vermutete ich.

Neue Tränen sammelten sich in den Augen des Jungen. Schließlich rang er sich zu einem Nicken durch, obwohl er nicht so aussah, als stimmte er meiner Interpretation zu.

Ich überlegte, ob ich ihn vielleicht darauf hinweisen sollte, dass er nicht die Schuld für jemand anderen auf sich nehmen sollte. Warum für jemand anderen ins Gefängnis gehen, wenn man selbst unschuldig war? Das Problem war nur, dass ich nicht das Gefühl hatte, Marvin wollte jemanden decken.

Ich entschied, die Frage nach der zweiten Person vorerst nicht weiterzuverfolgen, und wechselte das Thema. »Weißt du, warum du nicht sprechen kannst?«

Marvin brach in lautes Schluchzen aus. Er begann, mit den Armen zu rudern, die Handschellen schepperten am Bettgitter, das Bett wankte. Bredow und Dobler sprangen erschrocken zurück. Ich stand auf und entfernte mich zwei Schritte vom Bett, auch wenn das genau genommen nicht notwendig war, um mich zu schützen. Ich machte mich auf eine längere Wartezeit gefasst, bis Marvin sich wieder beruhigt hatte.

Doch dann schlug der Herzmonitor Alarm. Die Tür flog auf und die Ärztin, die wir schon aus dem Beobachtungsraum kannten, stürmte herein, gefolgt von zwei Pflegern. Sowohl das körperliche Format der Pfleger als auch das Vorgehen der Ärztin ließen keinen Zweifel daran zu, dass wir uns in der psychiatrischen Abteilung befanden. Es gab keine Fragen, kein Abwägen, kein Zögern. Die Pfleger packten Marvin mit geübten Griffen und stellten ihn mühelos ruhig. Die Ärztin jagte eine Spritze in den Infusionsbeutel des Jungen. Es dauerte vielleicht eine halbe Minute, bis er seinen Widerstand aufgeben musste und in sich zusammensackte.

Ich wusste, was der Junge getan hatte, aber trotzdem lief mir ein Schauer über den Rücken, als ich sah, wie er auf seinem Bett hing, reduziert auf einen halb bewussten Zustand, in dem er einen freien Willen haben mochte oder nicht, in jedem Fall aber für die nächsten Stunden bewegungsunfähig sein würde. Und unfähig, weitere Fragen zu beantworten. Mehr noch als Bredow zeigte sich der Anwalt Dobler schockiert. Ihm standen die Schweißperlen auf der Stirn.

Die Ärztin schien nicht weiter beeindruckt, als sie sich an mich wandte. »Was ist passiert?«

»Ich habe ihn nach seiner Zunge gefragt«, antwortete ich.

Mithilfe der Pfleger öffnete sie Marvins Mund, leuchtete

hinein. »Die Zunge sieht gut aus«, stellte die Ärztin fest. »Wahrscheinlich kann er sie noch nicht richtig bewegen. Vielleicht morgen im Laufe des Tages. Wir werden ihn noch einmal untersuchen, wenn er wieder zu sich kommt.«

Ich merkte, wie sich langsam aber sicher all meine Vorbehalte gegen die Psychiatrie zusammenballten und darauf drängten, der Ärztin an den Kopf geworfen zu werden. Doch dann rettete Kommissar Busch mich vor einer unbedachten Konfrontation.

»Wir werden ihn noch einmal befragen müssen«, sagte er und stellte sich an meine Seite. Er war breiter und größer als die Pfleger und sein Eingreifen hätte eskalierend wirken können, aber auf eine Weise, die ich nicht verstand, schaffte er es, die Atmosphäre zu beruhigen.

Zu mir sagte er: »Vielleicht gehen wir nach nebenan und lassen den Jungen in der Obhut der Ärztin.«

Ich folgte seinem Vorschlag nur allzu gerne. Er ließ mich vorgehen und schloss die Tür hinter uns. Durch den Einwegspiegel konnten wir sehen, wie die Ärztin die Infusionsnadel überprüfte und sich am Herzmonitor zu schaffen machte. Marvins Beschützer betrachteten den Vorgang ratlos.

Busch beugte sich ein wenig zu mir. »Und, wie ist Ihr Eindruck?«

Ich bemerkte wieder, dass er allein durch seine körperliche Präsenz beruhigend wirkte. Zumindest so lange, bis er sich dazu entschloss, wieder sarkastisch zu werden, dachte ich.

»Er hat die Morde gestanden«, sagte ich.

»Er ist eindeutig schuldig.«

»Das ist richtig.«

»Das ist nichts Neues. Stellt sich die Frage, ob wir aus seinen Reaktionen schon etwas über die zweite Person entnehmen können. Die es vielleicht gab.«

Ich öffnete meine Mappe und legte das Papier, auf das

Marvin seine Antwort geschrieben hatte, vor uns auf den Tisch. *Ich war es. Ich bin unschuldig.*

»Eine seltsame Aussage«, murmelte ich.

»Ein seltsamer Fall«, sinnierte Busch. »Wenn wir seine Aussage einmal ernst nehmen, dann ist es naheliegend, dass es eine zweite Person gegeben hat.«

Vielleicht war es ja ein Fortschritt, dass er meiner Meinung war, obwohl er insgeheim wenig bis gar nichts von meiner Arbeit hielt.

»Das stimmt«, griff ich seine Worte auf. »Es sind eigentlich zwei Hinweise. Zum einen wirkt er traumatisiert. Das sollte er als Einzeltäter nicht sein. Wenn er nicht über die nötige Grausamkeit verfügt, um solche Morde zu begehen, hätte er seine Opfer ganz leicht anders töten können. Schneller. Sauberer. Weniger quälend.«

»Meine Rede«, pflichtete Busch mir bei.

»Aber er hat die langsame, grausame und brutale Folter gewählt. So als hätte ihm jemand geholfen oder ihn gezwungen. Und als wäre er von dieser Erfahrung traumatisiert. Das Zweite ist die Formulierung. *Ich war es. Ich bin unschuldig.* Die Formulierung ist widersinnig. Wenn er die Morde begangen hat, dann ist er auch schuldig. Wenn es jemand anders war, ist er unschuldig. Er verknüpft beides, so als sei er von jemand anderem dazu gebracht oder gezwungen worden.«

»Und wer könnte so etwas getan haben? Diese zweite Person müsste ja über eine ähnliche Skrupellosigkeit verfügen wie Marvin.«

»Ich kenne ein ganzes Haus voller Verdächtiger.«

Busch schaute nachdenklich. »Sich zu ärgern, ist eine Sache …«

»Ich weiß, was Sie meinen«, sagte ich schnell. »Aber nehmen wir mal an, es gibt diese zweite Person. Was wäre dann ihr Motiv?«

»Das ist keine einfache Frage.«

Ich nahm das als Kompliment und als Anlass, gleich meine Vermutungen zu präsentieren. »Es gibt eigentlich zwei Möglichkeiten. Entweder die Tat richtet sich gegen die Familie oder gegen Marvin.«

»Genau«, bestätigte Busch. »Entweder jemand hatte aus bestimmten Gründen die ganze Familie oder ein einzelnes Mitglied zum Ziel. Wenn die Tat Marvin galt, hätte er ihn gezwungen, die Morde zu begehen, um ihn mit den Erinnerungen ein Leben lang zu quälen.«

Ich dachte an einige Fälle zurück, an denen ich beteiligt gewesen war oder von denen ich schon gelesen hatte. Täter, die Unbeteiligte ermordeten, um die Taten ihren Feinden in die Schuhe zu schieben, waren in der Kriminalistik nicht unbekannt. Aber von Fällen, in denen auch nur annähernd die Brutalität aufgetreten war wie bei dem Mord an der Familie Brose, hatte ich noch nie gehört. Von den Abgründen, die sich nun bei den Spekulationen um das Motiv auftaten, einmal ganz zu schweigen.

Busch bot noch eine andere Lösung an: »Vielleicht haben wir es bei dem Jungen auch einfach mit purer Bösartigkeit zu tun.«

Ratlos sahen wir uns an, bis Busch ergänzte: »Mit einer zweiten Person würde sich immerhin der Schnitt in der Zunge erklären. Entweder der zweite Mann wollte verhindern, dass Marvin ihn belasten kann. Obwohl ich das nicht glaube. Schließlich kann er noch schreiben und uns so die Tat schildern und den Namen nennen.«

Busch machte eine kurze Pause. Er überraschte mich mit seinen Worten, als er weitersprach. »Die andere Erklärung ist, dass er erst Marvin zu den Morden gezwungen hat, um ihn damit den Rest seines Lebens zu quälen. Dann lässt er ihn seine eigene Zunge herausschneiden, damit er sich von diesen Qualen nicht erlösen kann.«

»Er kann nicht darüber sprechen! Darüber zu sprechen,

wäre die einzige Möglichkeit, die Ereignisse zu bewältigen. In einer Therapie.« Hätte diese Interpretation nicht von mir kommen müssen?

»Richtig«, bestätigte Busch.

»Das ist echter Hass«, murmelte ich.

Und auch wenn es schwer vorstellbar war, konnte ich mit einer weiteren Möglichkeit alles bisherige toppen. »Wir sollten auch berücksichtigen, dass die zweite Person nicht wirklich existieren muss.«

»Aber wir hatten doch gerade festgestellt, dass alles darauf hindeutet ...?«, fragte Busch erstaunt.

»Das tut es. Aber es könnte auch sein, dass es die zweite Person nur in Marvins Kopf gibt.«

12

Oliver

Lebt wohl, ihr soliden kriminalistischen Ermittlungsmethoden, hallo ihr wilden Psychofantasien! Barbie machte ihrem Berufsstand wirklich alle Ehre.

»Schizophrenie?«, fragte ich. Wo konnte ich doch gleich meine Versetzung beantragen?

»Multiple Persönlichkeitsstörung«, korrigierte mich die Ellinger.

»Ist das nicht dasselbe?«, fragte ich gedehnt.

»Nein, Schizophrenie heißt zwar übersetzt ›gespaltener Schädel‹, aber was bei dieser Störung gespalten ist, sind Denken und Fühlen, nicht die Persönlichkeit.«

Super. Eine Psychologievorlesung nur für mich. Was konnte ich mir mehr wünschen? Ich sagte tonlos: »Multiple Persönlichkeit.«

»Das wäre sehr ungewöhnlich«, räumte die Psychologin ein. »Aber so, wie der Fall aussieht ...«

»Damit wir uns richtig verstehen: Das würde bedeuten, es gibt mehr als einen Marvin?«, fragte ich. »Einen, den alle kennen, der so richtig ätzend ist. Und dann noch seinen finsteren Bruder aus der Hölle.«

Die Ellinger nickte nüchtern. »Das ist vorstellbar.«

»Und wie finden wir das heraus?«

»Wir brauchen ein Gutachten von einem Experten«, offenbarte die Ellinger.

Ich schaute sie für lange Sekunden an.

Sie erriet meine Gedanken und klang leicht defensiv, als sie erklärte: »Das Phänomen ist sehr selten und in der Wissenschaft ist umstritten, ob das Störungsbild überhaupt existiert. Es gibt nur wenige Personen, die eine solche Diagnose stellen können.«

»Können Sie einen Gutachter beschaffen?«, fragte ich betont geduldig.

»Ja.«

Bevor ich mir auf die Zunge beißen konnte, brummte ich: »Was für ein Scheißpsychofall.«

Auf dem Rückweg ins Präsidium breitete sich bleiernes Schweigen zwischen uns aus, das uns bis zum Mittagessen in die Kantine begleitete.

Vor meinen Augen erschienen immer wieder Bilder vom Tatort, das Rot des Blutes überlagerte das Rot meiner Spaghettisoße. Die Worte der Psychologin vagabundierten gemeinsam mit meinen eigenen Überlegungen durch meinen Kopf, bis ich das Gefühl hatte, für die Morde könnte am Ende überhaupt niemand verantwortlich sein.

Nachdem ich mühsam einen Bissen Spaghetti mit Mineralwasser heruntergespült hatte, sagte ich: »Ich erinnere mich an meine erste Mordermittlung. Ein Mann hatte seine Frau verprügelt und sie dann bewusstlos liegen gelassen. Sie ist an inneren Blutungen gestorben.«

Ich wickelte mir eine neue Ladung Nudeln auf die Gabel,

schob sie aber noch nicht in den Mund. »Damals habe ich gedacht, so eine grausame Tat, das ist einfach unmenschlich.«

Die Ellinger schaute mich aufmerksam an, sagte aber nichts. Ich fuhr fort: »Ich meinte damals wirklich ›unmenschlich‹. Also, ein Mensch sollte zu so einer Tat gar nicht fähig sein.« Ich lächelte grimmig und fügte hinzu: »Das war natürlich naiv.«

»Heute denken Sie anders darüber?«, fragte die Psychologin.

»Jeder Fall ist auf seine Weise grauenvoll. Aber ich habe schnell begriffen, dass solche Taten nur allzu menschlich sind. Polizisten sehen die dunkle Seite, die jeder Mensch in sich trägt.«

Die Ellinger schaute mir in die Augen. »Aber bei diesem Fall zweifeln Sie daran. Ob die dunkle Seite des Menschen ausreicht, um alles zu erklären.« Es war keine Frage, sondern eine Feststellung.

»Ja«, sagte ich nur.

Psychobarbie überraschte mich. Sie brachte keine psychologischen Plattitüden über die unendlichen Abgründe der menschlichen Seele, in denen diese und noch ganz andere Grausamkeiten nur darauf lauerten, freigelassen zu werden, sondern sagte einfach: »Ich auch.«

Wir leerten schweigend unsere Teller.

»Was nun?«, fragte die Ellinger.

»Der Täter«, erinnerte ich sie. »Wir brauchen einen Gutachter.«

»Ich kümmere mich sofort darum. Es gibt in Deutschland zwei erstklassige Experten zu dem Thema, einen kenne ich persönlich.«

Psychologenklüngel, dachte ich. Aber es gab auch einen Lichtblick. »Den Jungen können wir erst mal nicht weiter befragen. Die Ärztin benachrichtigt uns, sobald er wieder ansprechbar ist.«

»Bis dahin kann es fünf oder sechs Uhr sein«, schätzte die Psychologin mit bitterem Unterton.

»Gut. So lange werden wir sehen, dass wir auf die Suche nach Anhaltspunkten gehen, die die Tat erklären können. Das schließt auch eine zweite Person ein. Ich meine eine, die es wirklich gibt.«

»Wo wollen Sie ansetzen?«, fragte sie.

»Bei den Nachbarn und bei Marvin selbst. Die Nachbarn sind zur Befragung schon aufgeteilt, deshalb kümmern wir uns um den Hintergrund von Marvin. Wir beginnen in der Schule«, erklärte ich. Die Ellinger erhob keine Einwände.

Wir erreichten Marvins Realschule zügig. Die Sonne vertiefte die Schatten, färbte die Betonfassade und schmeichelte dem Gebäude. Der Nachmittagsbetrieb hatte gerade begonnen, sodass es relativ ruhig war. Wir überquerten den Schulhof, der nur aus Asphalt und Beton bestand und spätestens im November gnadenlos bedrückend wirken musste.

Wir fanden den Schulleiter in einen Stapel Unterlagen vertieft und betraten sein Büro, als er gerade zum Telefonhörer griff. Er schaute uns mit durchdringenden blauen Augen an. Ich sah das Erkennen in ihnen, bevor wir uns vorstellen konnten. Erst jetzt bemerkte ich die Frau auf der anderen Seite seines Schreibtischs.

Die übrig gebliebene Sommerferienbräune des Schulleiters konnte seine Sorgenfalten nicht überdecken. Er ließ seine Hand mit dem Hörer wieder sinken. »Es ist wegen Marvin, nicht wahr?«, fragte er mit banger Stimme.

Weil ich immer noch kein Wort gesagt hatte, holte ich unsere Vorstellung nach.

Der Hörer war wieder auf der Gabel gelandet. »Meine Güte, wie unhöflich von mir.« Er stand auf und kam uns entgegen. »Mein Name ist Krusche und das ist Frau Münstermann.« Sein Händedruck war fest, ihrer war kalt und weich. »Frau Münstermann unterrichtet Deutsch, sie ist Marvins Klassenlehrerin.«

Ich war mir nicht bewusst, den Namen Marvin Brose erwähnt zu haben, aber vielleicht konnte man als Schulleiter ja Gedanken lesen. Er teilte uns mit: »Marvin war heute wieder nicht in der Schule. Wir wollten gerade zu Hause anrufen.«

»Und deshalb glauben Sie, dass wir wegen Marvin hier sind?«, fragte ich.

»Ja ... Ich ... glaubte, er muss irgendwie in Schwierigkeiten stecken«, sagte der Schulleiter ausweichend.

»Es ist nicht das erste Mal, dass Marvin uns Sorgen bereitet«, erklärte Frau Münstermann. Sie war zierlich, hatte hellblonde Haare, ein Gesicht, das als niedlich durchgehen konnte, und sie war ziemlich jung. Ich schätzte sie auf höchstens dreißig Jahre.

»Sie haben recht, wir kommen wegen Marvin Brose«, bestätigte ich.

Woraufhin Herr Krusche schwer seufzte und uns einen Stuhl anbot. »Was hat der Junge denn diesmal angestellt?«

Ich konnte ihm seine Frage nur ausweichend beantworten. »Wir ermitteln im Zusammenhang mit einer schweren Straftat.«

Frau Münstermann, ohnehin schon mit vornehmer Blässe im Gesicht, wurde noch eine Spur blasser. »Doch nicht etwa ... Vergewaltigung?«

Ich sagte nüchtern: »Mord.«

Frau Münstermann schlug die Hand vor den Mund. Herr Krusche starrte uns entgeistert an.

Die Deutschlehrerin fragte: »Er hat einen Mord begangen?«

Als Zeuge kam Marvin für seine Lehrerin offenbar nicht infrage. Interessant. Und da er offenkundig noch am Leben war, ergab eins das andere.

Ich fragte: »Warum glauben Sie, dass wir ihn als Täter verdächtigen?«

»Nun, nach dem, was er hier getan hat …«

Herr Krusche nahm eine dicke Mappe von seinem Schreibtisch und reichte sie uns. »Das ist Marvins Schulakte. Werfen Sie mal einen Blick hinein. Ich glaube, die Hälfte der Vorfälle dürfte sich auch in Ihren Akten wiederfinden.«

Ich nahm die Mappe entgegen, die eine beachtliche Dicke aufwies, wenn man bedachte, dass wir es mit einem Sechzehnjährigen zu tun hatten. Ich ließ die Seiten über meinen Daumen gleiten und entdeckte Einträge wegen Pöbeleien, Erpressung und Diebstahl. Ungefähr in der Mitte der Mappe begannen Aufzeichnungen über sexuelle Belästigung von Mitschülerinnen. Und dann von Lehrerinnen. Insbesondere der Klassenlehrerin. Ich schaute überrascht auf und sah Frau Münstermann an. Jetzt verstand ich ihre Reaktion. »Können Sie uns davon eine Kopie machen?«

»Natürlich«, sagte Herr Krusche.

»Sie fragten direkt nach einer Vergewaltigung«, meinte Frau Ellinger. »Gab es schon einmal entsprechende Vorfälle?«

»Wir sind uns nicht sicher«, antwortete die Deutschlehrerin. »Er machte sehr häufig abwertende Bemerkungen. Anzügliche Gesten.«

»Auch Ihnen gegenüber«, vergewisserte ich mich.

»Ja, das ist richtig«, bestätigte die Lehrerin. Ich bewunderte die Ruhe, mit der sie weitersprach. »Aber es gab ein Mädchen in der Klasse, bei dem war es mehr. Er betrachtete sie als seine Freundin. Wir haben nie verstanden, warum. Aber er hat sie nicht in Ruhe gelassen. Hat ihr immer wieder nachgestellt.«

»Es war keine Beziehung?«

Die Münstermann schüttelte entschieden den Kopf. »Eher Stalking, würde ich sagen. Aber eine extreme Form davon.«

»Was haben Sie unternommen?«, fragte ich.

Bisher hatten wir noch niemanden getroffen, dessen Miene sich bei der Aussage über die Familie Brose aufgehellt hätte. Herr Krusche und Frau Münstermann machten keine Ausnahme. »Ich unterrichte Marvin seit zwei Jahren. Er war von Anfang an nicht einfach.«

»Inwiefern?«

»Er hielt sich nie an Regeln. Akzeptierte keine Autoritäten. Es begann mit kleineren Vergehen, dann folgten größere.« Sie seufzte schwer.

»Wie war es mit diesem Mädchen?«

»Claudia Rücker? Sie kann einem nur leidtun. Ich weiß nicht, wann genau es angefangen hat. Sie können sich vorstellen, dass ein Junge wie Marvin schnell zum Außenseiter in jeder Gruppe wird. Er hatte keine Freunde und wurde von den anderen abgelehnt.«

»Aber?«

»Claudia hat eine soziale Ader, könnte man sagen. Ich vermute, sie hatte Mitleid mit Marvin. Aber es können nicht mehr als ein oder zwei aufmunternde Worte gewesen sein.«

»Haben Sie mal danach gefragt?«

»Sie will es nicht sagen. Auf jeden Fall war ihr Verhalten der Auslöser dafür, dass Marvin sich auf sie fixiert hat. Er brachte ihr Geschenke mit. Schrieb ihr Briefe.«

»Haben Sie die Briefe noch?«

»Die haben wir der Polizei gegeben«, sagte Herr Krusche.

»Wie ging es weiter?«

»Sie wies ihn zurück. Sagte ihm deutlich, dass sie nicht seine Freundin sei. Dass sie mit ihm nichts zu tun haben wolle.«

Wenn er ein echter Brose war, gab es nur eine Art, darauf zu reagieren: »Danach ist es vermutlich schlimmer geworden.«

»Ja. Es hat erst richtig angefangen. Berührungen. Körperliche Übergriffe. Er lauerte ihr auf, bedrängte sie.«

Ich wechselte einen Blick mit der Ellinger. Zumindest nach außen schien sie ruhig und abgeklärt. »Wir würden gerne mit dem Mädchen sprechen«, sagte ich.

Frau Münstermann nickte. »Sie ist heute auch nicht zum Unterricht erschienen. Das kommt leider immer öfter vor.«

»Ich werde mich sofort mit den Eltern in Verbindung setzen«, verkündete Herr Krusche. Er nahm den Hörer und wählte.

Frau Münstermann sagte: »Das hatten wir sowieso vor. Weil beide nicht gekommen sind. Wir haben uns Sorgen gemacht.«

»Sie haben den Fall damals der Polizei übergeben?«

»Ja. Wir fühlten uns hilflos. Es hat sich ganz langsam entwickelt, die Übergriffe fanden immer unbemerkt statt und es hat sich schrittweise gesteigert.«

Ein Cent für jedes Mal, wenn wir das bei der Polizei hörten. Es war sehr schwer, bei einer schleichenden Entwicklung den Zeitpunkt nicht zu verpassen, Hilfe zu rufen. Welche Handlung rechtfertigte das Einschalten der Polizei, welche tat es nicht? Und als Lehrer wollte man doch die Hoffnung nicht aufgeben und mit der betreffenden Person arbeiten. Und wenn man schließlich doch die Polizei rief, hatte man dann nicht versagt?

»Sie haben vollkommen richtig gehandelt«, beruhigte ich Frau Münstermann.

Herr Krusche hatte offenbar einen Gesprächspartner gefunden. Er sagte in den Hörer: »Hier ist Krusche. Claudia, wir haben uns Sorgen um dich gemacht. Geht es dir gut?«

Wir schwiegen alle andächtig, obwohl nur der Schulleiter die Worte des Mädchens hören konnte.

Krusches Stimme wurde sanft, als er weitersprach: »Claudia, die Kriminalpolizei sitzt in meinem Büro. Sie möchten gerne mit dir sprechen. Wegen Marvin.«

Ich verstand nicht, was sie sagte, konnte aber den schrillen Tonfall ihrer Stimme hören.

Schulleiter Krusche wurde immer ruhiger. »Marvin ist wegen einer anderen Angelegenheit in Schwierigkeiten. Ich weiß nicht, ob man ihn verhaftet hat …« Er schaute mich fragend an.

Ich nickte, denn darauf kam es nun auch nicht mehr an.

Krusche gab weiter: »Er wurde verhaftet.«

Ich fügte leise hinzu: »Er wird nicht mehr zurück in die Schule kommen.« Herr Krusche und Frau Münstermann schauten mich für lange Sekunden an, dann gab Herr Krusche auch diese Information weiter.

Das Mädchen geriet nun erst recht in Aufruhr. »Wann sind die Eltern zu Hause?«, fragte ich Herrn Krusche.

»Die Mutter ist den ganzen Tag zu Hause«, sagte der Schulleiter, nachdem er Claudias Antwort abgewartet hatte.

Ich nickte. Uns reichte diese Auskunft. Der Schulleiter starrte den Hörer noch einen langen Moment an, nachdem er ihn zurück auf die Gabel gelegt hatte. »Sie hat vor Erleichterung geweint«, sagte er schließlich tonlos.

Damit nicht auch noch die Anwesenden ihren Tränen freien Lauf ließen, wechselte ich schnell das Thema: »Sie sagten, Marvin hatte keine Freunde?«

»Das stimmt.«

»In der gesamten Schule?«

»Keinen einzigen.«

Ich runzelte die Stirn. »Gab es keine Clique, keine Bande, zu der er gehörte?«

»Zumindest nicht in der Schule«, antwortete Frau Münstermann.

Die Psychologin schaltete sich ein, bevor ich meine nächste Frage stellen konnte: »Aber außerhalb der Schule?«

Die Klassenlehrerin zögerte. »Angeblich soll er zu so einer Drogenbande gehört haben. Aber das ist nur Hörensagen.«

Ich notierte mir das als weiteren Punkt für unsere Nachforschungen. »Ist Marvin denn jemals auch offen gewalttätig geworden?«

»Sie meinen, in Schlägereien oder so?«

Ich nickte.

»Nein, das ist uns nicht aufgefallen.«

»Erpressung, Diebstahl, Pöbeleien.« Ich deutete auf die Akte des Jungen. »Da kam es nie zu Handgreiflichkeiten?«

»Nein«, sagte Frau Münstermann. »Das war eher unterschwellig. Drohungen, Einschüchterungen. Niemals offene Gewalt. Das ist nicht Marvins Art. Und am Ende hätte er sich in einer Schlägerei auch nur schlecht behaupten können.«

»Weil er so schmächtig ist?«, vergewisserte ich mich.

»Genau.«

»Dann hat er was getan? Psychoterror?«, fragte die Ellinger.

»Ja«, bestätigte die Lehrerin. »Das trifft es ganz gut. Blicke, Bemerkungen, Gesten. Alles immer so eingesetzt, dass es die Opfer mut- und kraftlos gemacht hat.«

Je mehr wir über den Jungen erfuhren, desto abstoßender wurde er. Und es war ein weiteres Detail, das nicht ins Gesamtbild passte. So wie Herr Krusche und Frau Münstermann Marvin charakterisiert hatten, war er nicht der Typ für einen dreifachen Foltermord.

»Ein fieser Typ«, fasste Frau Ellinger zusammen.

»Das ist die höfliche Umschreibung«, bestätigte Herr Krusche.

»Ein Riesenarschloch«, schlug ich vor.

Herr Krusche konnte ein zaghaftes Lächeln nicht unterdrücken. »Das kommt der Sache schon näher.«

Frau Münstermann sprach zögerlich: »Darf ich fragen, weshalb genau Marvin verhaftet wurde? Ich meine, wird er wirklich des Mordes verdächtigt?«

Ich sagte: »Seine Familie wurde ermordet.« Die beiden zogen anscheinend die richtigen Schlüsse und starrten uns mit großen Augen und offenen Mündern an.

»Mein Gott«, flüsterte Krusche schließlich. Und dabei hatte ich ihm noch nicht einmal ein Foto gezeigt.

13

Daniela

»Er kommt wirklich nicht zurück?« Einmal mehr war die erste Äußerung, mit der wir konfrontiert wurden, bezeichnend.

Claudia Rücker, das fünfzehnjährige, von Marvin terrorisierte Mädchen, schaute uns mit bangem Blick an. In ihrer Stimme schwang Hoffnung mit, gedämpft von der abergläubischen Furcht, mit verfrühter Freude erneutes Unglück heraufzubeschwören. Wäre ich nicht im vollen Polizei-Psychotherapeutinnen-Modus gewesen, hätte ich sofort meine Arme um sie geschlungen.

»Er wird nicht zurückkommen.« Auch Busch blieb durch und durch cool.

Claudia schloss die Augen und stieß einen Seufzer aus, zwei einzelne Tränen traten zwischen ihren Augenlidern hervor und liefen ihre Wangen hinunter.

Frau Rücker legte den Arm um die Schultern ihrer Tochter. Sie war das Spiegelbild von Claudia, mit mehr Falten und einigen grauen Strähnen in den blonden Haaren, genauso zierlich und mit denselben sanften Gesichtszügen. »Was hat er denn getan?«, fragte sie.

Nachdem Busch mit solcher Überzeugung verkündete, dass ein sechzehnjähriger Junge nicht nur verdächtigt wurde, sondern überhaupt nicht mehr im öffentlichen Leben anzutreffen sein würde, war Frau Rückers Frage mehr als berechtigt.

Busch formulierte nun behutsamer: »Wir verdächtigen Marvin, sehr schwerwiegende Straftaten begangen zu haben.«

Dank der vagen Formulierung schaute die Mutter mich verunsichert an. »Was hat das mit Claudia zu tun?«

Ich erklärte: »Wir versuchen im Moment, uns ein besseres Bild von Marvin zu machen. Wir haben in der Schule erfahren, dass er eine besondere Vorliebe für dich hatte, Claudia.«

Das Mädchen schaute auf, ihr Blick hatte etwas Entrücktes. »Er dachte, ich sei seine Freundin.«

Ihre Mutter schnaubte verächtlich. »Er hat meine Tochter gequält. Das war Terror.«

»Er hat bloß etwas falsch verstanden«, wandte Claudia beschwichtigend ein.

»Er ist bösartig.«

»Er ist nur ein wenig seltsam.«

Ich kannte die Reaktionen von Opfern, die das Unrecht, das ihnen vom Täter zugefügt worden war, relativierten. Aus Scham. Irrationale Schuldgefühle dafür, Opfer geworden zu sein.

»Er hat dir aufgelauert. Er hat dich angegriffen. Er hat dich bedroht. Er ist Dreck, er ist Abschaum, er ist …« Die letzten Worte der Mutter wurden von dem Beben in ihrer Stimme verschluckt.

Claudia sagte, sichtlich peinlich berührt: »Er hätte sich bestimmt noch gebessert.«

Bei Claudia war ich mir nicht sicher, ob wirklich Schuldgefühle und Scham dahintersteckten, wenn sie nun Marvin trotz allem noch in Schutz nahm. Die Art, wie sie auf dem Sofa saß, zerbrechlich, die Hände im Schoß gefaltet, wie sie mit sanfter und bekümmerter Stimme über Marvin sprach, ließen mich daran denken, dass sie vielleicht auch nur einfach auf naive Weise gutmütig war.

»Du hattest immerhin Angst, in die Schule zu gehen«, erinnerte ich sie.

»Morgen gehe ich wieder«, entgegnete Claudia mit stillem Triumph.

»Wie fing das an?«, fragte ich. »Womit begann die Quälerei?«

»Es war … Marvin gehörte einfach nie dazu. Es ist vielleicht ein Jahr her, da gab es einen Streit in der Klasse. Marvin hatte Manuela Geld gestohlen.«

»Ein Mädchen aus eurer Klasse?«

»Ja. Es war nicht das erste Mal. Sie war ganz schön sauer und hat ihn beschimpft. Und sie sagte so etwas wie: ›So hässlich wie du bist, bekommst du nie eine Freundin.‹ Wissen Sie, Manuela hält sich für die Allergrößte. Sie will die Anführerin sein. Sie ist so schnippisch und manchmal wirklich gemein.«

»Hattest du auch schon Probleme mit ihr?«, fragte ich.

»Ja. Und da tat er mir einfach leid.«

Solidarität unter Gequälten. »Deshalb hast du ihn getröstet?«

»Ja. Aber nur diesen einen Moment. Ich ging zu ihm und sagte, er findet ganz bestimmt eine Freundin, die ihn liebt.«

Wenn die Schilderung korrekt war, handelte es sich um eine nette Geste, die Marvin hätte helfen sollen, sein Selbstwertgefühl schnell genug aufzusammeln, bevor Manuela es zertrampeln konnte. Für Personen mit einer gestörten Wahrnehmung war es allerdings die Einladung zu etwas ganz anderem.

»Wann war das?«

»Vor ungefähr einem Jahr.«

»Was war das Schlimmste, was er dir seitdem angetan hat?«

Claudia schluckte und ihre Augen sprangen hektisch hin und her. Sie hielt den Blick gesenkt, deshalb glaubte ich nicht, dass Frau Rücker es bemerkte. Vermutlich erlebten wir jetzt das, wovon uns auch Frau Münstermann berichtet hatte. Claudia würde nicht weitersprechen. Durch einen unauffälligen Blick nahm ich Kontakt mit Kommissar Busch auf und hoffte, dass er ausnahmsweise sensibel genug war, um meine Absicht zu verstehen.

14

Oliver

Ich hoffte, dass die Ellinger wirklich so raffiniert war, wie es den Anschein hatte, und nahm die stumme Aufforderung, die Mutter abzulenken, sofort auf. Ich erhob mich und berührte Frau Rücker leicht am Arm. »Helfen Sie mir, einen Kaffee aufzusetzen?«

Es war ein Angebot, das sie nicht ablehnen konnte, denn die Alternative war, dass ich alleine und unbeholfen in ihrer Küche herumhantierte. Da sie mir offenbar nicht zutraute, die Kunst des Kaffeekochens zu beherrschen, stand sie rasch auf und folgte mir. Die Küche war sauber, ordentlich und modern eingerichtet. Frau Rücker griff gezielt in die Schränke und Schubladen, um uns zügig eine Kanne Kaffee zuzubereiten. Ich drosselte ihr Tempo so gut es ging.

»Weshalb war Claudia denn heute nicht in der Schule?«, fragte ich.

Die Mutter wirkte erschöpft, als sie antwortete. »Sie hat Angst, dorthin zu gehen. Seit diese Sache angefangen hat. Es ist mit der Zeit immer schlimmer geworden.«

»Das ist furchtbar«, sagte ich.

»Am schlimmsten ist, dass wir so machtlos sind. Ich meine, was kann man denn noch tun? Die Schule ist informiert, die Polizei ist eingeschaltet. Ich weiß nicht, wie viele Ermittlungsverfahren gegen diesen Jungen laufen.«

Gar nicht so viele, wie man meinen sollte, dachte ich. Aber das war nicht unser Thema. Frau Rücker fuhr fort: »Das eigene Kind so leiden zu sehen, das ist das Grauenvollste, was ich mir vorstellen kann.«

Spätestens mit dieser Äußerung mussten wir uns bei der Suche nach der zweiten Person auch um die Schüler aus

Marvins Klasse und deren Eltern kümmern. Wenn das so weiterging, kam am Ende jeder infrage, der überhaupt jemals mit Marvin Kontakt gehabt hatte.

»Es ist jetzt vorbei«, erinnerte ich sie.

»Wie? Oh. Ja, natürlich. Wie dumm von mir.«

»Kennen Sie Marvin denn?«

»Ich habe ihn ein paar Mal gesehen.« Sie schüttelte sich tatsächlich. »Er ist so … widerlich.« Der Ausdruck von Ekel in ihrem Gesicht war ansteckend. Die Lust auf Kaffee war mir plötzlich vergangen.

»Findet Ihre Tochter das auch?«

»Ja. Aber sie ist zu herzensgut. Einfach unverbesserlich. Sie ist zu lieb für diese Welt. Sie haben ja gehört, wie sie ihn noch in Schutz nimmt trotz allem, was passiert ist.«

»Eigentlich unvorstellbar.«

Frau Rücker schnaubte. »Mein Gott, ich habe doch mit einer Ratte auch kein Mitleid.«

Da ihr die Ähnlichkeit mit einer Ratte auch aufgefallen war, musste wohl etwas dran sein. Ich nahm mir vor, meiner Partnerin bei passender Gelegenheit davon zu berichten.

»Trauen Sie ihm mehr zu als nur Belästigung?«

»Absolut.«

»Wie viel mehr?«

»Ich weiß, dass er seine Mitschüler erpresst hat.«

»Was noch? Gewalttaten? Prügel?«

»Natürlich«, sagte Frau Rücker und ging damit weiter als die Klassenlehrerin.

»Begrapschen?«

»Sicher.«

»Vergewaltigung?«

Sie wurde blass, antwortete aber ohne Zögern. »Ja.«

Dann die Gretchenfrage: »Und was ist mit Mord?«

Sie wollte wieder automatisch zustimmen, ihrer eigenen Richtlinie folgend, dass dem Jungen jede Abscheulichkeit zuzutrauen war. Die Worte blieben irgendwo in ihrer Kehle auf der Strecke.

Frau Rücker räusperte sich und krächzte: »Ist es das, was man ihm vorwirft?«

»Trauen Sie es ihm zu?«, fragte ich erneut.

Sie bemerkte, dass der Kaffee durchgelaufen war und ihre Aufmerksamkeit benötigte. Ihre Worte waren kaum mehr als ein Murmeln. »Wer kann einem anderen schon hinter die Stirn gucken?«

Genau. Glücklicherweise hatten wir dafür unsere Expertin. Frau Rücker konzentrierte sich auf ihren Kaffee, ich trug Tassen, Besteck, Zucker und Milch hinter ihr her ins Wohnzimmer.

Die Psychologin nickte mir kurz zu, ein Zeichen, dass sie alles erfahren hatte, was wir wissen wollten. Trotzdem blieben wir noch eine Viertelstunde zu Plauderei und Kaffee. Wir nutzten die Zeit, um eine Liste mit den Schülern zu erstellen, die mit Marvin am häufigsten Kontakt gehabt hatten.

15

Daniela

»Für einen Fall, bei dem der Täter schon feststeht, gibt es eine ganze Menge zu tun«, stellte Busch grimmig fest, als wir wieder im Auto saßen.

»Das stimmt. Dafür wird unser Bild von Marvin immer klarer.«

»Frau Rücker hat ihn mit einer Ratte verglichen«, rieb er mir triumphierend unter die Nase.

Für einen Polizisten kam mir sein Verhalten bemerkenswert unreif vor. Ich ignorierte seine Rechthaberei und lenkte zurück zu unserem Thema. »Er hat ihre Tochter belästigt.«

»Vergewaltigung traut sie ihm zu. Aber keinen Mord.«

»Irgendwo muss Claudia ihre Naivität ja herhaben.«

»Ist das erblich?«

»Offensichtlich.«

»Was hat Claudia gesagt?«

»Sie meinen, was das Schlimmste war?«

Busch nickte.

»Er hat ihr nach der Schule aufgelauert, hat sie in eine Ecke gedrängt, ihr die Bluse aufgerissen, den BH runtergezogen und sie fotografiert.«

»Internet?«, vermutete Busch.

»Nein. Er sah sie als seine Freundin. Würden Sie Fotos von Ihrer Freundin ins Internet stellen?«

»Nein«, antwortete Busch entschieden. »Auf der anderen Seite würde ich von überhaupt nichts Fotos ins Internet stellen. Und auch nicht meiner Freundin die Bluse zerreißen.«

»Genau. Nicht wenn es wirklich Ihre Freundin ist. Deshalb hat Marvin es auch nicht gemacht.«

»Warum hat er es dann gemacht?«, fragte Busch.

»Er sagte, er wolle ein Foto von ihr für seine einsamen Stunden.«

Seinem Gesichtsausdruck nach zu schließen, fand Busch das ziemlich eklig. »Marvin ist eine fiese kleine Ratte.«

Ein klarer moralischer Kompass war eine gute Sache. Was mir allerdings Sorgen machte, war die Emotionalität seines Urteils. In seiner Stimme schwangen Ablehnung und Ekel mit, die sich mit jeder Station der Ermittlungen aufsummierten. Zumindest in einer Therapie war professionelle Distanziertheit trotz aller Empathie unabdingbar.

Wenn das für polizeiliche Ermittlungen ebenso galt, befand sich Kommissar Busch auf einem gefährlich abschüssigen Weg.

Ich sagte: »Er hat ein abscheuliches Verbrechen begangen und wir müssen herausfinden, warum.«

Er korrigierte: »Er ist eine fiese kleine Ratte, die ein abscheuliches Verbrechen begangen hat.«

Ich schaute ihn zweifelnd an.

»Der Junge ist verhaftet. Es steht fest, dass er schuldig ist. Was wir von ihm halten, kann unsere Ermittlungen nicht mehr beeinflussen. Und es besteht auch nicht die Gefahr, dass wir ihn bei seiner Verhaftung in Notwehr erschießen.«

Mein Zweifel, ob er seine Abneigung wirklich so gut im Griff hatte, blieb. Ich nickte langsam. »In Ordnung. Ich habe auch ein Problem mit ihm.«

»Das beruhigt mich.«

»Dass ich ein Problem mit ihm habe?«

»Wenn Sie bei diesem Typen cool bleiben würden, müsste ich mich fragen, ob Sie heimlich irgendwelche neuartigen Drogen nehmen.«

Obwohl er mich mit seinen schnellen Wechseln zwischen mürrischer Laune und witzigen Bemerkungen verblüffte, nahm ich seine Worte gerne auf. »Ich bin bei den anonymen Kaffeetrinkern.«

»Aber nicht in meiner Gruppe«, entgegnete Busch.

Humor hatte er zumindest in Ansätzen, das musste ich ihm lassen. Zumindest für einen Polizisten, der rumlief wie ein Bruce-Willis-Verschnitt und sich auch so benahm.

16

Oliver

Obwohl sie blond war und eine Psychologin obendrein, hatte sie Humor.

Mein Handy klingelte, als ich gerade den Motor anlassen wollte, und hinderte uns daran, unsere Witzelei fortzusetzen. »Wie geht es deiner neuen Partnerin?«, fragte Reinhold ohne Umschweife, nachdem ich mich gemeldet hatte.

Ich schaute etwas irritiert zum Beifahrersitz, auf dem die Psychologin saß, immer noch blond, immer noch im rosafarbenen Kostüm, das einen gleichzeitig zum Hin- und Wegsehen brachte. »Gut, soweit ich das beurteilen kann.«

»Schön«, meinte Reinhold. »Das bleibt hoffentlich auch so. Wo seid ihr jetzt?«

»Wir waren in der Schule und sind gerade fertig bei dem Mädchen, das Marvin für seine Freundin hält. Claudia Rücker.« Ich schilderte kurz unsere Erkenntnisse und schloss mit den Worten: »Alle haben geweint vor Erleichterung, dass sie den Jungen jetzt nicht mehr am Hals haben.«

Reinhold seufzte. »Das glaube ich aufs Wort. Ich habe die Akten der Familie vor mir. Da ist einiges zusammengekommen. Wir haben herausgefunden, dass die Mutter einmal schwer erkrankt war, als Marvin fünf Jahre alt war. Beide Jungs sind damals für ungefähr sechs Wochen in ein Heim gekommen.«

»Okay, gib mir die Daten, dann fahren wir direkt dort vorbei.« Ich schrieb die Adresse und den Namen der Erzieherin in mein Notizbuch.

»Außerdem war Marvin während dieser Zeit in Therapie. Wir haben die Therapeutin ausfindig gemacht.« Auch diese Informationen notierte ich. Reinhold fuhr fort: »Der Hintergrund des Täters ist ja euer Gebiet und deshalb dachte ich, ihr übernehmt das.«

»Geht in Ordnung«, sagte ich und beendete das Gespräch. Mit einem Seitenblick auf meine Begleiterin drehte ich den Zündschlüssel um. Ich hatte mich längst damit abgefunden, dass wir bei diesen Ermittlungen auf der Psychoschiene fuhren, warum also nicht auch noch das Kinderheim und eine Therapeutin.

Das *Kinderheim Mitte* lag tatsächlich mitten in der Krefelder Innenstadt. Es war ein zweistöckiges, weitläufiges Gebäude mit vergilbter Fassade, kargem Innenhof, einem mürrischen Pförtner und zumindest einer freundlichen Erzieherin.

»Ich habe Sie schon erwartet«, begann Paula Herden, als wir uns die Hand schüttelten. Sie war um die fünfzig, mit ergrauendem Haar, einem runden Gesicht voller Lachfalten und strahlte eine Herzlichkeit aus, die nicht aufgesetzt war.

Mein erster Gedanke war, dass Marvin die Fürsorge einer solchen Frau nicht verdient hatte.

»Vielen Dank, dass Sie sich die Zeit für uns nehmen«, erwiderte ich höflich. Während wir weitere Floskeln austauschten, gingen wir durch einen Flur in das Büro der Heimgruppe. Frau Herden bot uns einen Platz und einen Kaffee an, wir akzeptierten beides.

»Marvin Brose«, sagte sie, nachdem sie selbst einen Schluck genommen hatte. »Ich musste eine Weile nachdenken, aber dann ist es mir wieder eingefallen. Ich meine, es ist ja schon elf Jahre her, dass er hier war, oder?«

Sie reichte mir eine Akte über den Schreibtisch, die die Aufnahmeformulare enthielt und einen Vermerk, wann die zwei Jungen das Heim wieder verlassen hatten. »Wie würden Sie Marvin beschreiben?«, fragte ich. Obwohl die Akte keinerlei relevante Informationen enthielt, gab ich sie der Höflichkeit halber an Frau Ellinger weiter.

»Er war ein ganz wunderbarer Junge«, sagte Frau Herden mit einem herzerwärmenden Lächeln. »Er hat sich hier sehr wohlgefühlt.«

Noch vor einem Moment hätte ich glatt meinen Hintern darauf verwettet, dass wir keinen Menschen aufspüren würden, der etwas Positives über Marvin zu berichten wusste – doch hier saß er. Ich ließ mir meine Überraschung nicht anmerken. »Erzählen Sie ein bisschen: Was war so wunderbar an Marvin?«

»Er war einfach ein guter Junge«, lächelte die Erzieherin.

»Er war zusammen mit seinem Bruder hier?«

»Ja«, bestätigte sie, aber bei diesen Worten schwand die Wärme aus ihrem Gesicht und ihrer Stimme. »Marvin war so gutmütig, so naiv, so hilfsbereit. Er tat alles, um seinem Bruder zu gefallen. Und der hat das ausgenutzt.«

»Wie müssen wir uns das vorstellen?«, fragte ich.

»Sein Bruder war sehr geschickt. Manipulativ.«

»Inwiefern?«

»Er hat ihn dazu gebracht …« Sie sprach nicht weiter, machte aber durch ihre Mimik unmissverständlich klar, dass sie nicht von einem Kavaliersdelikt sprach.

»Wozu hat er ihn gebracht?«, hakte ich nach.

»Verschiedene Sachen. Aber am schlimmsten war die Katze.« Sie stockte. »Er hat ihn dazu gebracht, die Katze zu töten.«

Sogar als gewöhnlicher Polizist und ohne Expertenhilfe wusste ich, dass das Töten von Tieren im Kindesalter ein vielversprechender Einstieg in eine Karriere als Gewalttäter und Mörder war.

»Er tötete eine Katze?«

»Nicht irgendeine Katze. Sie war das Maskottchen des Kinderheims. Alle Kinder haben die Katze geliebt. Marvin auch.«

»Er hat sie trotzdem getötet?«

»Sein Bruder hat ihn dazu gebracht.«

»Wie kommen Sie darauf?«

»Ich habe herausgefunden, dass er ihm Dinge erzählt hat. Wenn er nicht das tat, was er sagte, drohte er, ihn nicht wieder mit nach Hause zu nehmen. Dass seine Mutter ihn nicht mehr lieben würde. Der Kleine konnte sich doch nicht wehren. Er glaubte seinem Bruder jedes Wort.«

Mir kamen gleich die Tränen. Aber ich wollte keine voreiligen Schlüsse ziehen, schließlich war Marvin erst fünf Jahre alt gewesen. »Wie hat er denn die Katze getötet?«, fragte ich.

Frau Herden verzog das Gesicht, entweder vor Ekel an die Erinnerung oder in Missbilligung meiner Frage. »Er hat ihr den Bauch aufgeschnitten.«

»Den Bauch aufgeschnitten?«, echote die Ellinger.

»Ja, und …« Sie brach ab, aber ich war lange genug im Geschäft, um mir meinen Teil zu denken. »Ausgenommen?«, schlug ich vor.

Die Erzieherin schluckte. »Ja, er hat alles …«

»Verteilt?«

Sie nickte stumm.

Die Ellinger runzelte die Stirn.

Ich stellte mir die Szenerie vor und es war das erste Mal seit dem Morgen, dass das Bild für mich stimmig war. Ein fünfjähriger Junge schnappte sich erst das Metzgermesser, dann die Katze. Er schnitt ihr den Bauch auf, entfernte die Innereien, breitete sie um das tote Tier aus, als wolle er eine Inventur machen. Ein grauenvolles Schauspiel. Und dann kam das vielleicht Perfideste an der ganzen Sache: Er gab einem anderen die Schuld dafür.

Ich fragte: »Und das hat sein Bruder von ihm verlangt?«

Frau Herden nickte eifrig und machte einen überzeugten Eindruck dabei. »Ja, bestimmt sogar. Sie haben ihn nicht erlebt. Er hatte Marvin ständig auf dem Kieker. Der Kleine hatte keine ruhige Minute.«

Ich notierte diese Aussage schweigend.

Frau Ellinger wollte wissen: »Haben Sie denn etwas unternommen, um Marvin zu schützen?«

Sie hatte tatsächlich ›schützen‹ gesagt. Ich war ein Profi und stritt mich nicht mit meiner Partnerin vor Dritten, aber wir würden ja irgendwann einmal dieses Büro wieder verlassen.

»Aber natürlich. Ich meine, so ging es ja nicht weiter. Der arme Junge.«

Frau Ellinger nickte verständnisvoll.

›Der arme Junge‹? Ich musste mich zusammenreißen, um nicht dazwischenzugehen.

»Wir haben ihn von seinem Bruder getrennt. Sie kamen in unterschiedliche Gruppen.«

»Und danach blieb Marvin unauffällig?«, fragte ich zähneknirschend.

»Absolut. Er war ein guter Junge, wie gesagt. Er blühte regelrecht auf ohne seinen Bruder.«

»Hat der sich nicht ein anderes Opfer gesucht?«

»Nein.«

»Haben Sie bei dem Vorfall mit der Katze die Polizei hinzugezogen?«

Die Erzieherin nickte widerstrebend. »Der Bezirksbeamte hatte zufällig davon erfahren. Ich hielt es eigentlich nicht für nötig.«

Ich ließ mir die Worte auf der Zunge zergehen. Ein fünfjähriger Junge tötet eine Katze, arrangiert ihre Innereien wie auf einer Schlachtplatte, die Erzieherin will ihn schützen und die Polizei ist nicht nötig. Ich verkündete Frau Herden, dass wir sie vielleicht noch einmal ins Präsidium einladen würden, was sie gleichmütig aufnahm. Dann bedankte ich mich und wir gingen auf dem schnellsten Weg zum Ausgang, bevor Marvin noch mehr bedauert wurde, am Ende vielleicht sogar noch, weil wir gegen ihn ermittelten.

17

Daniela

Irgendwann während des Gesprächs mit der Erzieherin verlor der Kommissar seine Neutralität. Ich wusste nicht genau, wann es passierte oder warum. Zuerst spürte ich es, dann las ich es in seiner Körpersprache. Deutlicher konnte man Ablehnung nicht ausdrücken, als Busch es tat.

Aber er ging noch weiter. Er beugte sich leicht vor, sein Ton wurde um einige Nuancen schneidender, seine Wortwahl pointierter. Und als ich mich mit einer Frage einschaltete, um wichtige Informationen zu sichern, funkelte er mich mit einer kalten Feindseligkeit an, die mir einen Schauder über den Rücken jagte.

Ich hatte keinen Anlass zu glauben, dass er etwas anderes als ein guter Polizist war. Aber zumindest in diesem Fall gab es etwas, das ihn immer wieder dazu brachte, sich wie ein aufmüpfiger kleiner Junge zu verhalten. Vielleicht war es dasselbe, was zu seinen rätselhaften Stimmungsschwankungen führte. Ich war Beraterin der Polizei und wir waren bestenfalls Partner auf Zeit, wenn überhaupt. Sollte er doch so weitermachen – es war nicht mein Problem.

Als wir wieder im Auto saßen, hätte ich mich gerne über meinen Eindruck von der Erzieherin ausgetauscht.

Ich setzte an, aber Busch schnitt mir das Wort ab. »Jetzt auf zur Therapeutin.« Die Art und Weise, wie er die Worte durch seine geschlossenen Zähne presste, ließ mich innehalten. Dieser Mann stand kurz vor dem Explodieren, deshalb schluckte ich meinen Kommentar herunter.

Busch beschleunigte scharf, ließ die Gänge krachen und hielt sich nicht an den Sicherheitsabstand. Ich klammerte mich krampfhaft am Türgriff fest. Wahrscheinlich war er zu seinem Rowdiefahrstil sogar autorisiert, aber das änderte nichts an meinem Unwohlsein.

Dass meine Schritte etwas unsicher waren, nachdem wir in Rekordzeit durch die Stadt zur Praxis geflogen waren, lag nicht an meinen Pumps. Ich versuchte, mir nichts anmerken zu lassen, doch ich musste mich nicht anstrengen, weil Busch mich sowieso keines Blickes würdigte.

Als er klingelte, brummelte er etwas vor sich hin. Ich blieb in Deckung.

»Ach, guten Tag, kommen Sie doch herein, Ihr Kollege hat mich schon angerufen«, begrüßte uns die Therapeutin Dr. Corinna Schubert herzlich. Sie hatte schwarze, schulterlange Haare, ein warmes Lächeln und graue Augen, die uns neugierig analytisch musterten. Ich meinte, ein Kräuseln auf ihrer Stirn zu sehen, als sie Busch mit wenigen Blicken abtastete.

Frau Schubert nahm man die Kinder- und Jugendlichenpsychotherapeutin sofort ab, denn sie hatte eine frische Ausstrahlung und kleidete sich vollkommen anders als ich. Während ich darauf achtete, eher zu förmlich zu einer Therapiesitzung zu erscheinen, trug Frau Schubert eine modisch vom Designer abgewetzte Jeans und ein türkisfarbenes Oberteil aus fließendem Stoff.

Wir folgten ihr ins Haus, kamen an einem kleinen Wartezimmer vorbei und betraten einen Therapieraum. Wir setzten uns an den kleinen Tisch, der für Therapiegespräche bereitstand. Kommissar Busch legte seine Mappe darauf ab und schob die Taschentücherbox mit spitzen Fingern beiseite, als handele es sich um etwas Unanständiges.

Als er das Gespräch eröffnete, tat er das nicht mit der neutralen Professionalität, die ich von ihm kannte und erwartete. Stattdessen sagte er barsch: »Vor einigen Jahren war Marvin Brose bei Ihnen in Behandlung. Wir benötigen die Unterlagen.«

In dem Maße, wie sich Busch vorbeugte, wich Frau Schubert zurück. Mit spitzen Lippen und mit unterkühltem Tonfall entgegnete sie: »Kommissar Busch, es wundert mich, dass ich Sie auf die Schweigepflicht hinweisen muss.«

»Wir ermitteln gegen ihn«, antwortete Busch gedehnt.

»Lebt er noch?«

»Ja.«

»Dann gilt die Schweigepflicht uneingeschränkt.«

Ich wusste nicht, ob sie eine gute Therapeutin war, aber sie merkte zweifellos, wann ein Gespräch eine Unterbrechung vertragen konnte. In unserem Fall bereits, bevor es überhaupt richtig begonnen hatte.

Sie stand auf und fragte höflich: »Möchten Sie vielleicht auch einen Kaffee?«

Busch nickte grimmig, ich bejahte ebenfalls. Als die Therapeutin den Raum verlassen hatte, legte ich dem Polizisten die Hand auf den Arm. Er zuckte zusammen. Ich sagte leise zu ihm: »Lassen Sie mich das machen.«

18

Oliver

Ich wusste nicht, was ich schlimmer finden sollte: dass ich zwei Psychologinnen gleichzeitig ausgesetzt war und die Taschentücher sogar schon bereitstanden, falls wir vor lauter Mitleid mit dem armen Marvin weinen mussten, oder dass meine sogenannte Partnerin mir die Befragung aus der Hand nahm.

Ich atmete tief durch und erinnerte mich daran, wer in diesen Räumen der Polizist war. Ich konnte die Befragung immer noch an mich reißen, falls die beiden Frauen mir wirklich verkaufen wollten, dass Marvin im Grunde nur ein bedauernswertes armes Würstchen war.

Frau Schubert ließ sich mit dem Kaffee eine halbe Ewigkeit Zeit. Sie stellte das Tablett auf einen kleinen Beistelltisch, baute sorgfältig das Geschirr auf, erkundigte sich nach unseren Wünschen, dann goss sie uns ein.

Frau Ellinger nahm ihre Tasse, pustete, nahm einen kleinen Schluck und fand lobende Worte. Dann tauschten die beiden sich sogar über Kaffeesorten aus und in welchen Geschäften man sie am besten kaufen konnte. Ich kam mir vor wie in einer Kaffeewerbung, die zwischen Spots für Waschmittel und Anti-Falten-Creme im Nachmittagsprogramm gesendet wurde.

Ich brummte spöttisch: »Ich trinke eigentlich nur fair gehandelten und biologisch angebauten entkoffeinierten Hochlandkaffee.«

Frau Schubert schaute mich pikiert über den Rand ihrer Tasse hinweg an. Dann widmete sie sich wieder ihrer Kollegin, als hätte sie meinen Kommentar nicht gehört. Das konnte ja heiter werden.

»Der Fall, in dem wir ermitteln, ist ziemlich ungewöhnlich«, verriet Frau Ellinger. »Ich bin Psychologin und berate die Polizei.«

»Nein, wie interessant. Machen Sie das öfter?«, erkundigte sich Frau Schubert. Womit ein neues Gesprächsthema gefunden war. Die beiden waren in einen Plausch beim Kaffee vertieft. Vielleicht sollte ich ein wenig Kuchen dazu reichen. Ich saß dabei, hörte zu und kam mir überflüssig vor.

»Und wie ist die Zusammenarbeit mit der Polizei so?«, wollte Frau Schubert gerade wissen.

»Ach, man gewöhnt sich daran«, gab Frau Ellinger mit einem Seitenblick auf mich zurück. Beide lachten in herrlichster Eintracht.

Dann schaffte die Ellinger endlich den Absprung: »Wir haben erfahren, dass Marvin mit seinem Bruder einige Wochen in einem Kinderheim war, als er fünf Jahre alt war.«

Frau Schubert nickte. »Ich erinnere mich.«

»Mit der Erzieherin haben wir schon gesprochen.«

»Frau Herden«, sagte die Therapeutin. »Ich habe noch einmal in meine Akten geschaut.«

»Sie hat uns erzählt, Marvin wäre von seinem Bruder manipuliert worden.«

Ich spürte schon, wie sich meine Tränen sammelten. Meine Güte, armer Marvin, von seinem Bruder manipuliert. Nur mit größter Mühe konnte ich ein Schniefen unterdrücken.

Frau Schubert lachte auf, glücklicherweise nicht über mich. »Die arme Frau. Sie hat mir schon irgendwie leidgetan. Sie hat nicht verstanden, mit wem sie es zu tun hatte.«

Ich horchte auf. Die Schweigepflicht schien plötzlich kein großes Hindernis mehr zu sein.

Doch als hätte mein Gedanke sie daran erinnert, stellte Frau Schubert im nächsten Moment fest: »Aber das fällt leider unter die Schweigepflicht.«

Wann immer ein Zeuge seine Schweigepflicht ins Feld führte, um uns Informationen vorenthalten zu können, wurde es ungemütlich.

Natürlich konnten wir Frau Schubert mithilfe eines richterlichen Beschlusses dazu zwingen, uns ihre Akten zu übergeben, aber dann würde der Zweifel immer bleiben, ob die Akte, die wir beschlagnahmten, auch dieselbe war, die die Therapeutin ursprünglich angelegt hatte. Und besonders kooperativ würde sie nach einem solchen Vorgang auch nicht mehr sein.

Die beiden Frauen schauten sich eine Weile lang schweigend an. Schließlich startete die Ellinger einen neuen Versuch: »Ich sagte schon, dass es sich um einen ungewöhnlichen Fall handelt. Marvin ist der Hauptverdächtige. Um genau zu sein, besteht aufgrund der Beweislage kein Zweifel an seiner Schuld.«

Frau Schubert zeigte sich unbeeindruckt. »Schweigepflicht bleibt Schweigepflicht.«

Die Ellinger zögerte einen Moment, als müsse sie eine schwierige Entscheidung treffen. »Wir dürfen auch keine Informationen aus laufenden Ermittlungen weitergeben, oder, Kommissar Busch?«

»Das ist richtig«, bestätigte ich. Worauf auch immer sie hinauswollte, es würde wahrscheinlich nicht durch unsere Vorschriften gedeckt sein.

»Besteht die Möglichkeit, dass Sie in diesem ungewöhnlichen Fall eine Ausnahme machen, wenn wir auch eine Ausnahme machen?«, fragte die Ellinger ihre Kollegin.

Ich hatte es befürchtet.

Frau Schubert musterte erst mich, dann meine Partnerin, dann sagte sie zögerlich: »Vielleicht.«

»Wir haben ein Foto vom Tatort«, forderte mich die Ellinger auf.

Langsam zog ich das Foto aus meiner Mappe und legte es auf den Tisch. Frau Schubert beugte sich vor, warf einen Blick darauf und drehte sich gleich wieder weg. »O mein ... Gott!«, stammelte sie, alles andere als abgeklärt.

Ich ließ das Foto als Beweis unseres Entgegenkommens auf dem Tisch liegen. Frau Ellinger fragte: »Was war Marvin für ein Junge?«

»Ich hatte es befürchtet«, flüsterte Frau Schubert. Sie starrte das Foto an, erschüttert, aufgewühlt. »Aber Sie bekommen die Akte nicht von mir.«

»Sie bekommen auch das Foto nicht von mir«, entgegnete ich.

Nachdem das geklärt war, begann sie zu erzählen. »Die Erzieherin hat damals alles eingefädelt. Sie meinte, Marvin würde in seiner Familie und besonders von seinem Bruder gequält. Also kam er zu mir in die Therapie, damit ich überprüfen konnte, ob an seinen Geschichten etwas dran war.«

Es ging langsam, unendlich langsam voran. Eine Pause nach der anderen stellte meine Geduld auf eine harte Probe. Die Therapeutin erinnerte sich: »Ich begann die Therapie mit ihm. Insgesamt zwanzig Sitzungen, im Grunde allesamt zur Diagnose.«

Die Ellinger hatte derweil alle Zeit der Welt. Sie nippte zufrieden an ihrem Kaffee und schien ganz in ihrem Element. Mit größter Aufmerksamkeit folgte sie den Worten ihrer Kollegin.

»Gerade habe ich gesagt, ich hätte in die Akte geschaut. Aber das war gar nicht nötig. Ich werde diesen Jungen nie vergessen.« Die Stimme der Therapeutin wurde leiser, fast so, als spräche sie nicht mit uns über die Vergangenheit, sondern als befände sie sich dort.

»Was war so ungewöhnlich?«, fragte die Ellinger.

»Er hat mit mir gespielt«, sagte sie und erschauderte bei diesen Worten.

»Was heißt das?«

»Er wusste, was ich herauszufinden versuchte. Zuerst ließ er mich in dem Glauben, sein Bruder würde ihm wirklich zusetzen. Aber dann …«

»Ja?«

»… dann ließ er es mich wissen. Er hatte erkannt, was ich wollte und er konnte beliebig umschalten. Ein ganz normaler Junge oder ein armes Opfer. Er konnte beides spielen, und zwar vollkommen glaubwürdig. Dabei war er keins von beiden. Es war unheimlich.«

Frau Schubert nahm noch einen Schluck Kaffee. »Er war fünf Jahre alt«, sagte die Ellinger und ich bewunderte die Art und Weise, in der sie es schaffte, diese Feststellung ohne ungläubigen Unterton auszusprechen.

»Ich weiß«, seufzte die Therapeutin. Dann deutete sie auf das Foto vom Tatort und sagte: »Jetzt ist er sechzehn.«

»Aber Sie haben ihn damals schon durchschaut?«, hakte ich nach.

»Ja.«

»Wie hat er reagiert?«

»Als ich ihn damit konfrontiert habe, hat er nur gelacht. Er hat mit mir gespielt«, wiederholte sie und schlang ihre Arme um den Körper. »Und dann sagte er: ›Ich komme mit allem davon.‹«

Was genau die Einstellung war, die zu einem Mehrfachmörder passte. Das Gespräch hatte in meinen Augen eine unerwartet positive Wendung genommen. Anstatt sich in Mitleid für den armen Jungen zu ergehen, hatte die Therapeutin uns einen tiefen Einblick in die dunkle Seite von Marvin gewährt.

»Wie ging es damals weiter?«, erkundigte ich mich.

»Ich habe das Jugendamt eingeschaltet. Bei Marvin gab es

Anzeichen für eine tiefgreifende Persönlichkeitsstörung. Eine bereits weit entwickelte Anlage zur antisozialen Persönlichkeit.«

»Ein Psychopath?«, fragte ich.

»Richtig. Eine Person ohne moralische Orientierung und mit erheblich gestörtem emotionalen Erleben.«

»Was hat das Jugendamt gemacht?«

»Ich wollte ihn aus der Familie nehmen lassen und in die Kinderpsychiatrie einweisen. Er brauchte eine intensive, langfristige und fachkundige Behandlung, wenn er überhaupt noch die Chance auf eine normale Entwicklung haben sollte.«

»Sie meinen, damit er nur ein soziales Ärgernis, aber kein Massenmörder wird?« Im selben Moment, in dem ich die Worte aussprach, biss ich mir auf die Lippen.

Aber Frau Schubert lächelte nur bitter. »So ungefähr hatte ich mir das gedacht. Aber dem Jugendamt reichte meine Aussage nicht. Es schaltete einen eigenen Gutachter ein. Dr. Hibbert.« Dabei spie sie den Namen förmlich aus.

»Der Mann hat einen Ruf«, bestätigte die Ellinger.

»Er schätzte Marvin vollkommen anders ein«, erklärte Corinna Schubert. »Er hielt sein ungewöhnliches Verhalten für den Ausdruck einer normalen Fantasieentwicklung, diagnostizierte eine Aufmerksamkeits-Defizit-Störung und verschrieb ihm Medikamente.«

Ich bemerkte, wie die Ellinger sich bei diesen Worten versteifte, wie zuvor schon im Krankenhaus. Ärzte und Medikamente schienen für sie ein rotes Tuch zu sein.

»Dr. Hibbert ist Arzt?«, hakte ich nach.

»Psychiater«, bestätigte Frau Schubert und es klang wie ein Schimpfwort.

Sie selbst hatte eine sehr gefährliche Seite an Marvin entdeckt und die Fähigkeit zur Täuschung. Was wunderbar zu unserer Tat passte. Allerdings konnten wir eine andere fachliche Meinung auch nicht einfach so beiseiteschieben. Und selbst wenn es bedeutete, Marvins Schuld am Ende doch wieder zu relativieren, würden wir uns mit dem Gutachten von Dr. Hibbert auseinandersetzen müssen.

Die Ellinger schnitt eine Grimasse, als ich meinen Gedanken äußerte. »Wie ging es dann weiter mit Marvin?«, fragte ich.

»Es wurde nichts unternommen. Das Jugendamt folgte der Einschätzung von Dr. Hibbert, Marvin blieb in der Familie.«

»Sie haben nichts weiter unternommen?«, fragte ich und sprach damit natürlich indirekt die versäumte Möglichkeit an, vielleicht einen Mehrfachmord zu verhindern.

»Mir waren die Hände gebunden. Nur das Jugendamt kann das Sorgerecht entziehen. Mit den Eltern war nicht zu reden. Und hätte ich weiter nachgebohrt, hätte es genauso gut passieren können, dass das Jugendamt mich zu weiteren Fällen nicht mehr hinzugezogen hätte.«

»Dann wären noch mehr bei Dr. Hibbert gelandet«, dämmerte es mir.

»Genau.«

»Selbst bei einer Einweisung wäre der Erfolg nicht sicher gewesen«, gab die Ellinger zu bedenken.

»Es gibt keine Behandlung für so etwas?«, fragte ich erstaunt.

»Man kann sich ja noch nicht einmal einigen, wodurch eine antisoziale Persönlichkeit überhaupt entsteht«, meinte die Schubert nüchtern. »Therapieerfolge sind eher Zufallstreffer.«

Ich wusste, dass wir uns als Polizisten gegenüber vollkommen durchgeknallten Mördern oder Serientätern oft hilflos fühlten. Dass es auch den Psychologinnen so ging, machte mir ein wenig Sorgen. Ob der Junge nun eine antisoziale, eine multiple Persönlichkeit oder am Ende sogar beides zugleich hatte, musste sich noch zeigen. Auf jeden Fall aber bewegten wir uns bei diesem Fall auf einem Gebiet, wo auch unsere Experten offenbar an ihre Grenzen stießen.

19

Daniela

»Der Junge ist ja eine wahre Psycho-Fundgrube«, ätzte Busch, als wir die Praxis verlassen hatten.

Obwohl die Sonne schien, fröstelte ich immer noch. »Wohl eher ein Gruselkabinett.«

Wir standen einen Moment schweigend auf dem Bürgersteig. Ich spürte die Sonne auf meiner Haut und versuchte, etwas von der Wärme aufzunehmen.

Dann fragte Busch: »Treffen Sie solche Leute eigentlich öfter?«

»Psychotherapeutinnen?«

»Nein, Menschen mit antisozialer, multipler oder sonstwie gestörter Persönlichkeit?«

Zumindest hatte er gut aufgepasst. »Nein«, antwortete ich. »Am häufigsten habe ich es mit Angststörungen oder Depressionen zu tun.«

»Der ganz normale Wahnsinn also.«

Er wollte einen Scherz machen, aber das war ein Bereich, in dem mir Witze schwerfielen. »Für die Betroffenen ist das äußerst unangenehm, aber die Prognose ist bei diesen Störungsbildern sehr gut.«

»Bei den anderen nicht?«

»Es sind keine Therapiekonzepte für die antisoziale Persönlichkeitsstörung bekannt, deren Erfolgsrate über der Spontanremission liegt.«

»Was heißt das nun wieder?«, fragte er genervt.

»Spontanremission ist die Heilung einer Störung ohne Therapie. Die Remissionsraten der verschiedenen Störungsbilder sind recht gut belegt.«

»Und bei antisozialer Persönlichkeit?«, wollte er wissen.

»Die antisoziale Persönlichkeit ist ein ganzer Komplex von Symptomen. Zum einen ein Mangel an Empathie, zum anderen eine ungewöhnliche Fähigkeit zur Manipulation anderer Menschen. Und die Abwesenheit von moralischen Grundsätzen. Die Spontanremissionsrate ist gleich null.«

»Also hört von denen keiner von selbst auf?«

»Nein.«

»Und therapeutische Maßnahmen wirken auch nicht?«

»Genau.«

So wie er mich anschaute, erwartete ich beinahe, dass er einen neuen Witz versuchen würde. Aber er war vollkommen ernst, als er sagte: »Sollten Sie nicht eigentlich an das Gute im Menschen glauben, oder so? Das Opfer im Täter suchen?«

»Das ist leider keine Glaubenssache. Die Forschung ist eindeutig.«

»Na gut«, meinte Busch. »Aber wir müssen ja auch nicht überlegen, wie dem Jungen zu helfen ist. Für uns ist nur wichtig, was überhaupt mit ihm los ist und wie wir die Tat einschätzen müssen, damit die Sicherungsverwahrung durchkommt.«

Ich stutzte und fragte mich nicht zum ersten Mal, ob wir in diesen Ermittlungen dasselbe Ziel verfolgten. Ich sagte langsam: »Das wird schwierig genug.«

Busch ging nicht auf mein Zögern ein. »Für die multiple Persönlichkeit brauchen wir einen weiteren Gutachter, richtig? Und was ist mit der Psychopathen-Sache?«

»Die kann ich diagnostizieren. Das wird allerdings eine Weile dauern. Und vor Gericht werden Sie eine zweite Meinung haben wollen. Spätestens die Verteidigung wird ein entlastendes Gutachten anstreben.«

»Wegen der schweren Kindheit?«

»Mit Sicherheit.«

»Und was meinen Sie?«

Ich hatte eine ziemlich gute Vorstellung davon, welche Antwort er von mir hören wollte. Und es war genau diese Einschätzung, die ich auch gerne geäußert hätte. Aber es ging nicht. »Ich weiß es nicht. Wir wissen noch zu wenig und ich habe erst ein Mal mit Marvin gesprochen.«

»Und jetzt steht er unter Drogen.«

»Psychiater«, kommentierte ich abschätzig.

Buschs Handy klingelte, er machte ein paar Schritte zur Seite und hörte aufmerksam zu. Da es offenbar kein kurzes Telefonat war, beschloss ich, jetzt mein Glück bei meinem alten Freund Heiko zu versuchen.

Heikos Nummer war eine von den Kontaktdaten, die ich längst hatte löschen wollen. Nun erhielt der Eintrag unerwartet einen Sinn. Es war ein seltsames Gefühl, die Nummer nach so langer Zeit wieder im Display leuchten zu sehen. Sie brachte ungefragt ein ganzes Kaleidoskop verschiedener Gefühle zum Vorschein, die ich lieber in der Vergangenheit belassen hätte.

Heiko meldete sich nach dem dritten Klingeln. »Hähnel.«

»Hallo, Heiko, ich bin's, Daniela.«

Die Stille am anderen Ende der Leitung war so vollkommen, dass ich mich fragte, ob er wieder aufgelegt hatte. Ich hätte es ihm nicht verübeln können.

»Das ist … überraschend«, brachte Heiko schließlich hervor.

»Ich brauche deine Hilfe«, sagte ich, ganz so als würde das irgendetwas erklären.

»Wenn du mein Angebot angenommen hättest, könntest du jeden Tag meine Hilfe haben.«

»Ich weiß.«

Heiko seufzte. »Also gut. Es kann ja nicht schaden, wenn ich mir anhöre, was du auf dem Herzen hast.«

Ich atmete erleichtert auf. Immerhin sprachen wir noch miteinander. Ungeachtet aller persönlichen Schwierigkeiten, war Heiko einfach der beste Mann für unseren Fall. Ich schilderte ihm komprimiert alles Wissenswerte.

»Mit einer Fallstudie über diesen Typen könnte man promovieren«, kommentierte Heiko, als ich fertig war.

Heiko besaß bereits zwei Doktortitel, war Privatdozent an der Universität Tübingen und einer der angesehensten Experten auf dem Gebiet der forensischen Psychologie in Europa. Ich sagte deshalb: »Damit könnte man habilitieren.«

»Ich bin schon habilitiert«, entgegnete er.

Eine ziemlich bemerkenswerte Karriere, wenn man bedachte, dass er nicht älter war als ich und wir zusammen studiert hatten.

»Reizt dich der Junge?«, fragte ich.

»Es reizt mich, nach Krefeld zu kommen.«

»Heiko …«

»Ja, er klingt interessant. Du kannst auf mich zählen. Ich bin morgen Vormittag bei dir.«

»Danke«, sagte ich, doch er hatte schon aufgelegt. Bei dem Gedanken, ihn schon so bald wiederzusehen, breitete sich ein eigenartiges Gefühl in meinem Magen aus. Bevor ich meinen Empfindungen weiter nachspüren konnte, wurde ich von Busch aus meinen Gedanken gerissen.

»Na, haben Sie Ihren Freund erreicht?«

»Er ist nicht mein Freund«, schnappte ich automatisch.

Ich bemerkte meine peinliche Reaktion, als er mich mit gerunzelter Stirn ansah. »Ich dachte, Sie kennen diesen Gutachter aus dem Studium?«

»Ja, natürlich. Klar, wir sind befreundet. Ich habe ihn angerufen.« Wieso schaffte ich es nicht, ihm eine normale Antwort zu geben?

Er schaute mich immer noch prüfend an. »Ist alles in Ordnung mit Ihnen?«

»Er wird morgen Vormittag bei uns sein«, wich ich aus.

Busch bohrte glücklicherweise nicht weiter nach. »Die

Obduktion ist so weit abgeschlossen. Karl hat einige interessante Dinge entdeckt, von denen er meint, sie könnten für uns hilfreich sein. Um Marvin zu verstehen. Na ja, zumindest den Tatablauf.«

Am Morgen der Anruf, der mich aus der Praxis direkt zum grauenvollsten aller Tatorte gerufen hatte, die Begegnung mit Marvin, die Enthüllungen von Frau Schubert. Ein Kommissar als Partner, der schwerer zu durchschauen war als sämtliche anderen Männer, die ich kannte. Die Aussicht, Heiko wiederzusehen. Und nun auch noch eine Obduktion. »Das muss mein Glückstag sein«, murmelte ich.

Busch hielt mir die Beifahrertür auf. Als er hinter dem Lenkrad saß, beugte er sich ein wenig zu mir herüber. »Ganz unter uns, ich kann Obduktionen auch nicht ausstehen.«

»Ach wirklich?«

»Wirklich. Aber sagen Sie es nicht weiter, das ist schlecht für mein Image.«

20

Oliver

Die Wände waren gekachelt, die Räume durchflutet von kaltem Neonlicht und die Luft gesättigt mit Desinfektionsmitteln. Ich ließ mich durch Beleuchtung und Parfümierung nicht täuschen, sondern sah die Räume der Gerichtsmedizin als das, was sie waren: eine Gruft.

Im Autopsiesaal trafen wir auf Karl und seinen Kollegen Dr. Heinen, die sich um unsere Opfer kümmerten. Unterstützt von einigen Assistenten waren sie schon dabei, die Obduktion abzuschließen. Es war wie jedes Mal nicht der Anblick der Instrumente, der Leichen oder ihrer Einzelteile, der in mir Übelkeit aufsteigen ließ. Es war der Geruch.

Karl fragte an die Ellinger gewandt: »Seid ihr bereit?«

»Kann man dafür bereit sein?«, entgegnete sie.

»Dieser Junge belegt ganz sicher einen Spitzenplatz unter allen Tätern in meiner Laufbahn«, offenbarte Karl.

»In meiner auch«, fügte Dr. Heinen hinzu.

»Allein was er seinem Vater angetan hat.« Karl deutete auf die Leiche, die vor ihm auf dem stählernen Tisch lag. Jetzt, mit sortierten Haaren und teilweise vom Blut befreit, konnte man die Löcher im Schädel und die Nägel deutlich besser erkennen.

»Er war wirklich bei Bewusstsein?«, fragte ich.

Karl nickte. »Danach zu schließen, wie das Blut in und über die Wunden geflossen ist, hat der Täter sich mit der ›Behandlung‹ Zeit gelassen. Es könnte sein, dass er nach jeder Wunde gewartet hat, bis sein Vater wieder bei Bewusstsein war.«

Herr Brose erschien mir nicht übermäßig attraktiv und hatte einen rapide schwindenden Haaransatz mit ein wenig Resthaar auf dem Kopf. Der Körper war auffallend klein. Karl musste meinen Blick bemerkt haben. Er sagte: »Knapp einen Meter siebzig.«

»Wie hat er denn das Pendelproblem gelöst?«, wollte ich wissen.

»Dass der Körper beim Hämmern nicht unkontrolliert schwingt?« Karl deutete mit seinem Finger auf eine Rötung der Kopfhaut, die sich kreisförmig um den ganzen Schädel zog. Neben den anderen Wunden wirkte sie unspektakulär und unbedeutend. »Ich schätze, er hat den Kopf festgebunden. An einem Möbelstück. Stuhl, Tisch, Leiter, da kommt viel infrage. Habe ich schon an Ralf weitergegeben.«

Ich stellte es mir bildlich vor. Vater Brose, kopfüber von der Decke hängend, hilflos, mit dem Kopf an einem Stuhl fixiert. Marvin mit Hammer, Nägeln und einer Bohrmaschine bewaffnet vor ihm. Den Trupp von Ameisen, die nun über meinen Rücken krabbelten, hatte ich beim Betreten der Gerichtsmedizin nicht bemerkt.

»Das war sein Vater«, flüsterte die Ellinger.

Durch die Informationen der Therapeutin Corinna Schubert war auch die Variante vom diabolischen Einzeltäter wieder aktuell. Vor meinem inneren Auge hob Marvin gerade die Bohrmaschine an. Herr Brose starrte seinen Sohn panisch an. Die Ameisen marschierten meinen Nacken hinauf.

»Was ist mit dem Gift?«, fragte ich. »Damit sie sich nicht wehren.«

Karl nickte. »Wir haben das Blut der Opfer untersucht. Vor einer halben Stunde kam das Ergebnis rein. Und wir haben ein ziemlich raffiniertes Gift gefunden.« Er nannte uns den Namen.

»Habe ich noch nie gehört«, sagte ich. »Ist das so etwas wie Curare?«

»Es gibt gewisse Ähnlichkeiten. Curare ist ein Pflanzengift und führt meist zum Tode, weil auch die Atemmuskulatur erschlafft. Dieses Zeug hier ist komplexer. Verschwörungstheorien gehen davon aus, dass es von irgendeinem Geheimdienst entwickelt wurde, um Gefangene unbemerkt mit gewissen Spezialmethoden verhören zu können. Man muss es erst einmal kennen, aber dann kann man es relativ leicht selbst herstellen. Die Zutaten gibt es in jeder Apotheke«, erklärte Karl.

Das war ein wenig beunruhigend, aber was erwarteten wir in Zeiten, wo Bauanleitungen für Bomben und Herstellungsverfahren für biologische Kampfstoffe im Internet kursierten und Vergewaltiger in öffentlichen Diskussionsforen darüber berieten, mit welcher Droge sie ihre Opfer am unauffälligsten außer Gefecht setzen konnten.

Karl fuhr fort: »Das Gift bewirkt, dass das Opfer vollkommen gelähmt ist. Die Kontrolle über die Muskeln geht verloren, der Körper erschlafft, zentrales Nervensystem, Herz und Atmung sind nicht betroffen. So hatte der Täter leichtes Spiel. Allerdings ist ein erschlaffter Körper schwer zu handhaben.«

»Und die Opfer waren bei Bewusstsein?«, fragte die Ellinger erneut.

»Das ist das Besondere an diesem Gift«, bestätigte Karl. »Die Opfer bleiben vollkommen klar im Kopf, können sich aber nicht wehren.«

»Das hat er bei allen benutzt?«

»Bei jedem Opfer eine sehr hohe Konzentration. Die Einstichwunde des Vaters ist hier am Oberschenkel.«

Es war nur ein unscheinbarer roter Punkt, bestenfalls einen Millimeter im Durchmesser, doch für Herrn Brose und die anderen Opfer war er der Auftakt zu einem unvorstellbar qualvollen Tod gewesen.

»Sonst gibt es nur noch eine Überraschung«, sagte Karl. »Die Todesursache ist wie vermutet der Nagel im Hirnstamm.«

»Und die Überraschung?«, fragte ich.

»Die steckte im Mund.« Wir bildeten einen Halbkreis um den Kopf. Karl streckte den Kopf von Herrn Brose nach hinten und drückte den Unterkiefer herunter. Den Geruch der schwarzbraunen Masse, die im Mund von Clemens Brose klebte, konnte ich trotz der Leichenausdünstungen eindeutig zuordnen. »Scheiße.«

»Hundekot«, präzisierte Karl.

Wir standen einen Moment angewidert vor der Leiche. Meine neue Partnerin sagte: »Also, bis gerade habe ich gedacht, die Löcher und die Nägel verstehe ich. Aber das hier …«

»Vielleicht muss man das gar nicht verstehen«, schlug Karl vor. »Vielleicht ist es einfach nur grausam. Demütigend. Gestört. Was auch immer.«

»Was ist mit den anderen?«

»Du meinst, ob es da auch solche Überraschungen gab?«

Ich nickte.

»Ich glaube nicht«, sagte Karl, »oder, Hubert?«

»Nein«, bestätigte Dr. Heinen, der vor dem nächsten Edelstahltisch stand. »Keine Überraschungen. Soweit man das überhaupt sagen kann. Ich meine, die Brutalität der Morde ist schockierend und jedes weitere Detail eine grausame Überraschung.«

Ich bemerkte die Frauenleiche vor Heinen. »Die Mutter?«, fragte ich.

Er nickte. »Anni Brose.«

Ihre Haut war schneeweiß, Körper und Gesicht schmal, ohne zierlich zu sein. Sie hatte krauses, schulterlanges Haar in einem schmutzigen Rot. Erst jetzt fielen mir die Wangenknochen auf, die so grotesk vorstanden, als seien sie das Werk eines Karikaturisten. Oder eines angetrunkenen Schönheitschirurgen.

»Sie sieht so unversehrt aus«, meinte ich.

»Nur solange sie auf dem Rücken liegt.« Dr. Heinen drehte die Frau mit Karls Hilfe auf den Bauch. Die klaffende Wunde war nicht zu übersehen. »Er hat ziemlich genau gewusst, was er tat. Mit dem Fleischermesser hat er sich durch die Rückenmuskulatur vorgearbeitet, die Gebärmutter aus dem Gewebe herausgetrennt und nach hinten aus dem Rumpf gezogen. Dadurch ist die Frau langsam verblutet.«

»Wie lange hat die Operation gedauert?«, wollte ich wissen.

»Schwer zu sagen«, antwortete Dr. Heinen nachdenklich. »Ich bräuchte für so etwas vielleicht fünf Minuten. Einige Schnitte sind unsauber, aber es wirkt auch nicht wie ein dilettantisches Geschnippel. Ich schätze, er hat höchstens fünfzehn Minuten gebraucht.«

»Warum foltert er seinen Bruder und seinen Vater, aber seine Mutter lässt er nach der ersten Verstümmelung in Ruhe?«, fragte die Ellinger. »Eine Viertelstunde für die Mutter, viermal so viel für den Vater?«

»Vielleicht hatte er Mitleid«, schlug ich vor.

»Er hat sie ermordet«, entgegnete sie.

»Vielleicht nur der Vollständigkeit halber«, sagte ich.

»Kommissar Busch!«

»Ich habe keine Ahnung«, räumte ich ein. So wie Sie, fügte ich in Gedanken hinzu.

Wir erfuhren, dass der Hammer definitiv die Waffe war, mit der Sven ermordet worden war. Der Junge war von einundsechzig Schlägen mit der stumpfen und vierzehn Schlägen mit der spitzen Seite des Hammers getroffen worden, was schließlich zu seinem Tod geführt hatte.

»Kannst du dich noch an diesen Fall mit der betrogenen Ehefrau erinnern?«, fragte ich Karl.

»Na klar. Das vergisst man nicht.«

Besagte Frau war dahintergekommen, dass ihr Mann sie mit seiner Sekretärin betrog, und war so zornig geworden, dass sie ihn mit dem Küchenmesser erstochen hatte. »Wie oft hatte sie zugestochen?«

»Die Frau war außer sich vor Zorn«, erinnerte sich Karl. »Rasend. Wie im Rausch. Es waren genau dreiundzwanzig Stiche.«

Nach so vielen blutigen Details verabschiedeten wir uns ins Präsidium. Es war viertel vor acht, als wir den Parkplatz erreichten.

»Es war ein langer Tag«, stellte ich an meine Partnerin gewandt fest, nachdem wir ausgestiegen waren. »Ich erledige noch den Papierkram, aber Sie können Schluss machen.«

Die Ellinger lächelte mich dankbar an. »Ich muss noch in die Praxis.«

»Sie haben heute Ihre Patienten sitzenlassen.«

»Mein Partner ist eingesprungen. Trotzdem muss ich noch nach dem Rechten sehen.«

Dann verabredeten wir uns für den nächsten Morgen um acht Uhr im Präsidium, ich ging in mein Büro, sie zu ihrem Auto.

21

Daniela

Kommissar Busch hatte etwas Fürsorgliches an sich, als er mich nach Hause schickte. Ich sehnte mich nach einem heißen Bad, aber mein Tag war noch lange nicht zu Ende.

Ein kurzer Anruf bestätigte, dass Andreas noch in der Praxis war und auf mich warten würde. Ich stellte ihn mir vor, Dr. Andreas Spengler, mit ordentlich gescheitelten blonden Haaren, offenem Blick und freundlichem Lächeln, wie er die Praxis am Laufen hielt, während ich mich mit einem unzugänglichen Kommissar und einem verrückten Mehrfachmörder herumschlug.

Ich setzte mich ins Auto und schlug den Weg zur Praxis ein. Wir residierten im Erdgeschoss einer repräsentativen Villa aus der Gründerzeit im Stadtwald, seit wir uns mit unserer Gemeinschaftspraxis vor vier Jahren selbstständig gemacht hatten. Und es lief nicht schlecht. Dank eines hohen Anteils an Privatpatienten konnten wir sogar für zehn Stunden in der Woche eine Sekretärin beschäftigen und einmal im Jahr in Urlaub fahren.

In den oberen beiden Etagen hatten sich ein Rechtsanwalt und ein Steuerberater niedergelassen, sodass wir eine absteigende Problembehandlung bieten konnten. Wer Sorgen wegen der Versteuerung seines Vermögens hatte, suchte den Steuerberater auf, wenn das nicht funktionierte, wurde er an den Anwalt verwiesen. Und schließlich an uns. Nun ja, zumindest Andreas konnte darüber lachen.

Ich fand ihn über einige Akten gebeugt, die Schreibtischlampe verbreitete warmes Licht. Das Bild, wie er dort vertieft in die Informationen über unsere Patienten saß, stimmte fast perfekt mit meiner Vorstellung überein.

Als er mich bemerkte, schaute er auf. »Daniela! Wie war dein Tag?«

Andreas kam um den Schreibtisch herum, wir umarmten uns. Länger als sonst, denn zum ersten Mal an diesem Tag konnte ich mir sicher sein, dass ich nichts zu befürchten hatte. Keine Leichen, keine abstoßenden Einsichten in einen gestörten Geist, keinen Sarkasmus. Ich entspannte mich, sog seinen Duft ein und drückte ihn fester.

Andreas bemerkte den Unterschied. »Ist alles in Ordnung mit dir?«

Ich nickte, als wir uns voneinander lösten.

Aber er schüttelte den Kopf. »Nein, ist es nicht.« Dann komplimentierte er mich zu der Sitzgruppe, die er für seine Klienten nutzte, drückte mich auf ein Sofa und verschwand in die Küche, um uns einen Tee zu kochen.

Erst als ich tief durchatmete, merkte ich, wie angespannt ich zuvor gewesen war. Ich sagte mir, dass ich nach so einem Tag angespannt sein durfte, aber die Erfahrung, dass mein Schutzwall gegen die Unbillen des Lebens so schnell unterwandert werden konnte, war trotzdem neu für mich. Normalerweise ließen mich die geballten negativen Emotionen anderer Menschen unbeeindruckt. Tagtäglich sprach ich mit Klienten über die Angst vor Autobahnbrücken, Schlangen oder Spinnen und hörte mir an, wie es sich anfühlte, so niedergeschlagen zu sein, dass man morgens nicht mehr aufstehen konnte. Das alles streifte ich am Abend so mühelos ab wie mein Kostüm. Um genau zu sein, war das ja einer der Gründe, aus denen ich mich bei der Arbeit immer so in Schale warf.

Andreas kam mit dem Tee zurück, einer speziellen Mischung mit Melisse und Hopfen aus dem Bioladen, die sich besonders zur Beruhigung eignete.

»Erzähl mir, was dich so mitgenommen hat«, forderte er mich auf.

Ich nahm einen vorsichtigen Schluck. Ob es an dem Getränk lag oder am Ritual, ich fühlte mich geborgen. Und ich erzählte. Von den hängenden Leichen. Von den Nachbarn. Von Marvin. Der Therapeutin. Von meinem neuen Partner. Und der Obduktion. Nur Heiko erwähnte ich nicht.

»Du warst in der Gerichtsmedizin?«, fragte Andreas erstaunt.

»Es war furchtbar. Einerseits nicht so grausam wie der Tatort. Aber auf eine ganz eigene Weise brutal.«

»Weil es analytisch war«, vermutete Andreas. »Details, die vorher vom Schock verschleiert waren, kamen unters Mikroskop.«

Es war eine von Andreas' besonderen Fähigkeiten, dass er die Gedanken und Gefühle seiner Gesprächspartner manchmal besser verstand als die Person selbst.

»Wahrscheinlich«, stimmte ich zu.

»Und der Täter?«

»Den kann ich nicht einschätzen. Wir müssen noch mehr Personen befragen. Und ihn selbst natürlich.« Ich nahm einen Schluck Tee. »Ich habe Heiko um Hilfe gebeten.«

Andreas sagte nichts, aber ich konnte erkennen, wie seine Augen schmaler wurden.

»Er wird morgen Vormittag hier sein«, erklärte ich.

»Du wirst jede Hilfe gebrauchen können«, kommentierte Andreas, nun wieder die Gelassenheit in Person.

»Ach, wie unaufmerksam von mir. Wie lief es denn hier, Andreas?«

»Heute Morgen war es etwas hektisch, das gebe ich zu.«

Während ich meine erste Sitzung schon für sieben Uhr am Morgen ansetzte, um den Berufstätigen entgegenzukommen, begann Andreas meist erst gegen zehn Uhr. Für mich hatte das heute den Vorteil gehabt, dass er meine ersten drei Termine hatte übernehmen können.

»Konntest du alle meine Klienten unterbringen?«

»Für diese Woche steht der Terminplan. Was meinst du, wie lange du brauchen wirst?«

Das war eine gute Frage. Und obwohl der Fall interessant und herausfordernd war, formte sich in meinem Kopf eine andere Frage: Wie lange kann ich das aushalten?

»Ich hoffe, ich bin bis nächste Woche nur noch sporadisch beteiligt«, antwortete ich vage, ohne genau sagen zu können, ob das eine fundierte Einschätzung oder Wunschdenken war. Dieser Fall lag vollkommen anders als die anderen, bei denen ich bisher beraten hatte.

»Soll ich abends noch auf dich warten?«, fragte Andreas.

Er musste nicht erklären, was er meinte. Nach dem heutigen Tag war ich mehr als dankbar für das Angebot. »Wenn es auch Tee gibt?«

»Ich hole morgen einen neuen Vorrat.«

Wir schwiegen eine Weile. Was Andreas mir anbot, war verlockend. Nach dem Tag voller schrecklicher Erlebnisse bildete dieser Ort den größtmöglichen Kontrast, eine Zuflucht, wie ich sie mir besser nicht wünschen konnte.

Andreas hatte bei der Einrichtung genau die richtige Balance zwischen Anregung und Entspannung gefunden, der Raum wirkte luftig, aber nicht kühl und vermittelte Geborgenheit, ohne bedrückend zu sein. Andreas saß mir in dem Sessel gegenüber und vermittelte die Gewissheit, jedes Problem zu verstehen und auf jede Frage die passende Antwort finden zu können.

»Was ist mit diesem Polizisten?«, fragte Andreas dann unvermittelt.

»Kommissar Busch?«

»Du wirkst gestresst, wenn du von ihm erzählst.«

»Bin ich bei dir in Therapie?«

»Wir sind Partner, Daniela. Wir sind Freunde. Was dich stresst, stresst auch mich.«

»Er hat mich bei meiner Haarmacke erwischt.« Andreas

war der einzige Mensch, mit dem ich je darüber gesprochen hatte.

»Woher weißt du, dass er es bemerkt hat?«

»Er hat es mir gesagt.«

Andreas zog eine Augenbraue hoch. »Was genau hat er gesagt?«

»›Ihre Haare sitzen perfekt.‹«

Andreas lächelte. »Warum hat er das gemacht?«

Ich hob die Schultern. »Keine Ahnung. Er reibt mir gerne meine Fehler unter die Nase.« Ich dachte an unseren Rattendisput und an unseren gescheiterten Handschlag am Tatort.

Andreas strich sich nachdenklich mit der Hand über sein Kinn. »In welcher Situation hat er es gesagt?«

Ich erzählte es ihm.

»Vor der Befragung des Täters?«, vergewisserte sich Andreas. »Dann wollte er dir helfen.«

»Mir helfen?«, fragte ich ungläubig.

»Vielleicht war das seine Art, dich darauf hinzuweisen, dass du deine Nervosität verstecken musst, wenn du es mit diesem Täter aufnehmen willst. Er hat gemerkt, dass du nervös warst, und dir einen Tipp gegeben.«

Jetzt war ich verblüfft. Ich dachte an Kommissar Busch, der ganz unnötig mit der Therapeutin aneinandergeriet. Der mir mit einem spöttischen Grinsen zu verstehen gab, dass er sehr gut ohne mich zurechtkam. Würde er einen nervösen Tick als das erkennen, was er war, und mich genau dann darauf hinweisen, wenn es den Erfolg meiner Arbeit gefährdete? Andererseits war Busch auf eine raffinierte Erklärung für die herausgeschnittene Zunge gekommen, die mir nicht eingefallen war. Und er war nach der Befragung von Marvin im Krankenhaus genau im richtigen Moment erschienen, um einen Streit mit der Ärztin zu verhindern.

»Das überzeugt dich nicht?«, fragte Andreas.

Ich zögerte. »Er verhält sich nicht immer hilfreich.«

»Was heißt das?«

»Ich weiß nicht so recht, was ich von ihm halten soll. Sagen wir mal, er ist der gute und der böse Polizist in einer Person.«

»Vielleicht weil du Psychologin bist?«

Ich dachte zurück. »Es könnte damit zusammenhängen.«

»Vielleicht hat er dunkle Geheimnisse und Angst davor, dass du sie herausfindest?«

Ich lachte. »Ich bin nicht du, Andreas.«

»Was soll das denn heißen?«

»Ich kann keine Gedanken lesen.«

»Niemand ist perfekt.«

»Da bin ich ja beruhigt.«

»Oder es ist so eine Reviergeschichte. Er hat Angst, dass du auf seinem Gebiet mehr weißt als er«, schlug Andreas vor.

»Und der Sarkasmus ist seine Art, mich wegzubeißen?«

»Korrekt. Oder er hat Angst, von einer Frau in den Schatten gestellt zu werden«, spekulierte Andreas weiter.

»Und ich dachte, vielleicht ist er einfach nur ein wenig verunsichert, weil der Fall ungewöhnlich ist und er mich nicht einzuschätzen weiß.« Plötzlich sah ich ihn vor mir mit den kurzen Haaren, den breiten Schultern und einem verschmitzten Lächeln. Und stellte mir vor, was er wohl dazu sagen würde, dass wir ihn analysierten.

»Wie lange bleibst du noch?«, wechselte ich abrupt das Thema.

»Ich muss noch diese Akten durchsehen, ich bin gleich fertig.« Er sah mich unverwandt an und fügte hinzu: »Eigentlich bin ich schon lange fertig. Ich habe nur auf dich gewartet, um zu sehen, wie es dir geht.«

Die Art, wie er das sagte, sanft, einfühlsam und ein wenig schüchtern, rührte mich. Andreas entsprach in jeder Hinsicht dem Bild des modernen Mannes, so wie moderne Frauen es entworfen hatten. Wir waren Partner in der Praxis und arbeiteten hervorragend zusammen. Ich war nicht blind für die Sehnsucht in Andreas' Augen, auch wenn er sie gut verstecken konnte. Er hatte schon öfter deutlich gemacht, dass er an mehr als nur einer beruflichen Partnerschaft interessiert war. Meine Freundinnen schüttelten verständnislos den Kopf, wenn ich ihnen davon erzählte. ›Worauf wartest du? Da würde ich nicht zweimal überlegen.‹ So oder ähnlich lauteten die Kommentare, weshalb ich es irgendwann aufgegeben hatte, etwas zu erzählen.

Der Grund für meine Zurückhaltung war profan: Ich fand Andreas einfach nicht anziehend.

»Das ist lieb von dir«, sagte ich. »Vielleicht können wir uns morgen schon über ein paar Details unterhalten.«

Ich war mir sicher, dass Andreas sich irgendwann eine andere Frau suchen würde, allerdings dachte ich das schon seit zwei Jahren.

Auch diesmal ließ er sich nichts anmerken, sondern nickte nur.

22

Oliver

»Wo hast du deine Partnerin gelassen?«, fragte Reinhold, als er mir auf dem Flur über den Weg lief. Er grinste mich an, sodass sich die Frage, ob er es ernst meinte oder mich nur ärgern wollte, erübrigte.

»Die habe ich nach Hause geschickt, bevor wir Ärger mit der Arbeitsschutzbehörde bekommen«, entgegnete ich.

»Du solltest auch bald gehen«, meinte Reinhold. »Schließlich haben wir den Täter schon. Es gibt keinen Grund, die Nacht durchzumachen.«

»Ich schreibe nur noch die Berichte«, antwortete ich.

Im Büro traf ich auf Lars. In meinem Stuhl saß Markus Wegener, beide unterbrachen ihre Diskussion, als ich hereinkam.

»Du hast mir also Lars geklaut«, sagte ich zu Markus.

»Ich brauchte einen neuen Partner.«

»Du hast eine Partnerin«, entgegnete ich. »Die nicht nur gut aussieht, sondern auch eine gute Polizistin ist.«

»Weil meine Partnerin jetzt auch meine Partnerin ist, konnte sie nicht länger meine Partnerin sein«, erklärte Markus lapidar.

Es war von Anfang an nur eine Frage der Zeit gewesen, bis Markus und Nina ein Paar wurden und als es endlich so weit war, hatte die Nachricht natürlich in Minuten die Runde im ganzen Präsidium gemacht.

»Und wer muss darunter leiden? Ich!«, beschwerte ich mich abermals.

Markus grinste nur. »Wie ich höre, hast du einen mehr als adäquaten Ersatz bekommen.«

»Hör bloß auf«, brummte ich. Ich ließ mich auf den Besucherstuhl plumpsen.

»Fehle ich dir schon?«, wollte Lars wissen.

»Ich weiß auch nicht, sie ist einfach so …«

»Weiblich?«, schlug Markus vor.

»Psychologisch, wollte ich eigentlich sagen.«

»Sie ist Psychologin. Da ist es hilfreich, wenn man psychologisch ist«, stellte Lars fest.

»Ich bin so froh, euch zu kennen«, ätzte ich.

»Wir sind auch froh, uns zu kennen«, entgegnete Markus.

»Seid ihr denn weitergekommen?«, fragte Lars.

»Wir haben herausgefunden, dass der Täter mehr oder weniger bekloppt ist. Und was ist mit euch? Was ist das für ein Fall im Stadtwald, der so wichtig ist, dass Lars so überstürzt abgezogen wird?«

»Jemand hing dort von einem Baum.«

»Das klingt nicht sehr spektakulär.«

»Er hing dort seit zwei Wochen.«

»Und den hat keiner bemerkt?«

»Ein Mädchen ist mit ihrem Hund spazierengegangen, als ihr etwas auf die Schulter tropfte.« Markus schob ein Foto über den Tisch.

Ich warf einen kurzen Blick darauf. Ich kannte mich einigermaßen mit den Verwesungsstadien des menschlichen Körpers aus. Nicht genug, um aus Umgebungstemperatur und Insektenbefall etwas über den Todeszeitpunkt sagen zu können, aber ich wusste, dass nach etwa zwei Wochen genau der Zustand eintrat, der auf dem Foto zu sehen war. Die Haut verfärbte sich und Organe und Gewebe verflüssigten sich.

»Der hat aber schon vorher getropft«, meinte ich.

»Hat bloß niemand mitbekommen«, entgegnete Markus.

Es war nicht alltäglich, dass ein Mann zwei Wochen tot in einem Baum hing und Hunderte Menschen unter der Leiche hergingen, ohne etwas zu bemerken. Mit unserem Fall konnte die tropfende Leiche allerdings nicht mithalten.

»Selbstmord?«, fragte ich.

»Es kommt uns komisch vor«, sagte er ausweichend. »Wir müssen jetzt erst mal herausfinden, wer der Mann überhaupt ist.«

Ich warf noch einen angewiderten Blick auf das Foto. »Na, dann mal viel Vergnügen.«

»Komm, wir suchen uns ein anderes Büro«, schlug Markus vor.

Ich sagte: »Ihr könnt ruhig bleiben. Ich tippe noch drei Vermerke, dann bin ich weg.«

Markus räumte meinen Platz und die beiden diskutierten weiter. Während ich unsere Erkenntnisse über den Täter, die Aussagen der Nachbarn, der Erzieherin und der Psychotherapeutin sowie unser Vorhaben, einen weiteren Sachverständigen hinzuzuziehen, in die Tastatur hämmerte, erstellten Lars und Markus eine systematische Übersicht mit möglichen Todesszenarien und nach welchem Muster nach Zeugen im Stadtwald gesucht werden sollte.

Als der letzte Aktenvermerk des Tages aus dem Drucker summte, waren sich die beiden einig, dass ein Selbstmord im Stadtwald unwahrscheinlich war, ein Mord aber ebenso.

»Es ist ja irgendwie beruhigend, dass ihr dieselben Probleme habt wie wir«, meinte ich, nahm meine Papiere und fuhr den Rechner herunter.

»Wenigstens habt ihr den Täter schon«, gab Lars zurück.

»Es ließ sich nicht vermeiden, ihn zu verhaften«, räumte ich ein.

Ich wünschte den beiden noch viel Glück, gab die Berichte beim Aktenführer ab und machte mich auf den Weg zum Parkplatz.

23

Daniela

Ich war einerseits erleichtert, andererseits hatte ich ein schlechtes Gewissen, Andreas alleine in der Praxis zurückzulassen. Der ständige Balanceakt zwischen Nähe und Distanz, den er mir seit Jahren abverlangte, war an einigen Tagen zu viel für mich.

Andreas war ein erstklassiger Psychotherapeut und ein hervorragender Partner für die Praxis. Er war zu professionell und ein zu guter Freund, um die Grenze zu überschreiten, die ich gezogen hatte. Andreas war deshalb nicht das Problem. Was mir Sorgen bereitete, war, dass es mir mit fast allen Männern so ging wie mit ihm. Geistreich, witzig, attraktiv, charmant und sensibel mochten sie alle sein, aber keinem gelang es, über einen spontanen Impuls hinaus mein Interesse zu wecken.

Ich ließ meine Wohnungstür mit einem Seufzer ins Schloss fallen. Das war der Moment, in dem die Schrecken des Tages, die ich mir bis dahin irgendwie vom Hals gehalten hatte, über mich hereinbrachen. Bilder vom Tatort schoben sich in meinen Flur, das Blut auf dem Boden, die Spurensicherung, Blut auf der Wand und als ich mich angewidert zur Seite drehte, sah ich sogar die Leichen an der Decke. Für einen kritischen Moment taumelte ich, stützte mich mit beiden Händen an der Wand ab und brauchte einige Sekunden, um die Kontrolle über meine Beine wiederzuerlangen. Was im Moment das Wichtigste war.

Ich schlüpfte aus den Pumps, ignorierte Leichen und Blut genauso wie den blinkenden Anrufbeantworter und hastete ins Schlafzimmer. Dort tauschte ich mein Kostüm gegen einen unförmigen, aber ungleich bequemeren Hausanzug. Das reichte normalerweise aus, um mich von allen ungewollten Überbleibseln des Tages zu befreien. Heute nicht. Der tote Hund erschien vor mir auf dem Teppich. Das Zittern in meinen Armen und der Aufruhr in meinem Bauch ließen nicht nach.

Behalt die Kontrolle, ermahnte ich mich, sonst würde ich mich auf dem Boden wie ein Embryo zusammenrollen und nicht mehr aufstehen können. Ich zwang mich in die Küche, prüfte den Kühlschrankinhalt, griff mir einen Fertigsalat vom Vortag und zwei Scheiben Toast, packte alles auf einen Teller und floh aufs Sofa vor den Fernseher.

Die Nachrichten zeigten Tote in Syrien, Afghanistan und im Irak, wütende Proteste in irgendeinem südeuropäischen Land, weil das Rentenalter von sechzig auf zweiundsechzig Jahre angehoben wurde und eine Bundesregierung, die Pirouetten drehte, bis allen Wählern schwindelig wurde. Eigentlich war alles wie immer. Die Wettervorhersage versprach weitere Tage mit Sonnenschein zwischen Spätsommer und Frühherbst. Mein Zittern ließ nach, mein Magen beruhigte sich, ich versuchte, die über die Wände wabernden Bilder vom Tatort zu ignorieren.

Ich erhoffte mir Erleichterung von einer Krimiserie. Als ich entdeckte, dass dort eine Frau bestialisch ermordet worden war und die Detectives durch einen blutgetränkten Tatort staksten, musste ich schlucken. Die Aufnahmen waren darauf angelegt, die Zuschauer zu schockieren, boten aber trotzdem nur ein blasses Abbild der Wirklichkeit. Und waren vielleicht gerade deshalb eine gute Ablenkung.

Als auf der Mattscheibe der Mörder gefasst und der Fall gelöst war, verloren die Bilder in meinem Kopf ihre quälende Intensität. Ich war in der Lage, aufzustehen und meinen Anrufbeantworter abzuhören.

Es gab zwei neue Nachrichten. Die erste war von Heiko, der mir mitteilte, dass er ziemlich genau um elf Uhr im Präsidium sein könnte und in einem Hotel ganz in der Nähe meiner Wohnung absteigen würde. Die zweite war von meiner Schwester, die nur angerufen hatte, um zu plaudern. Ich überlegte kurz, sie zurückzurufen, aber mit den vielen negativen Gedanken in meinem Kopf wollte ich sie nicht belasten.

Meine Wohnung hatte nur zwei Zimmer, zum Schlafen war es noch zu früh, auch wenn ich mich erschöpft und ausgelaugt fühlte, also ging ich zurück ins Wohnzimmer. In der Ecke vor dem Bücherregal stand meine Staffelei, eine chinesische Billigproduktion mit drei Beinen, einer schmalen Auflage für die Leinwand, dafür aber mit einem großzügigen Ablagefach. Es war eine Feldstaffelei, die ich bei demselben Discounter gekauft hatte wie meinen Hausanzug. Sie erfüllte ihren Zweck und ich konnte sie zusammenklappen und beiseitestellen, wenn ich nicht malte.

Heute erinnerte sie mich zwangsläufig an das Atelier von Anni Brose. Diese Frau hatte einen eigenen Raum zum Malen besessen, ausgestattet mit allen Schikanen, ich zwängte meine Utensilien mehr schlecht als recht in eine Ecke meines Wohnzimmers. Ihre Ausstattung, Werkzeuge, Pinsel und Farben waren vom Feinsten, meine von mäßiger Qualität und vor allem preiswert. Mit Ausnahme der Farben, bei denen ich darauf achtete, dass sie ungiftig waren. Wenn ich an die Wohnung zurückdachte, war ich mir sicher, dass Frau Brose mit ihren Werken eine Botschaft verband, während ich malte, um von meinen depressiven und angstgeplagten Patienten abzuschalten. Was ausgezeichnet funktionierte, mir aber nie eine eigene Ausstellung einbringen würde.

Ich überlegte deshalb auch kurz, ob ich an meinem Bild – einem Sonnenuntergang über dem Meer – weiterarbeiten sollte, aber ich fürchtete, dass die Arbeit mit diffizilen Rotschattierungen abermals das Blut vom Tatort heraufbeschwören könnte. Wenn der Fall mich sowieso noch beschäftigte, konnte ich ihn ebenso gut sachlich angehen und etwas dafür tun, dass ich nicht wieder auf dem falschen Fuß erwischt wurde. Also schnappte ich mir kurzerhand alle Fachbücher, die ich zum Thema finden konnte.

Ich dachte noch daran, wie wichtig es war, die professionelle Distanz zur Arbeit zu wahren, aber natürlich war es ebenso wichtig, dass ich auf meine nächste Begegnung mit Marvin möglichst gut vorbereitet war.

24

Oliver

Die Abendstimmung im Uerdinger Rheinhafen war nicht anders als an anderen Tagen und erinnerte mich daran, dass sich die Welt auch angesichts der furchtbarsten Verbrechen weiterdrehte.

Der Ruderverein residierte im Bootshaus an einem ruhigen Seitenarm des Hafens. Das Bootshaus war ein Inbegriff sogenannter moderner Architektur und sah mit seinen großen Glasfronten und seinem Flachdach aus wie ein neben den Rhein geworfener Würfel. Es war ein Fremdkörper sowohl auf der Rheinwiese als auch zwischen den Industriehallen und Verladekränen.

Ich ging zielstrebig am Bootshaus vorbei direkt zum Steg. Meine Arme kribbelten und meine übrigen Muskeln waren ein einziger Krampf. Dieser Fall schlug mir schon nach einem Tag gewaltig auf die Stimmung. Und dabei war die Brutalität des Verbrechens noch nicht einmal entscheidend, sondern vielmehr die Vorstellung, der Junge könnte am Ende vor Gericht wegen seiner schweren Kindheit oder ähnlichem Unsinn für nicht schuldfähig befunden werden. Dann würde man ihn in eine psychiatrische Anstalt einweisen und er würde täglich auf Kosten des Staates therapeutische Mund-zu-Mund-Beatmung und Bekloppten-Wellness erhalten.

Die Planken bogen sich unter meinen Schritten. Am Ende des Stegs war ein Mann gerade damit beschäftigt, ein Ruderboot zu vertäuen. Er blickte auf, als ich näher kam.

»Oliver«, sagte Hannes mit einem Grinsen, das ihm sofort verging, als er mich ansah. »O Mann, ein neuer Fall?«

Ich nickte knapp. »Steht in zwei Tagen in der Zeitung.«

»So schlimm?«, fragte er. Hannes sah besorgt aus. Wir kannten uns seit der Schulzeit und hatten zusammen einiges durchgemacht. Zuletzt war er allerdings der Gebeutelte gewesen. Während mein Liebesleben traditionell unter der Überschrift ›Pleiten, Pech und Pannen‹ firmierte, kam seine Scheidung überraschend. Ich hatte ihm das Rudern empfohlen und es hatte ihm genauso geholfen wie mir.

»Schlimm ist gar kein Ausdruck«, gab ich zurück.

Ich machte meinen eigenen Einer los, stieg behutsam ein und stieß mich vom Steg ab.

»Ich bin noch im Bootshaus, wenn du reden willst«, sagte Hannes.

Ich nickte abermals und brauchte mir keine Sorgen zu machen, dass ich ihn mit meiner mangelnden Gesprächigkeit verärgert hatte. Dann nahm ich die Ruder. Schon die ersten vorsichtigen Züge, die mich vom Steg wegbrachten, waren befreiend.

Ich ließ es langsam angehen. Der Widerstand, den das Wasser mir entgegensetzte, forderte meine Muskeln und mit jeder Bewegung ruderte ich mehr und dachte weniger. Der Rhein war nicht die Nordsee und der Uerdinger Hafen kein Kurort, trotzdem genoss ich die Luft und vertrieb den letzten Geruch von Blut aus meinen Atemwegen. Auf meiner Haut bildete sich Schweiß und kühlte meine Gedanken. Schlag um Schlag ließ ich den Fall hinter mir, verblassten die Bilder und Eindrücke und auch mein Ärger und meine Befürchtungen fielen nach und nach von mir ab.

Deshalb war Rudern der ideale Sport für mich. Ich war an der frischen Luft, es war schweißtreibend und ich hatte überhaupt keine Möglichkeit, über irgendetwas nachzudenken, wenn ich mich nur genug ins Zeug legte. Breite Schultern waren ein angenehmer Nebeneffekt, der in Kombination mit meiner Körpergröße ganz hilfreich war, wenn mir ein Verdächtiger dumm kommen wollte.

Ich glitt mit meinem Boot durch das ruhige Hafenwasser und drehte eine große Runde. Bisher hatte die große Runde immer ausgereicht. Kein Fall konnte dieser Strecke standhalten. Zumindest hatte ich das gedacht. Immerhin war ich so weit gekommen, meine Sorgen über Schuld relativierende Gutachten durch leichtsinnig hinzugezogene Psychologinnen hinter mir zu lassen. Auch die Aussagen der Therapeutin und sogar der Eindruck von Marvins Befragung waren verblasst. Die Brutalität des Verbrechens, das Bild der hängenden Leichen und alles, was damit in meinem Innern zum Schwingen gebracht worden war, konnte ich nicht abschütteln.

Dass ich zwei große Runden fahren musste, war ungewöhnlich. Allerdings nicht so ungewöhnlich wie unser Fall. Ich atmete tief durch und tauchte die Ruder ins Wasser.

Nach zwei großen Runden im Hafen und einer langen heißen Dusche hatte ich krebsrote Haut und schwere Arme. Da mein Kopf immer noch nicht so erschöpft war wie der Rest von mir, ging ich zur Bar. Hannes saß noch dort und unterhielt sich mit Inge, der Trainerin unserer Jugendmannschaft.

Die beiden waren schon seit Monaten dabei, umständlich eine Beziehung miteinander zu beginnen, deshalb würde es auf eine Störung mehr oder weniger nicht ankommen. Ich nahm mir ein alkoholfreies Bier und setzte mich zu ihnen.

»Oh, ein isotonisches Sportgetränk?«, fragte Hannes mit einem Grinsen. Ich war sofort einbezogen und fühlte mich nicht als Störenfried.

»Prost«, sagte ich nickend und nahm einen Schluck aus der Flasche.

»Hast du einen neuen Fall?«, fragte Inge.

»Sieht man mir das an?«

»Ja.«

»Du hast lange gebraucht für deine Runde«, meinte Hannes.

»Das liegt daran, dass ich zwei gefahren bin.«

»Dann ist es ein besonders schlimmer Fall«, vermutete Inge.

»Oder eine Frau«, spekulierte Hannes.

»Beides«, verriet ich.

»Kompliment, das schafft nicht jeder«, lachte Hannes.

»Klärst du uns auf?«, bat Inge.

»Wir haben einen ziemlich fiesen Fall. Wenn er öffentlich wird, werdet ihr wissen, was ich meine.«

»Erzähl lieber das Interessante«, drängte Hannes. »Was ist mit der Frau?«

»Wir haben eine Psychologin hinzugezogen.«

»Aha.«

»Sie ist jetzt quasi meine Partnerin.«

»Und du hast dich in sie verliebt«, meinte Inge.

»Nein«, entgegnete ich empört. Was für ein absurder Gedanke.

»Aber du fühlst dich zu ihr hingezogen«, beharrte Inge.

»Ich will nicht, dass der Täter davonkommt, weil er eine schwere Kindheit hatte!«

Inge schaute mich forschend an, aber Hannes reagierte schneller. »Du befürchtest, dass es darauf hinausläuft?«

»Bei Gutachtern kann man nie wissen«, brummte ich.

»Schätzt du sie so ein? Würde sie einen Freibrief ausstellen?«, hakte Inge nach.

Ich zuckte müde mit den Schultern. »Keine Ahnung.«

»Ich denke, sie ist deine Partnerin?«

»Es ist wohl eher so etwas wie Babysitting.«

Inge hatte wieder diesen forschenden Blick. Ich hasste forschende Blicke von Frauen. »Da ist doch noch mehr, Oliver.«

»Es ist dieser Fall«, sagte ich ausweichend.

Sie schaute mich zweifelnd an, lenkte aber ein. »Gib ihr eine Chance.«

»Ich gebe jedem eine Chance.«

»Auch der Psychologin?«

»Sogar der«, brummte ich.

Donnerstag

25

Daniela

Meine Nacht war unruhig gewesen und durchzogen von wirren Träumen, in denen abwechselnd Heiko, Marvin und Kommissar Busch auftauchten und sich gegenseitig umbrachten. Ich war deshalb nicht übermäßig ausgeruht, als ich bei meinem morgendlichen Müsli in der Küche saß. Ich hoffte auf die magische Wirkung des Kaffees.

Außer meinen nächtlichen Albträumen hatten meine Recherchen vom Abend nicht allzu viel ergeben. Jegliche Form der Persönlichkeitsstörung, die bei Marvin vorliegen und ihn befähigen konnte, die Morde aus eigenem Antrieb zu begehen, war komplex, das Verhalten der Betroffenen kaum vorhersagbar und die Prognose schlecht. Was ich natürlich schon gewusst hatte.

Als ich mich auf den Weg ins Präsidium machte, hielt ich mich für einigermaßen fahrtüchtig, war aber trotzdem dankbar für den Innenstadtverkehr, weil er mir eine gute Entschuldigung dafür lieferte, nicht schnell zu fahren. Trotzdem wurde ich mehrfach angehupt, während ich meinem Ziel entgegenrollte, weil ich die alles entscheidende Millisekunde zu spät auf das Gaspedal trat und mein Hintermann deshalb mit mir gemeinsam eine weitere sechzigsekündige Rotphase lang ausharren musste. Was offenkundig eine Zumutung war.

Ich traf Kommissar Busch in seinem Büro am Computer an. Er schien eine ebenso unruhige Nacht gehabt zu haben wie ich, aber seine Stimmung war aufgeräumt. Zumindest für den Augenblick.

»Sie sehen müde aus«, stellte er fest, während er mir einen Kaffee aus seiner Thermoskanne eingoss.

»Ich habe noch recherchiert«, antwortete ich ausweichend.

Er schenkte mir einen Blick, aus dem ich deutlich ablesen konnte, dass er mir nicht glaubte.

»Die nächste Sitzung der Mordkommission ist für zehn Uhr angesetzt, ich werde jetzt den letzten Nachbarn befragen, von dem wir noch keine Aussage haben. Möchten Sie mitkommen?«

Ich stimmte zu. »Was ist mit dem Täter? Marvin?«

»Der hatte in der Nacht wohl noch einen Anfall, jetzt ist er wieder ruhiggestellt.«

Ich schnaubte, um darauf nichts sagen zu müssen. Ich fragte mich, wie viele andere Patienten dank der Ärztin jetzt noch als vegetative Bündel vor sich hindämmerten. Und ich bezweifelte, dass diese Frau deswegen Albträume hatte.

»Körperlich geht es ihm gut, sagte die Ärztin. Die Zunge sieht gut aus.«

»Er wird wieder sprechen können?«

»Ganz sicher sogar. Die Ärztin wird mich sofort benachrichtigen, wenn er wieder ansprechbar ist.«

»Ich habe Dr. Hähnel, den Experten für multiple Persönlichkeit, gebeten, direkt hierherzukommen«, teilte ich Busch mit, um mich nicht in meine Wut auf die Ärztin hineinzusteigern.

»Dann wollen wir hoffen, dass Marvin bald wieder klar im Kopf ist. Ich bin langsam so richtig neugierig, was mit diesem Kerl los ist.«

»Hoffen wir, dass wir es herausfinden«, meinte ich vorsichtig.

»Wenn wir schon unseren Haushalt plündern, um gleich zwei Experten zu engagieren, erwarte ich auch Ergebnisse.«

Ich dachte an meine Kollegin Corinna Schubert, die uns geschildert hatte, wie Marvin sie über viele Wochen hinweg getäuscht hatte.

Er hat mit mir gespielt.

Ich komme mit allem davon.

Und da war er ein Kind gewesen. Privatdozent hin, Gutachter her, Marvin würde eine harte Nuss werden. An herausfordernder Komplexität fehlte es auf keinen Fall und nun baute Busch auch noch einen wenig förderlichen Erfolgsdruck auf.

»Wir werden ihm seine Geheimnisse schon entlocken«, behauptete ich schließlich mit einer Zuversicht, die ich nicht empfand. Seinem Blick nach zu urteilen, hatte Busch mein Täuschungsmanöver durchschaut.

26

Oliver

Das war doch zum Haareraufen. Wir hatten einen durchgeknallten Täter, einen Fall wie aus einem schlechten amerikanischen Horrorfilm und eine Expertin, die an sich selbst zweifelte. Hing also die Zuversicht bei diesen Ermittlungen von mir ab? Mich würden all diese Verrückten nicht einschüchtern. Immerhin hatte ich schon Mörder überführt, als Marvin noch in die Hose gemacht und seinen Bruder wie einen Tyrannen hatte aussehen lassen.

»Ich habe die Befragung des Nachbarn extra für uns aufgehoben«, erklärte ich während der Fahrt. »Dirk Springer, wohnt direkt neben den Broses. Ich vermute, er kann uns einige interessante Details erzählen, und dachte, das ist nicht schlecht, wenn Sie das aus erster Hand hören.«

»In Ordnung«, sagte sie knapp. Wie gesagt, Begeisterung und Zuversicht lagen wohl heute Morgen in meiner Verantwortung.

Also fuhren wir schweigend zum Haus, in dem bis vor zwei Tagen die Broses wie eine Bande böser Geister die anderen Bewohner heimgesucht hatten. Ich parkte in einem abgesperrten Bereich vor der Haustür, wir stiegen in die erste Etage und warfen als Erstes einen Blick in die Wohnung der Broses.

Ein Tatort hatte in den unterschiedlichen Phasen der Ermittlungen verschiedene Dinge mitzuteilen. Gestern Morgen war es vor allem das Grauen der Tat und der noch greifbare Horror, der von Marvin entfesselt worden war. Heute zeugte nur noch der rotbraune Boden von den Schrecken des gestrigen Tages. Die Leichen waren verschwunden und an vielen Stellen sah man im Blut die Umrisse von Gegenständen, die nun in unserem Labor untersucht wurden.

Die Kollegen der Spurensicherung waren mit dem Raum immer noch nicht fertig. Simon baute gemeinsam mit einer Kollegin einige hochtechnische Geräte auf.

Wir wollten nicht weiter stören, deshalb schauten wir uns die anderen Zimmer noch einmal an. Das Zimmer von Marvin und seinem Bruder war immer noch streichholzschachteleng. Mit Kleiderschränken, Schreibtischen und Betten blieb für die Ellinger und mich kaum genug Platz, um in einigermaßen zivilisiertem Abstand nebeneinander zu stehen.

»Wirklich sehr gemütlich«, betonte die Psychologin, nachdem sie vergeblich versucht hatte, auf Abstand zu mir zu gehen.

Weil das Zimmer der Jungen außer dieser Feststellung nichts hergab, statteten wir dem Atelier von Frau Brose einen Besuch ab, das immer noch von der Monsterstaffelei dominiert wurde. Ich ging gedankenverloren durch den Raum und nahm ein grünes Heft von einem wilden Stapel vom Boden auf. Ich blätterte es flüchtig durch. »Pflanzen«, stellte ich fest. »Bäume, Sträucher, Blumen. Ziemlich plastisch.«

Die Ellinger kam zu mir. »O ja, sehr realistischer Stil.« Sie nahm sich ein anderes Heft vom Stapel. »Hier ist die Familie.«

Ich nahm mir ebenfalls ein weiteres Skizzenheft. Auch

hier Porträtzeichnungen der Familie. Zwei Bilder vom Vater, der Rest von Sven. Was ein bemerkenswertes Detail war. »Marvin fehlt«, sagte ich.

Die Ellinger nickte. »Bei mir auch.«

Wir tauschten die Hefte und prüften es erneut. Zwar kannten wir Sven und den Vater nicht lebendig und ihre Gesichter waren bei ihrer Ermordung deutlich entstellt worden. Aber ich kannte Marvins Gesicht. Keines der Porträts wies Ähnlichkeit mit einer Ratte auf.

»Die nehmen wir mit«, beschloss ich. »Es ist vielleicht nur ein Detail, aber es könnte wichtig sein. Wenn die Mutter alle zeichnet, nur ihren jüngsten Sohn nicht, ist das eine deutliche Herabsetzung.«

Ich bat Simon, die Hefte mit ins Präsidium zu nehmen, dann verließen wir den Tatort.

Wir hielten vor der Wohnungstür von Dirk Springer und ich wollte gerade klingeln, als mein Blick auf die Tür fiel. Sie war mit Kunststoff beschichtet und in einem Muster gestaltet, das wahrscheinlich an Holz erinnern sollte, es aber nicht tat.

»Was haben Sie?«, fragte die Ellinger.

Ich beugte mich vor und strich langsam mit der flachen Hand über die Stelle, die meine Aufmerksamkeit erregt hatte. Es bestand kein Zweifel. »Hier ist ein Riss in der Tür. Als hätte jemand mit einer schmalen Axt darauf eingeschlagen.« Ich war schlagartig froh um mein eigenes Haus, in dem die vier anderen Wohnungen allesamt von ganz normalen Menschen bewohnt wurden, die sich weder bedrohten, noch axtschwingend über den Flur liefen.

Mit einem Kopfschütteln klingelte ich. Der Mann, der uns einige Sekunden später öffnete, war auf den ersten Blick auffällig. Die wulstige Stirn, die tief liegenden Augen und die linkische Haltung. Die schlecht gekämmten Haare, das falsch geknöpfte Hemd und die Socken mit aufgestickten rosa Hasen.

»Guten Morgen, mein Name ist Busch von der Kriminalpolizei und das ist Frau Ellinger, meine Kollegin«, spulte ich meinen Standardspruch ab.

Ich schätzte den Mann auf Anfang zwanzig. Meine Botschaft war denkbar einfach, doch er schaute mich trotzdem verständnislos an.

»Ich bin Dirk«, sagte er schleppend, trat zwei Schritte auf mich zu und legte mir eine Hand auf die Schulter. »Ich fahre gleich zur Arbeit«, fügte er mit monotoner Stimme hinzu.

Vermutlich kannte Frau Ellinger auf Anhieb die Diagnose, die bei Dirk passte, aber die war mir im Moment ziemlich gleichgültig. Der Mann war ein Zeuge und ich würde eine vernünftige informatorische Befragung durchführen.

»Ich bin Oliver«, antwortete ich und legte ihm ebenfalls meine Hand auf die Schulter, die so schmal war, dass sie fast darin verschwand.

Nun strahlte Dirk über das ganze Gesicht. Ich hatte ihn erreicht, es konnte losgehen. »Können wir hereinkommen, Dirk?«, fragte ich.

»Hast du deine Freundin mitgebracht?«, fragte Dirk.

»Ja, das ist Daniela. Wir sind gekommen, um mit dir zu sprechen.«

Dirk quietschte vor Freude wie ein kleines Kind. »Kommt herein, wir trinken einen Orangensaft.«

Er verschwand in seiner Wohnung. Ich tauschte einen Blick mit meiner Partnerin, sie wirkte zwar ein wenig verblüfft, aber nickte mir zu. Ich ging voran und folgte Dirk.

In der Küche hörte ich Gläser klirren. Wir fanden Dirk am Kühlschrank, aus dem er eine Tüte Saft zum Vorschein brachte.

»Ich trinke gern Orangensaft«, sagte ich.

Dirk strahlte immer noch. Er schenkte uns allen ein. Drei identische Gläser, in die er mit größter Sorgfalt auf den Millimeter genau dieselbe Menge Saft eingoss. Wir trugen unsere Getränke in ein kleines Wohnzimmer und nahmen auf einer schmalen Sitzgruppe Platz. Hier schien alles seinen festen Platz zu haben: die Spitzendecke auf dem Couchtisch, der weiße Teddy im Sessel, die alphabetisch sortierten Bücher im Regal.

»Ich mag diesen Saft sehr«, erklärte Dirk uns.

»Sehr lecker«, bestätigte ich.

Dirk war es wahrscheinlich vollkommen egal, ob wir von der Polizei waren oder nicht, deshalb machte ich mir nicht die Mühe, meine Vorstellung zu wiederholen. »Wir möchten dir gerne ein paar Fragen stellen, Dirk.«

Er stellte sein Glas auf den Couchtisch und machte ein ernstes Gesicht. »Ich mag Fragen«, sagte er. »Du darfst mich gerne fragen, Oliver. Und du auch, Daniela.«

»Es geht um deine Nachbarn, Familie Brose.«

Wenn Dirk Fragen mochte, dann doch nicht diese. Er wurde blass und fing an zu zittern. »Seid ihr … ihr … seid ihr Freunde von …«

Wir hatten schon einiges über die Broses gehört, bisher aber vor allem Reaktionen aus dem Spektrum Zorn-Wut-Hass erlebt. Dirk aber hatte Angst. Ich packte ihn sanft bei den Schultern und schaute ihm direkt in die Augen. »Wir sind deine Freunde, Dirk.«

Das Zittern ließ merklich nach. »Meine Freunde?«

»Ja.«

»Nicht von … Brose?«

»Nein.«

Er atmete schwer aus. »Das ist gut.«

Ich nahm meine Hände von seinen Schultern.

»Sehr gut«, bekräftigte Dirk.

»Erzähl uns etwas über sie«, schlug ich vor.

»Ihr müsst aufpassen. Die sind sehr gefährlich«, erklärte Dirk gewichtig.

»Warum gefährlich?«, fragte ich.

Dirks Augen weiteten sich und er begann erneut zu zittern. »Einer hatte ein Messer.«

»War er das an deiner Tür?«, fragte ich.

Dirk nickte. Sein Mund klappte auf und zu. Die Angst war wieder da. »Wir sind von der Polizei, Dirk. Wir haben diese Leute weggebracht«, sagte ich beruhigend.

Schon die Erinnerung an seine Nachbarn war für den Mann zu viel, mit diesen Informationen war er für den Moment erst recht überfordert.

»Polizei?«, fragte er ungläubig.

»Ja.«

»Ihr habt gar keine Uniform.«

»Wir sind von der Kriminalpolizei. Wir fangen die besonders schlimmen Verbrecher.«

Dirk rang mit seinen Gefühlen. »Ihr habt sie weggebracht?«

»Ja.«

»Das ist gut.«

Ich war mir nicht sicher, ob er überhaupt wusste, was in der Wohnung nebenan passiert war.

»Das habt ihr gut gemacht«, stellte Dirk noch einmal fest. »Das sind böse Menschen.«

Genau genommen, war der böseste Mensch übrig geblieben. »Was haben die Broses denn gemacht?«

»Schlimme Dinge. Sie haben Rosie nicht schlafen lassen. Haben sie beschimpft.« Auch diese Aussage war von einer naiven Verblüffung durchdrungen, wahrscheinlich über die Tatsache, dass Menschen überhaupt so etwas tun konnten, wie andere um ihren Schlaf bringen.

»Rosemarie Schnurr? Hier gegenüber?«, vergewisserte ich mich.

Dirk nickte.

»Dich haben sie doch auch geärgert? Was ist mit deiner Tür?«

»Ich habe ihn gefilmt, wie er im Keller …« Dirk bekam einen knallroten Kopf und brach ab.

Ich drängte ihn nicht, sondern lehnte mich im Sessel zurück. Trotz des unangenehmen Themas war ich immer noch gerne hier. Wahrscheinlich konnte man mit Dirk nicht über Literatur, Kunst oder Philosophie diskutieren. Ein weiterer Pluspunkt.

»Er … er machte Pipi im Keller«, sagte Dirk schließlich. Und er fügte hinzu: »Auf Rosies Wäsche.«

Eine typische Brose-Aktion. »Und du hast das gefilmt?«

Dirk nickte eifrig. »Mit meinem Handy. Das hat mir Walter gesagt.«

»Wer ist Walter?«

»Walter ist mein Freund.«

»Du hast ihm von den Broses erzählt?«

»Walter kommt hierher und hilft mir in meiner Wohnung. Und beim Einkaufen. Mit meinem Geld. Er schaut nach, ob es mir gut geht.«

Nun konnte ich Walter einordnen. Für geistig behinderte Menschen wie Dirk Springer waren Helfer, egal ob ehrenamtlich oder bezahlt, eine unschätzbare Hilfe, weil sie ihnen ein weitgehend selbstbestimmtes Leben ermöglichten.

»Er hat dir auch bei den Broses geholfen?«

»Ich soll alles aufschreiben, hat er gesagt. Und filmen, wenn etwas passiert.«

Auf dem Handy des Mannes befand sich also vielleicht der Beweis für eine Sachbeschädigung durch Urinieren. Auch wenn das für das Strafmaß von Marvin nicht mehr relevant war, war mein Interesse natürlich geweckt. »Hast du noch andere Sachen gefilmt?«

»Nein, das war das erste Mal. Und dann hat er mich entdeckt. Das Messer war auf einmal in seiner Hand. Er hat mich angegriffen.«

»Bist du weggelaufen?«

Er nickte. Wenn Dirk es geschafft hatte, sich vor dem wütenden Marvin in Sicherheit zu bringen, war er schneller als er aussah.

»Du hast Glück gehabt, dass er nur deine Tür getroffen hat.«

»Ich hatte Angst«, gestand Dirk uns mit leiser Stimme.

Ich legte ihm beruhigend eine Hand auf den Arm. »Jeder hat Angst, wenn er mit einem Messer angegriffen wird.«

Er schaute mich zweifelnd an. »Du auch?«

»Ich auch«, bestätigte ich.

»Aber du bist doch bei der Polizei.«

Ich musste lachen. »Auch Polizisten haben Angst.«

Dirk war sichtlich hin- und hergerissen, ob er mir das glauben sollte.

»Wann kommt Walter wieder?«, wollte ich wissen.

»Heute Abend. Er holt mich von der Arbeit ab. Wir gehen einkaufen.«

»Wo arbeitest du?«

»In der Bücherei«, sagte Dirk mit unverkennbarem Stolz. »Ich sortiere die Bücher.«

»So wie hier zu Hause?«, fragte ich und deutete auf Dirks Bücherregal mit der strengen alphabetischen Ordnung.

»Genau. Und Marianne sagt, ich mache das toll. Marianne ist sehr nett.«

Und weil nicht nur sein Bücherregal, sondern seine ganze Wohnung pedantisch ordentlich war, vermutete ich, dass er seine Arbeit gut machte. Ich ging nie in die Bücherei, sondern kaufte mir meine Bücher in der kleinen Buchhandlung um die Ecke. Ich nahm mir vor, in der nächsten Zeit in der Mittagspause vorbeizuschauen, schließlich lag Dirks Arbeitsplatz nur zwei Minuten vom Präsidium entfernt.

Ich plauderte noch eine Weile mit Dirk und hörte fast identische Schilderungen wie von Frau Schnurr, doch es gab auch ein neues Element.

»Ich habe alles aufgeschrieben«, verriet Dirk.

»Was die Broses gemacht haben?«

Er nickte. »Walter hat mir gesagt: ›Schreib alles auf, das ist wichtig.‹«

Dieser Walter schien ein interessanter Kerl zu sein. »Walter ist wirklich ein guter Freund«, lobte ich.

Ohne weitere Aufforderung brachte Dirk ein Papier zum Vorschein, das er mir zeigte. Darauf war eine Tabelle angelegt, mit Spalten für Datum, Uhrzeit und Ereignis. Ich nahm das Blatt und las einige Zeilen. Es handelte sich um ein sorgsam geführtes und detailliertes Lärmprotokoll, also die gesammelten Schandtaten der Familie Brose. Dirk hatte eine saubere und enge Handschrift. Weil es für die meisten Tage drei oder vier Einträge gab, passte auf das Blatt trotzdem nur ein Zeitraum von zwei Wochen.

Bevor ich fragen konnte, ob er noch mehr Aufzeichnungen hatte, griff er hinter sich in ein Regal und nahm einen Aktenordner heraus. Ich war beeindruckt. Von Dirks Sorgfalt und von der Leidensfähigkeit der anderen Bewohner.

»Dürfen wir uns das ausleihen?«, fragte ich.

Dirk zögerte. Auch wenn wir nun gute Freunde waren, bat ich ihn um mehr als nur einen kleinen Gefallen.

»Du hast die Broses weggebracht?«

Ich nickte ernst.

»Neue Leute werden kommen?«

»Das wird viele Wochen dauern«, versicherte ich ihm.

»Da stehen nur Brose drin«, sagte Dirk und überreichte mir den Ordner feierlich. »Und noch der Motorradfahrer, aber der kommt auch nicht mehr.«

Den letzten Kommentar verstand ich nicht, hielt ihn aber auch nicht für wichtig. Ich bedankte mich artig und gab Dirk zwei meiner Karten. Ich bat ihn, Walter auch eine zu geben und ihm auszurichten, dass ich mit ihm sprechen wollte.

Dann war die Befragung eigentlich beendet. Meine anscheinend stumme Partnerin Daniela Ellinger hatte auch keine Fragen mehr. Doch richtig konnte ich mich nicht losreißen. Der Sessel war bequem, das Wohnzimmer angenehm. Aber mehr noch war es Dirk, mit dem ich mich weiter unterhalten wollte. Sein Wohnzimmer schien mir wie eine Insel, ein Ort, an dem die Dinge anders funktionierten als in der übrigen Welt, wo alles an seinem Platz und in Ordnung war. Wo es vielleicht naiv, dafür aber aufrichtig, ehrlich und gutmütig zuging. Und ich wusste nur zu gut, was uns erwartete, sobald wir wieder den Hausflur betraten.

Aber als Polizist gehörte es zu meinem Beruf, mich den Schattenseiten des Lebens zu stellen, daher gab ich mir schließlich einen Ruck, wir verabschiedeten uns endgültig und machten uns auf den Rückweg.

27

Daniela

Zu sagen, dass ich verblüfft war, wäre die Untertreibung des Jahres gewesen. Oliver Busch, undurchschaubarer und unnahbarer Kommissar, mal charmant, mal herablassend, befragte einen geistig behinderten Mann. Ohne mit der Wimper zu zucken, ließ sich der Kommissar auf Dirk Springer ein und schien nicht die geringsten Vorbehalte oder Berührungsängste zu haben.

Ich fragte mich, wie viele Menschen ich kannte, die diese Aufgabe mit derselben unbeschwerten Selbstverständlichkeit bewältigt hätten. Als wir wieder auf den Bürgersteig traten und die klare Herbstluft einatmeten, sagte ich: »Das haben Sie gut gemacht.«

»Danke. Das war nicht meine erste Befragung«, entgegnete er trocken.

»Ich meine, wie Sie sich auf ihn eingestellt haben.«

»Wir haben uns ganz normal unterhalten«, antwortete Busch lapidar, als verstünde er nicht, was ich sagen wollte.

Vielleicht verstand er es ja wirklich nicht. »Haben Sie öfter mit Behinderten zu tun?«

Er runzelte die Stirn. »Ich habe mich einfach mit Dirk unterhalten, was ist daran so ungewöhnlich?«

Ich musste blinzeln, als ich ihn anschaute. Die Sonne funkelte über seine Schulter direkt in meine Augen. »Sie machen es einem ziemlich schwer, Ihnen ein Kompliment zu machen, wissen Sie das?«

Er drehte sich zur Seite, vielleicht aus Verlegenheit, vielleicht weil er es lustig fand, dass ich seine Befragungstechniken lobte.

Zwei Minuten später saßen wir im Auto und schlängelten uns durch den Krefelder Verkehr.

Ein tiefergelegter weißer Audi wechselte vor uns rücksichtslos die Spur und zwang Busch zum Bremsen. Er fluchte wie ein Bauarbeiter, dem eine Palette mit Zementsäcken auf den Fuß gefallen war. Da war er also wieder, der alte Busch.

Doch noch gab ich nicht auf: »Mein Kompliment bezog sich nicht auf die Fragetechnik, sondern auf Ihre Haltung. Ich konnte spüren, dass Sie Dirk mochten. Dass Ihnen seine Behinderung gleichgültig war.«

Wieder sein Stirnrunzeln. »Ich habe lange nicht mehr einen so angenehmen Menschen getroffen.«

»Und das kann man nicht lernen.«

Er nickte langsam. »Jetzt verstehe ich, was Sie meinen.«

Die Sitzung der Mordkommission glich der vom Vortag zumindest äußerlich.

Ich nahm mir einen Kaffee und setzte mich, während ich mich fragte, warum ich Busch unbedingt dieses Kompliment hatte machen wollen. Vielleicht kannte Andreas die Antwort auf diese Frage, aber ich war mir nicht sicher, ob ich ihm davon erzählen wollte.

Ich betrachtete die Polizisten, die sich versammelten, alle bewaffnet mit ihren neuesten Erkenntnissen. Einige wirkten bedrückt, andere aufgekratzt und Otto und Erika versuchten, sich mit albernen Witzen von der Brutalität der Morde abzulenken.

Reinhold eröffnete die Sitzung mit einigen unspektakulären Neuigkeiten. Alle bisherigen Ergebnisse der Spurensicherung bestätigten, dass Marvin der Täter war. Hinweise auf eine zweite Person waren nicht gefunden worden, ein Mittäter konnte bisher aber auch nicht mit Sicherheit ausgeschlossen werden.

Marvin dämmerte im Krankenhaus weiter vor sich hin, weil die Ärzte auf seine Anfälle nicht anders zu reagieren wussten. Diese Hilflosigkeit legte unsere Mordermittlung zumindest in entscheidenden Teilen auf Eis.

Dann begann das Zusammentragen der Aussagen der Nachbarn. Da die Auskünfte recht einheitlich ausfielen, ging das zügig. Und zumindest ein weiteres Puzzleteil konnten wir dadurch zuordnen.

»Wir haben Familie Mantel befragt, sie wohnt im Erdgeschoss direkt unter Broses«, berichtete Otto.

»Sie haben dieselben Ereignisse geschildert wie auch die anderen Nachbarn, allerdings gab es auch einen neuen Aspekt«, erklärte Erika.

»Es ging um den Hund«, übernahm Otto wieder. »Gollum. Er war wohl ziemlich laut. Was für einen echten Brose nicht sonderlich überraschend ist, oder? Das Tier war viel alleine und fegte dann durch die Wohnung und winselte. Herzerweichend.«

»Oh, ich weiß«, meldete sich Busch. »Die haben die Broses darauf angesprochen. Und dann ist es passiert.«

»So ungefähr«, bestätigte Erika. »Als das mit dem Ansprechen nicht half, haben die Mantels sich an den Tierschutzbund gewandt.«

Alle Achtung, dachte ich. Tierschutzaktivisten konnten bisweilen sogar militant sein, wenn ich mich nicht täuschte. Aus der Perspektive der Familie Brose war das zweifellos ein weiterer ungerechtfertigter Angriff gewesen, gegen den man sich zur Wehr setzen musste.

»Die Tierschützer kamen vorbei«, berichtete Otto. »Das muss ziemlich unangenehm gewesen sein, denn danach fing es an: Hundescheiße im Garten der Mantels.«

»Er hat sie runtergeworfen?«, fragte Reinhold ungläubig.

»Man kann den Broses nicht mangelnde Originalität nachsagen«, schaltete sich Katrin ein. Sie brachte eine dicke Mappe zum Vorschein. »Ich habe eine Kopie der Akte Brose vom Ordnungsamt.«

Busch legte Dirks Ordner daneben. »Ein Protokoll der Missetaten der Broses von den letzten achtzehn Monaten«, sagte er mit einem bitteren Lächeln.

»Schön, wer bietet mehr?«, fragte Reinhold.

»Unsere Akte ist nicht ganz so dick«, sagte Thorsten. »Aber besonders die von Marvin kann sich schon sehen lassen. Wenn man sich vor Augen führt, dass der Junge erst sechzehn ist.«

Diese Information konnte man freilich nur richtig würdigen, wenn man die Zuständigkeiten der einzelnen Behörden kannte. Dass die Polizei überhaupt eine Akte über die Familie führte, beziehungsweise über einzelne Familienmitglieder, war für sich genommen schon bemerkenswert.

»Was liegt denn gegen unser Schätzchen so vor?«, fragte Busch.

»Wie es scheint«, erläuterte Thorsten, »besteht das Familienunternehmen Brose aus verschiedenen hoch spezialisierten Einzeltätern.« Er blätterte ein wenig durch die Seiten.

»Beginnen wir mit Vater und Mutter Brose. Die sind zumindest in unserem Bereich noch nicht auffällig geworden. Sein Name ist einmal im Zusammenhang mit Ermittlungen wegen illegaler Wetten aufgetaucht, aber gegen ihn selbst wurde nie ermittelt.«

»Und die Söhne?«

»Das sind die Spezialisten. Nehmen wir Sven. Uns liegen einige Anzeigen wegen Körperverletzung vor.«

»Das ist der Boxer«, nickte ich.

Ich dachte an das zertrümmerte Gesicht des Jungen.

»Was ist mit Marvin?«, wollte Reinhold wissen.

»Bei ihm sind es die Drogen«, berichtete Thomas. »In seiner Schublade waren Kokain und Ecstasy.«

»Wie tief steckt er in der Szene?«, fragte Busch. »Brauchen wir einen vom KK 23?« Und mit gesenkter Stimme fügte er an mich gerichtet hinzu: »Rauschgiftdelikte.«

»Wir sollten das überprüfen«, sagte Reinhold. »Thomas, machst du das?«

Thomas nickte.

Ich war mit einem ganz anderen Gedanken beschäftigt. »Wenn wir über eine zweite Person spekulieren, dann grenzen die Morde selbst den Kreis ziemlich weit ein. Wenn der Mittäter nicht nur danebenstand, sondern auch aktiv wurde«, sagte ich und konnte mich nur mit Mühe beherrschen, meinen Zeigefinger nicht in die Luft zu recken, »muss die zweite Person all das gewusst haben. Die Methode der Morde verrät uns, dass der Täter über ein sehr ausgeprägtes Detailwissen über die Familie verfügen muss.«

»Das stimmt«, bestätigte Reinhold. »Also, wer könnte infrage kommen?«

Erika sagte: »Jeder Nachbar. Bestimmt haben die sich ausgetauscht. Und es haben sowieso alle mitbekommen, was da abging.«

Busch entgegnete nachdenklich: »Das gilt für die Verletzungen des Vaters. Hämmern, bohren, sägen in der Nacht. Und es erklärt, warum er Hundescheiße im Mund hatte.«

»Auch Svens Verletzungen«, ergänzte Otto. »Das zerschmetterte Gesicht. Weil es sich wohl auf das Boxen bezieht. Aber dann hört es auch schon auf.«

»Es könnte doch trotzdem einer der Nachbarn infrage kommen«, beharrte Erika.

»Richtig«, bestätigte Reinhold. »Aber wer erfährt schon von den Verbrechen der Jungen? Ich meine, wir setzen es ja nicht in die Zeitung, wenn wir eine Anzeige erhalten und ermitteln.«

Das lag auf der Hand. »Wir fahren mal zu Svens Boxklub«, bot Otto an.

»Wir sollten von jedem den Hintergrund überprüfen. Schule, Arbeit. Soweit wir das noch nicht getan haben«, sagte Busch. »Wir müssen nach den Querverbindungen suchen.«

»Und von jedem der Nachbarn. Wenn jemand Zugang zu allen Informationen hatte, will ich ihn sofort in unserem Verhörraum sehen«, schärfte Reinhold allen ein.

Wir nickten, jeder machte sich Notizen.

»Gibt es schon neue Erkenntnisse über unseren Täter?«, fragte Reinhold an mich gewandt.

Ich schätzte die Zusammenarbeit mit Reinhold, weil er realistische Erwartungen hatte und keinen übermäßigen Druck aufbaute. Auf diese Weise konnte ich professionell arbeiten, ohne bei jedem Schritt an meine Selbstdarstellung oder die eigene Absicherung denken zu müssen. Trotzdem kamen wir um diese Frage nicht herum. »Durch die Befragung der Erzieherin und der Therapeutin wissen wir zwar mehr über Marvin, aber ich kann noch keine Vermutung äußern, ob er als Einzeltäter oder gemeinsam mit einer zweiten Person agiert hat. Beides ist möglich. Wir müssen damit rechnen, dass er die Fähigkeit besitzt, uns zu täuschen. Andererseits ergeben die Morde überhaupt keinen Sinn. Wir haben nicht den Hauch eines Motivs für Marvin.«

»Wir wissen noch nicht genug«, fasste Reinhold zusammen.

»Richtig.«

»Dann bleiben wir dran«, meinte er und damit war die Sitzung beendet. Papier raschelte, Stühle wurden gerückt, die Ermittler schwärmten aus.

Mitten in dieses geschäftige Chaos platzte Heiko. Er wirkte ein wenig desorientiert, bis er mich entdeckte. Auf seinem Gesicht erschien ein Kaleidoskop von Gefühlen, von denen das unverfänglichste wohl die Freude über unser Wiedersehen war.

»Daniela!« Er kam auf mich zu und ich streckte ihm eilig meine Hand hin, bevor er mich umarmen konnte.

»Wie geht es dir? Hattest du eine gute Anreise?«, fragte ich.

Er schaute mir forschend in die Augen, eine Angewohnheit, die ich noch nie hatte ausstehen können. »Krefeld ist nicht gerade der Nabel der Welt, wenn du das meinst. Und vom Bahnhof hierher ist es auch nicht unbedingt komfortabel.«

»Man muss ein Stück laufen«, bestätigte Reinhold, der sich unauffällig an meine Seite gestellt hatte.

»Das ist Dr. Heiko Hähnel«, stellte ich vor. »Er ist Privatdozent an der Universität Tübingen. Einer der renommiertesten Spezialisten für multiple Persönlichkeitsstörung.«

Heiko wurde tatsächlich ein wenig rot. Falls es aus Bescheidenheit war, musste er sie neu erlernt haben. »Reinhold Bühler, Leiter des Kriminalkommissariats 11, und Oliver Busch, den ich bei diesen Ermittlungen begleiten darf.«

Ich beglückwünschte mich insgeheim selbst zu der gelungenen Formulierung und erhielt einen anerkennenden Blick von Busch dafür. Dann versicherten sich alle beim gegenseitigen Händeschütteln, dass es eine große Freude war, den anderen kennenzulernen.

Reinholds Handy unterbrach die Zeremonie. Er meldete sich, nickte knapp und sagte nur: »Ich komme.« Mit einem Seufzer steckte er das Gerät wieder ein. »Ihr müsst mich entschuldigen. Der Zirkus geht los.« Und im nächsten Augenblick war er verschwunden.

Heiko und ich schauten etwas ratlos, bis Busch uns aufklärte: »Die Medien.«

28

Oliver

Der Privatdozent aus Tübingen wirkte nett, freundlich und undurchschaubar. Das Einzige, was er erkennen ließ, war sein besonders aufmerksamer Umgang mit Dr. Barbie. In ihrem mintgrünen Kostüm sah sie heute wie ein Kaubonbon aus, Dr. Hähnel schien sie deshalb direkt verspeisen zu wollen. Was die Ellinger von seinem Gehabe hielt, war nicht auszumachen, denn seit seiner Ankunft war sie plötzlich irgendwie verkrampft.

Ich wusste bereits, dass sich die beiden von früher kannten, und zumindest fachlich schätzte die Ellinger Hähnel so sehr, dass sie ihn – und zuerst ihn – in unserem vertrackten Fall hatte hinzuziehen wollen. Allerdings schien das private Verhältnis der beiden nicht ganz unbelastet zu sein.

Ich beschloss, mich langsam und auf Polizistenart der Sache zu nähern. »Sie kennen sich also aus mit gespaltenen Persönlichkeiten?«

Er hatte einen festen Händedruck und erwiderte freundlich: »Multiple Persönlichkeitsstörung. Das ist mein Spezialgebiet.«

»Dann sind Sie ja bei uns genau richtig«, meinte ich. »Bei wie vielen Personen haben Sie denn dieses Störungsbild schon diagnostiziert?«

Die Ellinger schaute plötzlich verlegen zu Boden. Und bei der folgenden Antwort verstand ich auch, warum. »Noch bei keiner einzigen.«

Ich musste ihn ziemlich perplex anstarren, denn er fügte mit einem belustigten Augenzwinkern hinzu: »Das liegt daran, dass es kaum seriöse Forschung zu dem Thema gibt und die Diagnosen meistens falsch sind. Ich arbeite seit zehn Jahren an dem Thema und habe in dieser Zeit siebenundfünfzig Diagnosen von Ärzten und Psychologen als Gutachter überprüft.«

»Und ...«

»Ich konnte keine einzige bestätigen.« Er lächelte meiner Partnerin zu und für einen Moment glaubte ich, er wollte seinen Arm um ihre Schultern legen. »Daniela hat Ihnen sicher erzählt, dass es umstritten ist, ob es das Störungsbild überhaupt gibt.«

Ich nickte. »Sie glauben folglich nicht, dass es existiert?«

»Das würde ich so nicht sagen«, antwortete Hähnel ausweichend. »Theoretisch ist es schon vorstellbar. Und ich habe einige Personen erlebt, die viele Anzeichen gezeigt haben. Aber durch die Art der vorherigen Diagnose konnte ich sie eben nicht bestätigen. In solchen Diagnoseverfahren werden häufig besondere Fragetechniken eingesetzt oder Hypnose. Und zwar meist so, dass man bei den Ergebnissen nicht mehr unterscheiden kann, ob sie nicht durch die Art der Befragung erst erzeugt wurden.«

»Durch die Fragen wird das Störungsbild erst erzeugt? So wie falsche Erinnerungen bei einem Zeugen?«, fragte ich, denn bewusst oder unbewusst suggestive Befragungen waren auch für die Polizei ein Thema. Der Zeuge empfing auf einer unterschwelligen Ebene die Wünsche des Ermittlers und richtete seine Angaben danach aus. Was vor Gericht häufig zu einem Desaster führte, wenn die Aussage dann von einem fähigen Anwalt abgeklopft und schließlich auseinandergenommen wurde.

»Ganz genau«, bestätigte Hähnel, offenbar sehr zufrieden mit meinem Vergleich.

»Schön«, sagte ich. »Ich nehme an, Sie möchten den Täter befragen, um sich ein Bild zu machen?«

»Ja. Außerdem benötige ich eine Videoaufzeichnung dieser Befragung.«

Ich nickte. »Das lässt sich einrichten. Das einzige Problem …«

Der Aktenführer beugte sich zur Tür hinein. »Oliver, das Krankenhaus hat angerufen. Unser Täter ist bei Bewusstsein.«

»Damit hat sich unser Problem erledigt«, stellte ich fest. »Worauf warten wir?«

Die Ellinger rief dem Aktenführer noch hinterher: »Dann sollen sie ihn jetzt bloß in Ruhe lassen!«

Im Krankenhaus war seit unserem letzten Besuch alles unverändert. Der Krankenhausgeruch, das klinische Design, die Polizisten vor Marvins Zimmertür.

Hähnel und ich erwiesen uns als echte Gentlemen und teilten die schweren Koffer der Videoausrüstung unter uns auf. Wir bogen direkt in den Nebenraum ab, um Marvin nicht wissen zu lassen, wie viel Aufmerksamkeit wir ihm widmen wollten.

Bevor wir über unser weiteres Vorgehen beraten konnten, klopfte es und der Ergänzungspfleger Konrad Bredow stand mit gesenktem Kopf und hängenden Schultern im Türrahmen.

»Was ist passiert?«, fragte die Ellinger besorgt.

Bredow presste kurz die Lippen aufeinander und sagte dann leise: »Er hat uns rausgeworfen.«

Wir starrten ihn überrascht an.

»Erst mich und dann den Anwalt.«

»Er verzichtet auf Betreuung?«, wunderte ich mich.

»Wir haben ihm alles erklärt, aber er will nichts mehr von

uns wissen.« Bredow schüttelte den Kopf. »Der Anwalt hat es sich schriftlich geben lassen, um sich abzusichern.«

Meine Gedanken überschlugen sich. »Das Dokument müssen wir auch haben. Das heißt ja, wir können ihn ohne Beistand befragen.«

»Das bedeutet es wohl, ja.«

Ich pfiff durch die Zähne.

»Vielleicht kann ich trotzdem von hier aus zuschauen?«, fragte Bredow scheu.

Ich ließ mir seine Bitte durch den Kopf gehen. »Warum nicht«, stimmte ich schließlich zu.

Hähnel erwies sich als sehr geübt im Umgang mit dem Equipment, schraubte mit routinierten Bewegungen das Stativ zusammen und montierte die Kamera ohne Zögern darauf. Die Kalibrierung nahm er in wenigen Sekunden vor. Schließlich nickte er zufrieden.

Ohne sich abgesprochen zu haben, schien zwischen den beiden Psychologen schon geklärt zu sein, dass die Ellinger die Befragung allein durchführen würde. »Wir wollen ihn nicht unnötig beunruhigen. Je weniger er darüber weiß, was wir vorhaben oder über ihn denken, desto besser«, beantwortete sie meine ungestellte Frage.

Ich dachte daran, was wir von der Therapeutin über Marvin gehört hatten.

Er hat mit mir gespielt.

Ich komme mit allem davon.

Wir wollten eindeutig unser Spiel nach unseren Regeln. »Einverstanden«, sagte ich.

Das Setting glich der ersten Befragung. Die Ellinger ging zu Marvins Krankenzimmer. Ihr Kaubonbon-Kostüm verbarg einen großen Teil ihrer Figur, brachte aber ihr Gesicht und ihre Haare umso mehr zur Geltung. Marvin starrte sie an.

Wahrscheinlich kannte sie solche Situationen zur Genüge,

denn sie zog sich unbeeindruckt einen Stuhl heran und setzte sich wie beim ersten Mal neben sein Bett. Sie befand sich genau außerhalb der Reichweite seiner mit längeren Ketten fixierten Arme und Beine.

»Hallo, Marvin«, sagte sie. »Ich bin Daniela Ellinger. Erinnerst du dich an mich?«

Weiter nur das Starren. Entweder dachte der Junge angestrengt über eine Strategie nach oder über gar nichts.

Hähnel nickte und murmelte leise: »Sehr gut. Er reagiert schon.«

Ich vergewisserte mich verstohlen, dass er durch denselben Spiegel in dasselbe Zimmer und auf dieselben Personen schaute wie ich. Trotzdem konnte ich in Marvins Gesicht rein gar nichts erkennen.

»Es ist nicht in seinem Gesicht«, erklärte Hähnel unaufgefordert. »Das hat er perfekt unter Kontrolle. Es sind seine Füße. Sehen Sie.«

Und tatsächlich. Die Ellinger sagte: »Wir haben uns über deine Eltern unterhalten.« In diesem Augenblick konnte ich die Füße des Jungen unter der dünnen Bettdecke zucken sehen. Sein Gesicht und der Rest seines Körpers blieben reglos.

»Ich sehe es«, bestätigte ich.

»Wie geht es deiner Zunge, Marvin?«, fragte die Ellinger.

»Es geht los«, brummte Hähnel.

Die Füße waren reglos. Dann entdeckte ich, dass ich vor lauter Konzentration auf die Füße das Gesicht vergessen hatte. Das war zu kompliziert für mich.

Hähnel schien meinen Gedanken zu erraten. Ohne sich vom Spiegel abzuwenden, sagte er: »Um es mit so einem Typen aufnehmen zu können, braucht man mindestens fünf Jahre Training. Mit genau solchen Typen.«

Wie beruhigend. Ich hatte es seit zehn Jahren ja ausschließlich mit 08/15-Mördern zu tun.

Im Krankenzimmer sagte Marvin mit leicht verwaschener Aussprache: »Prima. Wollen Sie mal sehen?« Er streckte seine Zunge raus.

Man konnte es als Beleidigung auffassen, wenn man wollte oder einfach als schlechten Scherz. Immerhin wählte er die freche Antwort und nicht die sexuell anzügliche.

»Das freut mich«, entgegnete die Psychologin unbeeindruckt. »Es ist schön, dass du sprechen kannst.«

Marvin zuckte mit den Schultern.

»Ich würde mich gerne mit dir über deine Familie unterhalten.«

Wieder nur Schulterzucken. Privatdozent Hähnel hatte sicher in den zwei Sekunden ungefähr zwanzig verschiedene Reaktionen bei dem Jungen erkannt, ausgewertet und interpretiert, aber für mich blieb das Schulterzucken ein Schulterzucken.

»Deine Familie wurde ermordet.«

Marvin verfiel wieder ins Starren.

»Euer Hund ist auch tot.«

Der Junge starrte keineswegs ins Nichts. Er fixierte Daniela Ellinger.

»Gollum. Das ist ein ungewöhnlicher Name.«

»Er war hässlich«, flüsterte Marvin, ohne sein Starren zu unterbrechen. »Klein und hässlich.«

»Findest du?«

»Mein Vater. Meine Mutter hatte ihn mitgebracht. Aus dem Tierheim.«

»Er hatte damals noch keinen Namen?«

»Bello.«

Bizarre Details in diesem Fall sollten mich eigentlich nicht mehr überraschen. Trotzdem war ich fasziniert von einem weiteren Einblick in das Familienleben.

»Aber er hieß Gollum.«

»Meine Mutter wollte ihn Bello nennen. Sie hat ihm sogar

ein Halstuch umgebunden. Mein Vater sagte trotzdem, er sei klein und hässlich.«

»Deswegen nannte er ihn Gollum?«

Marvin nickte.

Ich stellte mir die Szene vor. Die Mutter rettete einen Hund aus dem Tierheim, der Vater machte sich darüber lustig und demütigte nicht nur das Tier durch seine Namensgebung, sondern seine Ehefrau gleich mit.

»Wie reizend«, murmelte ich. Zumindest, wenn es stimmte, fügte ich in Gedanken hinzu.

»Er sagt die Wahrheit«, erklärte Hähnel. Ich war mir sicher, meinen Gedanken nicht laut ausgesprochen zu haben. Langsam wurde mir der Mann unheimlich.

»Das war nicht besonders nett von deinem Vater«, stellte die Ellinger fest.

»War mir egal«, erklärte Marvin trotzig.

»Er lügt«, verkündete Hähnel neben mir.

»Du hast dich nicht geärgert?«, hakte die Ellinger nach.

Marvin schüttelte den Kopf.

Die Psychologin verfolgte das Thema nicht weiter. »Was ist in dieser Nacht geschehen?«

Marvins Gesicht geriet in Aufruhr, aber er antwortete nicht.

Dafür kommentierte Hähnel: »Volltreffer.«

»Erzähl mir von dem Abend. Was hast du gemacht?«

Marvin schaute gequält, sein Blick sprang durch den ganzen Raum, unstet und hektisch.

»Jetzt hat sie ihn«, frohlockte Hähnel. An dem Mann war ein Sportreporter verloren gegangen.

Aber er hatte zweifellos recht, wenn selbst ich Marvins Aufruhr bemerkte. Der Junge sagte gedehnt: »Musik gehört.« Was auf den ersten Blick eine absolut plausible Aussage war.

»Was hast du gehört?«

Er nannte den Namen einer Gruppe, der für mich unverständlich klang. Ich dachte an die Poster in seinem Zimmer.

»Kenne ich«, meinte die Ellinger. »Von denen hast du auch ein Poster.«

Damit hatte sie Marvin verblüfft.

»Und dann?«

»Mein Vater kam herein und schrie mich an.«

»Warum das?«

»Er sagte, wenn ich die Musik nicht leiser machte, könnte ich die nächste Anzeige selbst bezahlen.«

»Was für eine Anzeige?«

»Na, von unseren blöden Nachbarn. Die haben uns immer angezeigt.« Er schloss ein Schimpfwort an, bei dem fürsorgliche Mütter ihren Kindern die Ohren zuhielten.

Die Ellinger nickte. »Was ist dann passiert?«

Marvin schüttelte den Kopf.

»Interessant«, raunte Dr. Hähnel neben mir kryptisch.

»Marvin?«, fragte Ellinger.

»Ich weiß es nicht mehr«, meinte der Junge kleinlaut.

»Du erinnerst dich nicht?«

»Nein.«

»Was ist das Letzte, an das du dich erinnerst?«

»Mein Vater.«

»Und danach?«

»Ich bin im Krankenhaus. Und kann nicht sprechen. Aber …«

Die Ellinger wartete geduldig.

»… aber alles ist wie im Nebel.«

Hähnel nuschelte etwas vor sich hin, was entfernte Ähnlichkeit mit Worten hatte.

»Du erinnerst dich an unser erstes Gespräch?«

Marvin nickte zögerlich.

Die Ellinger brachte den Zettel zum Vorschein, auf den der Junge seine widersprüchliche Stellungnahme geschrieben hatte.

Ich war es.

Ich bin unschuldig.

Der Junge erstarrte, als er den Zettel sah. Trotzdem fuhr die Ellinger fort. »Ich habe dich gefragt, ob du deine Familie ermordet hast. Und du hast das auf diesen Zettel geschrieben.«

Eines der Überwachungsgeräte neben dem Krankenbett begann zu piepen. Marvin sackte in sich zusammen und fiel nach hinten in sein Kissen.

Die Ellinger studierte ruhig die Vitalwerte auf den Monitoren. Sie stand vom Stuhl auf, aber nicht mit übermäßiger Eile.

Anders Dr. Hähnel neben mir. Er stürzte auf die Tür zu, riss sie auf und war im nächsten Moment auf dem Gang verschwunden. Vielleicht hielt er sich nun neben einem Gedankenleser auch noch für einen Notfallmediziner. Ich ging ihm nach und fand ihn auf dem Gang in eine hitzige Diskussion mit der Ärztin verstrickt, die dem Ruf des Alarmsignals im Krankenzimmer folgen wollte.

»... auf keinen Fall ruhigstellen«, hörte ich Hähnel eindringlich sagen.

»Gehen Sie zur Seite!«, fauchte die Ärztin. »Der Patient benötigt Hilfe.«

Hinter mir hörte ich die beiden Pfleger herbeieilen, die wir schon vom Vortag kannten. Sie würden Hähnel mühelos und ohne zu zögern außer Gefecht setzen, damit die Ärztin ihrer Arbeit nachgehen konnte.

Doch Hähnel machte von sich aus Platz und lief der Ärztin mit einem halben Schritt Abstand hinterher. Die Ellinger war schon vom Bett abgerückt und hob beruhigend die Hände. »Es ist nichts Ernstes«, behauptete sie.

Die Ärztin stürmte heran, warf einen Blick auf den Jungen, studierte die Anzeigen auf den Monitoren – und nickte zögerlich. »Sie haben recht.«

Marvin war vollkommen weggetreten. Sein Puls war niedrig,

ebenso wie seine Atemfrequenz, er wirkte wie abgeschaltet und heruntergefahren.

»Es ist für die weitere Diagnose sehr wichtig, dass Sie ihm keine Beruhigungsmittel geben«, sagte die Ellinger eindringlich. »Wir müssen wissen, wie lange es dauert, bis er von sich aus wieder das Bewusstsein erlangt.«

Die Ärztin presste die Lippen zusammen. »Die Behandlung meiner Patienten müssen Sie schon mir überlassen«, fauchte sie.

29

Daniela

»Ärzte!«, fluchte ich, als wir wieder im Beobachtungsraum standen.

»Das kannst du laut sagen«, pflichtete Heiko mir bei.

»Aber sie hat ihm doch jetzt nichts gegeben, oder?«, fragte Busch irritiert.

»Sie sind Polizist, Sie verstehen das nicht«, bügelte Heiko den Kommissar patzig ab.

Busch schwieg, schien aber nicht beleidigt zu sein, sondern zeigte sich von seiner pragmatischen Seite. »Was machen wir denn jetzt mit diesem Kerl?«

»Wir müssen ihn beobachten, rund um die Uhr.«

»Um ihn vor der Ärztin zu beschützen?«, vermutete Busch. War da wieder dieser Unterton in seiner Stimme?

»Beruhigungsmittel oder andere psychoaktive Substanzen verfälschen die Reaktionen des Jungen. Es wird sowieso schon schwierig genug«, erklärte Heiko mit unterdrücktem Zorn.

»Dann mache ich erst einmal alleine weiter und Sie beide bleiben bei dem Jungen?«, fragte Busch mit einer seltsamen Mischung aus Hoffnung und Enttäuschung.

»Wir könnten schon einmal das Gespräch auswerten und das Video analysieren«, stimmte Heiko zu.

Busch nickte. »Gut, dann ...« Sein Handy klingelte, er zog es aus der Tasche und drehte uns den Rücken zu.

Mir war klar, dass ich von der Polizei einen Auftrag erhalten hatte, den ich am besten erfüllen konnte, wenn ich mir mit Heiko das Video vornahm. Trotzdem war ich mir unschlüssig, ob ich nicht lieber mit Busch weitere Zeugen befragen wollte.

Der Kommissar beendete das Gespräch. Als er sich wieder zu uns drehte, befanden sich zwischen seinen Augenbrauen drei senkrechte Falten, die mir bislang noch nicht aufgefallen waren. »Gut, es hat sich vielleicht eine neue Spur ergeben. Sie beide werten die Aufzeichnung aus, ich muss los.« Als er schon halb auf dem Flur stand, drehte er sich noch einmal um und rief: »Melden Sie sich sofort, wenn Sie etwas herausfinden oder der Junge zu sich kommt.«

Dann war er weg. Heiko und ich schauten uns verblüfft an. »Was sagt man dazu?«, fragte er.

»So ist das eben bei Mordermittlungen«, entgegnete ich lapidar.

»Kommst du mit ihm zurecht? Mit diesem Kommissar Busch?«, wollte Heiko wissen.

»Ja, natürlich. Wir ermitteln gemeinsam.«

Heiko schüttelte langsam den Kopf. »Daniela, bist du immer noch so naiv?«

Ich merkte, wie mir das Blut in die Wangen schoss. Ich sah es schon vor mir, wie ich zu glühen begann, was nicht gerade hilfreich war. Ich hasste es, wenn das passierte.

»Der Mann steht ganz offensichtlich auf dich!«, offenbarte Heiko.

Das war, wie ich fand, nicht nur peinlich, sondern auch völlig aus der Luft gegriffen. »Es reicht, Heiko!«, wies ich ihn zurecht. »Hältst du dich etwa immer noch für diesen Fernsehpsychologen?«

»Ich sage nur, was offensichtlich ist«, verteidigte er sich.

»Du hattest schon immer eine lebhafte Fantasie.«

»Es gab mal eine Zeit, in der dir das nichts ausgemacht hat«, meinte er sanft.

Was hatte ich mir doch gleich dabei gedacht, Heiko in diesem Fall hinzuzuziehen? Richtig. »Heiko, ich habe dich angerufen, weil du der angesehenste Experte für multiple Persönlichkeit im deutschsprachigen Raum bist. Nicht weil ich deine Hilfe für mein Privatleben brauche.«

Meine Worte verfehlten ihre Wirkung nicht. Heiko wich augenblicklich einen halben Meter zurück und holte den professionellen Psychologen hervor, den ich bestellt hatte. Ich atmete erleichtert auf.

»Dann lass uns sehen, was dieses Video uns verrät«, schlug er vor.

Ich war nicht ganz bei der Sache, während wir Teile des Videos Bild für Bild vorspulten. Marvins Gesicht vergrößert, jede Regung analysierend, jeder Muskelbewegung auf der Spur, immer auf der Suche nach Anzeichen dafür, was der Junge dachte und was wirklich in ihm vorging.

Ich ärgerte mich über mich selbst, dass ich Heikos Worten überhaupt Beachtung schenkte. Und ich wunderte mich, mit welchen Teilen seiner Aussage ich mich beschäftigte. Wir waren ein Semester lang ein Paar gewesen. Bilder aus dieser Zeit stiegen unwillkürlich vor meinem inneren Auge empor: Wie wir zusammen im Hörsaal saßen, uns abends in der Stadt trafen, zur Party auf dem Campus gingen, wie wir uns das erste Mal küssten. Heiko war gut aussehend, intelligent, witzig, sanft und einfühlsam gewesen und es war leicht, sich in ihn zu verlieben.

»Hier hast du ihn erwischt«, sagte mein Verflossener nun, so weit über den Computerbildschirm gebeugt, dass seine Nase ihn fast berührte. »Beim Hund. Er zeigt klare Gefühle.«

Ich sah es auch. Und gleichzeitig fiel mir auf, wie ähnlich sich Andreas und Heiko waren. Beide Experten eines anderen psychologischen Spezialgebietes, aber in ihren menschlichen und männlichen Eigenschaften nur allzu ähnlich.

»Er ist wütend«, sagte ich. »Das ist mir schon im Gespräch aufgefallen. Er war nicht einverstanden damit, wie sein Vater den Hund und seine Mutter behandelt hat.«

»Er empfindet also Wut auf seinen Vater«, stellte Heiko fest. »Das ist doch schon mal etwas.« Er hämmerte die Erkenntnis in die Tastatur.

Wäre es möglich, mit Busch dieselbe Unterhaltung zu führen? Ich erinnerte mich, wie unwohl er sich bei der Psychotherapeutin gefühlt hatte. An seine ätzenden Bemerkungen. An das, was Heiko gesagt hatte. Ich hatte bisher nicht auf irgendwelche Anzeichen geachtet. Und wenn ich jetzt so darüber nachdachte – Macho-Willis-Busch hatte keinen Hehl daraus gemacht, dass er von Frauen wie mir nicht viel hielt.

»Das hier ist die interessanteste Stelle«, meinte Heiko und unterbrach meine Grübelei. Er spulte zu dem Moment vor, in dem ich Marvin fragte, was sich in der Nacht ereignet hatte. Zu dem Moment, bevor er das Bewusstsein verlor.

»Wie war dein erster Eindruck?«, fragte ich.

»Schwer zu sagen«, murmelte Heiko. Er betrachtete konzentriert das Standbild von Marvin. »Er hat eindeutig Angst. Das ist die einzige Emotion, die seit deiner ersten Frage konstant bleibt. Alles andere wechselt schneller, als man gucken kann.«

»Hier. Bevor er das Bewusstsein verliert, ist es wieder nur Angst.«

Heiko brummte und strich sich über sein Kinn, eine Gewohnheit, die bis ins Studium zurückreichte und die von äußerster Konzentration zeugte. Hätte ich mir doch bloß auch eine etwas professionellere Geste als das affige Haarezurückstreichen angewöhnt.

»Ich bin mir nicht sicher, was wir hier sehen«, sagte er nachdenklich. »Wenn er der normale Psychopath von nebenan ist, hat er bemerkt, dass du ihn in die Enge getrieben hast, und bewusst oder unbewusst seinen Zusammenbruch herbeigeführt.«

Ich ahnte, worauf er hinauswollte. »Und wenn in seinem Kopf noch eine andere Persönlichkeit existiert …«

»… dann hat die ihn vielleicht abgeschaltet, damit er die beiden nicht verrät«, beendete er meinen Satz. »Absolut faszinierend!« Dann spulte er das Video wieder zum Anfang zurück: »Gleich noch mal.«

30

Oliver

Es war offensichtlich, dass die beiden mehr verband als reine Kollegialität, aber ich vertraute darauf, dass sie sich in dem kleinen Nebenraum trotz des langweiligen Films und der Warterei ihrer Arbeit widmen würden und nicht dem Händchenhalten.

Davon abgesehen, würde die Ellinger sich nicht mit einem Mann wie Hähnel einlassen. Wobei ich mich zugegebenermaßen noch nie als Frauenversteher erwiesen hatte.

Auf dem Flur des Krankenhauses lief ein ratloser Ergänzungspfleger Bredow hinter mir her. »Herr Busch, warten Sie!«

»Sie brauchen gar nicht erst zu fragen«, empfing ich ihn. »So einen Typen habe ich auch noch nie erlebt.«

Er wirkte unglücklich, wahrscheinlich deshalb, weil er zur Fürsorge für Marvin verpflichtet war, obwohl dieser sie ablehnte. »Herr Busch, ich … würde den Jungen dann Ihnen überlassen.«

»So soll es wohl sein. Machen wir doch Folgendes: Sie

schreiben eine kurze Notiz für unsere Akten, der Anwalt lässt uns auch sein Dokument zukommen und dann ist alles wasserdicht.«

Bredow nickte. »Und wenn sich irgendetwas Entscheidendes ereignet …«

»… informieren wir Sie sofort«, versicherte ich ihm.

Nicht glücklich, aber doch ein wenig beruhigt, zog er über den Gang davon.

Im Präsidium traf ich Thorsten. »Wo hast du denn deine neue Freundin gelassen?«, wollte er wissen.

»Hat mich für einen anderen verlassen«, entgegnete ich.

Thorsten stoppte, legte eine Hand auf meine Schulter und sagte mitfühlend: »Mann, das ist hart. Dabei habt ihr so gut zueinandergepasst.«

Ich schnaubte. »Das glaubst du doch selbst nicht.« Wovon träumte der Softie nachts?

»Was ist das für eine neue Spur?«, fragte ich, bevor Thorsten sich noch in Dr. Sommer verwandelte.

»Das … ach so, komm einfach mit, ich zeige es dir.«

Ich folgte ihm in sein Büro, wo Katrin am Telefon saß. Sie begrüßte mich mit Handzeichen, dann sagte sie in den Hörer: »Ganz sicher …? In Ordnung, vielen Dank.«

»Gut, dann halt dich fest«, meinte Thorsten mit einem Grinsen.

»Mich wirft so schnell nichts um.«

»Wir überprüfen die Nachbarn. Schritt für Schritt. Ihr Umfeld. Alles, was auch nur ansatzweise verdächtig erscheint.«

»Ich weiß«, entgegnete ich.

»Wir haben uns Familie Cagas vorgenommen. Und sind fündig geworden.«

Ich biss mir auf die Lippe. Aber Sympathie oder Mitleid waren eben unerheblich, wenn es um eine Mordermittlung ging. »Was ist los mit den beiden? Die wirkten auf mich ganz harmlos.«

»Der Mann hat sich bei einigen Leuten erkundigt, wo man einen Auftragsmörder anheuern kann.«

Ich pfiff leise durch die Zähne. »Das kann sich sehen lassen. Was waren das für Leute?«

»Der Zeitungshändler, ein Kneipenbesitzer, ein Straßenhändler.«

Ich dachte zurück an die Eheleute Cagas, an ihre Hoffnungslosigkeit und Niedergeschlagenheit. War der Ehemann der Typ, der unbeholfen in der Gegend herumfragte, um das Problem auf unkonventionelle Weise zu lösen? Oder hatte er auf diese Weise nur versucht, seine Frustration und seinen Hass abzureagieren? Es gab nur eine Möglichkeit, das herauszufinden.

Katrin sagte: »Er ist schon auf dem Weg hierher. Wir dachten, das wäre doch für dich und deine neue Partnerin interessant, oder? Wo ist sie eigentlich?«

»Geht fremd«, kam mir Thorsten zuvor.

»Na, das ging ja schnell«, bemerkte Katrin. Als ich nicht darauf reagierte, hakte sie nach. »Was ist los, Oliver?«

»Sie ist noch im Krankenhaus und beobachtet unseren Täter.«

Sie musterte mich aufmerksam. Schon wieder so ein forschender Frauenblick. »Das meinte ich nicht.«

Das hatte ich befürchtet, blieb aber meiner Linie treu und ignorierte Katrins eigentliches Anliegen. »Ich kann mir beim besten Willen nicht vorstellen, dass Frank Cagas in diese Morde verwickelt ist. Er gehört in diesem Fall auf die Seite der Opfer. Marvin ist der Täter.«

»Haben die Psychologen denn schon etwas zur Schuldfähigkeit gesagt?«, wollte Thorsten wissen.

»Ich glaube, die haben noch keine Ahnung, was in dem Jungen vorgeht. Aber was sollen die schon herausfinden?

Bestenfalls kommt der Kerl hinter Gitter. Aber es gibt jede Menge Anhaltspunkte, die ihn davor bewahren und ihm eine langjährige Therapie einbringen könnten.« Ich war selbst erstaunt, wie bitter meine Worte klangen.

»Macht die Ellinger so einen Eindruck auf dich? Dass sie den Täter zum Opfer machen will?«

Genau davon war ich bisher automatisch ausgegangen. Schließlich war die Frau Psychologin. Was war von ihr zu erwarten, wenn nicht ein schuldrelativierendes Gutachten? Lief es nicht automatisch darauf hinaus, die Schuld kleinzureden, je mehr wir wussten? Mit jeder neuen Erkenntnis musste zwangsläufig unser Verständnis für Marvin wachsen.

»Sie soll doch ganz vernünftig sein«, meinte Thorsten.

Ich schaute ihn zweifelnd an. »Wir werden sehen.«

»Ich war auch am Tatort, Oliver«, sagte Katrin beruhigend. »Ich habe die Leichen gesehen. Und ich kann mir nicht vorstellen, dass ein Richter den Jungen noch einmal auf freien Fuß setzt.«

»Dein Wort in des Richters Ohr«, meinte ich.

»Die Beweise sind wasserdicht«, gab Thorsten zu bedenken. »Das zählt für einen Richter mehr als ein psychologisches Gutachten.«

»Es sei denn, der Junge leidet unter multipler Persönlichkeit und war es gar nicht selbst.«

Die beiden schauten mich verblüfft an. Im nächsten Moment öffnete sich die Bürotür und eine Kollegin informierte uns: »Euer Mann ist da.«

Obwohl mir gegenüber Frank Cagas vielleicht meine übliche Bissigkeit fehlte, entschied ich die kurze Diskussion, wer ihn befragen sollte, mühelos für mich.

Und vielleicht schadete es dem Mann auch nicht, wenn sich zur Abwechslung einmal nicht alle von Anfang an gegen ihn verschworen hatten.

Cagas sah deutlich besser aus als bei unserer letzten Begegnung, was ich ungestörtem Schlaf oder ungestörtem Sex zuschrieb, vielleicht auch beidem. Trotzdem wirkte er verloren, wie er in unserem Verhörraum auf dem Stuhl kauerte und tapfer ausharrte, welches Schicksal wohl bei uns über ihn hereinbrechen mochte. Seine Hand fühlte sich kalt und feucht an, als ich sie schüttelte. Cagas' Blick sprang zwischen mir und dem Einwegspiegel hin und her, hinter dem Thorsten und Katrin die Befragung verfolgten.

»Wie geht es Ihnen?«, fragte ich freundlich, nachdem ich mich zu ihm gesetzt hatte. »Wie war die Nacht?«

Das reichte schon, um ihn ein wenig aus der Reserve zu locken. »Wunderbar«, sagte er mit einem zaghaften Lächeln. Das allerdings gleich von einem schuldbewussten Blick unterbunden wurde.

»Gut zu schlafen, ist kein Verbrechen«, beruhigte ich ihn.

Sein Lächeln kehrte zurück, zumindest in Ansätzen. »Ich habe so gut geschlafen wie seit Jahren nicht. Wir alle.«

»Das freut mich. Es sind noch einige Fragen aufgetaucht«, teilte ich ihm mit.

Cagas nickte.

»Wir haben inzwischen mit allen Ihren Nachbarn gesprochen. Sie haben durchweg bestätigt, dass Familie Brose ein großes Ärgernis war. Und glauben Sie mir, alle waren zwar erschüttert über das Verbrechen, aber auch sehr erleichtert.«

Cagas nickte und entspannte sich nach und nach. Ich fragte ihn: »Was war das Schlimmste, was Sie mit den Broses erlebt haben?«

»Das ist schwer zu sagen«, brummte er nachdenklich und ließ seinen Blick über die schlecht gestrichene Betondecke gleiten. »Aber ich glaube, das Schlimmste war die Drohung.«

»Mit dem Jugendamt?«

Er nickte. »Ich verstehe immer noch nicht, wie man so etwas machen kann.« Cagas musste schwer schlucken.

Psychologische Sprüche waren nicht unbedingt meine Stärke, deshalb hielt ich mich damit lieber zurück. »Die Drohung kam nur einmal vor?«

»Ja.«

»Wissen Sie, ob Anni Brose auch andere Nachbarn bedroht hat?«

»Keine Ahnung.«

Ich fragte weiter: »Was war für Sie noch besonders schlimm?«

»Der ständige Lärm«, antwortete er ohne Zögern. »Musik. Also nicht nur einfach Musik, sondern wie sie sie benutzt haben, um unsere Kinder aufzuwecken. Absichtlich.«

Cagas wirkte nun eindeutig aufgebracht, was schon eher die Reaktion war, auf die ich gehofft hatte.

Ich hakte nach. »Gerade bei Ruhestörung ist es häufig so, dass dem Verursacher überhaupt nicht klar ist, dass er andere belästigt. Warum sind Sie so sicher, dass es Absicht war?«

Cagas kam langsam in Fahrt. »Das habe ich doch schon beim ersten Mal erklärt. Wenn ich hingehe und höflich bitte, doch ein wenig leiser zu sein, damit unsere Kinder schlafen können, und direkt danach die Musik noch lauter wird, dann ist das für mich Absicht.«

Einwandfrei.

Cagas sprach mit lauterer Stimme weiter. »Und wenn an den Folgetagen genau zur Schlafenszeit unserer Kinder die Musik besonders laut ist, dann ist das für mich auch Absicht.«

Auch bei der Polizei musste man manchmal Dinge tun, auf die man nicht stolz sein konnte. Dies war genau so ein Augenblick. »War es denn wirklich so schlimm? Ich meine, Lärm ist doch recht subjektiv. Wie hat denn Ihre Frau reagiert?«

Nun lief Cagas rot an. »Wenn bei uns das Geschirr im Schrank wackelt, dann nenne ich das laut. Egal welchen Maßstab Sie anlegen. Und meine Frau hat noch mehr darunter gelitten als ich. Sie hat sich zu einer Therapie angemeldet.« Niedergeschlagen fügte er hinzu: »Aber bekommen Sie mal einen Platz, wenn Sie ... so sind wie wir.«

Ich war mir nicht ganz sicher, ob ich ihn schon genug gepikst hatte, aber ich ließ es drauf ankommen, denn ich hatte echtes Mitleid mit dem Mann. »Das stelle ich mir furchtbar vor.«

Cagas ließ sich zurückfallen. »Unerträglich«, flüsterte er.

»Wie lange geht das schon?«

»Vier Jahre.«

»Mein Gott. Und Sie haben nie ... ich meine, was haben Sie denn alles unternommen?«

Cagas seufzte schwer.

»Polizei?«, fragte ich.

Er nickte.

»Und hat das geholfen?«

»Nein«, antwortete er resigniert. »Die waren nicht zu packen.«

»Und sonst noch? Ich meine, vier Jahre lang ... Das hält doch keiner aus. Haben Sie versucht, umzuziehen?«

»Natürlich. Aber schauen Sie uns an. Wir haben kein eigenes Einkommen, können die Miete nicht selbst bezahlen. Die Stadt unterstützt einen Umzug nicht, weil wir in einem modernen Haus mit ausreichend Platz wohnen. Und welcher Vermieter ...?«

»Also ich glaube nicht, dass ich das ausgehalten hätte. Ich hätte etwas unternommen.«

Cagas schaute mich mit wässrigen Augen an.

»Ich hätte mir Hilfe geholt«, erhöhte ich den Druck.

»Das habe ich«, flüsterte Cagas mit dem Hauch einer Stimme, die sich auf dem Weg zu mir in der Luft zu verlieren schien.

»Sie sagten ja, dass die Polizei Ihnen nicht helfen konnte«, erinnerte ich ihn. »Was ist mit Freunden? Nachbarn?«

Cagas schüttelte den Kopf.

»Sie waren zornig«, sagte ich sanft. »Sie haben die Broses gehasst. Aus gutem Grund.«

Er schaute mich an, reagierte aber sonst nicht.

Ich beugte mich zu ihm vor. »Wir haben mit dem Wirt gesprochen. Und mit dem Mann vom Zeitungskiosk.«

Er flüsterte so leise, dass ich es für Einbildung hielt: »Ich habe einen Auftragsmörder gesucht.«

31

Daniela

»Wie läuft es eigentlich in deiner Praxis?«, erkundigte sich Heiko, nachdem wir auch beim zehnten Durchgang des Videos keine neuen Erkenntnisse mehr hatten gewinnen können.

Zwar fragte er ganz unverfänglich, trotzdem war ich auf der Hut. »Wir sind so überlaufen, dass wir den Anteil Privatpatienten erhöhen konnten. Wir kommen ganz gut über die Runden.«

Die Distanz zwischen uns war immer noch deutlich, wenn auch nicht mehr so groß wie nach meiner Zurechtweisung.

»Das meine ich nicht«, sagte er. »Und das weißt du auch.«

»Was meinst du dann?«, fragte ich unschuldig.

»Wie du damit zurechtkommst, als Therapeutin zu arbeiten.«

Was die klassische Berufswahlfrage für Psychologen war. Ging man zu den Wichtigtuern in die Wirtschaft, um dem Kapitalismus zu dienen? Niemals. Und wenn man den klinischen Bereich wählte, was fing man dann an? Eine Praxis oder therapeutische Tätigkeit in einer Klinik? Jeden Tag acht Klienten mit denselben Standardbeschwerden, denselben Geschichten, denselben Therapieansätzen? Und das Ganze am Ende mit einem Psychiater als Chef? Unvorstellbar.

Zumindest hatte ich das noch während meines Studiums gedacht. Dann doch lieber an der Spitze der wissenschaftlichen Forschung arbeiten, mit aufregenden Fällen, bergeweise Publikationen, weltweiten Kongressen und am Ende dem Nobelpreis. So wie Heiko. Im Studium ein gefeierter Nachwuchswissenschaftler, mit siebenundzwanzig promoviert, mit dreißig habilitiert. Ein Ausnahmetalent mit sicherer Anwartschaft auf eine prestigeträchtige Professur.

»Ich habe meinen Platz gefunden«, sagte ich.

»In einer Praxis?«, fragte Heiko skeptisch.

Was sollte ich darauf antworten? Dass ich meine Ansichten geändert hatte? Dass mir während der Promotion klar geworden war, dass der akademische Betrieb zu einem großen Teil nur eitle Selbstbeschäftigung war, die mit den Bedürfnissen der Menschen nichts zu tun hatte? Dass es nichts Befriedigenderes gab, als einem Klienten dabei zu helfen, sein Leben wieder in die eigene Hand zu nehmen?

Abgesehen von ein paar zusätzlichen Falten hatte Heiko sich seit dem Studium nicht verändert. Er blühte in den akademischen Zirkeln auf, konnte leidenschaftlich über die diffizilsten Unterschiede zweier Theorien diskutieren, die für die Praxis vollkommen irrelevant waren. Was mich innerhalb von Tagen in den Wahnsinn getrieben hätte. Meine Meinung darüber würde er niemals verstehen, selbst wenn ich es noch so geduldig erklärte.

»Mit acht Klienten am Tag«, betonte ich.

Er hob die Augenbrauen und wollte gerade zu einer Erwiderung ansetzen, als ein Alarm aus dem Behandlungsraum uns aufschreckte.

Hätte ich es nicht mit eigenen Augen gesehen, ich hätte es nicht geglaubt. Marvin hatte eine Hand frei und machte sich am Schloss der zweiten Handfessel zu schaffen. Er brauchte drei Sekunden, bevor die Stahlfessel aufschnappte, er nach dem Riegel für das Bettgestell griff und seine Füße befreite.

Heiko sprang im selben Augenblick auf die Füße, in dem Marvin auf dem Boden landete. »Was zum …?«

Wir hatten schon einige Seiten von Marvin kennengelernt, doch so wie der Junge sich nun duckte, geschmeidig, lauernd, kampfbereit, glich er einem Dschungelkämpfer. Das war neu.

Bevor wir uns fragen konnten, wie wir die Flucht des Jungen verhindern sollten, erschienen die zwei Pfleger in der Tür, deren körperliche Erscheinung mich so beeindruckt hatte. Zumindest bis ich sie mit der von Kommissar Busch verglichen hatte.

Die beiden Pfleger kamen langsam in den Raum und verstellten den Weg zur Tür. »Ganz ruhig, Junge«, meinte der eine.

»Mach keine Dummheiten«, fügte der andere hinzu.

Marvin zückte zwei Ampullen, auf denen außerordentlich lange Nadeln steckten. Er hielt eine nach vorn gestreckt, die andere seitlich und erinnerte an einen Kung-Fu-Kämpfer aus einem billigen Eastern.

Die Pfleger wirkten nicht übermäßig beunruhigt, blieben aber trotzdem stehen. Zwei weitere Pfleger rückten von draußen nach.

»Leg die Spritzen weg, Junge!«

»Träum weiter«, zischte Marvin und stürzte vorwärts.

Dann ging alles sehr schnell. Marvin kam keine zwei Schritte weit, bevor einer der hinzugekommenen Pfleger eine Apparatur auf ihn richtete, die aussah wie eine Pistole. Feine Drähte schossen heraus, trafen den Jungen und ließen ihn mitten in der Bewegung erstarren. Er ging zu Boden, seine Gliedmaßen zuckten unkontrolliert, als der Strom des Tasers durch seine Muskeln jagte. Ihn so hilflos, von Krämpfen geschüttelt, am Boden zu sehen, war erschütternd, obwohl er nur Sekunden zuvor zu einem potenziell tödlichen Angriff auf die vier Männer angesetzt hatte.

Schließlich stellte der Pfleger den Strom ab, die Ärztin kniete sich neben ihn und injizierte etwas in den Arm des Jungen. Ich war zu bestürzt, um auch nur einen Anflug von Ärger zu empfinden.

»Was ... war das denn?«, fragte ich schließlich, als sie Marvin auf eine fahrbare Trage hoben.

»Das war unglaublich«, sagte Heiko.

»Du hast das hoffentlich gefilmt.«

»Natürlich! Und das schaue ich mir jetzt an.«

»Du glaubst ...?«

»Das war vielleicht nicht derselbe Marvin, den du befragt hast.«

32

Oliver

Aus der reinen Absicht oder dem bloßen Gedanken, einen anderen Menschen zu töten, konnte nur der schärfste Staatsanwalt gegen den schlechtesten Verteidiger eine Straftat machen. Das änderte sich, sobald der zukünftige Täter sich aus der Gedankenwelt löste und auf den Weg der Umsetzung machte. So wie Frank Cagas.

Ob aus der Angelegenheit mehr als eine Anekdote für die Kantine werden würde, hielt ich noch nicht für entschieden. Aber ich war mir sicher, dass Thorsten und Katrin sich in genau diesem Moment sehr dringlich um einen Durchsuchungsbefehl für die Wohnung von Familie Cagas bemühen würden.

Ich bedauerte den Mann immer noch. Ich wollte mir nicht ausmalen, was ich an seiner Stelle alles gemacht hätte. »Einen Auftragsmörder?«

Er nickte matt.

»Und?«, fragte ich. »Haben Sie einen gefunden?«

»Ein Mann namens Iwan«, erklärte er tonlos. »Fünftausend Euro.«

Das war naheliegend. Der Markt für Auftragsmörder in Krefeld war sehr übersichtlich und Iwan machte den kleinsten Preis, war sozusagen der Discounter unter den Mördern. Was allerdings auch einen Haken hatte. »Ist aber nichts draus geworden«, war ich mir sicher.

»Ich hatte keinen Kontakt zu dem Mann. Wo soll ich denn bitte fünftausend Euro hernehmen?«

Es war ein gut gehütetes polizeiliches Geheimnis, dass Iwan, der Auftragsmörder, eine ganz besondere Spezialität hatte. Wir nannten ihn deshalb den ›Irren Iwan‹. Und sooft er auch schon zugeschlagen hatte, war es uns noch nie gelungen, auch nur eine annähernd heiße Spur aufzunehmen. Frank Cagas konnte sich in jedem Fall glücklich schätzen, dass er gar nicht erst versucht hatte, mit Iwan in Kontakt zu treten.

»Bin ich jetzt ein schlechter Mensch?«, jammerte Cagas. »Ich meine, ich habe mir so sehr ihren Tod gewünscht. Mehr als alles andere.«

»Auch Wünsche sind nicht strafbar«, beruhigte ich ihn.

Ich war mir sicher, dass er meine Worte verstanden hatte, aber er wirkte nicht beruhigt. »Die Broses haben Sie terrorisiert. Niemand kann Ihnen einen Vorwurf daraus machen, wenn Sie die Leute gehasst haben. Es ist ein Wunder, wie Sie all die Jahre überhaupt überstehen konnten.«

»Habe ich sie überstanden?«

»Das haben Sie«, erwiderte ich entschieden. »Keine Wunde ist von Dauer. Nur der Tod ist endgültig.«

Er nickte langsam. »Ich weiß, ich weiß. Ich muss nur erst einmal wieder auf die Beine kommen.«

»Wer hilft Ihnen dabei?«

Er senkte den Blick und nuschelte: »Wer soll uns schon helfen? Niemand.«

Ich betrachtete die mitleiderregende Gestalt von Frank Cagas und dachte an die anderen Nachbarn, mit denen wir gesprochen hatten. An unsere Erkenntnisse über Marvin. Die Versuchung, in den Morden einfach einen überfälligen Eingriff des Schicksals zu sehen, Marvin für immer hinter Gitter zu sperren und die Sache ansonsten auf sich beruhen zu lassen, war übermächtig. Glücklicherweise war ich so eng in die Strukturen von Polizei und Justiz eingebunden, dass ich keine Möglichkeit hatte, dieser Verlockung nachzugeben.

»Es gibt einige Stellen, die Ihnen helfen können«, setzte ich an, als sich die Tür öffnete und Thorsten seinen Kopf hereinsteckte.

»Ich muss dich sprechen, Oliver.«

»Jetzt bin ich neugierig«, sagte ich, als wir zusammen draußen auf dem Flur standen.

Thorsten ließ mich nicht warten. Er hielt mir einen farbigen Ausdruck unter die Nase, auf dem eine Pistole zu sehen war.

»Das ist eine Pistole«, stellte ich fest.

»Die haben wir in Cagas' Wohnung gefunden.«

Das sah für den armen Mann ganz und gar nicht gut aus. Ich schnappte mir den Ausdruck. »Sonst noch Überraschungen?«

»Der Mann hat keinen Waffenschein und dieses Schätzchen hat keine Seriennummer.«

Warum überraschte mich das nicht? »Mit ein paar Verbindungen oder einer mitleiderregenden Geschichte kostet so ein Ding auf dem Schwarzmarkt vielleicht vier- oder fünfhundert«, murmelte ich. Für Familie Cagas zweifellos eine Menge Geld. Wenn auch nicht so viel wie für einen Mörder, der nicht nur die Waffe zur Verfügung stellte, sondern auch gleich die unerfreuliche Arbeit erledigte. Geld sparen durch

Eigenleistung war ja vielleicht auch bei der Auslöschung verhasster Menschen ein Geschäftsmodell.

Ich seufzte schwer. »Wo lag das Ding?«

»In der Nachttischschublade.«

»Wie originell.«

»Wir werden die Waffe schnellstmöglich untersuchen.«

Ich schüttelte den Kopf und wandte mich wieder der Tür zu. »Ich mag den Mann. Irgendwie ist er mir sympathisch.«

»Er macht allerdings eine Menge Dummheiten«, gab Thorsten zu bedenken.

Wir schauten uns einen Moment lang an. »Der Mann ist nur ein armes Würstchen. Kein Mörder.«

»Sag, wenn du abgelöst werden willst«, meinte Thorsten.

»Nicht nötig«, wiegelte ich ab und betrat wieder den Verhörraum.

Frank Cagas saß immer noch in derselben Haltung wie zuvor auf seinem Stuhl und schien sich keinen Millimeter bewegt zu haben.

Ich setzte mich ihm gegenüber und schaute ihn forschend an. Er erwiderte meinen Blick ausdruckslos.

»Sie haben mir vorhin erzählt, dass Sie sich nach einem Auftragsmörder erkundigt haben«, erinnerte ich ihn.

Er nickte.

»Wir haben uns einen Durchsuchungsbefehl besorgt. Während wir uns unterhalten, sind meine Kollegen in Ihrer Wohnung und suchen nach Hinweisen, die Sie mit den Morden an der Familie Brose in Verbindung bringen können.«

Er nahm auch das ausdruckslos zur Kenntnis.

»Sie wissen, was wir gefunden haben, Herr Cagas.« Es war ein Spiel, das ich im Schlaf beherrschte und mit dem ich jeden beliebigen Verdächtigen aufs Glatteis führen konnte. Aber heute sah ich darin keinen Sinn. Ich legte das Foto der Pistole vor Cagas auf den Tisch.

»Meine Pistole«, stellte er nüchtern fest. Cagas hielt das Schweigen ganze zwei Minuten aus, wie ich mithilfe der Wanduhr ermittelte.

»Ich habe mir die Waffe besorgt. Ein Auftragsmörder war zu teuer. Ich wollte es selbst tun.«

»Was wollten Sie tun?«

»Ich wollte sie alle umbringen. Darum habe ich mir die Pistole besorgt. Die Munition fehlt mir noch. Und ein Schalldämpfer. Ich wollte runtergehen und alle erschießen. Vielleicht bei einer Party, wenn viele Freunde da waren. Um nicht nur meinen Kindern zu helfen, sondern auch den Nachbarn der anderen Leute. Mein Gott, das musste doch alles mal ein Ende haben, oder?«

»Man hätte Sie erwischt«, gab ich zu bedenken.

»Ich weiß. Es war mir egal. Ich habe meine Frau leiden sehen. Meine Kinder. Jeden Tag, jede Stunde, jede Minute. Schauen Sie mich an. Ich habe keine Arbeit. Ich kann nicht für meine Familie sorgen. Kann uns keine bessere Wohnung beschaffen. Ich wäre gerne ins Gefängnis gegangen, wenn ich im Gegenzug hätte sicher sein können, dass meine Kinder nachts schlafen können. Dass meine Frau nicht bedroht wird. Und dass es in der Welt vier bösartige Menschen weniger gibt.«

Wenn man flexibel genug mit seinen Gedanken war, konnte man sich in jeden Menschen hineinversetzen und das Motiv jedes Mörders nachempfinden. Frank Cagas machte es mir mit seiner abgrundtiefen Verzweiflung leicht und die einzige Frage war, warum er seine Pläne nicht schon längst in die Tat umgesetzt hatte.

»Aber warum wollten Sie denn alle Schuld auf sich nehmen?«

»Wie meinen Sie das?«

»Warum nicht alle umbringen und versuchen, davonzukommen?«

»Wäre das nicht …«, er zögerte, »… unrecht?«

»Diese Familie hatte den Tod verdient. Warum für die Leute ins Gefängnis gehen, die Sie über Jahre hinweg terrorisiert haben?«, bohrte ich.

In seinem Gesicht konnte ich nichts außer Verblüffung erkennen, aber ich war auch kein habilitierter Psychologe aus Tübingen und verpasste deshalb vielleicht den besten Teil.

»Natürlich hätten Sie es auch anders machen können. Ich meine, warum sich selbst die Hände schmutzig machen, wenn man einen anderen dazu zwingen kann?«

Er brauchte eine Weile, bis er meine Anspielung verstand, aber dann sagte er mit zitternder Stimme: »Sie sind ja verrückt.«

Ich schlug einen freundschaftlichen Ton an. »Sehen Sie, Herr Cagas. Ich habe ein Problem. Sie schildern mir, wie sehr Sie diese Leute gehasst haben. Dass Sie Mordgedanken hegten, ja sogar Mordpläne. Sie haben einen Auftragsmörder gesucht. Sie haben sich illegal eine Waffe beschafft in der Absicht, Ihre Nachbarn zu ermorden. Und das alles genau zu dem Zeitpunkt, als Marvin sich entschließt, seinen Bruder und seine Eltern zu ermorden. Und zwar mit einer Brutalität, wie wir sie in Krefeld noch nicht erlebt haben. Und ohne jegliches erkennbare Motiv.«

Frank Cagas beugte sich zu mir vor. »Ich habe diese Leute nicht umgebracht. Und ich habe auch den Jungen nicht dazu angestiftet.«

Als ich darauf nicht reagierte, fragte er: »Brauche ich einen Anwalt?«

»Es könnte nicht schaden«, bestätigte ich.

33

Daniela

Marvins Ausbruch hatte Heikos Neugier geweckt, ich merkte deutlich, dass er von dieser neuen Entwicklung fasziniert war. Während wir den Film wieder und wieder durchgingen, mit verschiedenen Einstellungen nach Erkenntnissen suchten, erkannte ich den jüngeren Heiko und seinen jugendlichen Eifer wieder.

Doch auch er musste schließlich zugeben: »So spannend das ist, aber es reicht noch nicht aus, um eine Aussage zu treffen.«

»Was sagt dir dein Gefühl?«, fragte ich.

»Es ist unglaublich. Entweder wir waren gerade Zeugen einer echten multiplen Persönlichkeit oder er versucht, uns zu täuschen. Ich weiß nicht, welche Möglichkeit ich faszinierender finde«, erklärte er mit leuchtenden Augen.

Und ich wusste nicht, welche Möglichkeit mir mehr Angst machte. »Ich bin froh, dass du hier bist«, sagte ich mit einem Seufzen.

»Weil ich der beste Experte bin?«

»Ja.«

»Nicht weil ich Heiko bin.«

»Nein.«

»Noch nicht einmal, weil ich Heiko, der beste Experte bin.«

Ich schüttelte den Kopf.

»Dachte ich mir«, brummte er.

Nachdem die Ärztin uns bestätigt hatte, dass es viele Stunden dauern würde, bevor damit zu rechnen war, dass Marvin wieder zu sich kam, setzte Heiko unter Aufbietung seines ganzen Charmes durch, dass Marvin auch weiter gefilmt wurde und wir sofort benachrichtigt wurden, wenn der Junge zu sich kam. Wir diskutierten nicht über die Ruhigstellung, denn in diesem Fall konnte ich sogar nachvollziehen, dass es dazu keine Alternative gegeben hatte.

Da wir im Krankenhaus nichts mehr ausrichten konnten, fuhren wir zurück ins Präsidium. »Ich habe gehört, Sie haben unseren Täter niedergeschossen?«, empfing uns ein grinsender Kommissar Busch.

»Er hat vier Pfleger angegriffen«, entgegnete ich.

»Daraufhin hat ihn einer der Pfleger getasert«, stellte Heiko klar.

»Hat sich denn etwas Neues ergeben?«, fragte Busch, nun ebenso sachlich.

Heiko erläuterte die Möglichkeiten, die es zur Erklärung der Ereignisse gab, und auch bei Busch konnte ich zunehmendes Unbehagen erkennen.

»In Ordnung«, meinte der Kommissar schließlich. »Wo Sie nun schon einmal hier sind, können Sie mir auch helfen. Ich befrage gerade einen der Nachbarn. Frank Cagas.« Als Busch uns erzählte, in welchen Schwierigkeiten Cagas steckte, spürte ich Bedauern in mir aufsteigen.

»Der Anwalt des Mannes ist gerade eingetroffen und ich möchte die Befragung fortsetzen. Es gibt einige Punkte, die noch geklärt werden müssen, und mich würde interessieren, ob Sie beide Cagas für glaubwürdig halten.«

»Was ist denn Ihr Eindruck?«, fragte ich.

Busch grinste. »Ich möchte Sie nicht beeinflussen. Das wäre unwissenschaftlich, oder?«

Und dann war er verschwunden. Ich schaute Heiko fragend an, doch der sagte nur lapidar: »Siehst du, ich habe es dir doch gesagt.«

Ich stieß ihm meinen Ellenbogen in die Rippen und nahm das Stöhnen befriedigt zur Kenntnis. Der Beobachtungsraum im Präsidium glich dem im Krankenhaus und denen in allen psychotherapeutischen Kliniken des Landes. Durch den Einwegspiegel sahen wir einen niedergeschlagenen Frank Cagas und einen Mann mit Gelfrisur und teurem Maßanzug.

»Der Typ ist doch kein Pflichtverteidiger«, stellte Heiko fest. »Wie kann ein Hartz-IV-Empfänger sich denn so einen Anwalt leisten?«

Ich hatte auf diese Frage keine Antwort, aber Busch vielleicht. Wir hörten, wie sich der Anwalt als Eduard Förster vorstellte, eine äußerst elegante Erscheinung mit überkorrektem Auftreten.

Die drei Männer setzten sich und der Anwalt ergriff sogleich das Wort. »Darf ich fragen, weshalb Sie meinen Mandanten hier festhalten?«

»Wir halten Ihren Mandanten nicht fest«, entgegnete Busch ruhig. »Er wird als Zeuge in einem Mordfall befragt.«

Förster runzelte die Stirn. »Warum bin ich dann hier?«

»Es haben sich einige Details ergeben, die etwas unvorteilhaft für Ihren Mandanten sind«, erklärte Busch. Er schob das Foto der Waffe über den Tisch. »Ihr Mandant hat eingeräumt, Mordpläne gegen die späteren Opfer gehegt zu haben. Er unternahm den Versuch, einen Auftragsmörder anzuheuern. Als sich dies als undurchführbar erwies, hat er sich diese Waffe beschafft, um die Tat selbst zu begehen.«

Der Anwalt nickte. »Beabsichtigen Sie, einen Haftbefehl zu beantragen?«

»Ich kann nicht für den Staatsanwalt sprechen, aber mir wäre mehr an einer Kooperation gelegen. Wir sollten nicht vergessen, unter welcher extremen Belastung Herr Cagas in den letzten Jahren stand.«

Der Anwalt schien die Informationen abzuwägen und kam schließlich zu einem für Busch positiven Ergebnis. »In Ordnung, setzen Sie die Befragung fort. Sollte ich das Gefühl haben, dass dies zum Nachteil meines Mandanten ist, werde ich abbrechen.«

»Einverstanden«, meinte Busch.

Es war beeindruckend, Busch so in Aktion zu sehen, wie er scheinbar gelassen mit dem Anwalt verhandelte und durch nichts aus der Ruhe zu bringen war. Bei einer Vernehmung schien er ebenso in seinem Element zu sein wie ich während einer Therapiesitzung.

Der Anwalt nickte Cagas zu und der schien beruhigt.

»Sie hatten mir erzählt, dass Sie die Waffe besorgt haben, weil Sie es selbst tun wollten«, nahm Busch den Faden wieder auf.

»Richtig«, bestätigte Cagas. Sein Anwalt folgte dem Dialog mit zu Schlitzen verengten Augen.

»Und Sie wollten sich noch Patronen und einen Schalldämpfer besorgen.«

»Ja.«

»Sie sagten auch, Sie hätten mit dem Tod der Familie Brose nichts zu tun gehabt.«

»Das stimmt.«

»Wie wollten Sie es denn tun? Was hatten Sie geplant?«

»Wie gesagt: Ich wollte abwarten, bis es wieder richtig laut wird und möglichst viele Freunde da sind. Und dann einfach runtergehen und alle abknallen.«

Busch nickte verständnisvoll. »Aber dazu ist es nicht gekommen.«

»Nein. Marvin war schneller.«

Neben mir winkte Heiko ab. »Sinnlos. Bei dem Mann ist nichts zu holen. Er hat mit den Morden nichts zu tun. Der macht sich schon in die Hose, wenn er seine eigene Waffe nur anschaut.«

Im Verhörraum wurde der Anwalt zunehmend unruhig, als Busch sagte: »Sie müssen sehr wütend gewesen sein.«

»Hass«, erwiderte Cagas. »Es war Hass.«

»Das ist verständlich, nach all den Jahren«, räumte Busch ein.

»Der pure Hass«, zischte der andere.

»Nach all den Jahren …«

Cagas wurde leiser und mit der Lautstärke änderte sich auch seine Stimmung. »Terror. Es war Terror.«

»Und Sie konnten nichts ausrichten«, stellte Busch mitfühlend fest.

Der Anwalt folgte dem Dialog der beiden nervös, sein Kopf hin- und hergeworfen wie bei einem Tennismatch.

Und dann geschah etwas Überraschendes. Zumindest überraschte es mich in diesem Augenblick. Cagas brach in Tränen aus. Erst leise, kaum merklich, dann durchsetzt von immer lauteren Schluchzern.

»Ich bin so ein Versager«, heulte Cagas mit bebender Stimme. »Schauen Sie mich doch an! Ich finde keinen Job, kann meine Familie nicht ernähren.«

Sein Mandant war im Aufruhr, der Anwalt dafür plötzlich die Ruhe selbst. Er zog ein schneeweißes gestärktes Taschentuch mit rotem Monogramm aus seiner Anzugjacke und reichte es Cagas. Der schneuzte lautstark hinein und hätte es dem Anwalt beinahe zurückgegeben. Verlegen steckte er es dann in seine eigene Tasche.

»Wie ich gesagt habe«, meinte Heiko neben mir. »Der Mann könnte nie im Leben jemanden umbringen. Wahrscheinlich noch nicht einmal in Notwehr.«

Busch ließ sich durch Cagas' Tränen nicht aus dem Konzept bringen. »Ich glaube nicht, dass andere mehr hätten erreichen können. Immerhin konnten sich noch sieben weitere Parteien im Haus nicht gegen die Broses wehren.«

Cagas nickte, schneuzte noch mehr Rotz in das Taschentuch und murmelte: »Noch nicht einmal, als meine Familie mich am dringendsten brauchte, konnte ich für sie sorgen. Ich konnte meine Kinder nicht beschützen.«

Anscheinend war nun die Zeit für Selbstmitleid gekommen. Busch nickte dem Anwalt zu. »Herr Cagas, vielen

Dank, das war alles für heute.« Und an den Anwalt gewandt, fuhr er fort: »Es wäre sehr hilfreich, wenn Ihr Mandant uns informiert, falls er seinen Aufenthaltsort verändert.«

»Das ist eine reine Geste guten Willens«, stellte der Anwalt fest.

»Selbstverständlich«, bestätigte Busch.

Die Männer schüttelten sich die Hand, der Anwalt sammelte seinen Mandanten ein und beide verließen das Präsidium.

Busch wirkte in etwa so zufrieden wie der Anwalt, als er in den Beobachtungsraum trat. »Und? Wie ist Ihr Eindruck?«

Eifrig wie Heiko war, kam er mir zuvor: »Nie im Leben ist der Mann ein Mörder. Der könnte wahrscheinlich noch nicht einmal sich selbst umbringen.«

Busch lächelte. Ein aufrichtiges und herzliches Lächeln.

»Das scheint Sie zu freuen«, stellte ich fest.

Der Kommissar nickte. »Cagas ist doch nur ein armes Würstchen. Ich möchte nicht wissen, was ich gemacht hätte, wenn ich in diesem Haus gewohnt hätte.«

Ich musterte ihn eine Weile, seine breiten Schultern, seine riesigen Hände, den Ultrakurzhaarschnitt. Bei normalen Menschen hätte es sicher gereicht, wenn er sich einmal geräuspert hätte, um sie auf Lebzeiten einzuschüchtern, aber bei den Broses war ich skeptisch.

»Sie sind ebenfalls bewaffnet«, sagte ich schließlich.

»Stimmt«, bestätigte er.

»Und Typen wie diese Broses können Sie nicht ausstehen«, meinte Heiko nachdenklich.

Busch ging nicht darauf ein.

»Das ist faszinierend«, fuhr Heiko unbeirrt fort. »Dieser Mann hier, Frank Cagas, er war Ihnen sympathisch. Sie konnten ihn verstehen. Sie wollten nicht, dass er etwas mit den Morden zu tun hat.«

Die einzige Reaktion von Busch bestand in einer subtilen Bewegung seiner Kiefermuskeln.

Heiko schien das nicht zu bemerken. »Und doch haben Sie die Befragung absolut professionell durchgeführt. Es war für Cagas und seinen Anwalt überhaupt nicht zu merken, dass Sie im Grunde auf ihrer Seite standen.«

»Manchmal«, entgegnete Busch ruhig, »arbeitet die Polizei tatsächlich ordentlich.« Und obwohl in seinen Worten keine Feindseligkeit und noch nicht einmal eine Spur von Aggression lag, ließ Busch mit dieser Antwort eine Seite von sich erahnen, die ich bisher erst ein Mal nach der Befragung der Erzieherin und von Marvins Therapeutin kennengelernt hatte. Eine, die zu seiner äußeren Erscheinung passte, die hart und, wenn es sein musste, erbarmungslos war.

»Ich glaube, mit Ihnen sollte ich mich besser nicht anlegen, wie?«, fragte Heiko unbekümmert. Er war einen ganzen Kopf kleiner und deutlich schmaler als Busch.

Vielleicht wirkte der Kommissar gerade deshalb so einschüchternd, weil er seine körperliche Überlegenheit nicht einsetzte, sondern betont freundlich blieb.

»Warum sollten Sie sich mit mir anlegen wollen?«, fragte er nun zuckersüß.

Es war nicht leicht, Heiko zum Schweigen zu bringen, aber Busch hatte es geschafft. Es war Zeit für ein Ablenkungsmanöver, bevor die beiden einen Hahnenkampf beginnen konnten. »Woher hat ein Mann wie Cagas eigentlich so einen Anwalt? Förster sah nicht aus wie der typische Pflichtverteidiger.« Schlechter Haarschnitt, billiges Aftershave, Synthetikanzug von C&A, fügte ich in Gedanken hinzu.

»Förster ist ein ziemlich bekannter Strafverteidiger. Ein Liebling der Unterwelt«, erläuterte der Kommissar. »Manchmal wird er auch für Verbände tätig, Gewerkschaften, Kirchen und so weiter. Ich habe keine Ahnung, wie der Mann hierherkommt.«

»Lassen Sie mich raten: Er selbst ist zu diskret, um es zu verraten.«

Busch grinste. »Der Mann ist ja geradezu der Erfinder der Diskretion. Aber wir sind dran. Ich betrachte diesen Vorgang als wichtigen Hinweis im Fall Brose, deshalb werden wir herausfinden, was dahintersteckt.«

34

Oliver

Je mehr ich mit dem Psychologen aus Tübingen zu tun hatte, desto weniger konnte ich mit ihm anfangen. Seine Beobachtungen mochten zutreffend sein, aber bei jedem seiner Sätze schwang eine unausgesprochene Botschaft mit, die ich nicht entziffern konnte. Meine Erfahrung half mir, mich von ihm nicht provozieren zu lassen. Je mehr er versuchte, mich aus der Reserve zu locken, desto ruhiger wurde ich.

»Cagas ist als Verdächtiger also erst einmal erledigt«, stellte ich fest. Und an die Ellinger gewandt: »Dann hätte ich jetzt eine eher routinemäßige Befragung zum Hintergrund des Vaters im Angebot. Wenn Sie Lust haben?«

Sie hatte. Und auch wenn mir ein richtiger Partner lieber gewesen wäre, so war die Gesellschaft von Daniela Ellinger doch allemal besser als die von Heiko Hähnel.

»Wohin fahren wir?«, fragte die Psychologin, als ich den Motor anließ.

»Zur Arbeitsstelle des Vaters«, antwortete ich. »Die Kollegen überprüfen auch die Rennbahn und die Verwandten, aber für uns bleibt die Arbeit.« Was ich insgeheim auch für die interessanteste Spur hielt, weil das Verhalten bei der Arbeit oft sehr verlässliche Rückschlüsse auf die Person erlaubte.

»Wo hat er denn gearbeitet?«

»Bei *Spül & Weg.*«

Sie lachte. »Im Ernst?«

»Ja.« Als ich zum ersten Mal von der Firma gehört hatte, hatte ich den Namen für einen schlechten Werbegag gehalten, aber die Firmengründer hießen tatsächlich Spül und Weg. Sie produzierten Toiletten und andere Sanitärausstattung.

»Hier in Krefeld?«

Ich nickte. Am Standort in Krefeld wurden Gummidichtungen hergestellt, wie Katrin im Internet recherchiert hatte.

Die Produktion in Krefeld war in einer kleinen Fabrikhalle in Gartenstadt angesiedelt, der Geschäftsführer Hartmut Spül erwartete uns bereits am Eingang.

»Guten Tag, kommen Sie doch herein«, sagte er höflich. Er hatte weiche Gesichtszüge, sorgsam gescheiteltes braunes Haar, eine leicht gebeugte Haltung und auffallend nach vorn gewölbte Schultern. Er gab sich übermäßig zuvorkommend und strahlte eine gewisse Nervosität aus.

Wir folgten Spül in sein Büro, nahmen die Einladung zum Kaffee an und machten es uns auf seiner Ledergarnitur bequem.

»Wir würden Ihnen gerne einige Fragen zu Ihrem Mitarbeiter Clemens Brose stellen«, eröffnete ich das Gespräch.

»Ich … habe schon einen Anruf erhalten, dass er tot ist«, meinte der Geschäftsführer verschüchtert.

»Das stimmt. Könnten Sie uns erklären, welche Aufgaben Herr Brose bei Ihnen hatte?« Das schien mir eine angemessene Frage für den Einstieg, damit der Mann erst einmal seine Nerven wieder beruhigen konnte.

»Äh … Natürlich. Hier am Standort produzieren wir die Dichtungen für unsere gesamte Produktserie, wissen Sie. In diesem Produktionsprozess gibt es verschiedene Aufgaben und Stationen. Herr Brose gehörte zu den geschätzten Mitarbeitern am Schmelzofen.«

Ich hatte ihn eigentlich nur nach der Tätigkeit des Mannes gefragt und nicht nach einem halben Arbeitszeugnis. »Am Schmelzofen für das Gummi?«

»Ja, ich kann Ihnen gerne die Produktionsstrecke zeigen, wenn Sie möchten.« Er sprach schnell und beobachtete uns aufmerksam.

»Vielleicht später«, entgegnete ich. »Ist die Arbeit am Schmelzofen nicht gefährlich?«

»Wir halten alle Arbeitsschutzbestimmungen ein.«

Aha. »Ist es eine anstrengende Arbeit?«

»Es ist schon eine körperliche Arbeit, aber sie kann von jedem gesunden Erwachsenen bewältigt werden. Wir achten sehr auf die Verhütung von Berufskrankheiten.«

Ich schaute ihm eine Weile in die Augen. Sein Alter war schwer zu schätzen, vielleicht Ende vierzig oder Anfang fünfzig. Unabhängig davon war der Mann Geschäftsführer, glänzte in unserem Gespräch bisher allerdings nur durch auffallende Unterwürfigkeit. Da ihn das daran hinderte, mir vernünftige Auskünfte zu geben, würde ich mir etwas einfallen lassen müssen.

»Wie zufrieden waren Sie denn mit Herrn Brose als Mitarbeiter?«

Er hob die Hände und sagte hastig: »Sehr zufrieden. Außerordentlich. Er war einer unserer meistgeschätzten Mitarbeiter.«

Selbst ohne den Gedankenleser Hähnel konnte ich erkennen, dass wir uns noch einen anderen Gesprächspartner würden suchen müssen.

»Gab es denn jemals Schwierigkeiten zwischen Herrn Brose und seinen Kollegen?«

»Nein, nein«, beteuerte Spül eilig. »Alles war prima.«

Der Mann machte mir etwas vor. Das konnte ich auch: »Herr Spül, diese Informationen haben uns *sehr* weitergeholfen. Bei unseren Ermittlungen gehört es zur Routine, dass wir uns ganz ausführlich mit den Hintergründen der einzelnen Personen befassen, um uns ein Bild von ihnen machen zu können.«

Er nickte artig, aber darauf fiel ihm keine gefällige Antwort ein.

Ich fragte: »Welche Kollegen kannten Herrn Brose näher? Hatte er hier Freunde?«

Dem Geschäftsführer war offenkundig nicht wohl bei meiner Frage. »Der Betriebsratsvorsitzende kennt sich im Betrieb gut aus. Joseph Kleinemüller.«

»Vielen Dank«, sagte ich. Von ihm würden wir hoffentlich ein paar vernünftige Informationen erhalten.

»Wir achten sehr auf die gesetzlich vorgeschriebene Mitbestimmung«, schob Spül noch hinterher, als wir uns schon erhoben hatten.

Wir gingen über einen schmalen Flur, in dem einige Kartons aufgestapelt waren. Ich konnte mir einen Kommentar nicht verkneifen: »Auf diese Brandlasten sollten Sie aber auch achten.«

Er zuckte zusammen, als hätte ich ihm körperliche Gewalt angedroht und beeilte sich zu sagen: »Natürlich. Sicher. Selbstverständlich.«

Damit schob er uns eilig in das Büro des Betriebsrats und machte sich aus dem Staub.

»Gehörte das auch zur Befragung?«, fragte die Ellinger missbilligend.

»Bei Sicherheitsmängeln kenne ich keine Kompromisse«, behauptete ich.

Meine Partnerin auf Zeit wollte gerade zu einer Erwiderung ansetzen, als die Tür sich öffnete und ein Mann um die sechzig eintrat. Mit kurzem, schütterem grauem Haar, blitzenden braunen Augen und einem festen Händedruck hatte er einen robusteren Auftritt als sein Geschäftsführer.

»Joseph Kleinemüller«, begrüßte er uns.

Wir stellten uns ebenfalls vor, setzten uns und ich wurde

meinen Eröffnungssatz los. »Herr Kleinemüller, wir möchten Ihnen einige Fragen zu Clemens Brose stellen.«

»Ich habe schon gehört, dass der Brose tot ist«, antwortete Kleinemüller.

»Herr Spül sagte, dass Herr Brose am Schmelzofen gearbeitet hat.«

»Das stimmt.«

»Wie ist die Arbeit dort?«

»Am Schmelzofen? Heiß. Anstrengend. Und kennen Sie den Geruch von geschmolzenem Gummi? Es stinkt bestialisch.«

»Trotz Arbeitsschutz?«, fragte ich.

»Ja klar. Ist ein ätzender Arbeitsplatz, auch wenn er den Vorschriften entspricht.«

Das klang doch schon einmal ganz anders als die Worte des Geschäftsführers. »Der Arbeitsplatz ist nicht sehr beliebt?«

»Nein.«

»Wie wird die Arbeit eingeteilt?«

»Wir werden nach Qualifikation eingesetzt«, erklärte Kleinemüller. »Die Schichten am Ofen werden geteilt. Aber einige bekommen mehr Schichten als andere.«

»Wie viele Schichten hatte Herr Brose?«

»Mehr als alle anderen, weil der Mann ein fauler Sack war.«

Offenbar hielt der Betriebsrat nicht allzu viel von politischer Korrektheit. Dafür umso mehr von deutlichen Aussagen. »Es gab Schwierigkeiten mit Herrn Brose?«, hakte ich nach.

»Schwierigkeiten? Das ist die Untertreibung des Jahres. Der Kerl war ein einziges Ärgernis. Der wurde überhaupt nur eingestellt wegen so einer komischen Quote für Behinderte, die es mal in den Neunzigern gab.«

»Wegen seinem Sprachfehler?«, spekulierte ich.

»Genau, der sprach ja immer, als wäre er gerade aus einem Schnapsfass gekrochen. Und wenn Sie mich fragen, meistens war er das tatsächlich.«

Die Auskunftsfreudigkeit von Kleinemüller war eine Wohltat. »Wie war der Mann denn als Kollege?«

Kleinemüller seufzte. »Ein Albtraum. Er fehlte ständig. Wenn er da war, stand er faul herum. Andere mussten für ihn mit anpacken.«

»Er war wohl nicht beliebt?«

»Überhaupt nicht. Keiner sprach mehr mit ihm. Ich auch nicht. Ich war froh, wenn ich nichts mit ihm zu tun hatte.«

Ich schwieg und er nutzte die Gelegenheit, zu seiner Aussage noch hinzuzufügen: »Verstehen Sie mich nicht falsch. Ich bin der Erste, der sich für Behinderte einsetzt, damit sie eine faire Chance erhalten. Das habe ich immer schon getan, auch ohne Gesetz. Aber dieser Mann war ein Schmarotzer. Er hat seine Behinderung vorgeschoben, um sich ein leichtes Leben bei uns zu machen. Und so etwas kann ich überhaupt nicht ausstehen.«

Die Leidenschaft, mit der er die Worte aussprach, machte den Betriebsrat sehr glaubwürdig. Und tausendmal sympathischer als den Geschäftsführer. Was mich auf meine nächste Frage brachte. »Herrn Spüls Aussagen gerade waren etwas weniger … deutlich.«

Kleinemüller ließ ein vielsagendes Schnauben vernehmen. »Wissen Sie, der Mann ist ein hervorragender Spezialist für seine Produkte. Er versteht etwas von Marketing. Er arbeitet sehr gut mit dem Betriebsrat zusammen. Aber er ist viel zu weich. Er hat Angst vor allen möglichen Vorschriften. Gesetze hin, Vorschriften her, ein fauler Sack bleibt ein fauler Sack und ein Schmarotzer ein Schmarotzer.«

35

Daniela

Nachdem Busch mehr als deutlich hatte durchblicken lassen, dass er dem Glaubensbekenntnis des Betriebsrats Kleinemüller, das im Wesentlichen in der Negierung der politischen Korrektheit und der Verwendung möglichst vieler drastischer Schimpfworte bestand, zumindest Sympathien entgegenbrachte, machte ich mir so meine Gedanken. Unsere Witzeleien über politisch korrektes Verhalten am Tatort hatte ich noch als eben das abgetan – als harmlose Scherze. Was Kleinemüller aber erzählt und noch mehr angedeutet hatte, war eine Geschichte von Ausgrenzung und Schikanen – wenn man es vorsichtig formulierte.

»Sie fanden den Betriebsrat gut, oder?«, tastete ich mich behutsam vor, als wir wieder zum Auto gingen.

»Ich schätze ein offenes Wort«, entgegnete Busch gelassen.

»Ich glaube nicht, dass man Brose hier ordentlich behandelt hat.«

»Nichts ist ohne Grund«, sinnierte Busch lächelnd.

»Wenn er schikaniert wurde, ist das eine ernste Angelegenheit«, beharrte ich.

Er blieb ruckartig stehen. »Denken Sie doch mal an die Nachbarn, die wir befragt haben. An die Beleidigungen. Daran, wie er absichtlich die Kinder von Familie Cagas aufgeweckt hat. Wie er den Rauch zu Frau Schnurr herübergepustet hat. Wie er die Hundescheiße den Nachbarn von unten auf den Kopf geschmissen hat.« Er war eindeutig aufgebracht.

Ich war fest entschlossen, mich nicht einschüchtern zu lassen. »Es geschieht ihm recht? Ist es das, was Sie sagen wollen? Ein Unrecht wird mit dem anderen aufgewogen?«

»Hier war gar nichts aufgewogen«, entgegnete Busch düster. »Dazu hätten sie ihn in den Ofen stecken müssen, nicht davor.«

Vielleicht wollte er ja nur meine Reaktion prüfen, sagte ich mir. Es war eine Provokation. Bestimmt. »Das meinen Sie nicht ernst«, behauptete ich tapfer.

»Dass Clemens Brose es nicht besser verdient hat? Natürlich meine ich das ernst.« Ich musste ihn ziemlich entgeistert anstarren, denn er lachte auf und fügte hinzu: »Sehen Sie es doch so. Auf diese Weise bewahre ich mir meinen Glauben an eine gerechte Welt.«

Ich öffnete meinen Mund, schloss ihn aber wieder, bevor ich ebenso unbedacht zurückschießen konnte.

»Oder ich nutze unsere Erkenntnisse für eine defensive kognitive Strategie, um mir selbst einzureden, dass mir so etwas wie den Nachbarn der Broses nicht passieren könnte«, schlug er vor.

Seine Worte verletzten mich mehr, als ich mir eingestehen wollte. Erschreckend war die Sachkenntnis, die er mir damit unter die Nase rieb, und seine Treffsicherheit. Offenbar zufrieden mit der Wirkung, war Busch schon im Begriff, seinen Weg zum Auto fortzusetzen.

»Können Sie in diesem Fall überhaupt objektiv sein?« Ich war mir nicht sicher, warum ich das sagte. Zumindest teilweise auch deshalb, weil ich ihm nicht das letzte Wort lassen wollte.

Er beugte sich so schnell zu mir herunter, dass ich es nicht kommen sah. Unsere Gesichter trennten nur Zentimeter, ich konnte den Zorn in seinen Augen lodern sehen. »Sie kennen mich doch überhaupt nicht«, zischte er.

Ich musste schlucken, doch der bedrohliche Moment ging so schnell vorüber, wie er gekommen war. Im nächsten Augenblick hörte ich schon die Fahrertür vom Dienstwagen zuschlagen.

Busch ließ den Motor an und ich beeilte mich, hinterherzuhechten und einzusteigen. Erst im Auto bemerkte ich, dass meine Knie zitterten.

Ich wollte ihm nicht die Genugtuung liefern, mich durch meinen nervösen Haartick zu verraten, deshalb umklammerte ich mit meiner rechten Hand krampfhaft den Türgriff, meine linke schob ich unter den Sicherheitsgurt. Meine Gedanken rasten in dem Versuch, zu verstehen, was gerade passiert war. Zu allem Überfluss ärgerte ich mich auch noch über mein Unvermögen, mich zu beruhigen, was das Zittern meiner Knie nur verstärkte.

Ich war mir nicht sicher, ob er es absichtlich machte, aber Busch erwies sich auf der Autofahrt als wahrer Meister des eisigen Schweigens. Er würdigte mich keines Blickes, auch nicht, als wir uns von einer roten Ampel zur nächsten pirschten.

Schon bei seinem Schlagabtausch mit Heiko hatte ich gespürt, dass es bei Busch noch mehr gab als nur einen Kommissar, der aussah wie ein haarloser Gorilla und einige lockere Sprüche klopfte. Nach dem Ausbruch auf dem Parkplatz fragte ich mich zwangsläufig, ob der Mann vielleicht gefährlich war und ob die Zusammenarbeit mit ihm eine gute Idee war.

Bis vor einer Stunde hatte ich diese dunkle Seite des Kommissars nicht wahrgenommen, ja mir noch nicht einmal vorstellen können. Schon früher hatte ich mich so gründlich in Männern getäuscht, dass ich mich fragen musste, ob ich vielleicht meinen Beruf verfehlt hatte. Natürlich wollte ich Busch keinesfalls mit meinen früheren Partnern vergleichen. Ich schüttelte den Kopf, um diese unsinnigen Gedanken loszuwerden. Der Kerl hatte sich unmöglich benommen. Ende der Analyse.

Das Kopfschütteln brachte mir seine Aufmerksamkeit ein. »Woran denken Sie?«, fragte er arglos, als sei nichts gewesen.

»An nichts Bestimmtes. Wohin fahren wir?«, erwiderte ich, als Busch in einen schmalen Waldweg abbog.

»Jetzt wo wir Papas Arbeitsplatz kennen, dürfen wir doch Mamas Arbeit nicht auslassen, oder?«

Vor allem, weil es ja vorher so gut gelaufen ist, ergänzte ich in Gedanken.

»Wir sind schon da«, stellte Busch fest und parkte den Wagen routiniert vor einem flachen Neubau, in dem ein Kindergarten oder eine Grundschule untergebracht sein mochten. Ich erinnerte mich daran, dass Anni Brose Erzieherin gewesen war. Allerdings kannte ich mich mit Schulen und Kitas in Krefeld nicht sonderlich gut aus.

»Wo sind wir denn hier?«, fragte ich deshalb. Das flache Gebäude fügte sich harmonisch in den Wald ein, die Blätter rauschten sanft im Wind und die Vögel zwitscherten.

»Ach, das ist so eine von diesen alternativen Schulen. Sie wissen schon.« Es klang nicht besonders wertschätzend. Was für eine Überraschung.

Wir gingen zum Eingang, der verschlossen war. Busch klingelte. Eine männliche Stimme drang aus der Gegensprechanlage und fragte, was wir wollten. Busch nannte durchaus eindrucksvoll seinen Dienstrang und sein Anliegen.

»Sind wir denn nicht angemeldet?«, fragte ich.

»Damit habe ich schlechte Erfahrungen gemacht«, entgegnete Busch. »Schulen haben nie Zeit. Vor allem wenn es so esoterische sind wie diese hier.«

»Es ist immer schön, eine feste Meinung zu haben«, murmelte ich.

»Das finde ich auch«, stimmte Busch zu, als hätte er die Anspielung nicht verstanden.

Ein Mann, der knorriger war als die Bäume im Wald und gebeugter ging als Quasimodo, öffnete uns die Tür. Busch ließ seinen Ausweis aufblitzen und verkündete: »Wir möchten zur Schulleiterin.«

Wir folgten dem Mann, der zwar einen krummen Rücken hatte, aber weder schlurfte noch hinkte, durch einen Flur, dessen Boden braun und Wände grün waren. Im Gebäude herrschte eine Stille, wie ich sie in einem Schulgebäude nicht erwartet hatte.

Die Beschriftung für die Räume befand sich auf Holzscheiben neben den Türen und so konnte ich erkennen, dass wir uns an einigen Klassenräumen vorbei zum Sekretariat und schließlich zum Schulleitungsbüro bewegten. Der Mann klopfte an und wir traten ein.

Die Schulleiterin war eine Frau unbestimmbaren Alters, deren kastanienbraune Haare leicht gewellt bis weit über ihre Schultern reichten. Sie schaute verkniffen von ihrem Schreibtisch auf und fragte unwirsch: »Was wollen Sie?«

Busch zückte seinen Ausweis und marschierte direkt zum Tisch der Frau. »Mein Name ist Busch von der Kriminalpolizei und das ist meine Kollegin Frau Ellinger.«

Es war ein Zaubertrick. Wahrscheinlich hatte er den auch schon bei Marvins Therapeutin versucht, bei der Schulleiterin jedoch funktionierte er.

Die Frau war wie verwandelt, ihre feindselige Miene verschwand im Nichts und eben dorther erschien durch die Magie der Dienstmarke ein herzliches Lächeln. Sie stand auf und reichte uns die Hand. »Ach, wie unhöflich von mir, verzeihen Sie. Susanne Alsen.«

Sie kam um den Schreibtisch herum. Sie trug weite, farbenfrohe Gewänder im Siebzigerjahre-Retrolook. Ich dachte an Buschs Worte. *Esoterisch.* Auch wenn ich mich dagegen sträubte, war die Beschreibung absolut treffend.

»Wollen wir uns nicht setzen?«, fragte die Schulleiterin.

Wir nahmen dankend an. Als wir saßen, verschwand die Alsen nebenan. Busch warf mir einen irritierten Blick zu, woraus ich schloss, dass er mit dieser plötzlichen übertriebenen Freundlichkeit nichts anfangen konnte.

»Wir bekommen gleich einen Kaffee«, trällerte die Schulleiterin, als sie an den Tisch geweht kam und sich zu uns setzte. »Darf ich denn fragen, was Sie zu uns führt?«

Wir kamen nicht zum Antworten, denn die Sekretärin stolperte mit einem Tablett herein und baute die Kaffeetassen vor uns auf. Ich meinte, ihre Hände zittern zu sehen, aber ich konnte mich täuschen.

»Das ist ein sehr schöner Ort für eine Schule«, meinte Busch im Plauderton, während er zuschaute, wie der Kaffee seine Tasse füllte.

»Ja, vielen Dank. Es entspricht unserer Überzeugung, dass wir im Wald und vom Wald am meisten lernen können«, erwiderte die Leiterin mit zuckersüßer Stimme.

»Ich wusste nicht, dass die Waldorfschule so weit draußen liegt«, schaltete ich mich ein.

Eine senkrechte Falte auf der Stirn der Schulleiterin verriet, dass sie keinesfalls in der beständigen Glückseligkeit lebte, die ihr Lächeln suggerierte. Mit noch zuckersüßerer Freundlichkeit erklärte sie: »Wir sind eine Waldschule, keine Waldorfschule. Aber das wird oft verwechselt.«

»Tatsächlich? Wie interessant. Wo liegt denn der Unterschied?«, fragte Busch, als ob es ihn wirklich interessieren würde.

»Die Waldorfpädagogik geht auf Rudolf Steiner und seine Anthroposophie zurück.« Es klang ein wenig abfällig. »Wir dagegen richten uns nach einer seriösen Pädagogik und eindeutig wissenschaftlich erhärteten Tatsachen.«

Busch hing so gebannt an Frau Alsens Lippen, dass sie von alleine weitersprach. »Zum Beispiel, dass man in einer natürlichen Umgebung besser lernen kann. Die Luft, das Licht, die Klänge der Natur, die ganze Atmosphäre im Wald sind für das Lernen wie geschaffen. Und wir können viele Aktivitäten außerhalb des Gebäudes durchführen. Bewegung fördert auch das Lernen.«

Das waren alles Erkenntnisse, die in der deutschen Pädagogik seit mindestens neunzig Jahren keinen Neuigkeitswert mehr besaßen.

Busch ging darauf ein. »Ich habe schon gemerkt, wie beruhigend alleine das Gebäude wirkt.«

Die Schulleiterin nickte eifrig. »Nicht wahr? Das werden Sie an keiner anderen Schule in Krefeld finden.«

»Machen Sie denn viele Projekte?«, fragte Busch. »Im Wald?«

»Der Wald selbst wird immer wieder im Unterricht behandelt. Wir nehmen an Wettbewerben teil und sammeln Geld für bedrohte Wälder überall auf der Welt. Und wir führen häufig Altpapiersammlungen durch, um unsere Wälder zu schonen.«

»Das klingt gut.« Busch nahm noch einen Schluck Kaffee und setzte dann an: »Weswegen wir hier sind …«

Die Alsen hob eine Hand. Busch schaute verdutzt, schwieg aber. Dann seufzte die Schulleiterin schwer. »Ich weiß, warum Sie hier sind.«

Busch sagte: »Gut, das erleichtert unsere Aufgabe sehr.«

Die Schulleiterin nickte langsam. »Sie können mir glauben, das fällt mir auch nicht leicht.«

Ich hoffte, nicht allzu irritiert auszusehen. Busch sagte jedenfalls mit größter Selbstverständlichkeit: »Auch wenn es schwer ist, führt kein Weg daran vorbei.«

»Ja, ich weiß. Es ist nur … Wissen Sie, ich hätte die Angelegenheit auch gerne selbst geregelt. Ich hätte nicht gedacht, dass er … gleich zur Polizei geht.«

Sprachen die beiden über Anni Brose? Busch ließ sich nichts anmerken. »Ich finde, er hat genau richtig gehandelt, sich an uns zu wenden.«

»Gut. Sie haben sicher recht, Herr Busch. Aber … der Vorfall in der Betreuung war doch eigentlich ganz harmlos.«

Busch zog sein Notizbuch hervor, in dem vieles stehen

mochte, aber auf keinen Fall etwas zu der Angelegenheit, um die es nun ging. Er blätterte einige Seiten um und brummte: »Nun, es war wohl nicht für alle harmlos, wenn ich das richtig sehe.«

Ich setzte meine undurchdringlichste Therapeutinnenmiene auf und hoffte, den Redefluss der Schulleiterin nicht zu unterbrechen. Doch die konzentrierte sich ganz auf Busch, der über alle Vorgänge in der Schule bestens Bescheid zu wissen schien.

»Ja, ich weiß«, räumte sie ein. »Ich weiß auch, dass es nicht der erste Vorfall war.«

Busch schwieg.

»Aber ist diese … ich meine, sind diese Vorfälle denn nicht erledigt? Ich meine, jetzt, wo Anni tot ist?«

»Von wie vielen Vorfällen sprechen wir denn?«, fragte Busch mit einer Ruhe, für die ich ihn bewunderte.

Die Alsen zuckte mit den Schultern. »Das müsste ich nachsehen.«

Busch nickte ihr aufmunternd zu, sie ging an die Schränke hinter ihrem Schreibtisch, schloss einen stählernen Aktenschrank auf und nahm einen Ordner heraus. Sie begann, ziellos darin herumzublättern.

»Sind das Ihre Aufzeichnungen zu den Vorfällen?«

Die Schulleiterin nickte.

»Ich würde gerne einen Blick hineinwerfen«, teilte Busch mit.

Nun zögerte sie. Erst jetzt schien ihr klar zu werden, in welche Lage sie sich selbst gebracht hatte. Bis hierhin hatte sie jeden Schritt aus freier Entscheidung gemacht und nun konnte sie nicht mehr umkehren. Langsam kam sie zu uns zurück.

Busch nahm den Ordner und begann, aufmerksam die einzelnen Blätter durchzusehen. Es war ein Ordner mit breitem Rücken, der ungefähr zur Hälfte gefüllt war. Busch blieb äußerlich ganz ruhig, aber ich konnte sehen, wie sich seine Kiefermuskeln spannten.

Als er wieder aufblickte, war sein Blick hart und kalt. Er sagte: »Frau Alsen, sind das alle Aufzeichnungen?«

Sie wich seinem Blick aus. Und schwieg.

Busch ließ sich davon nicht beeindrucken. »Frau Alsen, Sie selbst haben hier über zwanzig Fälle dokumentiert, in denen Frau Brose Schutzbefohlene bedroht, beleidigt oder geschlagen hat. Sollten Sie diese Fälle nicht der Polizei gemeldet haben, stellt sich die Frage nach Ihrer Mittäterschaft.«

Die Schulleiterin antwortete wieder nicht. Nun wurde Busch ärgerlich. Ich kannte seine erschreckende Schnelligkeit bereits und auch den hasserfüllten Blick. Die Alsen zuckte wimmernd zusammen, als er ihren Arm packte und sie von ihrem Stuhl zog. Ich fragte mich, was ich selbst in dieser Situation unternommen hätte.

Busch beherrschte sich mühsam. »In Ordnung, Sie müssen nicht sprechen. Sie begleiten uns unverzüglich ins Präsidium. Und zwingen Sie mich nicht dazu, grob zu werden.«

36

Oliver

Ich war froh, als wir die scheinheilige Schulleiterin einigen Kollegen im Präsidium übergeben konnten. Vielleicht würde sie ein wenig gefügiger sein, wenn sie die üblichen Schikanen der Polizeibürokratie durchlaufen hatte.

»Woher haben Sie das gewusst?«, platzte die Ellinger plötzlich heraus, als die Fahrstuhltüren sich hinter uns geschlossen hatten. »Sie können das unmöglich gewusst haben.«

»Ich hatte keine Ahnung«, musste ich zugeben.

»Aber wie …?«

»Ich merke, wenn mir jemand etwas erzählen möchte. Und dann höre ich zu«, erklärte ich lapidar.

»Unglaublich«, meinte sie, was wahrscheinlich als Kompliment zu verstehen war.

»Macht es Ihnen zu schaffen, dass ich das ganz ohne psychologische Ausbildung hinbekommen habe?«, stichelte ich.

Sie schwieg und folgte mir auf den Flur in der dritten Etage.»Sind Sie etwa immer noch sauer?«, fragte sie, während sie versuchte, mit mir Schritt zu halten. »Aber warum denn?«

»Diese Scheinheiligkeit. Die Schulleiterin mit ihren bunten Hippiegewändern. Mit ihrem verklärten Lächeln. Und ihr Gefasel über den Wald …«

»Sie schienen daran sehr interessiert zu sein«, warf sie ein.

»›Wir machen regelmäßig Altpapiersammlungen, um den Wald zu schonen‹«, äffte ich die Alsen nach. Ich tat der Frau und all ihren Schwestern wahrscheinlich unrecht, aber in diesem Moment musste es einfach ausgesprochen werden. »Die halten bestimmt auch eine Mahnwache in Neustadt ab, als wäre es Tschernobyl. Wahrscheinlich atmen die sogar langsamer, um nicht so viel CO_2 auszustoßen.«

»Sie sollten eine satirisch-sarkastische Zeitungskolumne schreiben«, kommentierte die Ellinger.

Als ich mein Büro betrat, hatte sich schon wieder Besuch dort breitgemacht. Markus saß auf meinem Stuhl und unterhielt sich mit meinem abtrünnigen Partner Lars in aller Seelenruhe bei einem Donut über den Fall im Stadtwald.

»Du hast dich verbessert«, kommentierte Markus mit einem Blick auf meine Partnerin auf Zeit und irgendwie schaffte er es, dass es nicht anzüglich klang.

»Hier, bitte«, sagte Lars und hielt uns eine Pappschachtel hin. Natürlich war es ein Klischee, aber ich griff trotzdem zu. Noch nicht einmal die Ellinger zierte sich und griff nach einem Donut mit extra dickem Zuckerguss.

Ich brummte etwas Unbestimmtes zur Antwort und fragte dann: »Was macht euer Fall?«

»Bereitet uns ganz schön Kopfzerbrechen«, räumte Markus ein. Dann erklärte er Daniela Ellinger kurz die wesentlichen Punkte des Falls der hängenden Leiche.

»Erinnerst du dich an diesen armen Teufel, der schon eine Weile in seiner Wohnung lag?«, fragte ich kauend. »Ist so acht, neun Jahre her. Die Nachbarn haben uns gerufen, als der Gestank zu stark wurde. Der hatte sich auch schon aufgelöst.« Ich merkte, dass die Ellinger aufgehört hatte zu kauen und ermahnte mich, es nicht zu übertreiben.

»Ja, das vergisst man nicht«, gab Markus mit vollem Mund zurück. »Aber bei unserem ist es ja etwas anders. Der hing ja so lange im Baum.«

»Im Stadtwald?«, erkundigte sich die Psychologin.

»Genau. Kennst du den Spazierweg am See entlang, die große Eiche, bevor man zum Deuss-Tempel abbiegt?«

Die Ellinger nickte. »Wer kennt den nicht?«

»Und genau da hing der Mann. Mitten über dem Weg.«

»Faszinierend«, bemerkte sie.

»Er hing dort über zwei Wochen und in der ganzen Zeit hat niemand nach oben geschaut«, erklärte Lars. Dabei sah er zwar vordergründig mich an, schielte aber zu der Psychologin hinüber.

»Da ist es immer so voll, man muss auf den Weg schauen, sonst wird man über den Haufen gerannt«, schlug ich vor.

»Ja, das kann sein«, stimmte Lars zu.

»Wie voll ist es denn dort?«, fragte die Ellinger.

Lars lächelte triumphierend. »An einem normalen Sommertag kommen jeden Tag ungefähr vier- bis fünfhundert Menschen dort vorbei. An den Wochenenden natürlich noch mehr«, erklärte er stolz.

Ach du meine Güte. »Was genau macht euch da eigentlich Kopfzerbrechen?«

»Die Todesursache.«

»War es nicht der Strick?«

Markus verdrehte die Augen. »Natürlich der Strick. Und alles sieht nach Selbstmord aus. Aber es ist nicht stimmig.«

»Dabei haben wir sogar einen Brief. Aber Stefan hat seine Zweifel. Und ich auch.« Wenn der Polizeipsychologe Dr. Stefan Klein Zweifel hatte, war das ernst zu nehmen. Markus ergänzte: »Am meisten irritiert mich, dass ich überhaupt kein Motiv erkennen kann. Wir haben herausgefunden, dass unser Mann im Drogenhandel aktiv war. Hatte einige Straßendealer unter sich und befand sich auf dem aufsteigenden Ast.«

»So einer bringt sich nicht einfach um«, sinnierte ich.

»Oder wenn, dann wählt er eine spektakulärere Methode«, meinte die Ellinger.

»Das hat Stefan auch gesagt«, bestätigte Markus. »Vor einen Hochgeschwindigkeitszug springen oder von einer Autobahnbrücke in den Feierabendverkehr. Oder sich mit einer Schrotflinte den Schädel wegpusten.«

»Erhängen ist was für Warmduscher«, stimmte ich zu.

»Also war es Mord?«, fragte die Psychologin.

»Ja, da wird es jetzt interessant«, sagte Markus. »Der Mann hatte ungefähr zehntausend Feinde, denen ich zutraue, ihn umzubringen. Aber keiner von denen würde ihn auf einen elf Meter hohen Baum schleppen und erhängen.«

Die Ellinger nickte. »Die würden ihn offen und brutal ermorden.«

»Um ein Zeichen zu setzen. In der Branche ist das eine gute Visitenkarte«, fügte Lars hinzu. Woraufhin die Psychologin ihn anlächelte und er rot wurde.

»Unser Täter war übrigens auch im Drogenmilieu aktiv«, erinnerte ich mich. »Matthias sitzt dran.« Kriminaloberkommissar Matthias Teubner bearbeitete unseren Fall vom KK 23 aus, das für Rauschgiftdelikte zuständig war.

»Pass mal auf, hinterher kannten die beiden sich noch«, meinte Markus.

»Und die Fälle hängen zusammen«, ergänzte Lars.

Nachdem wir alle ausgiebig über diese Möglichkeit gelacht hatten, wischten wir uns Schokolade und Zuckerguss von den Händen und machten uns auf den Weg. Auf dem Flur sah ich mich unvermittelt Egon gegenüber, der auf den letzten Drücker anhalten konnte, um nicht mit mir zusammenzuprallen. Egon Kamenik war mit seiner Partnerin Marla Schickel das Duo infernale im Kommissariat, ging so ziemlich jedem auf die Nerven, hatte sich aber ganz besonders auf Markus eingeschossen. Den konzentrierten Blicken von Markus und mir war er jedoch nicht gewachsen und er schlug lieber einen großen Bogen um uns.

37

Daniela

Die dritte Sitzung der Mordkommission glich den ersten beiden, diesmal war auch wieder der Staatsanwalt dabei. Niklas Macke war ein nüchterner Mann, den so leicht nichts aus der Fassung brachte. Und bis jetzt war das auch im Fall Brose so geblieben. Er folgte der Besprechung mit regloser Miene.

Reinhold bat alle Anwesenden, nacheinander zu berichten, was sie erfahren hatten. Als Busch von der Befragung von Frank Cagas berichtete, nickte Staatsanwalt Macke. »Illegaler Waffenbesitz«, brummte er. »Streng genommen sogar ein geplanter Mord.«

Busch sagte: »Ach, kommen Sie. Denken Sie daran, was der Mann alles durchgemacht hat.«

»Ich kann die Angelegenheit nicht einfach auf sich beruhen lassen«, beharrte Macke.

»Der Mann hat Mitleid verdient, kein Strafverfahren«, stellte Busch fest.

»Ohne Gegenleistung ist da nichts zu machen«, entgegnete Macke.

»Aber er ist doch kooperativ, oder? Haben Sie ein Herz.«

»Herr Busch, glauben Sie denn, ich haue den Mann in die Pfanne, nachdem er nicht nur dem Irren Iwan, sondern auch noch dem Terror durch seine Nachbarn entkommen ist?«, fragte Macke verschnupft.

Busch antwortete nicht.

Der Staatsanwalt erklärte: »Ich sagte, ohne Gegenleistung kann ich ihn nicht laufen lassen, also wird er mir eine geben. Und wenn ich sie eigens für den Mann konstruieren muss.«

Nun nickte Busch zufrieden.

Reinhold fragte: »Und für unseren Fall scheidet Cagas aus?«

»Er hatte eine Pistole ohne Patronen«, antwortete Busch.

»Was war dein Eindruck?«, fragte Reinhold mich.

»Er wirkte glaubwürdig, als er erklärte, dass er an den Morden nicht beteiligt war. Ich glaube nicht, dass er imstande gewesen wäre, die Morde auch nur als Zeuge zu ertragen.«

Heiko, der neben mir saß, nickte zur Bestätigung. »Hätte der Mann seine Waffe einsatzbereit gehabt, wäre er direkt auf seine Nachbarn losgegangen, wenn die zu laut waren. Ob er überhaupt fähig gewesen wäre, seine Waffe auch einzusetzen, möchte ich allerdings bezweifeln.«

Reinhold seufzte. »Dabei sah das doch ganz vielversprechend aus.«

Busch wirkte sehr zufrieden, als er sagte: »Manchmal ist eben doch der Täter der Mörder.« Was natürlich hervorragend in Buschs Pläne zur Sicherungsverwahrung und zum weggeworfenen Schlüssel passte.

Katrin kicherte, Reinhold zog eine Grimasse. »Was gibt es denn Neues von unserem Täter?«

Heiko berichtete in knappen Sätzen von unseren Beobachtungen und Marvins Befragung. Der Staatsanwalt machte sich einige Notizen und fragte: »Und was bedeutet das?«

»Das kann ich noch nicht genau sagen«, antwortete Heiko ruhig. »Unsere Informationen sind noch unzureichend. Marvins gewalttätiger Ausbruch kam überraschend. Es gibt zwei mögliche Erklärungen. Zum einen könnte er wirklich unter einer multiplen Persönlichkeitsstörung leiden. Dann hätten wir heute die zweite Person erlebt, also diejenige, die für die Morde verantwortlich ist.«

An den Gesichtern konnte ich deutlich sehen, dass diese Erklärung keinem der Anwesenden gefiel. Mich eingeschlossen.

»Oder«, erklärte Heiko, »er simuliert bloß.«

»Aber ...«, setzte Reinhold an. »Ist das nicht unglaublich schwierig?«

»Schwierig, ja. Aber nicht unmöglich«, gab Heiko zurück.

Er hat mit mir gespielt.

»In diesem Fall wäre der Junge gefährlich«, vermutete Reinhold.

Ich komme mit allem durch.

»Äußerst gefährlich«, bestätigte Heiko. »Dann hätten wir es mit einem Fall von antisozialer Persönlichkeit zu tun.«

»Ein Psychopath«, brachte Busch die Sache für alle auf den Punkt.

»Korrekt«, sagte Heiko.

»Wir haben bereits einige Anhaltspunkte dafür, dass der Junge schon als Kind auffällig war«, erinnerte Busch.

»Das ist richtig«, schaltete ich mich ein. »Aber auch das ist kein Beweis für die eine oder die andere Variante. Er könnte schon früh die Züge antisozialer Persönlichkeit gezeigt haben. Genauso gut könnte er schon als Kind die zweite Persönlichkeit in seinem Kopf ausgebildet haben.«

Heiko ergänzte: »Das wäre ungewöhnlich, aber nicht unvorstellbar. Ein Erklärungsmodell für die multiple Persönlichkeitsstörung besagt, dass die Störung auf schwere Traumatisierungen in der frühen Kindheit zurückgeht. Wenn Marvin also als ganz kleines Kind ein traumatisches Erlebnis von besonderer Schwere erlebt hat, könnte er darauf mit der Bildung einer zweiten Persönlichkeit reagiert haben.«

Über Buschs Stirn zogen sich tiefe Falten. »Über was für Traumatisierungen reden wir denn?«

»Zum Beispiel Misshandlung«, antwortete ich.

»Darüber ist uns noch nichts bekannt, oder?«, fragte Reinhold.

Alle schüttelten den Kopf. »Er war doch in diesem Kinderheim«, erinnerte sich Katrin.

Ich schüttelte den Kopf. Busch und ich antworteten gleichzeitig wie aus einem Mund. »Das reicht als Erklärung nicht aus.«

»Meine Güte, ihr arbeitet kaum zwei Tage zusammen und schon seid ihr gleichgeschaltet«, bemerkte Reinhold mit einem vielsagenden Lächeln. »Ich freue mich, dass die Zusammenarbeit so gut funktioniert.«

Busch schaute zum Fenster hinaus, wo er offenbar etwas unglaublich Interessantes entdeckt hatte.

Auch auf weitere Nachfragen konnte niemand ein Ereignis in Marvins Kindheit benennen, das auch nur annähernd als Auslöser für eine so tief greifende Persönlichkeitsstörung infrage gekommen wäre. »In Ordnung, da müssen wir anscheinend noch weiter ermitteln, bis sich die Sache klärt«, sagte Reinhold abschließend. »Haben wir noch etwas Neues über dieses faszinierende Mietshaus?«

Katrin räusperte sich. »Nun ja, ich glaube, wir werden keinen einzigen Nachbarn finden, der keine Mordgedanken hegte und jetzt nicht froh ist, dass die Broses allesamt im Leichenschauhaus liegen.«

»Das ist mir klar«, entgegnete Reinhold. »Ich meinte, ob es neue Informationen gibt, so wie die Sache mit der Pistole.«

Busch berichtete von dem geistig behinderten Bibliothekar und dessen Helfer. »Auf den Mann bin ich neugierig geworden. Wir sollten mit ihm sprechen. Auch Dirk selbst können wir noch einmal befragen. Bei so detaillierten Aufzeichnungen, wie der gemacht hat, fällt ihm vielleicht noch etwas ein, das uns weiterhelfen könnte.«

»Das machen wir«, stimmte Reinhold zu. »Was ist mit der Mutter? Hat die noch andere Leute bedroht?«

Für den Staatsanwalt fasste ich in knappen Worten den Sachverhalt zusammen, wie Frau Cagas ihn uns geschildert hatte.

»Interessant«, murmelte Macke. »Das ist Nötigung. Eine Straftat. Warum hat die Frau sich nicht an die Polizei gewandt?«

»Die Nachbarn haben sich an die Polizei gewandt«, erklärte Busch gedehnt. »Sehr häufig sogar. Aber wir konnten ihnen nicht helfen.«

Macke antworte geduldig. »Wenn Frau Brose tatsächlich mit dem Jugendamt gedroht hat und das im Beisein der deutlich minderjährigen Kinder der Familie Cagas, liegt öffentliches Interesse vor. Die Verwerflichkeit der Drohung ist in jedem Fall gegeben.«

Das war ein wenig zu juristisch für meinen Geschmack. »Heißt das, sie wäre angeklagt worden?«

»Ohne Zweifel«, bestätigte Macke.

»Aber doch nicht als Ersttäterin«, warf Busch ein.

»Warum nicht?«, hielt der Staatsanwalt dagegen. »Einstellung der Ermittlungen gegen Geldstrafe. Aber das ist es gar nicht, was den größten Schaden für Frau Brose bedeutet hätte.«

»Nicht?«

»Stellen Sie sich vor, das wäre an ihrer Schule bekannt geworden. Oder den Eltern der anderen Schüler. Eine Erzieherin, gegen die die Polizei wegen Nötigung, Bedrohung einer

Mutter und ihrer Kinder ermittelt. Die Frau wäre als Erzieherin nicht mehr tragbar gewesen«, erklärte Macke. »Schon gar nicht in einer Privatschule.«

»Das klingt für mich trotzdem ziemlich theoretisch«, wandte Busch ein.

»Warum theoretisch? Die Gesetze gelten für jeden.«

Irgendetwas an den Ausführungen des Staatsanwalts machte Busch sauer. »Machen wir uns nichts vor«, polterte er. »Die Broses waren gefährlich. Frau Cagas hatte Angst. Zu Recht! Wer hätte sagen können, wie die Broses reagiert hätten, wenn polizeiliche Ermittlungen aufgenommen worden wären?«

Der Staatsanwalt betrachtete den Kommissar schweigend.

Busch redete sich in Rage. »Auch eine arbeitslose Hartz-IV-Mutter kann nicht alle ihre Kinder im Blick haben. Jede Minute des Tages. Und wer hätte Polizeischutz angeordnet wegen eines Nachbarschaftsstreits?«

Macke schwieg. Vielleicht hätte es mich ja beruhigen sollen, dass er nicht nur auf mich in seiner aggressiven Art losging.

Busch setzte nach: »Und es ist ja nicht so, dass man an der Schule nicht gewusst hätte, was für eine Frau Anni Brose war. Die Schulleiterin hätte auch das vertuscht und es wäre überhaupt nichts passiert. Glauben Sie mir, auch in diesem Fall hätten wir die Familie Cagas kläglich im Stich gelassen.«

38

Oliver

Ich ermahnte mich selbst, die Konfrontation mit dem Staatsanwalt nicht zu weit zu treiben, denn das war der Karriere bestimmt nicht förderlich. Aber wie alle anderen Juristen auch schien er mir ein eiserner Anhänger der Überzeugung zu sein, man könnte alles, sogar das menschliche Leben, durch Rechtsnormen in den Griff bekommen.

Also erklärte ich Macke nicht, wie gut ich Frau Cagas verstehen konnte, dass sie sich nicht gewehrt hatte. Nicht zuletzt deshalb, weil wir als Polizei in diesem Fall versagt hatten. Weder wir noch das Ordnungsamt hatten es vermocht, den Nachbarn zu helfen, sondern deren Ohnmacht und Hilflosigkeit nur noch verstärkt. Und auch ein Staatsanwalt, der über Nötigung lamentierte, während Marvin auf die Wäsche der Nachbarn pinkelte und der Vater mit Hundescheiße um sich warf, wäre wenig hilfreich gewesen.

»Was ist mit Sven?«, erkundigte sich Reinhold noch.

Otto berichtete: »Wir waren in seinem Boxklub. Dort war niemand gut auf ihn zu sprechen. Alle wussten davon, dass er gerne mal zuschlug und anderen zeigte, wer der Stärkere war.«

»Aber darum geht es doch beim Boxen«, hakte die Ellinger nach.

»Er stand kurz vor dem Rauswurf«, erklärte Otto. »Beim Boxen geht es um Selbstbeherrschung, Disziplin und Friedfertigkeit. Hat uns der Trainer zumindest gesagt.«

Als wir nach der Sitzung in meinem Büro einliefen, saß Lars immer noch an seinem Schreibtisch und brütete über einem Blatt Papier.

»Meine Güte, Lars«, sagte ich mit gespieltem Husten. »Hier ist ja schon alles voller Rauch. Hat sich das Denken denn wenigstens gelohnt?«

Er schaute mich grimmig an. »Ich werde aus diesem Abschiedsbrief einfach nicht schlau«, erwiderte er.

Ich ließ mich in meinen Stuhl fallen. »Zeig mal her«, forderte ich ihn auf. Ich war zwar auch kein Experte, aber manchmal half eine zweite Meinung weiter, einfach weil sie unbefangen war. Lars reichte mir den Zettel und bemühte sich nach einem Seitenblick auf die Psychologin um eine einigermaßen salonfähige Körperhaltung.

»Ein Computerausdruck«, stellte ich erstaunt fest.

»Abschiedsbriefe sind meist mit der Hand geschrieben«, teilte Lars mit. »Hier haben wir die andere Variante, aber das ergibt einfach keinen Sinn.«

Ich las: »Ich habe in meinem Leben viele Fehler gemacht. Ich bereue sie. Ich kann mit der Schuld nicht mehr leben. Möge Gott mir vergeben.« Das war es auch schon. »Der Kringel hier ist wohl seine Unterschrift?«

»Ja«, bestätigte Lars. »Kommt auch so ungefähr hin, wir haben es mit seinen Unterlagen verglichen.«

»Kein Mann vieler Worte«, meinte ich.

Lars nickte. »Auch das passt. Die meisten Leute beschrieben ihn als sehr wortkarg. Eher mürrisch und verschlossen.«

»War er denn ein religiöser Mensch?«, fragte die Ellinger.

»Er war getauft und immer noch Mitglied der katholischen Kirche.«

»Das war der Pate auch«, warf ich ein.

»Und das ist der Punkt«, nickte Lars. »Es gibt keine Anzeichen für Religiosität oder Glauben.«

»Ist das nicht dasselbe?«

»O nein, das ist ein himmelweiter Unterschied. Religiöse Menschen beten, gehen in die Kirche und führen andere religiöse Handlungen aus. Gläubig ist ein Mensch, wenn er an Gott glaubt, das muss er aber nicht unbedingt in der Gemeinschaft mit anderen praktizieren. Das sind zwei verschiedene Dinge.«

Ich dachte an die Anlässe, zu denen ich in die Kirche ging. Die letzten Male war es immer aus dienstlichen Gründen gewesen, bei den Trauerfeiern für Mordopfer, bei denen ich einen Blick auf die Trauergemeinde werfen wollte.

»In Ordnung«, sagte ich. »Und bei ihm gab es keins von beidem?«

»In der Kirchengemeinde war er unbekannt und in seiner Wohnung gab es keine religiösen Symbole. Keiner, der ihn kannte, hat berichtet, dass er in letzter Zeit oder überhaupt jemals über religiöse Themen gesprochen hat.«

»Dann ist der Brief eine Fälschung«, sagte ich lapidar.

»So weit war ich auch schon«, entgegnete Lars. »Aber es ist eine so schlechte Fälschung.«

»Vielleicht war es dem Täter egal, ob ihr es bemerkt?«, schlug ich vor.

»Oder er wollte uns damit herausfordern. Uns demonstrieren, dass wir selbst mit so einer plumpen Fälschung nicht in der Lage sind, ihn zu fassen.«

Dann schaltete die Ellinger sich wieder ein. »Es könnte aber auch sein, dass uns der Mörder in diesem Brief seine Einschätzung mitteilt. Der Mörder ist der Meinung, das Opfer habe Schuld auf sich geladen, die von einem weltlichen Gericht nicht gesühnt werden kann, und brachte ihn deshalb um, damit Gott über ihn richtet.«

Lars und ich tauschten einen Blick aus, der besagte: Warum ist uns das nicht eingefallen?

»Ähm, ja. Eine interessante Idee«, räumte Lars ein.

»Das würde bedeuten«, nahm ich den Gedanken auf, »dass der Mörder eine Person ist, die über andere urteilt.«

»Er würde sagen, dass er das Urteil Gott überlässt, obwohl er selbst über andere urteilt und auch glaubt, dass er das Recht hat, zu töten.«

Lars machte sich Notizen. »Ja, das könnte tatsächlich sein.«

»Und das bedeutet …«, begann ich, wurde aber von Markus unterbrochen, der in unsere Runde hereinplatzte.

»Lars, ich glaube, der Mörder ist keiner dieser Drogentypen. Im Gegenteil, es ist einer von außen, der etwas gegen diese Dealer hat.«

»Darauf sind wir auch gerade gekommen«, antwortete Lars.

Markus stutzte. »Hast du keinen eigenen Fall, Oliver?«

»Ich fühle mich unterfordert und greife euch etwas unter die Arme«, behauptete ich.

»Der Mord muss sich auch nicht unbedingt auf die Drogen beziehen«, bemerkte die Ellinger.

Unsere Blicke richteten sich auf die Psychologin und sie fügte hinzu: »Der Mörder kann auch über ganz andere Verfehlungen geurteilt haben, es müssen nicht die Drogen sein. Es kann uns noch so unbedeutend erscheinen, doch für den Mörder ist es verwerflich.«

»Aber das bedeutet ja …«, seufzte Lars. »O Mann, gerade dachte ich noch, wir wären einen Schritt weitergekommen. Aber das heißt ja jetzt, es könnte so gut wie alles gewesen sein.«

»Richtig«, bestätigte die Ellinger.

»Vielleicht hat er nie anderen Menschen die Tür aufgehalten«, schlug Markus vor.

»Oder immer auf dem Frauenparkplatz geparkt«, ergänzte ich.

»Er könnte auch geschnarcht haben«, spielte die Ellinger mit.

»Nicht auszudenken«, sagte Markus und verdrehte die Augen. »Komm, Lars. Wir haben einiges zu tun.«

Wir schauten den beiden über den Flur hinterher. »Ein vertrackter Fall nach dem anderen«, meinte ich nachdenklich.

»Und Sie glauben nicht an Zufälle«, erinnerte die Ellinger mich.

»Das stimmt.«

»Sind zwei so vertrackte Fälle zur selben Zeit denn Zufall?«, half sie mir auf die Sprünge.

Die Ellinger entwickelte sich langsam, aber sicher zu einer echten Aushilfspolizistin. Zwar reichte es bei Weitem nicht aus, wenn zwei schwierige Fälle gleichzeitig auftauchten, damit ich misstrauisch wurde und nach Verbindungen suchte.

Aber bei näherer Betrachtung waren beide Fälle doch auf eine ganz ähnliche Art und Weise bizarr und rätselhaft.

»Eine Informationsquelle haben wir uns noch gar nicht näher angeschaut«, stellte ich fest, ohne mich auf ihre Spekulationen über Querverbindungen zwischen seltsamen Fällen einzulassen. Stattdessen nahm ich den Ordner zur Hand, den mir Dirk Springer, der geistig behinderte Nachbar der Broses, gegeben hatte.

Die Blätter waren alle nummeriert, deshalb konnte ich schnell feststellen, dass der Ordner insgesamt neunundsiebzig Seiten umfasste. Er deckte den Zeitraum von März 2011 bis September 2012 ab, die letzte Eintragung stammte von dem Abend, an dem Marvin seine Familie umgebracht hatte. Dirk hatte mit kleiner sauberer Handschrift penibel notiert: *Stühlerücken, dann Stille.*

Die Eintragungen waren in Tabellenform geführt. Es gab immer Datum und Uhrzeit, dann eine kurze Notiz zum Vorfall und auch, was Dirk unternommen hatte. Als ich zu den Eintragungen im August zurückblätterte, erkannte ich schnell, dass bei den Broses laute Musik in der Regel ab einundzwanzig Uhr eingesetzt und mindestens bis Mitternacht, meist aber bis ein Uhr am Morgen gegangen war. Die Intensität der Lautstärke beschrieb Dirk unterschiedlich, mal als *sehr laut*, mal als *extrem*, dann wieder als *ohrenbetäubend*.

Ich teilte der Ellinger meine Erkenntnisse mit. Sie fragte: »Wie kann man unter solchen Umständen wohnen?«

Ich zuckte mit den Achseln. Interessant war vor allem der Eintrag über das Stühlerücken. Dadurch wussten wir, dass Marvin um einundzwanzig Uhr siebzehn Stühle in der Wohnung verrückt hatte, das also wahrscheinlich der Moment gewesen war, in dem er seine Eltern und seinen Bruder an der Decke aufgehängt hatte. Ich überflog die Eintragungen, fand Lärm und noch mehr Lärm dokumentiert.

Nach drei Seiten stieß ich auf ein Papier, auf dem keine Tabelle zu sehen war. Es sah eher aus wie ein Gesprächsprotokoll, wie wir es auch von Befragungen anfertigten. Ich runzelte die Stirn und begann zu lesen.

»Was ist das?«, fragte die Ellinger.

»Es ist ein Wortwechsel zwischen dem Vater und der Mutter vom Juni«, antwortete ich und las es vor.

27. Juni 2012, 23:18 Uhr. Poltern und Geschrei. Gewalt?

Vater: Anni, er ist sechzehn Jahre alt.

Mutter: Ich brauche den Platz.

V: Sven ist neunzehn.

M: Na und?

V: Die Zimmer können nicht so bleiben.

M: Natürlich können sie das.

V: Die Jungs brauchen …

M: Die Jungs haben alles, was sie brauchen.

V: Aber …

M: Willst du sagen, die Jungs bekommen nicht alles, was sie brauchen?

V: Nein, ich …

M: Glaubst du, dass ich eine schlechte Mutter bin?

V: Ich meine, die Jungs sind zu alt, um noch …

M: Du liebst mich nicht mehr!

V: Anni!

M: Willst du das etwa damit sagen? Willst du mich verlassen?

V: Anni, das ist doch Unsinn.

M: Ich rede Unsinn? Erst bin ich eine schlechte Mutter, dann sagst du mir, dass du mich nicht mehr liebst, jetzt rede ich also auch noch Unsinn?!

V: Anni …

M: Du bist so ein Arschloch!

Türenschlagen, dann extrem laute Musik

»Was für liebenswerte Leute«, war alles, was mir dazu einfiel.

»Ich glaube nicht, dass Dirk Springer an der Tür gelauscht hat«, meinte die Ellinger.

»Ich auch nicht«, sagte ich.

»Er würde wohl auch nicht mit einem Stethoskop an der Wand stehen.«

Ich musste grinsen.

»Und das heißt doch«, folgerte die Ellinger, »dass die beiden in einer unglaublichen Lautstärke geschrien haben müssen, wenn ein Nachbar ein solches Protokoll erstellen kann.«

»Richtig«, stimmte ich zu. »Sie sind mir wieder einen Schritt voraus. Ich bin immer noch schockiert über den Wortwechsel.«

»Der hat es in sich«, bestätigte sie.

»Sie macht ihn total fertig!«

»Sie ist eine Meisterin. So, wie sie mit ihrem Mann kommuniziert, hat er überhaupt keine Chance gegen sie. Wir nennen dieses Kommunikationsmuster ein Doublebind.«

»Aha«, sagte ich nur, denn ich war der Meinung, in meinem Büro und nicht in einer Psychologievorlesung zu sitzen.

»Das bedeutet, sie bietet ihm immer zwei Möglichkeiten an, wie er reagieren kann. Und jede auch nur denkbare Reaktion wendet sie sofort gegen ihren Mann. Er hat von vornherein verloren.«

So viel war mir auch klar.

»Aus der Forschung ist bekannt, dass in Familien, in denen die Kommunikation gegenüber den Kindern vom Doublebind bestimmt wird, überdurchschnittlich häufig Schizophrenie auftritt.«

Jetzt endlich ging mir ein Licht auf. Meine Partnerin sah in dem Wortgefecht nicht nur einen Streit unter Eheleuten, die sich ganz offensichtlich nicht liebten, sondern einen Hinweis auf ein generelles Problem und einen Einflussfaktor auf Marvin. »Wir müssten also mehr darüber wissen, wie die

Mutter mit ihren Söhnen gesprochen hat?«, fragte ich gedehnt.

»Das wäre hilfreich.«

»Aber die Mutter ist doch tot«, hörte ich eine Stimme von der Tür her. Sie gehörte dem Kollegen Matthias Teubner vom KK 23.

»Dich schickt der Himmel«, sagte ich und winkte ihn herein.

39

Daniela

Buschs Dankbarkeit für diese Ablenkung war mit Händen greifbar.

»Was ist denn mit der Mutter von diesem Typen?«, fragte Matthias.

»Die hat ihren Mann als Arschloch beschimpft«, teilte Busch mit.

»Es geht doch nichts über einen kultivierten Umgangston«, bemerkte Matthias trocken.

»Ja, und wenn man so mit jemandem spricht, wird der verrückt davon.«

»Wenn man jemanden ein Arschloch nennt?«

»Nein, wenn man mit ihm ein *Bubblemind* macht«, erläuterte Busch.

Ich war mir nicht sicher, ob er das absichtlich machte, aber ich korrigierte ihn geduldig. »*Doublebind* heißt das.«

»Wie auch immer«, sagte Busch mit einer wegwerfenden Handbewegung. »Bei dieser Mutter hatte der Junge wohl eine ganz schwere Kindheit und vielleicht müssen wir uns über seine bösen Taten gar nicht mehr wundern.«

Hier war er wieder, der sarkastische Kommissar, der rein gar nichts von Psychologie hielt. Nun ja, vielleicht musste ich dankbar sein, dass nicht der explosive zurückgekehrt war und mir seine Pistole an den Kopf hielt.

Ich schaute ihm in die Augen und sagte so ruhig wie möglich: »Sie werden unsachlich.«

»Ach, Oliver wird ganz leicht unsachlich, wenn ihm was nicht in den Kram passt«, meinte Matthias unbekümmert und bestätigte damit einen Verdacht, den ich schon länger hegte.

»Das liegt am Thema«, erklärte Busch. »Immer wenn ein Täter eine schwere Kindheit hatte, muss ich einfach unsachlich werden.«

»Es kann Faktoren in der Kindheit geben, die …«, versuchte ich es.

»Vor zwei Wochen hat so einer mit einer Schrotflinte auf mich geschossen«, unterbrach Matthias mich. »Ich habe immer noch drei Kugeln im Bein und der Arzt sagt, wir müssen erst warten, bis die gewandert sind, bevor wir operieren können. Der Typ hatte wahrscheinlich auch eine schwere Kindheit.«

»Garantiert sogar«, sprang Busch ihm bei. »Warte mal die Verhandlung ab. Bestimmt hat seine Mama ihren vierten Mann mit einer Schrotflinte erschossen und er verspürt nun den Zwang, die Tat immer und immer zu wiederholen, um sie verarbeiten zu können. Vielleicht verklagt er dich sogar, weil du ihn um die Chance gebracht hast, sein Trauma zu bewältigen.«

»Mach keine Sachen.«

»Was hast du denn mit dem Ärmsten gemacht?«, wollte Busch wissen.

»Für den ist die Familienplanung definitiv vorbei«, grinste Matthias.

»Prima! Aber wahrscheinlich bist du doch nicht hergekommen, um zu verkünden, dass du der Welt eine weitere Generation verbrecherischen Abschaum erspart hast.«

»Da hast du recht. Wir sind mit Marvin und seinen Drogenkontakten vorangekommen.«

»Das sind gute Nachrichten«, meinte ich, erleichtert darüber, dass damit die Machosprüche beendet waren.

»Freu dich nicht zu früh«, dämpfte Matthias gleich meine Erwartungen. »Die ganze Szene ist im Umbruch. Und Marvin war nicht gerade ein großer Fisch.«

»Eins nach dem anderen«, bat ich.

»In Ordnung. Wir haben damit begonnen, die Hafenszene abzuklappern, weil wir glauben, dass er in Uerdingen aktiv war. Aber so lange wie das bis jetzt schon gedauert hat, dachte ich, euch würde bestimmt ein Zwischenstand interessieren.«

Busch nickte. »Es kann nicht schaden.«

»Wir glauben also, er gehörte zur Szene in Uerdingen«, nahm Matthias den Faden wieder auf. »Aber er scheint doch eine ziemlich kleine Nummer gewesen zu sein.«

»Ein Dealer?«, fragte ich.

»Ja, anscheinend ein Dealer der untersten Ebene. Er war wohl nicht auf der Straße aktiv, sondern eher auf Partys und in Diskotheken.«

»Ohne seine Tütchen hätte er wahrscheinlich die Gesichtskontrolle nicht überstanden«, brummte Busch abfällig. Ich machte mir nicht mehr die Mühe, das zu kommentieren, denn es war ja nicht neu, dass Busch die Todesstrafe für Marvin befürwortete.

Matthias lachte. »Das kann sein. Der hat ja schon was von einer Ratte, oder?«

»Womit hat er denn gedealt?«, wollte Busch wissen.

»Überwiegend mit Ecstasy.«

»Nicht gerade die harten Sachen.«

»Nee, aber sehr einträglich«, gab Matthias zu bedenken. »In Uerdingen wird die Szene neu sortiert. Vor zwei Wochen ist das Oberhaupt eines russischen Clans ermordet worden, der vorher alles fest im Griff hatte. Der Clan verliert an Einfluss und andere wollen einen Teil vom Kuchen. Ich könnte mir vorstellen, dass Marvin zu einem Dealer gehörte, den man den ›Kraken‹ nennt.«

»Wie originell«, brummelte Busch.

»Der hat ganz gute Verbindungen. Hat sich mit allen anderen arrangiert und ist vornehmlich in Diskotheken aktiv. Nicht gewalttätig.«

»Ein Kuschelbär-Dealer?«, ätzte Busch.

»Eher untergewichtig. Eindeutig kein Kuschelbär.«

»Ihr seid euch noch nicht sicher mit diesem Kraken?«, brachte ich die Männer wieder auf Kurs.

»Nein, wir sind noch dran. Aber ich glaube, die Drogenverbindungen von eurem Täter sind noch das Langweiligste an ihm.«

Ich dachte an das Wohnzimmer zurück, die hängenden Leichen und den Schock, mit dem wir alle in diesen Fall eingestiegen waren. Marvins Anfälle, die angeschnittene Zunge, sein Angriff auf die Pfleger, an seine Therapeutin und an die ganze Familie.

Obwohl es noch so warm war, dass Matthias im kurzärmligen Hemd herumlief, fröstelte es mich. »Das könnte stimmen«, murmelte ich.

40

Oliver

Matthias verschwand über den Flur in Richtung KK 23 und ließ uns allein in meinem Büro zurück. Die Ellinger und ich schwiegen uns eine Weile an.

»Was jetzt?«, fragte die Psychologin schließlich.

»Ich weiß nicht, wie es Ihnen geht, aber ich würde gern mit der Schulleiterin sprechen.«

Sie nickte. »Das ist eine gute Idee.«

Die Schulleiterin Alsen war servierfertig in einen Verhörraum verfrachtet worden und hatte bestimmt eine ganze Stunde Zeit gehabt, alleine in diesem kahlen Raum, der menschliche Tragödien gewohnt war, über ihre Zukunftsperspektiven nachzudenken. Ihrem Anblick nach zu urteilen, war das Ergebnis ihrer Überlegungen nicht allzu positiv ausgefallen. Zwar trug sie immer noch ihre farbenfrohen Gewänder, aber alle Kraft war aus ihren Gesichtszügen gewichen.

Ich wusste die Ellinger hinter dem Einwegspiegel in Beobachtungsposition, als ich mich zu Susanne Alsen an den verbeulten Aluminiumtisch setzte. »Frau Alsen, ich habe noch einige Fragen an Sie«, begann ich in neutralem Tonfall. »Über Frau Brose.«

Sie schluckte. »Fragen Sie.«

»Wie lange arbeitete Frau Brose schon bei Ihnen?«

Sie schaute zur Decke wie viele Menschen das taten, wenn sie sich an etwas zu erinnern versuchten und gleichzeitig abschätzen wollten, ob sie sich mit diesen Informationen selbst in Schwierigkeiten bringen würden. »Sieben Jahre«, teilte sie mir schließlich mit.

»Ich nehme an, vorher war sie zu Hause bei ihren Kindern.«

»Richtig.«

»Was waren ihre Aufgaben in der Schule?«

»Wir hatten sie im Ganztag eingesetzt. Also zur Betreuung im Nachmittagsbereich. Seit wir ihr künstlerisches Talent entdeckt haben, durfte sie einige Kunstprojekte leiten.«

»Haben Sie keine Kunstlehrer?«, hakte ich nach.

Frau Alsen seufzte. »Es ist sehr schwer, Fachlehrer zu gewinnen, wissen Sie? Vor allem für Kunst und Musik. Und wir haben mit unserem Schulkonzept … Es ist schwierig.«

Ich nickte verständnisvoll, wobei mein Verständnis eindeutig den Kunstlehrern galt, die lieber in einer anderen

Schule arbeiteten. »Frau Brose war also ein Glücksfall für Sie«, folgerte ich.

Die Schulleiterin zögerte. »Für Kunst, ja.«

»Erzählen Sie mir von den Vorfällen.«

»Sie war oft grob und ungeduldig.«

Das war ich auch. Deswegen war ich auch keine Erzieherin. »Wie groß waren die Probleme?«

Die Schulleiterin schüttelte den Kopf. »Es hielt sich in Grenzen. Ich meine, jeder von uns hat seine Schwächen, nicht wahr?«, wich sie aus.

»Stimmt.«

Ich beugte mich ein wenig über den Tisch und sagte leise: »Ich habe auch eine Schwäche. Ich mag es nicht, wenn jemand meine Fragen nicht beantwortet.«

Sie schluckte, wich unbewusst so weit zurück, wie die drahtige Lehne ihres Stuhls es erlaubte, und fragte hastig: »Was wollen Sie denn wissen?«

»Nennen Sie mir ein konkretes Beispiel.«

Sie nickte eifrig. »Ein Beispiel. Natürlich. Ein Beispiel … Vor den Ferien. Ich meine, wir waren alle am Ende unserer Kräfte …«, ließ sie ihren Satz vage ins Leere laufen.

»Frau Alsen«, ermahnte ich sie.

»Ja. Sie hat … einen Jungen beschimpft. Er kam weinend zu mir.«

Das kam mir arg verkürzt vor. Aber schon aus diesen dürren Worten konnte ich entnehmen, dass der Junge sich um Unterstützung an die falsche Person gewandt hatte.

»Nur beschimpft?«, fragte ich.

»Beleidigt. Angeschrien.«

»Wie sieht es mit körperlicher Gewalt aus?«, wollte ich wissen.

»Nein. Nie«, kam es wie aus der Pistole geschossen. »Diese Beschuldigungen waren frei erfunden. In allen Fällen.«

»Wie können Sie so sicher sein?«, fragte ich.

»Ich kenne meine Lehrer, Herr Busch«, entgegnete sie trotzig.

»Was ist aus dem Vorfall geworden?«

»Die Eltern haben sich beschwert. Aber wir konnten das Missverständnis aufklären und uns gütlich einigen.«

Ich schaute sie an, aber sie wich meinem Blick aus. »Denken Sie an meine Schwäche«, erinnerte ich sie.

»Der Junge hat unsere Schule verlassen«, sagte die Schulleiterin matt.

»Geht doch. Das heißt also, das Opfer hat die Schule verlassen, die Täterin durfte bleiben?«

»Ich … das kann man so nicht …«

»Man kann das nicht nur so sagen, Frau Alsen, man muss es sogar!«

Sie schwieg.

»Wie viele andere Vorfälle gab es mit Frau Brose?«, setzte ich nach.

»Ich weiß es nicht auswendig, schauen Sie doch in die Akten«, sagte sie müde.

»Also gut, Frau Alsen, eine Akte haben wir ja schon. Ihr Büro wird im Moment durchsucht, ich schätze, wir haben diese äußerst interessanten Akten in den nächsten Stunden hier im Präsidium. Glauben Sie, wir werden noch auf andere interessante Unterlagen stoßen?«

Sie verschränkte trotzig die Arme vor der Brust. »Ich bin eine gute Schulleiterin.«

»Das werden andere beurteilen, Frau Alsen«, entgegnete ich gelassen.

»Aber ich habe noch weitere Fragen an Sie. Sie hatten erwähnt, dass Eltern sich beschwert hatten. In wie vielen Fällen ist das insgesamt vorgekommen?«

»In allen.«

»Sie sind eine Privatschule?«

»Ja.«

»Dann muss Sie das doch ganz schön in Schwierigkeiten gebracht haben, oder?«

»Ja.«

»Waren Sie zufrieden mit Frau Brose als Mitarbeiterin?«

»Nein.«

»Warum haben Sie sie nicht einfach vor die Tür gesetzt?«

»Ich ... hatte Angst«, räumte sie zögerlich ein.

»Wovor?«

»Vor ihr. Ich wusste, wie dringend sie das Geld brauchte. Und ich war mir nicht sicher, zu was sie fähig ist, wenn ...«

»Hat sie konkrete Drohungen ausgesprochen?«

»Ja ... Nein ...«

»Was denn nun?«

»Keine direkten Drohungen. Andeutungen. Kommentare.«

»Zum Beispiel?«

»Sie erzählte mir von einem Angestellten in den USA, der seinen Chef ermordet hat, nachdem der ihn gefeuert hatte.«

»Wie entzückend.«

»Sie zeigte mir einen Zeitungsartikel über ein Gift, das im Körper des Opfers fast nicht nachweisbar ist.«

Andere Leute hätten in der Lage von Anni Brose der Schulleiterin vielleicht erst einmal versichert, wie gerne sie in der Schule arbeiteten. Wer seine Nachbarn so bedrohte wie Frau Brose, hielt sich vermutlich mit solchem Kinderkram nicht auf.

Ich musterte die Schulleiterin, die offenbar über ihre Schule so vieles gewusst, aber so wenig unternommen hatte. Nicht um die Kinder zu schützen, nicht um ihre Lehrer zu schützen.

Allerdings konnte ich trotz allem nicht erkennen, wie sie in unseren Fall verwickelt sein konnte. »Gut«, sagte ich unvermittelt und schob meinen Stuhl scheppernd zurück. »Wir sind fertig.«

»Aber ... Was wird denn jetzt aus mir?«, fragte sie ängstlich.

»Darüber sprechen Sie am besten mit dem Staatsanwalt«, kanzelte ich sie ab und verließ rasch den Raum.

41

Daniela

Der Unterschied zur Befragung von Frank Cagas war deutlich zu spüren. Bei Busch war vom ersten bis zum letzten Wortwechsel mit Susanne Alsen nichts von Rücksichtnahme zu spüren. Mehr noch: Busch wirkte beim Staatsanwalt darauf hin, der Schulleiterin nicht entgegenzukommen.

»Sie hat zugegeben, dass sie von mehreren Fällen gewusst hat, in denen Anni Brose Kinder körperlich oder psychisch misshandelt hat«, sagte er in sein Handy. »Und sie ist in keinster Weise kooperativ.«

Die Antwort vom anderen Ende der Leitung schien ihn zumindest teilweise zufriedenzustellen.

»Die Frau ist überfordert«, sagte ich schließlich zu Busch, als er das Gespräch beendet hatte.

»Überfordert?«, fragte er ungläubig.

»Ja, überfordert. Sie konnte nicht angemessen auf die Vorgänge in ihrer Schule reagieren.«

Busch fixierte mich mit seinem eiskalten Blick. »Sprechen wir von derselben Person?«

»Susanne Alsen.«

»Die alles gewusst hat«, betonte Busch.

»Schulleiter werden auf so etwas nicht vorbereitet.«

»Darauf«, sagte Busch gepresst, »kann man nicht vorbereitet sein. Wenn man vor so einer Situation steht, kann man entweder das Richtige oder das Falsche tun. Und Susanne Alsen hat sich für das Falsche entschieden.«

»Sie hat Fehler gemacht.«

»Beihilfe wird der Staatsanwalt das nennen.«

»Sie war einfach überfordert«, wiederholte ich lahm.

»Und der Richter wird sich ihm anschließen«, rieb mir Busch unter die Nase. »Die kann noch nicht einmal ein psychologisches Gutachten retten.«

Ich antwortete nicht mehr, weil ich keine Lust auf eine weitere Zuspitzung hatte. Buschs Urteil über die Schulleiterin war bereits gefällt.

»Das gehört aber nicht zu unserem Fall, oder?«, kreuzte ich seine Linie.

»Stimmt.«

»Gut. Wenn weiter nichts anliegt, erkundige ich mich, wie es um Marvin steht.«

Er nickte kurz.

Ich rief im Krankenhaus an und ließ mir von der Ärztin erklären, dass Marvin bewusstlos sei und auch bis zum Morgen nicht damit zu rechnen war, dass er aufwachte. Das war zwar ernüchternd, kam mir aber nicht gänzlich ungelegen, denn ich spürte die Erschöpfung in meinen Knochen.

Ich telefonierte kurz mit Heiko, der seine Enttäuschung nicht verbarg, sich dann aber daran erinnerte, dass er ja die Nacht damit verbringen konnte, noch einmal seine Videoaufzeichnungen zu analysieren.

»Wir machen Schluss«, verkündete Busch, bevor ich ihn fragen konnte. »Der Tag war lang genug und morgen steht uns noch einiges bevor. Ihnen vor allem, wenn der Kerl aufwacht und weiter erforscht werden will.« Er ließ ein schiefes Grinsen sehen, weshalb ich seine Worte als abendliches Friedensangebot auffasste.

Ich nickte, wir verabschiedeten uns und eine Minute später war ich auf halbem Weg nach draußen.

Ich bemerkte, dass mir Busch keineswegs Richtung Parkplatz folgte, sondern zum Aufzug ging, wahrscheinlich um wieder in sein Büro im dritten Stock zu kommen.

Als ich meinen Autoschlüssel aus der Tasche zog, hörte

ich eine bekannte Stimme meinen Namen rufen. Ich drehte mich um. »Markus.«

»Macht ihr etwa schon Feierabend?«, fragte er.

»Also mir reicht es«, gab ich zurück. »Und du fährst auch nicht mehr an einen Tatort, oder?«

»Nein, ich fahre zu Nina.«

»Es freut mich, dass ihr zusammengekommen seid«, sagte ich. Während ich wahrscheinlich nie den Richtigen finden werde, fügte ich in Gedanken hinzu.

»Und mich erst«, antwortete Markus mit einem Grinsen. »Und, wie gehen die Ermittlungen?«

»Wir erfahren Stück für Stück mehr über den Fall, haben aber immer noch keine Antwort auf unsere Frage.«

»Das kommt mir bekannt vor«, brummte er düster.

»Dasselbe bei deinem vorgetäuschten Selbstmörder?«

»Absolut. Zumindest wird es nicht langweilig.«

Er wandte sich schon zum Gehen, aber ich hielt ihn zurück. »Markus … kann ich dich noch etwas fragen?«

»Aber natürlich«, sagte er hilfsbereit.

»Es ist wegen Busch …«, begann ich unbeholfen.

»Ah, ich weiß schon«, sagte er mit einem breiteren Grinsen als zuvor.

Ich spürte, dass ich rot wurde und fiel ihm hastig ins Wort. »Nein, nein, es ist anders, als du denkst.«

»Ach so?«, fragte Markus augenzwinkernd. »Ich habe mich schon gefragt, wie lange es dauern würde, bevor du es bemerkst.«

Ich dachte daran, wie die Schulleiterin sich um Kopf und Kragen geredet hatte, als Busch mit ihr dasselbe Spiel gespielt hatte. Es kostete mich alle Mühe, mich zu beherrschen, um nicht darauf zu reagieren. Ich benutzte einen bewährten Psychotrick und wechselte auf die Metaebene, thematisierte also seine Art, mit mir zu sprechen. »Habt ihr alle irgendwann mal dieselbe Fortbildung zu Gesprächstechniken besucht?«

Markus lachte. »Ja, da haben wir gelernt, wie Columbo zu fragen und den anderen dazu zu bringen, über Dinge zu sprechen, die er eigentlich gar nicht verraten wollte.«

Nahm er mich gerade auf den Arm?

»Ich saß direkt neben Oliver«, fügte Markus schelmisch hinzu.

»Wenn du mir etwas über Busch mitteilen willst, dann mach es bitte einfach«, forderte ich ihn genervt auf.

»Oliver ist ein hervorragender Polizist …«

»Aber?«

»… aber er wird auch schon mal bockig, wenn ihm etwas nicht in dem Kram passt.«

»Das habe ich schon bemerkt«, erwiderte ich trocken. Ich schilderte Markus einige meiner Erlebnisse mit Kommissar Busch.

Markus nickte. »Ja, das ist typisch Oliver.« Und es klang so, als wäre der Mann eine Naturgewalt, die man hinnehmen musste, wie sie eben war.

»Ich wundere mich sowieso die ganze Zeit, warum zwischen euch alles so reibungslos abläuft.«

Ich schaute ihn verdutzt an. »Reibungslos? Hast du mir gerade zugehört?«

Markus machte eine Handbewegung, als wollte er meine Worte beiseitewischen. »Das ist doch nichts. Da hätte ich ganz andere Dinge erwartet. Er muss dich ziemlich mögen.«

»Wenn ich jemanden mag, dann verhalte ich mich definitiv anders!«

»Ja, weißt du es denn nicht?«, fragte er ungläubig.

»Was weiß ich nicht?«

»Über seinen letzten großen Fall? Da ging es ziemlich übel zur Sache.«

»Ja, und?«

»Ein abscheulicher Mörder. Absolut ein Kandidat für lebenslange Sicherheitsverwahrung. Aber dank des psychologischen Gutachtens kam der Typ mit fahrlässiger Tötung davon.«

Auf dem Weg zur Praxis ließ ich noch einmal verschiedene Szenen unserer Zusammenarbeit vor diesem neuen Wissen Revue passieren. Ich hatte das Gefühl, einiges besser zu verstehen, anderes blieb für mich jedoch genauso rätselhaft wie zuvor. Wenn Busch bei meinem Anblick ständig an dieses Gutachten denken musste, kostete ihn die Zusammenarbeit mit mir größere Überwindung, als ich angenommen hatte.

Andreas erwartete mich wie versprochen mit einem Tee. Wir machten es uns auf seinem Sofa gemütlich.

»Und, schmeckt der Tee?«, wollte er wissen.

»Sehr gut ausgesucht«, würdigte ich und nahm noch einen Schluck.

»Was macht dein Fall?«

Ich erzählte ihm einige harmlose Details, die aber ein gutes Bild von meinen Problemen in der Zusammenarbeit vermittelten. Meine Kenntnisse über Buschs Gutachter-Trauma verschwieg ich allerdings.

Andreas spekulierte weit über diesen Punkt hinaus. »Vielleicht hat er einfach ein Problem mit Psychologinnen. Oder mit Frauen, die so … aussehen wie du.«

Ich musste lächeln, als Andreas verlegen in seinen Becher schaute, als hätte er etwas Unanständiges gesagt. »Was wolltest du sagen?«, fragte ich.

»Du möchtest doch keine Komplimente von mir bekommen«, entgegnete er unsicher.

»Habe ich das gesagt?«

»Ja.«

»Das war dumm von mir.« Denn gerade im Moment gierte alles in mir nach positiver Zuwendung, nach Bestätigung, nach einem Kompliment. Selbst wenn es ein romantisches von Andreas war, das schnell nach hinten losgehen konnte.

Er schaute mich prüfend an, dann holte er tief Luft. »Eigentlich wollte ich nur sagen, mit Frauen, die so gut aussehen wie du.« Nach einem weiteren prüfenden Blick fügte er hinzu: »Man könnte auch fantastisch sagen. Oder umwerfend.«

Er sprach mit jungenhafter Unschuld. Unsere Plauderei war leicht und unbeschwert. Andreas war intelligent und sensibel. Er hatte keine ätzende Seite. Und keine gewalttätige. Er war unkompliziert, er war einfach Andreas.

Ich lehnte mich zurück, schloss die Augen und atmete langsam aus.

»Sind … meine Komplimente so einschläfernd?«, fragte Andreas vorsichtig.

»Ich genieße das Gefühl, dass ich nicht irgendeinen sarkastischen Kommentar befürchten muss.«

»Warum sollte ich sarkastisch werden?«, fragte er erstaunt.

Ja, warum solltest du?, fragte ich mich in Gedanken. Warum machte mein Lieblingskommissar Busch das ständig? Und überhaupt: Warum dachte ich schon wieder an ihn? Ich war bei Andreas, hier war ich gut aufgehoben, so einfach war das.

»Von dir muss ich so etwas gar nicht befürchten und deshalb bin ich gerne bei dir«, erklärte ich.

Auch mit geschlossenen Augen merkte ich, dass er lächelte. »Dann bleib doch noch etwas«, sagte er.

42

Oliver

Daniela Ellinger zeigte mehr Durchhaltevermögen als einige Kollegen und alle Psychologinnen, denen ich bisher begegnet war. Aber auch die Kräfte der Ellinger waren endlich, weshalb ich kein Problem damit hatte, sie nach Hause zu schicken. Inzwischen war es halb acht und der Tag war wirklich ereignisreich gewesen.

Zurück in meinem Büro sortierte ich meine Unterlagen, vergewisserte mich, dass ich über alle wichtigen Ereignisse und Erkenntnisse ordnungsgemäße Vermerke angefertigt und an den Aktenführer weitergereicht hatte, checkte ein letztes Mal meine E-Mails und fuhr den Computer herunter. Als ich meine Jacke nahm, fiel mein Blick auf den Ordner, den wir von Dirk Springer bekommen hatten und der das erstaunlich detaillierte Protokoll eines Familienstreits der Broses enthielt. Ich hatte ihn noch nicht ganz zu Ende durchgesehen und nahm ihn kurzentschlossen mit. Schließlich hatte ich ja sonst nichts vor.

Eine Minute später stand ich auf dem Parkplatz und schaute auf meine Uhr. Kurz vor acht. Als die Bücherei noch eine Bücherei gewesen war, hatte sie um diese Uhrzeit längst geschlossen. Mittlerweile zur Mediothek verwandelt, konnte ich auch jetzt noch unzählige Medien zu meiner kulturellen Erbauung ausleihen.

Ich ließ den Autoschlüssel wieder in meine Tasche gleiten und hatte in wenigen Sekunden den Theaterplatz erreicht. Die Junkies und andere zwielichtige Gesellen, die sich dort herumtrieben und arglose Passanten gerne um ein paar Euro Wegezoll anbettelten, wichen vor mir zurück, als ich sie grimmig anfunkelte.

Bücherei hin, Mediothek her, um diese Uhrzeit war der Betrieb übersichtlich und die Angestellten hatten bereits damit begonnen, den Eingangsbereich aufzuräumen und die zurückgegebenen Bücher – oder korrekter: Medien –, die sich hinter dem Rückgabebereich türmten, zu sortieren. Dirk musste irgendwo in diesem Gebäude sein, mit einem Handkarren durch die Regale fahren und alle Bücher sorgfältig zurück an ihren Platz stellen, damit der nächste Leser sie ohne Probleme finden konnte.

Die Dame an der Ausleihe hatte mich nur kurz gemustert und sich dann wieder ihrem Arbeitsplatz gewidmet, nachdem sie gesehen hatte, dass ich weder etwas leihen, noch etwas zurückgeben wollte.

Ich sprach sie an. »Entschuldigen Sie bitte, ist Dirk Springer noch da?«

Sie drehte sich zu mir um und musterte mich genauer. Sie wirkte nicht direkt alarmiert, aber auch nicht beruhigt, als sie mir antwortete. »Ja, der ist noch da. Aber wir schließen gleich. Kennen Sie sich denn?«

Ich setzte ein gewinnendes Lächeln auf. »Wir sind Freunde«, antwortete ich, weil ich den Jungen nicht mit Getuschel belasten wollte, warum ein Polizist nach ihm gefragt hatte.

Die Bibliothekarin blieb misstrauisch. »Er müsste in der philosophischen Abteilung sein, da hinten rechts.«

Die Atmosphäre war angenehm. Der Geruch nach Büchern, die Stille und die Abendsonne, die einige letzte Strahlen in den Innenhof schickte, sogen mich in diese Welt, in der Hektik und Eile fremd schienen.

Ich fand Dirk auf der Empore, wo die philosophische Abteilung untergebracht war. Er stand an einem Regal, neben sich einen Handwagen mit Büchern und schaute gedankenverloren auf einige Buchrücken. Langsam ging er mit dem Finger von einem Werk zum nächsten und formte lautlose Worte mit seinen Lippen. Er war so vertieft in seine Tätigkeit, dass er mich überhaupt nicht bemerkte. Auf seinem Gesicht erkannte ich einen Ausdruck stillen Glücks, sodass ich unwillkürlich stehen blieb und es nicht wagte, ihn anzusprechen. Hier wirkte er beinahe mehr zu Hause als in seiner kleinen Wohnung.

Er erreichte die Mitte des Regals, nahm seinen Finger vom letzten Buch und lächelte selig. Dann entdeckte er mich. Das stille Lächeln verschwand und machte offener Freude Platz. Er quietschte vor Vergnügen, als er zu mir kam. »Oliver!«

Im nächsten Moment schlug er sich schuldbewusst die Hand vor den Mund. Er flüsterte verstohlen. »Ich freue mich. Schön, dass du hier bist.«

»Ich wollte mal sehen, wo du arbeitest«, entgegnete ich. Seine Freude war ansteckend.

»Weißt du, hier muss man leise sein, denn es gibt Leute, die gerne lesen möchten«, erklärte er mir ernst.

Ich nickte und begann auch zu flüstern. »Was machst du gerade?«

»Ich sortiere Bücher ein«, erzählte er mit leuchtenden Augen. »Und ich überprüfe, ob die Bücher in der richtigen Reihenfolge stehen.« Er nahm sich ein Buch vom Wagen und widmete sich der nächst tieferen Reihe im Regal. Wieder glitt sein Zeigefinger mit Leichtigkeit über die Buchrücken der schwersten Werke der Philosophiegeschichte. Jetzt erkannte ich auch, dass er lautlos die Buchstaben der Schilder mitsprach, die die Reihenfolge der Bücher bestimmten. Er fand die passende Stelle, schob die Bücher im Regal auseinander und stellte das Werk an seinen angestammten Platz zurück. Dann ging er weiter die Reihe entlang.

»Ich würde dich gerne noch etwas fragen«, sagte ich zu Dirk.

»Hier kann man nur lesen. Hier kann man sich nicht unterhalten.«

»Aha.«

»Ich muss noch diese Bücher einsortieren. Dann habe ich Schluss. Fünfzehn Minuten.«

»Dann treffen wir uns draußen.«

Nach einem knappen Nicken war Dirk im nächsten Moment wieder in seine Arbeit vertieft. Ich fragte mich unwillkürlich, wann ich mich in meinem Job zuletzt auch nur halb so zufrieden gefühlt hatte, wie Dirk aussah.

Ich schlenderte durch die Regalreihen und fand schließlich ein Buch, in dem die Frau eines Gärtners entführt wurde und die Entführer von ihm zwei Millionen Dollar verlangten, obwohl er gerade einmal genug Geld im Portemonnaie hatte, um seinen Wocheneinkauf zu bezahlen. Ich lieh mir das Buch aus und verließ die Bücherei.

Ich musste draußen nicht lange warten, aber die Zeit reichte, um den Anfang zu lesen, wo ich schnell erfuhr, dass Mitch der Gärtner ein netter Kerl zu sein schien. Ganz anders als die Kidnapper seiner Frau.

Dirk kam mit einem zufriedenen Lächeln aus der Bücherei. Er grinste mich an, schaute sich aber zugleich suchend um. »Erwartest du noch jemanden?«, fragte ich.

»Jaaa, Walter wollte noch vorbeikommen. Du wirst ihn mögen.«

»Das ist dein Freund, der dir immer hilft«, erinnerte ich mich.

»Genau. Und er ist immer pünktlich.«

Wir warteten noch zwei oder drei Minuten, in denen mir auffiel, wie empfindlich kühl es geworden war. »Vielleicht ist etwas dazwischengekommen«, meinte ich.

Dirk schüttelte den Kopf. Er wirkte betroffen, als er mich daran erinnerte, dass Walter sich nie verspätete.

»Hat Walter ein Handy?«, fragte ich.

»Ja, aber ich habe keins dabei.«

Ich zog meines aus der Tasche. Das war zwar für den Dienstgebrauch, aber da Dirk ein Zeuge war und ich ihn informatorisch befragte, brauchte ich kein schlechtes Gewissen zu haben. Ich gab ihm meinen Apparat.

»Kennst du die Nummer?«

Dirk nickte und wählte bereits. Nach einigen Sekunden nahm er das Handy frustriert vom Ohr. »Er geht nicht ran.«

Ich sah sein Kinn zittern. Ich kannte mich mit Behinderungsbildern nicht aus und wusste nicht, ob das normal war, aber Dirk war eindeutig aufgewühlt. »Ruf ihn noch einmal an und sprich ihm eine Nachricht auf die Mailbox.«

Er schaute mich an wie das sprichwörtliche Auto.

»Ich bringe dich nach Hause. Wenn er noch kommt, wird er seine Mailbox abhören und sich keine Sorgen machen. Und dann meldet er sich bei dir, du wirst sehen.«

Dirk wählte tapfer noch einmal die Nummer und sprach dann mit zitternder Stimme auf Walters Mailbox, dass er nicht gewartet hatte und von seinem Freund von der Polizei nach Hause gebracht wurde.

Ich steckte mein Handy wieder ein und wir schlenderten zurück zum Präsidium.

»Magst du die philosophische Abteilung gern?«, fragte ich in der Hoffnung, ihn ein wenig von seinem inneren Aufruhr abzulenken.

»Sie hat die schönsten Bücher«, antwortete er.

»Du meinst den Umschlag?«

»Ja. Schöne Muster. Und nicht so bunt. Man sieht gleich, dass etwas Wichtiges drinsteht.«

Das Buch, das ich ausgeliehen hatte, konnte nach dieser Logik nichts Bedeutsames enthalten.

»Ich habe in deinem Ordner gelesen«, kam ich auf den Grund meines Besuchs zu sprechen.

»Den brauche ich jetzt erst mal nicht mehr. Ich schreibe so lange auf ein Blatt.«

»Gibt es denn jetzt noch etwas aufzuschreiben?«

»Nein, aber falls doch, habe ich schon ein Blatt hingelegt. Und einen Stift. Das hat Walter mir so gesagt.«

Ich nickte. »Ich habe vom Streit bei den Broses gelesen.«

»Die haben sich öfter gestritten.«

»Den einen Streit hast du Wort für Wort aufgeschrieben.«

»Ja.«

»Wie konntest du das denn alles hören? War es so laut?«

»Die Broses hätten nicht in der Bücherei arbeiten können«, erklärte er mit ernster Miene. »Da muss man nämlich leise sprechen.«

Ich musste lachen. »Da hast du recht!«

»Es war egal in welchem Zimmer, ich konnte jedes Wort verstehen«, fügte Dirk hinzu. »Das ist nicht richtig so.«

»Nein, das ist nicht richtig«, bestätigte ich. »Wie oft kam das denn vor?«

»Ungefähr einmal in der Woche.«

»So oft?«

Er zuckte entschuldigend mit den Schultern. »Manchmal auch häufiger.«

Ich musste mit Dirk unbedingt noch eine offizielle Befragung ansetzen. Wenn die Eltern sich so oft gestritten hatten, verdiente die Familie als Tatauslöser vielleicht einen zweiten Blick.

»Hast du noch mehr Aufzeichnungen?«

»Die anderen Sachen, die ich gehört habe, habe ich alle in ein eigenes Heft eingetragen.«

Wir erreichten den Nordwall, der sich um diese Tageszeit gefahrlos überqueren ließ. »Warum hast du das eigentlich alles aufgeschrieben?«, interessierte ich mich. »Den ganzen Lärm, das verstehe ich. Ein Lärmprotokoll ist immer nützlich. Aber dafür reicht es, wenn man aufschreibt, dass es Streit gegeben hat. Ein Wortprotokoll ist nicht nötig.«

Dirk musterte den Asphalt genauso eingehend wie die Bücher in der philosophischen Abteilung. Aber er antwortete nicht.

»Es war nicht deine Idee?«, vermutete ich.

Er schüttelte den Kopf. »Walter hilft mir sehr. Ich erzähle ihm von dem Lärm, er sagt, ich soll es aufschreiben.«

»Auch den Streit?«

»Ich habe ihm vom Streit erzählt. Wie laut das ist. Dann sagte er, ich soll das auch aufschreiben.«

»Hat er gesagt, warum du das tun sollst?«

»Es interessierte ihn.«

»Weißt du warum?«

Dirk schüttelte den Kopf. Ich erinnerte mich an unsere erste Begegnung. Über Walter wusste ich bisher, dass er sich um Dirk kümmerte, im Allgemeinen sehr zuverlässig war, gerade heute Abend, als ich aufgetaucht war, jedoch nicht. Und dass er sich für die Streitigkeiten der Broses im Wortlaut interessierte. Wir erreichten mein Auto, ich schloss auf und wir stiegen ein. Vielleicht, ging es mir durch den Kopf, hatte Walter sich nur für einen Streit interessiert, sozusagen als Prototyp, und Dirk hatte eifrig weiter protokolliert, obwohl er für seine Arbeit längst keine Leser mehr hatte.

Ich lieferte Dirk zu Hause ab und machte mich auf den Weg zu meiner eigenen Wohnung. Durch die Ermittlungen im Fall Brose hatte sich mein Blick auf meine Nachbarn verändert. In unserem Mietshaus gab es auch Partys, dass die Wände wackelten, allerdings nur zwei- oder dreimal im Jahr und die Nachbarn warnten immer alle anderen vor – oder luden sie gleich zum Mitfeiern ein. Streitereien hatte ich persönlich noch nicht mitbekommen und überhaupt lag der Lärmpegel im erträglichen Bereich. Auch wenn die Broses sicher in einer eigenen Liga und außer Konkurrenz gespielt hatten, war ich doch dankbar, von solchen Leuten bisher verschont geblieben zu sein.

Ich setzte mich auf mein Sofa und nahm Dirks Ordner zur Hand. Blätterte noch ein wenig darin herum, überflog die sorgfältig ausgefüllten Tabellen bis zum Schluss. Zwei weitere Protokolle belegten einen Streit zwischen Sven und seiner Mutter über die Schulnoten und einen anderen zwischen Marvin und seinem Vater, der damit endete, dass Marvin drohte: ›Ich bringe euch alle um! Eines Tages bringe ich euch alle um!‹

Dirk hatte akribisch Datum und Uhrzeit notiert. Marvins Drohung war ziemlich genau dreizehn Monate her. Der Ordner entpuppte sich damit unerwartet als erstklassiges Beweismittel. Das Blatt, das ich gerade verblüfft anstarrte, enthielt einen glasklaren Hinweis darauf, dass es sich bei den Morden um eine zielgerichtete und von langer Hand geplante Tat handeln konnte. Auch wenn es wahrscheinlich zehntausend psychologische Möglichkeiten gab, die Bedeutung dieses Protokolls für die Schuld des Jungen wegzuschieben, schloss ich den Ordner behutsam und nahm mir vor, ihn gleich am nächsten Morgen unseren Beweismitteln hinzuzufügen.

Freitag

43

Daniela

Der Wecker klang an diesem Morgen anders und bimmelte früher als sonst. Ich tastete verschlafen über meinen Nachttisch, fand ihn, stellte ihn ab, aber er klingelte weiter. Ich knipste die Nachttischlampe an und betrachtete den Störenfried perplex, bevor mir in den Sinn kam, dass das Klingeln vielleicht einen anderen Ursprung hatte.

Inzwischen war ich so weit orientiert, dass ich den Klingelton meines Handys erkannte. An Schlaf war nicht mehr zu denken, der Preis dafür, dass ich es immer noch nicht geschafft hatte, meine Mailbox in Gang zu bringen. Mühevoll schwang ich meine Beine aus dem Bett und tastete mich zu dem Stuhl, über den ich am Abend achtlos mein Kostüm geworfen hatte. Im Zwielicht mit bleischweren Lidern war es nicht so einfach, Rock und Jacke auseinanderzuhalten. Schließlich fand ich meine Innentasche, fummelte das Handy heraus und erkannte Heikos Nummer im Display.

»Ich hoffe, du hast einen guten Grund, mich aufzuwecken«, nuschelte ich. Erst jetzt warf ich einen bewussten Blick auf die Uhr. »Um viertel nach fünf«, fügte ich dann bitter hinzu.

»Du traust mir ja einiges zu«, entgegnete Heiko gekränkt. »Ich habe mit dem Krankenhaus telefoniert. Marvin ist wach.«

Das war natürlich ein ziemlich guter Grund. Die Nachricht wirkte besser als zehn Tassen Kaffee. »Gib mir eine Viertelstunde.«

»Ich kenne keine andere Frau, die es schafft, in so kurzer Zeit so bezaubernd auszusehen«, sagte er.

Ich trennte kommentarlos die Verbindung und warf das Handy auf mein zerwühltes Bett. Ich wusste nicht, ob ich es geschafft hatte, bezaubernd auszusehen, aber zehn Minuten nach Heikos Anruf kam ich aus den Badezimmer. Ich entschied mich für das strenge graue Kostüm, vielleicht wegen Heikos Bemerkung, vielleicht aus einem anderen Grund, der von meiner Müdigkeit vernebelt wurde. Schließlich legte ich rasch ein Make-up auf und versprühte einen ebenso eiligen Parfümnebel, bevor ich meine Wohnung um fünf nach halb sechs verließ.

Heiko wartete in seinem Mietwagen vor der Tür. An seinem Blick erkannte ich, dass er noch einen Anmachspruch auf Lager hatte, aber bevor er ansetzen konnte, sagte ich: »Lass es. Fahren wir.«

Im Krankenhaus brach mit großer Geschäftigkeit bereits der neue Tag an. Die Frühschicht nahm den Dienst auf, die ersten Schwestern der Nachtschicht trotteten erschöpft nach Hause.

Wir gelangten in die geschlossene Abteilung, wiesen uns aus und erhielten Zutritt.

Unsere Lieblingsärztin Frau Dr. Janzen empfing uns. »Er ist seit ungefähr zwei Stunden wach.«

Wir gingen gemeinsam in den Beobachtungsraum. Marvin saß aufrecht in seinem Bett, wirkte aber desorientiert. »Ich würde nicht empfehlen, ihn zu befragen. Er kann sich noch nicht zusammenhängend äußern«, erklärte die Ärztin.

Und tatsächlich schien Marvin nur vor sich hinzudämmern. Was wahrscheinlich an den vielen tausend Volt und den literweise Sedativa lag, die man in seinen Körper gepumpt hatte.

»Dann beobachten wir ihn eine Weile«, erklärte Heiko zufrieden und überprüfte seine Videoausrüstung. Die Linse visierte Marvin unverändert an, wie schon bei unserem letzten Gespräch.

Die Ärztin musterte Heiko argwöhnisch, zuckte dann aber die Schultern. »Wie Sie meinen. Benachrichtigen Sie mich, wenn Sie den Jungen befragen. Wir haben ihn zwar gründlich fixiert, aber ich lasse trotzdem zwei Pfleger bereitstellen, die sofort eingreifen, wenn er wieder aggressiv wird.«

»Vielen Dank«, sagte ich, denn sie meinte es offenbar gut mit uns.

Heiko schnaubte verächtlich, als Dr. Janzen auf dem Flur verschwunden war. »›Ich lasse zwei Pfleger bereitstellen‹«, äffte er sie nach. »›Benachrichtigen Sie mich.‹«

Ich rieb mir die letzten Reste Schlaf aus den Augen. »Entweder ich bin noch zu müde oder du bist aufgebracht.«

»Natürlich bin ich aufgebracht! Sie sagt zu uns, wir sollen sie benachrichtigen, aber ich habe nur per Zufall erfahren, dass der Junge wach ist.«

»Aha.«

»Ich meine, ist das hier eine Mordermittlung, oder was?«

»Woher weißt du es denn?«

»Von der Kriminalwache.«

Ich konnte ihm nicht folgen. »Kannst du bitte von vorne erzählen?«

Heiko seufzte ungeduldig. »Unsere Ärztin hat in der Kriminalwache angerufen. Und die haben mich aus dem Bett geworfen.«

»Das klingt nach dem Dienstweg«, erwiderte ich langsam.

»Ich bitte dich, was soll denn die Kriminalwache mit dieser Information?«, brauste Heiko auf. »Irgendwelche Wald- und Wiesenkommissare im Nachtdienst.«

»Aber die haben dir doch Bescheid gesagt.«

»Ja, nach einer Stunde! Der Junge ist seit kurz vor vier wach. Nicht auszudenken, was wir alles hätten verpassen können!«

»Jetzt habe ich es verstanden«, sagte ich ruhig.

Heiko korrigierte die Ausrichtung der Kamera um einige

Millimeter und murmelte vor sich hin, vermutlich weitere Verwünschungen über die Ärztin. Es war viele Jahre her, seit ich ihn richtig gekannt hatte, aber zumindest damals hatte er nicht dazu geneigt, sich künstlich aufzuregen.

Als Nächstes hatte ich einen Anruf zu erledigen. Ich wählte und zu meiner Überraschung klingelte es nur ein Mal.

»Busch?«

Ich meldete mich. »Sind Sie schon wach?«

Ich musste verblüfft klingen, denn er lachte. »Sind Sie überrascht?«

»Es ist kurz vor sechs.«

»Und wir haben eine Mordermittlung.«

Eins zu null für ihn. »Marvin ist wach«, teilte ich ihm mit.

»Das habe ich auch gerade erfahren«, entgegnete er.

»Von der Kriminalwache?«, fragte ich.

»Da bin ich gerade«, bestätigte er.

Der Mann war unheimlich. Oder ein notorischer Frühaufsteher.

»Wo sind Sie denn?«, wollte Busch wissen.

»Im Krankenhaus. Wir beobachten Marvin.«

»Ausgezeichnet«, meinte Busch. »Ich stoße zu Ihnen, sobald ich hier noch ein paar Kleinigkeiten erledigt habe.«

Ich würde die Zeit nutzen, um mir bis dahin meine Strategie für Marvin zurechtzulegen.

44

Oliver

Die blonde Psychologin zeigte Engagement – mein Respekt vor ihr wuchs. Wenn das so weiterging, konnten wir sie am Ende als echte Kommissaranwärterin einstellen.

»Gute Nachrichten, Oliver?«, fragte Georg.

»Warum fragst du?«, antwortete ich meinem Kollegen von der Kriminalwache.

»Du grinst, als hättest du eine Million gewonnen.«

»Besser«, entgegnete ich. »Ich darf unserer Psychologin zuschauen, wie sie unseren Täter befragt.«

Georg schaute mich zweifelnd an, war am Ende seiner Schicht aber wohl zu müde, um nachzufragen. Zurück in meinem Büro checkte ich meine E-Mails und meine Anrufe, beides ohne wesentliche Neuigkeiten. Dann kopierte ich sämtliche Seiten von Dirk Springers Ordner, bevor ich ihn als Beweismittel inventarisieren ließ.

Martin Beyer, der Aktenführer im Fall Brose, machte sich einige Notizen zum Inhalt der Aufzeichnungen. »Ach herrje«, sagte er mit einem Augenrollen. »Ich habe hier Zeugenaussagen ohne Ende, und die enthalten kein einziges positives Wort über die Broses. Und jetzt bringst du mir auch noch die Protokolle des Schreckens.«

»Hast du deine poetische Ader entdeckt?«, fragte ich.

»Ich leite meine Frustration, dass ich im Büro hocken muss, während ihr euch draußen amüsiert, in kreative Kanäle um«, behauptete er stolz.

Ich vergewisserte mich, dass Martin keine dringenden spektakulären Neuigkeiten hatte, erklärte ihm, dass ich im Krankenhaus zu finden war, und machte mich auf den Weg.

Obwohl wir von der Ärztin Dr. Janzen lediglich erwarteten, dass sie etwas nicht tat, nämlich unseren Täter wieder narkotisierte, bevor er etwas Verwertbares von sich gegeben hatte, wirkte sie nervöser als die Ellinger.

»Seien Sie um Himmels Willen vorsichtig«, schärfte sie der Psychologin zum wiederholten Mal ein. »Gehen Sie behutsam vor, dem Jungen darf nichts geschehen.«

»Wenn der einen Schaden davonträgt, dann von den vielen Sedativa«, schoss Hähnel einen mürrischen Kommentar ab.

Die Miene der Ärztin versteinerte. Wer konnte schon sagen, wie lange die beiden sich an diesem Morgen bereits angegiftet hatten?

»Ich glaube, wir haben ausreichende Vorsichtsmaßnahmen getroffen«, ging ich dazwischen. Die Ärztin zog ab, der Befragung stand nichts mehr im Weg.

Durch den Einwegspiegel sahen wir einen blassen und in sich gekehrten Marvin. Der Junge reagierte nicht auf das Eintreten der Ellinger. Vielleicht war es dem frühen Aufstehen geschuldet, die Psychologin wirkte in ihrem grauen Kostüm mit den streng zurückgebundenen Haaren jedenfalls kühl und unnahbar.

Mir fiel Marvins stärkere Fixierung auf, seine Hände konnte er bestenfalls in einem Radius von wenigen Zentimetern um das Metallgestänge des Bettes herum bewegen. Die Ellinger setzte sich zu ihm wie am Tag zuvor.

Er beachtete sie nicht und es war schwer zu sagen, ob er überhaupt etwas von seiner Umgebung wahrnahm.

»Guten Morgen, Marvin«, begann die Ellinger.

Keine Reaktion.

»Ich bin hier, Marvin«, versuchte sie es wieder. Dann klärte sie ihn pflichtgemäß über seine Rechte auf.

Der Junge blieb reglos.

»Gestern hast du mich angegriffen, Marvin.«

Diese Worte fanden Resonanz bei dem Jungen. Er hob langsam den Kopf.

»Der ist noch total benebelt«, kommentierte ich.

»Der ist wacher, als er aussieht«, erwiderte Hähnel. »Warten Sie ab.«

Im Krankenzimmer sagte Marvin schläfrig: »Ich erinnere mich nicht.«

»Wir haben uns unterhalten, du bist aufgesprungen und hast mich bedroht. Als die Pfleger hereinkamen, hast du sie angegriffen.«

Marvin zuckte müde mit den Schultern. »Weiß ich nicht mehr.«
»Deine Muskeln müssen ziemlich schmerzen.«
Der Junge bewegte vorsichtig seine Arme. »Stimmt.« Und dann, wie von einer plötzlichen Erkenntnis aufgeschreckt: »Habe ich Sie auch angegriffen? Habe ich Ihnen wehgetan? Geht es Ihnen gut?«
»Ich bin unverletzt«, entgegnete die Ellinger ruhig.
»Gott sei Dank! Das hätte ich mir nie verziehen.«
»Warum?«
Marvin schüttelte den Kopf und schwieg.
»Du hast nicht gezögert, die Pfleger anzugreifen.«
»Aber das sind Pfleger, ich meine, die … sind nicht …«
Die Ellinger wartete geduldig. Neben mir seufzte Dr. Hähnel schwermütig.
»Sie sind etwas Besonderes«, formulierte Marvin schließlich.
»Dass dem nichts Besseres einfällt«, kommentierte Hähnel abfällig.
Marvin legte nach: »Sie sind doch die Einzige, die mit mir spricht, die normal mit mir spricht.«
Die Ellinger blieb stumm.
»Ich weiß, dass ich in großen Schwierigkeiten stecke, aber Sie sprechen trotzdem mit mir«, betonte der Junge.
»Und was ist mit Herrn Bredow und deinem Anwalt?«
»Die interessieren sich doch nicht für mich. Nehmen mich nicht ernst. Ich habe es in ihren Augen gesehen.«
»Hast du sie deshalb rausgeworfen?«
Marvin nickte.
»Ich möchte wissen, was bei dir zu Hause passiert ist.«
Marvin ignorierte diese Forderung. »Und Sie sind so schön.«
»Ach herrje«, stöhnte Hähnel neben mir. »Der hält Daniela wohl für dumm.«

Ich riskierte einen Seitenblick auf den Psychologen. Ich fand Marvins Vorstellung ebenfalls peinlich, aber Hähnels Gesichtsausdruck sprach Bände. Mir konnte es egal sein, dass der Privatdozent aus Tübingen eifersüchtig auf einen sechzehnjährigen Mehrfachmörder war, der unbeholfen seine Kollegin anbaggerte. Deshalb konzentrierte ich mich wieder auf das Geschehen im Krankenzimmer.

»Ich habe noch nie so eine schöne Frau gesehen«, schwärmte Marvin unterdessen.

»Den Pflegern geht es auch gut«, warf die Ellinger unbeeindruckt ein.

»Sie sind so schön, am liebsten würde ich …«, er versuchte, sich zu bewegen, aber das einzige Resultat war ein Klirren seiner Ketten.

»Erzähl mir von dem Abend, an dem deine Familie gestorben ist.« Ich staunte über die Coolness der blonden Psychologin.

Marvin knurrte und fletschte die Zähne wie ein Hund.

Die Ellinger schüttelte bedauernd den Kopf. »Das hat keinen Sinn. Du kannst mich jederzeit rufen, wenn du mir von dem Abend erzählen möchtest.« Mit diesen Worten stand sie auf und verließ das Zimmer, ohne Marvin noch eines Blickes zu würdigen.

Ich war von diesem Manöver überrascht, Marvin ebenso. Für einen Moment vergaß er sogar, an seinen Handschellen zu rütteln. Als er sich wieder gesammelt hatte, war sein Ausbruch umso stärker. Es war herzerweichend, als er flehte: »Gehen Sie nicht weg, bitte, bitte, bitte gehen Sie nicht weg!«

Daniela Ellinger stieß im Beobachtungsraum zu uns und wir betrachteten gemeinsam das Schauspiel, das sich im Krankenzimmer entfaltete.

»Kommen Sie zurück!«, jaulte Marvin.

»Das ist die Welpentaktik«, erklärte die Ellinger ungerührt.

»Weil er heult wie ein kleiner Hund?«, fragte ich, gleichermaßen fasziniert von dem Jungen wie von ihrer Analyse. In Gedanken erhielt sie einen weiteren Pluspunkt, weil sie sich nicht einwickeln ließ. Zumindest diesmal.

»Welpen können einen bestimmten Laut ausstoßen und jeder Hund im Umkreis wird ihnen helfen. Und genau das macht Marvin. Sein Verhalten und seine Laute sollen ihn vollkommen hilflos erscheinen lassen. Wie ein Baby, sehen Sie?«, erläuterte Hähnel und deutete mit der Spitze seines Bleistiftes auf einige Punkte seines Computerbildschirms. »Der Kopf nach hinten, der Kehlkopf entblößt, Verzweiflung und Verletzlichkeit, mit seiner Stimmlage ahmt er ein Neugeborenes nach.«

»Also ich hätte ja einfach gesagt, der Typ will uns verarschen«, meinte ich.

Hähnel runzelte die Stirn, die Ellinger lachte. »Kommissar Busch pflegt die Dinge auf den Punkt zu bringen«, meinte sie entschuldigend.

Im Krankenzimmer schlug Marvins Stimmung urplötzlich rapide um. Zornesfalten durchzogen sein Gesicht und er demonstrierte sein Repertoire an derben Schimpfworten. »Du Schlampe! Du bist doch auch nur eine von denen!«

Damit rief er die Ärztin Dr. Janzen auf den Plan.

»Was um alles in der Welt ist denn hier los?!«, polterte sie, als sie mit der Rückendeckung zweier Pfleger in den Beobachtungsraum einrückte.

»Marvin ist nicht damit einverstanden, dass ich unser Gespräch unterbrochen habe«, erklärte die Psychologin lapidar.

»Wir müssen ihn ruhigstellen«, verkündete die Janzen.

»Gar nichts werden Sie!«, rief Hähnel. »Auf diese Weise entzieht er sich der Befragung, sehen Sie das nicht?«

»Das Leben meiner Patienten ist wichtiger als Ihre Befragungen«, zischte die Ärztin.

»Der macht Ihnen doch etwas vor!«, schoss Hähnel zurück.

»Vitalwerte lügen nicht«, beharrte die Ärztin.

Die beiden Pfleger beobachteten die Szene gleichgültig, die Ellinger ging vorsorglich in Deckung und im Krankenzimmer schrie Marvin: »Ich bringe euch alle um!«

Bevor die beiden Streithähne im Beobachtungsraum aufeinander losgehen konnten, ging ich dazwischen: »Vitalwerte, die hochgehen, kommen auch wieder runter. Geben wir dem Jungen doch die Möglichkeit, sich selbst zu beruhigen.«

Offenbar billigte die Ärztin mir eine größere Autorität zu als dem Psychologen, denn sie widersprach nicht.

Marvin riss an seinen Fesseln und bäumte sich auf, bis das Bett schepperte.

Dann kippte die Stimmung wieder um. Marvin begann zu weinen. »Das hätte ich nicht tun sollen … es tut mir so leid … kommen Sie zurück …«, schluchzte er, während Tränen auf seine Bettdecke tropften.

»Lassen Sie bloß Ihre Spritze stecken«, stichelte Hähnel.

Die Janzen würdigte ihn keines Blickes.

Marvins Schluchzen ebbte ab und mündete in ein erbärmliches Wimmern. »Bitte … bitte … ich tue alles … alles …«, flüsterte Marvin verzweifelt.

»Der lässt aber auch nichts aus«, brummte Hähnel.

Die Ellinger beobachtete den Jungen gelassen durch den Spiegel. »Wie lange wird das dauern?«, fragte ich sie.

»Schwer zu sagen. Vielleicht ein paar Minuten. Eine halbe Stunde. Oder den ganzen Tag.«

»Er sollte sich in jedem Fall alleine wieder beruhigen«, bekräftigte Hähnel mit einem Seitenblick zur Ärztin. »Selbst wenn das etwas länger dauert.«

»Es ist sehr wichtig für uns, diese Phase beobachten zu können. Wenn es sich um eine multiple Persönlichkeit handelt, können wir die einzelnen Persönlichkeiten vielleicht anhand ihrer Mimik unterscheiden«, fügte die Ellinger versöhnlich hinzu.

Die Ärztin murmelte etwas wie »Hokuspokus«, verließ aber mit ihren beiden Wachhunden den Beobachtungsraum.

»Was für eine unmögliche Person«, stellte Hähnel abschätzig fest.

»Sie macht nur ihre Arbeit«, beruhigte die Ellinger.

»Und sie stört mich bei meiner!«

Irgendwie hatte der Psychologe gestern noch einen entspannteren Eindruck gemacht.

»Was machen wir jetzt mit ihm?«, fragte ich mit einem Kopfnicken zu Marvin.

»Geben wir ihm noch ein paar Minuten. Er hat uns praktisch noch überhaupt nichts über die Tat gesagt. Er kommt zu leicht davon«, sagte meine Partnerin auf Zeit.

»Wollen Sie Druck auf ihn ausüben? Bis er redet?«

»Ich bin mir nicht sicher. Das könnte helfen oder genau das Gegenteil bewirken. Aber vielleicht gibt es durch die Aufzeichnungen einen Ansatzpunkt.«

»Ich glaube, er hat sich tatsächlich gefreut, dich zu sehen«, meinte Hähnel, der ein paar Bilder vom Beginn der Befragung eingespielt hatte. Er deutete auf Mund und Augenbrauen. »Siehst du hier? Die Emotion scheint echt zu sein.«

»Das Gefühl hatte ich auch«, bestätigte sie. »Wenn das stimmt, können wir ihn einfach sich selbst überlassen. In der Zeit kann er darüber nachdenken, ob er mir nicht doch etwas erzählen will.«

»Dann wollen Sie hier warten, bis er so weit ist?«, erkundigte ich mich.

»Nein. Wir dürfen ihn nicht mehr den Ablauf bestimmen lassen. Wir bestimmen die Bedingungen. Ich werde wieder mit ihm sprechen, wenn es uns am besten erscheint.«

Ich schaute sie fragend an.

»Frühestens heute Nachmittag«, präzisierte sie.

Und weil sie die Expertin für Bekloppte war, überließ ich diese Entscheidung gerne ihr.

45

Daniela

Der Kommissar war heute Morgen erstaunlich verträglich, Heiko dafür umso grätiger.

Ich folgte deshalb gerne Buschs Aufforderung, als er sagte: »Dann kommen Sie doch mit und berichten in der Mordkommission von unseren Fortschritten.«

Wir überließen Heiko seinen Aufzeichnungen und Marvins Gejammer. »Ist wohl nicht sein Tag heute«, stellte Busch fest, als wir im Auto saßen.

»Meinen Sie Heiko oder Marvin?«

»Beide.«

Wir lachten. Trotzdem blieb ich auf der Hut, falls seine Stimmung wieder umschlug.

»Um zehn ist Sitzung der Mordkommission«, erklärte der Kommissar dann. »Aber vorher können wir noch etwas anderes erledigen.«

So wie er das sagte, konnte es alles bedeuten von einem Stopp an der Bäckerei, um ein paar Donuts zu kaufen, bis hin zu einer Schutzgelderpressung beim Zeitungshändler an der Ecke. Busch plante offenbar keins von beidem, sondern steuerte zielstrebig auf den Tatort zu. Ich konnte mich nicht gegen ein flaues Gefühl im Magen wehren.

Wir parkten vor der Eingangstür. »Warten Sie hier. Wenn der Verdächtige zu fliehen versucht, dürfen Sie gezielt schießen«, sagte er beim Aussteigen mit der perfekten Bruce-Willis-Miene.

Ich blieb sitzen und sah ihn grinsend im Hausflur verschwinden. Aus diesem Mann sollte mal einer schlau werden.

Zwei Minuten später kam Busch wieder aus dem Haus. Im Schlepptau einen begeisterten Dirk Springer und einen anderen Mann, der ihm nur widerstrebend folgte. Busch öffnete eine Tür für Dirk, der eifrig durchrutschte, um Platz für den anderen zu machen. Der quetschte sich missmutig durch die Öffnung, als wollte Busch ihn entführen.

»Hallo, Daniela«, sagte Dirk strahlend. »Oliver fährt mich zur Bücherei. Er hat mich gestern schon mitgenommen. Oliver ist mein Freund.« Und zu seinem Sitznachbarn: »Ich habe einen Freund bei der Polizei.«

»Darf ich vorstellen?«, fragte Busch zuckersüß. »Das ist Walter Huwe, die gute Seele, die sich um Dirk kümmert und ihm hilft, wo er nur kann. Das ist Dr. Ellinger, die uns bei der Untersuchung der Todesfälle unterstützt.«

Huwe wirkte verkrampft, seine Hand war schlüpfrig vom kalten Schweiß.

Busch hatte erwähnt, dass er mit diesem Mann sprechen wollte, aber Huwe schien nicht begeistert darüber, von Oliver überrumpelt worden zu sein. »Freut mich sehr«, behauptete er trotzdem.

Busch klemmte sich wieder hinter das Steuer und flötete: »Ich habe angeboten, dass wir die beiden mitnehmen. Dirk muss zur Bücherei, die liegt ja sowieso auf unserem Weg. Und Herr Huwe wird uns auf eine Tasse Kaffee ins Präsidium begleiten, nicht wahr?«

Huwe lächelte gekünstelt. »Ich freue mich schon.«

Ich betrachtete Busch von der Seite. Der Kommissar freute sich wirklich.

Zwanzig Minuten später wünschten wir Dirk einen schönen Arbeitstag und er erzählte uns, mit welchen Regalen er anfangen würde und in welcher Abteilung die schönsten Bilder auf den Buchumschlägen waren.

Walter Huwe hatte sich so weit beruhigt, dass er zumindest auf den ersten Blick aussah, als käme er freiwillig mit. »Sie brauchen sich keine Sorgen zu machen«, sagte ich zu ihm und deutete auf Busch. »Der sieht nur so aus, als ob er beißt.«

Busch schaute irritiert, Huwe lächelte höflich. »Das Ganze kommt nur etwas unerwartet«, redete er sich raus.

»Wir haben inzwischen alle Leute befragt, die regelmäßig in dem Haus waren«, erklärte Busch, als wir es uns in einem Verhörraum bequem gemacht hatten. »Sie sind der Letzte auf der Liste.«

Der Polizist schenkte uns Kaffee ein und bot Milch und Zucker an. Huwe nahm beides.

»Ich hatte keine Ahnung, dass Sie mit mir sprechen wollen.«

»Wenn es dringend gewesen wäre, hätten wir Sie schon längst aufgesucht«, beruhigte Busch ihn. »Aber Ihre Aussage benötigen wir der Vollständigkeit halber, Sie wissen schon. Formalitäten.«

»Ich kann es mir vorstellen«, sagte Huwe.

»Außerdem bin ich neugierig auf Sie geworden«, verriet Busch.

Huwe verkrampfte unmerklich bei diesen Worten.

»Dirk ist ein netter Kerl. Er erzählt viel über Sie«, erklärte Busch harmlos.

»Ich kümmere mich um ihn«, antwortete Huwe defensiv.

»Was heißt das genau?«

»Ich helfe ihm bei allem, was ansteht. Unterstütze ihn dabei, so viel wie möglich selbst zu tun.«

»Bringen Sie ihn jeden Tag zur Arbeit?«

»Nein, heute war eine Ausnahme.«

»Gestern wollten Sie ihn von der Bücherei abholen.«

»Ja. Aber mir ist etwas dazwischengekommen.«

Busch schwieg bedeutungsschwer.

»Das passiert mir sonst nie!«

»Das hat Dirk auch gesagt. Zum Glück war ich da und konnte ihn nach Hause fahren. Er hat sich große Sorgen um Sie gemacht.«

»Deshalb bin ich ja heute Morgen zu ihm gefahren. Er nimmt sich manche Dinge einfach zu sehr zu Herzen.«

»Das glaube ich«, sagte Busch. »Er war ganz durcheinander.«

Huwe schwieg mit gesenktem Blick.

»Machen Sie das eigentlich beruflich? Anderen Menschen helfen?«

»Ich bin Sozialarbeiter«, erklärte Dirks Helfer und nannte seinen Arbeitgeber. »Ich kenne Dirk schon seit einigen Jahren.«

»Sie helfen also noch anderen Menschen?«

»Ja, wir kümmern uns um Personen, die aus der Psychiatrie entlassen werden, und um Behinderte, die aus Internaten oder Wohnheimen kommen und selbstbestimmt leben möchten.«

»Worin besteht genau Ihre Unterstützung?«

»Wir sind bei allem behilflich, von Behördenkontakten über Arbeitsplatzsuche bis zum Einkaufen.«

»Mädchen für alles.«

»Richtig. Wir bieten Hilfen beim Übergang oder auch dauerhaft. Je nachdem, was erforderlich ist«, erklärte der Sozialarbeiter. »Wenn zum Beispiel jemand ein halbes Jahr in der Psychiatrie war und dann wieder entlassen wird, müssen tausend Dinge geregelt werden. Das kann niemand allein schaffen.«

Busch nickte.

»Aber Wohnung und Arbeitsplatz sind noch das geringste Problem. Das Schlimmste ist das Stigma.«

»Was heißt das?«

»Vorurteile, wo Sie auch hinkommen. Jemand hatte eine schwere Depression und kommt zurück in sein altes Leben. Seine sogenannten Freunde fragen sich, ob die Krankheit nicht ansteckend ist. Sein Arbeitgeber findet Mittel und Wege, ihm seinen alten Job zu vermiesen, weil die Vertretungskraft viel besser funktioniert. Seine Frau hat einen anderen Mann kennengelernt, der nicht ständig Trübsal bläst.«

»Das ist bitter«, meinte Busch.

»Genau an dem Punkt, wo dieser Mensch seine Freunde und Familie mehr als jemals zuvor braucht, wo er geregelte Strukturen benötigt, bricht das alles weg. Er ist auf sich gestellt.«

»Wahrscheinlich gibt es häufig Rückfälle?«

»Wenn wir nicht eingreifen können. Leider haben wir einfach zu wenig Personal.«

»Ist Ihre Arbeit denn nicht sehr anstrengend?«

»Aufreibend ist vor allem der Kampf mit dem Umfeld. Sie können sich nicht vorstellen, wie Menschen mit psychischer Erkrankung und Behinderungen von der Gesellschaft ausgeschlossen werden.«

»Das ärgert Sie«, stellte Busch fest.

»Ja, manchmal ist das wirklich zum Verzweifeln.«

»Es ist ja auch ungerecht«, stimmte Busch zu. »Diese Menschen haben doch schon genug durchgemacht.«

»Es gibt keine Rücksicht und keine Toleranz«, konstatierte Huwe. War er bisher eher zurückhaltend gewesen, spürte ich nun einen unterschwelligen Zorn bei ihm.

»Wir haben so einiges über die Broses gehört«, schlug Busch den Bogen.

»Genau. Das waren solche Typen. Die bringen mich zur Weißglut.« Wie zur Bestätigung trat seine Halsschlagader vor.

»Was genau hat Sie so geärgert?«, hakte Busch nach.

»Sie kennen Dirk. Er ist ein netter Kerl. Er ist warmherzig und sensibel. Und trotzdem machen sich ständig irgendwelche Leute über ihn lustig. Er kann nicht in der Straßenbahn fahren, ohne dass er ausgelacht wird, er wird beim Einkaufen angerempelt, im Park geschubst, beschimpft, wenn er sich auf eine Bank am Spielplatz setzt. Er ist sogar schon angegriffen worden. Bloß weil er am Bahnhof nicht schnell genug in seinen Zug eingestiegen ist.«

»Und dann auch noch die Broses«, fügte der Kommissar hinzu.

»Abschaum!«

»Das klingt nach Hass.«

»Hass ist viel zu wertschätzend«, zischte der Sozialarbeiter. »Ich *verabscheue* diese Leute.«

Tatsächlich war die Abneigung des Mannes mit Händen greifbar. Fast noch deutlicher als bei den anderen Nachbarn. Busch schien das auch bemerkt zu haben, denn er musterte den Sozialarbeiter aufmerksam.

»Damit waren Sie nicht allein«, erklärte der Kommissar schließlich.

»Das weiß ich. Mich wundert nur, dass die nicht schon früher einer abgemurkst hat.«

»Hat denn jemand solche Pläne geäußert?«

»Das war doch offensichtlich. Jeder wollte diese Typen loswerden.«

»Das ist nicht dasselbe wie ein Mordplan«, gab Busch zu bedenken.

»Ja ... Ich hatte zumindest das Gefühl, dass keiner über deren Tod traurig ist.«

»Sie haben Dirk mit den Broses geholfen.«

Er zuckte mit den Schultern. »Viel konnte ich nicht tun. Polizei und Ordnungsamt waren ja auch nicht besonders hilfreich.«

»Zugegeben.«

»Also haben wir ein Lärmprotokoll angelegt.«

»Das ist für uns jetzt sehr hilfreich«, lobte Busch.

»Es war eigentlich für eine Gerichtsverhandlung gedacht, um die Broses aus dem Haus zu entfernen.«

»Und die anderen Protokolle?«

»Für das Gericht«, wiederholte Huwe.

»Ich meinte die wörtlichen Protokolle vom Familienstreit.«

»Die auch.«

»Wörtliche Mitschriften interessieren den Richter nicht, sondern hätten nur der Gegenseite genutzt.«

Huwe zuckte die Achseln.

»Interessant war es ja schon, worüber die sich gestritten haben«, versuchte es der Polizist.

Huwe lächelte ausweichend.

»Wozu haben Sie die Protokolle gebraucht?«, wiederholte Busch.

»Für die Gerichtsverhandlung«, beharrte Huwe.

Es war das erste Mal, dass die Befragung hakte und unangenehme Untertöne bekam. Huwe musterte uns misstrauisch, Busch wechselte das Thema: »Wobei helfen Sie Dirk sonst noch?«

Huwe wurde von dem Themenwechsel überrascht. »Bei der Arbeit. Ich erkundige mich regelmäßig, wie er zurechtkommt. Und ich helfe ihm, wenn er seine Unterstützung beantragen muss, das kann er nicht allein. Ich schaue auch regelmäßig zu Hause nach dem Rechten und wir plaudern ein wenig.«

»Dirk kann sich glücklich schätzen, dass er einen Freund wie Sie hat«, meinte Busch.

»Ich kann ihn leider nicht vor allem beschützen«, seufzte der Sozialarbeiter.

»Würden Sie das gerne?«

»Vor Spott in der Fußgängerzone oder Übergriffen. Aber da bin ich machtlos.«

»Das ist bestimmt frustrierend.«

»Ich hasse es. Ich muss zusehen, wie ein Unschuldiger gequält wird und kann nichts machen.«

Der Kommissar betrachtete den Sozialarbeiter nachdenklich. Dann überraschte er uns beide, indem er sagte: »Ich denke, das reicht uns, Herr Huwe. Haben Sie vielen Dank.«

46

Oliver

»Da stimmt doch etwas nicht«, murmelte ich, während Dirks freundlicher Helfer eilig zum Ausgang verschwand. Zwar war sein Einsatz für die Schwachen und Unterdrückten sehr sympathisch, aber der Mann strahlte eine unterschwellige Aggressivität aus, die mir zu denken gab.

»Er scheint etwas zu verbergen«, bestätigte die Ellinger.

Ich nahm den Zettel mit den Kontaktdaten und wir machten uns auf den Weg zur Mordkommission.

Neben den Ermittlern war abermals Staatsanwalt Macke anwesend. Beim Hereinkommen klopfte ich ihm auf die Schulter und sagte: »Es sieht so aus, als hätten noch viele andere Personen außer Frau Cagas vor Anni Brose Angst gehabt.«

»Ich habe davon gehört«, entgegnete er pikiert. Ich setzte mich vorsichtshalber an das andere Ende des Tisches.

Reinhold eröffnete die Sitzung und schon der erste Beitrag der Kollegin Burmeister versetzte uns alle ins Staunen.

»Wir haben uns mit den Verwandten unterhalten und die Freunde der Familie Brose aufgetrieben.«

»Ach, die gibt es?«, fragte ich dazwischen.

»Wir haben Ruprecht Brose, den Bruder von Clemens Brose, und seine Frau ausführlich vernommen. Beide waren erschüttert. Keiner will glauben, dass Marvin die Tat begangen hat. In der Ehe von Clemens und Anni Brose wollen sie keine Schwierigkeiten bemerkt haben. Von den Problemen mit der Nachbarschaft wussten sie, sehen die Ursache hierfür aber ausschließlich bei den Nachbarn.«

»Erstaunlich«, brummte ich. »Aber wenn die nicht glauben, dass Marvin der Bösewicht ist, warum unterstützen sie ihn dann jetzt nicht? Kein Besuch, kein Anwalt.«

Stattdessen der arme Konrad Bredow, der sich nun gegenüber seinem Vorgesetzten rechtfertigen musste, warum er sich von einem Sechzehnjährigen vor die Tür hatte setzen lassen.

»Entweder sie wollten der Polizei nicht die Wahrheit sagen oder sie belügen sich selbst«, zeigte die Ellinger auf. »Aber die Selbsttäuschung trägt nicht so weit, dass sie Marvin Beistand leisten würden.«

»Üble Familie«, murmelte ich.

Katrin berichtete weiter: »Wir haben die regelmäßigen Partygäste identifiziert und aufgesucht. Kevin, Jordan, Marcel und Maurice. Allesamt Freunde von Sven. Die äußerten sich ähnlich. Familie Brose sei von ihren Nachbarn gemobbt worden. Schikanen, gegen die man sich hätte wehren müssen.«

»Konnten die überhaupt in zusammenhängenden Sätzen sprechen?«, fragte ich.

»Mit ein wenig Nachhilfe«, grinste Katrin.

Auch Thorsten konnte man seine Ablehnung am Gesicht ablesen.

Ich musste unweigerlich an unser Gespräch mit der Familie Cagas denken und daran, was Daniela Ellinger dort gesagt hatte: *Manche Leute sehen sich immer als Opfer, ganz egal was passiert.*

Aus dem Umfeld der Broses gab es sonst keine bemerkenswerten Neuigkeiten. »Dann kommen wir zum Täter«, bat Reinhold.

Daniela Ellinger berichtete in kurzen Sätzen über die neuesten Entwicklungen.

»Das hört sich ziemlich abenteuerlich an«, kommentierte Thorsten.

»Wir müssen hoffen, dass wir ihn über eine längere Zeitperiode beobachten können«, erläuterte die Ellinger. »Und dass wir dabei einen Hinweis erhalten.«

»Aber bis jetzt lässt sich noch nicht feststellen, was mit dem Jungen los ist«, fasste Reinhold zusammen.

»Wir können nicht ausschließen, dass er sich nur verstellt, um uns zu täuschen«, betonte die Psychologin.

»Ist abzusehen, wann Sie eine Aussage treffen können?«, fragte Staatsanwalt Macke. »Der Fall sorgt bei uns für einige Unruhe.«

»Leider nein«, räumte meine Partnerin ein.

»Bis jetzt läuft alles auf dreifachen Mord mit besonderer Schwere hinaus«, verkündete Macke.

Das war Musik in meinen Ohren. Noch besser hätte ich es gefunden, die Ermittlungen rasch zu einem Ende zu führen und alle weiteren Versuche, die Schuld des Jungen zu relativieren, gleich der Verteidigung zu überlassen.

»Sonst noch Neuigkeiten?«, fragte Reinhold ab.

»Es ist eine interessante neue Person aufgetaucht«, meldete ich mich und berichtete von Walter Huwe, dem selbsternannten Schutzengel von Dirk.

»Und du fragst dich jetzt, ob der Beschützerinstinkt bei diesem Mann vielleicht so stark ausgeprägt ist, dass er hinter den Morden steckt?«

»Es würde zur Tat passen«, ergänzte ich. »Wenn er sozusagen als Rächer der gequälten Nachbarn aufgetreten ist, wäre er vielleicht so vorgegangen.«

»Huwe hätte die größten Qualen für Marvin reserviert, der für die Morde im Gefängnis verschwinden wird«, sinnierte Katrin.

»Die Morde zeugen von großem Hass, es sind Taten, die aus Rache begangen worden sind«, fügte die Ellinger hinzu. »Huwe passt sehr gut ins Bild. Er war zornig genug, um die Taten zu begehen, hatte alle Informationen über Familie Brose, um die Symbolik zu arrangieren, und war gleichzeitig distanziert genug, um kontrolliert zu handeln und nicht im Affekt.«

»Rache ist ein Gericht, das man kalt genießen soll«, zitierte Thorsten leise.

»Dieser Mann verdient unsere Aufmerksamkeit«, entschied Reinhold.

Ich hielt den Zettel mit den Kontaktdaten hoch, Thorsten schnappte ihn. »Das ist für uns die leichteste Übung«, verkündete er.

Dann war Matthias an der Reihe. »Unsere Vermutung hat sich bestätigt. Marvin war für den Kraken unterwegs, einen gut vernetzten Dealer, der in Uerdingen sein Revier hat.«

»Na, auf den freue ich mich doch schon den ganzen Tag«, behauptete ich.

»Der Krake ist ganz harmlos«, wiegelte Matthias ab. »Wir fahren einfach hin und befragen ihn zu Marvin.«

»Einfach so?«, fragte Reinhold.

»Nee, wir nehmen noch zwei Streifenwagen mit«, erklärte Matthias. »Aber das ist eine reine Vorsichtsmaßnahme.«

»Okay, und wo finden wir diesen Kraken?«, wollte ich wissen.

Matthias schob einen Zettel über den Tisch. »Er sitzt im Rheinhafen. Wir treffen uns in einer halben Stunde dort, einverstanden?«

Reinhold schloss die Sitzung und alle gingen wieder an ihre Arbeit.

Auf dem Flur trafen die Ellinger und ich auf Philip, an den wir die Ermittlungen zur Mittäterschaft der Schulleiterin Alsen abgegeben hatten.

»Oliver, das war echt ein Volltreffer, wir haben noch eine Akte gefunden, über vierzig Fälle insgesamt«, sagte er grimmig.

Ein eiskalter Schauer kroch meine Wirbelsäule empor. Ich fragte: »Habt ihr denn auch herausgefunden, warum die ganze Sache nicht schon längst aufgeflogen ist?«

»Wir haben eine ziemlich genaue Vorstellung. Dass alles so lange vertuscht werden konnte, liegt vor allem an der Schulleitung. Sie hatte von allen Fällen erfahren und die

Eltern oder Schüler sind entweder zu ihr gekommen oder sie hat sich selbst eingeschaltet.«

Ich dachte an die Alsen und ihre Unschuldsnummer. Überfordert, hatte die Ellinger gesagt. Ich ballte meine Fäuste.

Philip berichtete: »Das war ziemlich raffiniert. Viele Eltern wollten zur Polizei gehen. Aber die Schulleiterin hat jedes Mal versichert, dass es nur einzelne Vorkommnisse waren, denen sie nachgehen werde.«

»Und das haben die geschluckt?«

»Die Alsen hat in den schillerndsten Farben ausgemalt, was passieren würde, wenn sie sich an die Polizei wenden. Was Ermittlungen für die Kinder bedeuten würden. Und wie traumatisierend ein Gerichtsverfahren wäre.«

»Sie hat sich als Anwältin der Kinder aufgespielt?«, fragte die Ellinger empört. »Das ist perfide.«

»Auf jeden Fall waren die Eltern am Ende so eingeschüchtert und verunsichert, dass sie alles lieber heimlich, still und leise geregelt haben.«

47

Daniela

Busch lief mit geballten Fäusten voraus zum Auto. Dort angekommen, riss er die Tür auf und rammte den Schlüssel ins Zündschloss.

Ich sagte vorsichtig: »Sie haben die Sache aufgedeckt. Die Täterin ist tot und die Schulleiterin wird aus dem Verkehr gezogen.«

Er grunzte nur zur Antwort. Vielleicht wollte er sich gar nicht beruhigen lassen. Wir starteten mit quietschenden Reifen Richtung Uerdingen, die Ampel am Ostwall passierten wir bei Rot, den Zebrastreifen am Zoo ignorierten wir. Zumindest drängte Busch kein anderes Fahrzeug von der

Straße. Am Hafen angekommen, hatte er sich wieder so weit im Griff, dass er langsam fuhr. Wir orientierten uns an den Schildern und fanden die richtige Straße.

Der Kommissar parkte so unauffällig am Straßenrand, wie man ein Zivilfahrzeug der Polizei eben parken konnte. Wir befanden uns in einem ziemlich heruntergewirtschafteten Teil des Hafens, in dem zwei eingemottete Kähne im Rheinwasser dümpelten und eine verfallene Lagerhalle neben der anderen stand. Rostige Tore hingen schief in den Angeln, zersplitterte Fensterscheiben gaben den Blick in verlassene Büros frei.

»Reizende Gegend«, murrte Busch.

Als er begann, auf das Lenkrad zu trommeln, machte er mich auch nervös.

Schließlich sagte er: »Ich brauche frische Luft!«, stieß die Tür auf und sprang aus dem Wagen.

Ich folgte ihm mit einem demonstrativen Seufzer.

»Sie können ruhig sitzen bleiben«, meinte Busch.

»Irgendjemand muss doch auf Sie aufpassen.«

Er grinste schief. »Es geht schon wieder. Aber wenn ich nur dran denke, was in dieser Schule abgelaufen ist …« Der Kommissar schwenkte seine riesigen Fäuste.

»Die Schulleiterin kann froh sein, dass sie nicht mehr von Ihnen vernommen wird.«

»Sie sagen es.«

Wir schauten uns über das Autodach hinweg an und ich konnte erkennen, wie viel Anstrengung es ihn kostete, sich zu beherrschen.

»Ist es hier immer so leer?«, versuchte ich ein Ablenkungsmanöver.

»Was meinen Sie?«

»Es ist kein Mensch zu sehen.«

»Das ist nicht der blühendste Teil des Hafens«, stellte Busch ironisch fest.

»Immerhin sind vier andere Autos geparkt, die noch fahrtüchtig aussehen.«

»Stimmt. Vielleicht die Fahrzeugflotte des Kraken. Kommen Sie, wir schauen uns ein wenig um.«

»Halten Sie das für eine gute Idee?«, fragte ich.

»Sie haben Matthias doch gehört. Der Krake ist der freundlichste Dealer von Krefeld.« Er schlenderte arglos über den brüchigen Asphalt in Richtung Hafenbecken.

Ich folgte ihm widerstrebend. Der Rhein lag ruhig in seinem Bett, am anderen Ufer erstreckten sich niedrige Fabrikgebäude. Wir gingen ein paar Schritte am Kai entlang, wo sich Löwenzahn in den Rissen der Betonplatten angesiedelt hatte. Immer noch war kein Mensch zu sehen. Die einzigen Geräusche kamen vom anderen Ufer, wo Arbeiter einen Lastwagen entluden.

Wir steuerten auf ein paar chaotisch in der Gegend stehende Müllcontainer zu. Sie waren rostig, der Asphalt darunter krümelig.

»Wirkt alles verlassen auf mich«, meinte ich.

»Denken Sie an die Autos«, erinnerte er mich.

»Jetzt könnte Matthias aber wirklich kommen.«

Und dann geschah etwas vollkommen Unglaubliches. In dem Lagerhaus, vor dem wir standen, wurde das Eingangstor zugezogen. Es quietschte furchtbar. Gleichzeitig schlug jemand das Fenster daneben von innen ein. Wie in Zeitlupe sah ich den Lauf einer Waffe daraus auftauchen.

»Runter! Runter!« Buschs Finger krallten sich in meine Schultern, ich wurde zur Seite gerissen, dann sah ich Mündungsfeuer. Kugeln pfiffen über unsere Köpfe.

Der Aufprall auf dem Asphalt raubte mir den Atem. Meine Schulter schmerzte und mir schossen reflexartig Tränen in die Augen. Kugeln schlugen in die Container ein.

Busch fluchte lauthals. Ich spürte, wie er mich auf die andere Seite drehte. »Bleib unten!«, sagte er eindringlich. »Und jetzt kriech vorwärts! Schnell! Und unten bleiben! Kopf runter!« Er dirigierte mich mit seinen Händen.

»Okay«, sagte Busch schließlich atemlos. »Bist du verletzt?«

Ich sah alles verschwommen und musste mir erst einmal die Tränen aus den Augen wischen. Meine Schulter fühlte sich an, als würde sie brennen und ich hatte mir einige Fingernägel abgebrochen. »Alles in Ordnung«, verkündete ich.

Er schaute mich zweifelnd an. Erneut trafen Kugeln den Container, der uns als Schutzschild diente. Wir zuckten zusammen, zogen die Köpfe ein. Erst jetzt bemerkte ich, dass Busch mit gezogener Pistole neben mir hockte. »Mindestens vier. Was sind das bloß für Arschlöcher?«, murmelte er.

Dann wandte er sich an mich. »Kannst du mit einer Waffe umgehen?«

Ich starrte wie gelähmt seine Pistole an. Noch nie in meinem Leben war ich mir so inkompetent vorgekommen wie in diesem Augenblick. Wir kauerten hinter einem alten Müllcontainer, der unser einziger Schutz vor einigen üblen Typen mit automatischen Waffen war und konnten keineswegs sicher sein, den Abend zu erleben. Doch das einzige was mir auf seine Frage einfiel, war: »Ich habe mal Tai-Chi mit Schwert gemacht.«

48

Oliver

Tai-Chi mit Schwert. Na bravo. Hätten die Typen im Lagerhaus uns nicht in diesem Moment mit einer neuen Salve Kugeln eingedeckt, hätte ich wahrscheinlich darüber gelacht.

Da unsere Verteidigung an mir hängen bleiben würde – solange es nicht wider Erwarten zum Schwertkampf kam –, verkniff ich mir einen Kommentar und widmete mich wieder unseren Gegnern. Die Situation war so einfach, wie sie gefährlich war. Bevor die Kugeln flogen, hatte ich im Lagerhaus vier Männer gesehen, die wie aufgescheuchte Hühner umherliefen.

Der Container, der uns Deckung bot, war schon von mehreren Kugeln getroffen, aber von keiner durchschlagen worden, deshalb befanden wir uns wohl nicht in unmittelbarer Gefahr. Das konnte sich aber schlagartig ändern, sobald unsere Gegner sich bewegten. Sie waren uns zahlenmäßig und an Feuerkraft überlegen. Wenn sie sich aufteilten und uns einkreisten, sah es schlecht für uns aus.

Nun war guter Rat teuer. Neben dem Container, hinter dem wir uns in Sicherheit gebracht hatten, standen in chaotischer Anordnung noch vier weitere. In diesem Labyrinth würden wir uns besser verbergen können, aber wenn die Dealer uns umzingelten, wäre eine Flucht dafür umso schwieriger.

Ich hatte eine andere Idee und versuchte, unseren Container zu bewegen. Das Ungetüm quietschte störrisch und trotz großer Anstrengung bewegte er sich nur wenige Millimeter.

»Das vordere Rad klemmt im Asphalt fest«, bemerkte die Ellinger.

Sie hatte recht. Vermutlich konnte man es sogar befreien, aber dafür hätte ich um den Container herumgehen müssen. Was im Moment nicht besonders ratsam war.

»Wir brauchen Hilfe«, stellte ich fest.

»Aber … das Funkgerät ist doch im Auto«, wandte die Ellinger mit wackeliger Stimme ein.

»Du hast doch ein Handy, oder?«, fragte ich gereizt.

Sie schaute mich perplex an.

»Eins-eins-null«, half ich ihr auf die Sprünge.

Streng genommen, konnte ich es ihr nicht verübeln, dass

sie etwas neben der Spur lief, wenngleich mir eine abgebrühtere – und ebenfalls bewaffnete – Partnerin natürlich lieber gewesen wäre. Nun begann sie, an ihrem Handy herumzufummeln.

Ich warf einen vorsichtigen Blick Richtung Lagerhaus. Der wurde prompt mit einer Salve aus einem Sturmgewehr beantwortet.

Solange diese Typen auf Distanz blieben, war alles in Butter, denn schließlich war Matthias ja schon mit zwei Streifenwagen auf dem Weg.

Plötzlich begann die Ellinger hektisch loszuplappern. Ich nahm ihr das Handy ab, schilderte dem Kollegen sachlich die Lage und gab unsere Position durch. »Wir könnten etwas Hilfe gebrauchen«, schloss ich meine Meldung.

»Verstanden«, antwortete der Mann in der Leitstelle. »Verstärkung ist unterwegs. Bleib dran.«

Die Psychologin nahm erleichtert ihr Handy wieder an sich, als hoffte sie, sich daran festhalten zu können. Wir hockten hinter einer brauchbaren Deckung, waren nicht schlecht bewaffnet und Verstärkung musste jeden Moment eintreffen.

»Es ist gleich vorbei«, versuchte ich, meiner Partnerin Mut zu machen, aber sie lauschte gebannt in ihr Handy, mein Kollege von der Leitstelle war direkt an ihrem Ohr. »Hundertschaft? Hubschrauber?«, hörte ich sie atemlos hauchen.

Das klang vielversprechend. Und im nächsten Moment hörte ich auch schon Sirenen näher kommen.

Leider hatte das nicht ganz den erwünschten Effekt. Anstatt aufzugeben und sich aus dem Staub zu machen, feuerten die Gangster nun aus allen Rohren. Zwar hielt der Container auch diesmal stand, allerdings waren ihre Rufe laut und deutlich zu hören: »Du nach links, ich gehe rechts.«

Wunderbar. Die Jungs waren zwar keine taktischen Genies, aber das mussten sie auch nicht sein, um uns zu erschießen. Ich legte meinen Kopf flach auf den Asphalt und sah tatsächlich vier Männer näher kommen, zwei von jeder Seite. Uns blieben vielleicht zehn oder fünfzehn Sekunden – zu wenig, um auf die Verstärkung hoffen zu können.

Ich bedeutete der Psychologin mit einem Kopfnicken, aufzustehen. Zum Glück reagierte sie sofort. Ich schob sie vorwärts zwischen die Container außer Sicht und schirmte sie mit meinem Körper ab. Das war noch der leichteste Teil – erst jetzt wurde mir bewusst, wie unglaublich zierlich sie war.

Ich legte einen Finger an meine Lippen. Sie verstand. Die Männer pirschten kaum hörbar heran. Wir befanden uns inmitten der Container, hatten dadurch aber höchstens fünf Sekunden gewonnen, bevor wir in der Falle saßen, die Dealer uns mit ihren Maschinenpistolen in menschliche Siebe verwandeln und sich dann vom Acker machen konnten. Ich schaute mich hastig um, aber es gab keinen Ausweg. Wir mussten es mit ihnen aufnehmen.

Ein kurzer Blick auf die Räder der anderen Container verriet mir, dass diese auch verkeilt und nicht zu bewegen waren. Zumindest nicht auf ihren Rädern. So leise wie möglich bückte ich mich, legte meine Pistole auf den Boden und packte einen Container von unten. Ich bekam eine stabile Querstrebe zu fassen, ging in die Hocke und spannte meine Muskeln an.

Sehen konnte ich die Typen nicht, aber sie waren so freundlich, immer wieder durch Zuruf auf sich aufmerksam zu machen.

»Wo isser hin?«, hörte ich einen rufen.

»Kann nich weit sein«, gab der andere zurück.

Halb schätzte, halb hoffte ich, den zweiten Mann etwa in Höhe des Containers zu orten, den ich in den Händen hielt. Der Container war leer – damit hatte ich nicht gerechnet. Ich schnellte hoch, das Blech in meinen Händen schleuderte nach vorn, das metallene Ungetüm kippte, auf der anderen Seite gab es einen entsetzten Aufschrei, dann dumpfe Schläge, als der Container auf den Asphalt prallte.

Wir hatten keine Zeit, den Überraschungserfolg auszukosten. Ich angelte meine Waffe vom Boden, zog die Ellinger hinter mich und drückte uns beide an die Containerwand, hinter der ich die beiden anderen Ganoven vermutete.

»Scheiße!«, hörte ich einen von ihnen fluchen.

»Nein! Bleib hier!«, brüllte der andere, doch in der nächsten Sekunde erschien sein Kumpan direkt vor uns. Hin- und hergerissen, ob er seine bewusstlosen Komplizen entsetzt oder mich überrascht anstarren sollte, lag der Vorteil auf meiner Seite. Ich nutzte ihn gnadenlos und setzte meine Pistole als Schlagwaffe ein. Ich traf sein Handgelenk, die Maschinenpistole schlidderte davon. Meine Linke schwang ich in den Magen des Mannes. Wieder rechts, der Pistolenlauf gegen seine Schläfe.

Ich holte noch mit dem Ellenbogen aus, doch da brach er schon zusammen. Dann sprang ich über den Körper und fand den vierten Mann – zitternd. Ich richtete meine Waffe auf ihn, er ließ sein Sturmgewehr fallen und hob die Hände.

»Nicht schießen, Mann, ich ergebe mich!«, winselte er.

Ich erlaubte mir, durchzuatmen. Und stellte fest, dass meine Partnerin nicht mehr hinter mir war.

»Daniela!«, rief ich erschrocken. »Daniela! Wo bist du?«

Es raschelte hinter mir. »Hier.«

»Bleib hinter mir«, befahl ich, ohne den schlotternden Schurken aus den Augen zu lassen. Meine Hand war gerade auf dem Weg zu meinem Gürtel und den Handschellen, als der Typ aufhörte zu bibbern und mit großen Augen auf Daniela starrte.

»Wow!«, pfiff er. »Was hast du denn für eine geile Tussi?«

Meine Hand machte sich selbstständig. Ich spürte, dass ich eine Faust formte, und im nächsten Moment brach das

Nasenbein des Mannes unter meinem Schlag. Er klappte reglos zusammen, sodass ich befürchtete, noch mehr zerschmettert zu haben, als bloß sein Riechorgan.

Wenigstens erübrigten sich die Handschellen. Im nächsten Moment hielten drei Streifenwagen mit heulenden Sirenen und quietschenden Reifen neben der Lagerhalle. Zwei Sekunden später wurden wir per Megafon aufgefordert, mit erhobenen Händen hervorzukommen.

»Ich dachte, der Krake sei ein pazifistischer Dealer«, beschwerte ich mich bei Matthias, während sich ein Sanitäter an meiner Hand zu schaffen machte.

»Du siehst furchtbar aus«, murmelte Matthias entgeistert. »Deine Hand ist voller Blut.«

»Nicht meins«, antwortete ich lapidar. »Jetzt kannst du den Kraken auf jeden Fall verhaften. Versuchter Mord ist keine Kleinigkeit.«

Das Adrenalin pumpte immer noch durch meine Adern, mein Herz arbeitete auf Hochtouren. Ich wartete misstrauisch auf den Schock. Im Moment war ich zwar überdreht, aber immer noch klar im Kopf.

»Du hast recht, jetzt haben wir ihn. Aber ich verstehe es trotzdem nicht«, meinte Matthias ratlos. »Mein Gott, Oliver, was ist hier bloß passiert?«

»Sag du es mir. Wir sind hergefahren, wie du gesagt hast. Du meintest, der Kerl sei harmlos und wir würden uns ganz locker mit ihm unterhalten, oder? Wir waren früh dran und haben uns schon mal umgesehen. Und urplötzlich ballern diese vier Typen los.«

Matthias schüttelte ungläubig den Kopf.

Der Sanitäter sagte: »In Ordnung. Bewegen Sie Ihre Hand.«

Ich machte vorsichtig eine Faust. Der Verband war nur dünn und bedeckte die Abschürfungen, die ich mir beim Containerweitwurf zugezogen hatte.

Ich warf einen Blick auf meine Gegner. Der Typ, dem ich die Nase zertrümmert hatte, wurde immer noch behandelt. Hätten die Kerle uns zuerst erwischt, wären wir selbst für den besten Notarzt der Welt verloren gewesen.

Schließlich wurde der Mann auf eine Trage gepackt und in einen Rettungswagen verfrachtet. »Das ist der Krake«, teilte Matthias mit, als er an uns vorbeigeschoben wurde.

Offenbar hatte sich das Nasenbein unvorteilhaft in seinen Schädel gebohrt. Mein Bedauern hielt sich in Grenzen.

»Unglaublich«, wiederholte Matthias.

»Räum dem Kerl lieber die Bude aus und bring ihn hinter Gitter«, empfahl ich. Der Sanitäter entließ mich und ich ging zu Daniela.

Sie hatte eine Decke um den Körper geschlungen und einen dampfenden Becher in den Händen. Sie unterhielt sich mit einer Sanitäterin. Genau genommen einer Notfallseelsorgerin.

Ich setzte mich neben sie. »Alles klar bei dir?«

Die beiden unterbrachen ihr Gespräch. »Ja, es ist nur der Schreck«, sagte sie.

»Das freut mich.«

»Du nennst mich Daniela.«

»Ich nenne jeden Daniela, sobald wir gemeinsam eine Schießerei überlebt haben«, behauptete ich.

Sie schaute mich ernst an. Dann spürte ich ihre Hand auf meiner Schulter. »Wir haben es nur dir zu verdanken, dass wir noch leben.«

Ich wusste nicht, wie sie es machte, aber ich wurde tatsächlich verlegen.

»Danke«, fügte sie hinzu.

49

Daniela

Derealisation war ein Symptom, das bei einigen komplexen psychischen Störungen auftrat. Die Betroffenen verloren das Gefühl für die Wirklichkeit. Ich konnte mich in diese Menschen jetzt wesentlich besser hineinversetzen.

Was wir in den letzten Minuten erlebt hatten, lag so weit außerhalb jeglicher normalen Erfahrung, dass ich es kaum hätte fassen können, wenn es mir jemand berichtet hätte.

Ich sah die Polizisten ausschwärmen, die Gebäude durchsuchen, und ich hörte den Hubschrauber kreisen. Ich beobachtete die Sanitäter und Notärzte, die sich um die Verletzten bemühten.

Ich spürte, wie ich an den Schultern gefasst, zu einem Rettungswagen geführt wurde. Ich bemerkte die Decke um meine Schultern, nahm den Kaffeebecher, hörte die Stimme der Frau, die mit mir sprach, und reagierte automatisch darauf.

Aber das alles war nicht ich. Es spielte sich irgendwo ab. Ich war an einem ganz anderen Ort und beobachtete alles aus weiter Ferne, als sei es nur das Hirngespinst irgendeines namenlosen Psychiatriepatienten.

Als ich sah, wie Oliver verarztet wurde, durchbrach etwas den Schleier, der mich vom Geschehen um mich herum abschirmte. Ich bekam mit, dass mich die Frau vor mir etwas fragte und nickte ein paar Mal, damit sie wieder still war. Wahrscheinlich eine Psychologin, die mir helfen wollte. Wie absurd.

Oliver kam zu mir, er war riesig. Er setzte sich neben mich, sodass ich seine Wärme an meiner Seite durch die Decke hindurch spürte. Vielleicht war das alles ja doch passiert. Die Schießerei. Hatte er mich tatsächlich mit seinem Körper vor den Kugeln abgeschirmt, die um uns herum durch die Luft pfiffen, und sogar wirklich mit dem Container unsere Feinde erschlagen?

Ich erinnerte mich an meine eigene Unfähigkeit, etwas zu unserer Rettung beizutragen. Allein wäre ich noch nicht einmal auf die Idee gekommen, den Notruf zu wählen. Tai-Chi mit Schwert. O mein Gott. Ich spürte, wie mir bei dem Gedanken daran das Blut in die Wangen schoss.

Ich wusste, dass ich unter Schock stand. Die peinlichen Erinnerungen machten es nicht besser. Ich bemerkte, dass er mich mit meinem Vornamen anredete. Meine Gedanken überschlugen sich und mein Magen mit ihnen.

Es sollte nur eine herzliche Geste sein. Unzureichend, um meine Dankbarkeit auszudrücken, aber alles, was ich in diesem Moment zustande brachte: meine Hand auf seiner Schulter, während ich mich bei ihm bedankte.

Es war ein Fehler.

Natürlich hatte ich gesehen, wie er den Container umgeworfen hatte und seit unserer ersten Begegnung gewusst, dass er kein Hänfling war. Aber jetzt seine Muskeln unter meinen Fingern zu spüren, warf mich aus der Bahn.

Ich erwischte mich dabei, dass meine Hand immer noch dort lag, nachdem ich mich längst bedankt hatte. Dass meine Finger begannen, seine Schulter zu erkunden. Ich versuchte, meine Hand wegzuziehen, aber sie war wie festgeschweißt. Das Kribbeln, das über meine Hand meinen Arm hinaufstieg und sich in meinem ganzen Körper ausbreitete, hatte nichts mit Derealisation zu tun.

Wie ein Teenager, schoss es mir durch den Kopf. Ich benahm mich wie ein unreifer Teenager! Betatschte die aufgepumpte Schulter eines Muskelmanns, wahrscheinlich mit dem dämlichsten Grinsen, das jemals eine Frau auf den Lippen gehabt hatte.

Ich riss meine Hand so heftig zurück, dass Oliver überrascht fragte: »Geht es dir gut?«

»Klar, ich habe ja nicht vier Typen zusammengeschlagen«, erwiderte ich so cool, wie mir möglich war.

Er schaute mich forschend an. Der Teenager in mir stellte fest, dass seine Augen sanft und gleichzeitig durchdringend waren. Ich senkte den Blick, weil ich eine ähnliche Wirkung fürchtete wie bei unserem Körperkontakt. Beim Thema Körperkontakt rückte ich gleich noch ein Stück von ihm ab.

Mit gerunzelter Stirn sagte er: »Der Typ zum Schluss … Er hat eine verdächtige Bewegung gemacht … Die hast du doch auch gesehen?«

»Ich? Wie? Na klar habe ich die gesehen«, stimmte ich eilig zu, ohne zu wissen, worum es überhaupt ging.

»Gut«, meinte er und stand auf. »Wir müssen ins Präsidium fahren und unsere Aussagen zu Protokoll geben. Wir sehen uns dann dort.«

Ich schaute ihm hinterher, wie er zu einem Streifenwagen ging, dort von einer Kollegin in Uniform seine Pistole ausgehändigt bekam und dann einstieg.

»Ein attraktiver Mann«, bemerkte die Notfallseelsorgerin. Was nicht sehr hilfreich war.

»Ich habe gerade gehört, was passiert ist«, sagte Heiko aufgeregt. »Geht es dir gut?«

Ich saß hinten in einem Streifenwagen, der Fahrer hatte das Blaulicht eingeschaltet, damit wir im Innenstadtverkehr wenigstens einigermaßen vorankamen.

»Ich bin unverletzt«, sagte ich in mein Handy. Was immerhin nicht gelogen war.

»Die haben wirklich auf euch geschossen?«

»Ja, Heiko.«

»Das ist ja furchtbar.«

»Mir geht es gut«, wiederholte ich.

»Ich bin nur froh, dass du am Leben bist.«

Und ich erst. »Oliver hat sie überwältigt.«

Es wurde still am anderen Ende. Dann: »Ähm. Gut. Wie schön. Wenn du meine Unterstützung brauchst, kann ich in zehn Minuten bei dir sein.«

»Mir geht es gut«, sagte ich zum dritten Mal.

»In Ordnung, ich melde mich wieder.«

Er beendete das Gespräch und ich hatte keine Lust, mich mit den verborgenen Botschaften in Heikos Aussagen zu befassen. Ich lehnte mich im Sitz zurück und schloss die Augen.

Was dann im Präsidium folgte, war eine Tortur. Reinhold versicherte mir, dass sie es so kurz wie möglich halten würden. Trotzdem wurde es spätestens nach dem vierten Durchgang zermürbend.

»Ich erinnere mich nicht mehr«, konnte ich nur noch sagen. Und es war mir auch egal, wie oft die Dealer auf uns geschossen hatten. Nur eines wiederholte ich immer wieder. »Ja, er hat eine verdächtige Bewegung gemacht. Oliver hatte keine Wahl.« Ich hatte zwar keine verdächtige Bewegung, sondern nur eine anzügliche Bemerkung mitbekommen, aber ich wollte Oliver nicht in Schwierigkeiten bringen. Schließlich hatte er mir das Leben gerettet. Dass ich ihn deckte, geschah aus reiner Dankbarkeit. Unter Partnern. Kollegen.

Während ich meine Aussage ein weiteres Mal wiederkäuen musste, schweiften meine Gedanken zu Oliver ab. Wie er im Kugelhagel die Ruhe bewahrte und genau wusste, was zu tun war. Sein Rücken an meinem Bauch, als er mich zwischen die Container schob. Die unglaubliche Kraftanstrengung, mit der er den Container umgeschmissen hatte. Und der Schlag in das Gesicht des Hageren, der mich als geile Tussi bezeichnet hatte.

»Gut«, sagte die Polizistin schließlich, die meine Aussage aufgenommen hatte. »Es reicht. Vielen Dank.« Damit war ich entlassen. Knapp mit dem Leben davongekommen, notverarztet und durch die Mühlen der Zeugenvernehmung gedreht, stakste ich mit steifen Knien auf den Flur. Dort wartete schon Oliver.

»Überstanden?«

Ich nickte matt.

»Hungrig?«

Die Frage kam mir seltsam vor, aber als ich meine Aufmerksamkeit auf meinen Magen richtete, knurrte er lautstark.

»Ich habe uns etwas zurückstellen lassen«, verriet Oliver.

Er bot mir seinen Arm und ich hakte mich dankbar ein. Natürlich bemerkte ich, dass der Arm nicht weniger muskulös war als die Schulter. Ich verschränkte vorsichtshalber meine Hände, damit sie sich nicht selbstständig machen und auf Entdeckungsreise gehen konnten.

Was absurd war. Denn ich stand überhaupt nicht auf Muskelmänner. Die ließen mich absolut kalt. Ich mochte sensible Männer mit Humor. Sanfte Männer, mit denen ich mich unterhalten konnte.

Hinzu kam, dass Olivers Körperbau sicher nicht angeboren war, sondern in mühevoller Arbeit in einem Fitnessstudio erworben. Und das war etwas, das mich nicht nur kaltließ, sondern sogar abstieß.

Oliver platzierte mich in der Kantine an einem Tisch am Fenster und kam kurz darauf mit einem Tablett zurück. Das Kartoffelgratin war nicht das beste, das ich je gegessen hatte, aber es war warm und hatte Kalorien, die ich dringend benötigte.

Wir machten uns beide gierig darüber her. Als ich meinen Teller zur Hälfte bewältigt hatte, gesellte sich Matthias zu uns.

»Musst du nicht deine Dealer befragen?«, wollte Oliver wissen.

»Von denen ist keiner vernehmungsfähig. Zwei sind im OP, einer hat ein schweres Schädeltrauma. Und der Krake selbst hat die Hälfte seiner Gesichtsknochen gebrochen.«

»Er wollte uns abknallen«, gab Oliver zurück.

»Du hast ihn ziemlich zugerichtet. Den erkennt momentan nicht mal mehr seine Mutter.«

»Wo der jetzt hingeht, ist es sowieso von Nachteil, wenn man zu gut aussieht«, stellte Oliver lapidar fest.

»Auf jeden Fall brauche ich mir heute keine Hoffnung mehr zu machen, mit einem von denen zu sprechen.«

»Was ist mit der Lagerhalle?«

Matthias hob die Schultern. »Da tobt sich noch die Spurensicherung aus.«

Mit dem Gratin im Magen kehrte langsam die Kraft in meinen Körper zurück. Den Weg ins Büro würde ich ohne Olivers Arm bewältigen können. Was eine gute Nachricht war, weil ich ja nicht auf Muskelmänner stand.

50

Oliver

Stefan steckte seinen Kopf zur Tür herein, als ich mich nach dem Mittagessen in meinem Bürostuhl zurücklehnte und tief durchatmete.

Ich motzte: »Das musste ja kommen.«

»Ich weiß, dass du ein harter Kerl bist, Oliver«, begann der Polizeipsychologe.

»Aber …?«

»Ich habe gehört, was passiert ist.«

»Wo muss ich unterschreiben, dass es mir gut geht?«, fragte ich gedehnt.

»Nirgendwo. Es ist Vorschrift, dass ich nach dir sehe.«

»Ich hasse Vorschriften«, maulte ich.

»Diese ist ausnahmsweise sinnvoll, Oliver.«

»Ich befinde mich bereits in psychologischer Betreuung.«

Stefan bedrängte mich nicht weiter, was ich ihm hoch anrechnete. »Du kennst mein Angebot«, sagte er und blieb trotzdem im Türrahmen stehen.

Ich schaute ihn fragend an.

»Ich bin nur neugierig, so viel wie ich schon über euren Täter gehört habe.«

»O nein«, frotzelte ich. »Zuerst die Therapie und jetzt kommt die Fachsimpelei.«

Daniela gab ihm einen kurzen Überblick über alles, was wir über Marvin wussten. Die Informationen waren verwirrend widersprüchlich. War Marvin eindeutig der Mörder seiner Familie mit einer einschlägigen Vorläufertat an der Katze im Kinderheim, schien er auf der anderen Seite Opfer desolater Familienverhältnisse. Und über sein Motiv brauchten wir überhaupt gar nicht erst zu spekulieren – wir tappten vollkommen im Dunkeln.

»Seine Mutter hatte das Potenzial, Tendenzen zu einer gestörten Persönlichkeit zu verstärken«, sinnierte Stefan.

»Wir haben einige Berichte über eine unterschwellige Aggressivität, die von ihr ausging«, bestätigte Daniela.

Stefan rieb sich nachdenklich sein Kinn. »Multiple Persönlichkeit. Oder er wurde gezwungen.«

»Vielleicht ist er einfach ein übler Typ und war es selbst. Ganz allein«, fügte ich hinzu.

»Das klingt nach einer harten Nuss«, bemerkte Stefan.

»Wenn dir ein Ansatzpunkt einfällt …«, lud ihn Daniela ein.

»Ich glaube, euer Ansatz ist richtig. Er müsste sich irgendwann selbst verraten. Und in der Zwischenzeit würde ich ihn nach diesem Huwe befragen. Vielleicht verrät er sich sogar dabei.«

Daniela nickte langsam. »Es könnte sehr interessant sein, was er erzählt.«

»Und wie er es sagt.«

Nun, mir war alles recht, was diesen Jungen hinter Gitter brachte. Wie auf ein Stichwort erschien bei diesem Gedanken Thorsten in der Tür, der eine Mappe in die Luft hielt. »Dieser Huwe ist ein Volltreffer.«

Unter unseren neugierigen Blicken zog er sich einen Stuhl heran.

»Nun mach es nicht so spannend«, drängte Stefan.

»Der Mann hat eine interessante Geschichte«, begann Thorsten. »Seine Mutter – Christine Huwe – wurde ermordet, als er siebzehn war.«

»Und sein Vater?«, fragte Daniela.

»Der ist unbekannt. Seine Mutter wurde als Mädchen vergewaltigt.«

»Er ist … das Kind eines Vergewaltigers?«

»Seine Mutter wollte nicht abtreiben«, bestätigte Thorsten. »Wir haben Maggie Huwe aufgetrieben, ihre Schwester. Sie beschrieb Christine Huwe als sanfte und gutmütige Frau. Sie hatte es damals nicht übers Herz gebracht, das Kind abzutreiben.«

»Das spricht für sie«, meinte ich.

»Was steckt hinter ihrem Tod?«, wollte Stefan wissen.

»Sie wurde erdrosselt. Der Täter ist nicht ermittelt worden. Aber die Schwester hat erzählt, dass sie nach so langer Zeit auf eigene Faust begonnen hatte, Walters Vater zu suchen.«

»Den Vergewaltiger?«

»Dann ist sie ihm auf die Spur gekommen«, vermutete Daniela.

»Oder sie wusste von Anfang an, wer es war, und hatte ihn bis dahin gedeckt. Maggie erzählte uns, dass Walter immer hartnäckiger fragte, wer sein Vater sei. Bis dahin hatte sie es ihm verheimlicht.«

Stefan nickte. »Und die Schwester hat keine Vermutung, wer es sein könnte?«

»Das behauptet sie.«

»Es würde sich lohnen, die Verwandtschaft einmal genauer unter die Lupe zu nehmen«, warf Daniela ein. »Solche Taten geschehen oft innerhalb des engeren Familienkreises.«

»Das werden wir tun«, versprach Thorsten. »Besonders interessant ist aber, was nach dem Mord passiert ist.« Schon wieder machte er eine Künstlerpause.

»Jetzt spann uns nicht auf die Folter«, forderte ich ihn auf.

»Er lebte bei seiner Tante«, erklärte Thorsten. »Huwe machte seinen Schulabschluss und studierte Sozialpädagogik.«

»Das klingt nicht besonders ungewöhnlich«, kommentierte Stefan.

»Ungewöhnlich ist sein Engagement im sozialen Bereich. Nach dem Mord wurde er beim Weißen Ring aktiv.«

»Der Opferschutzorganisation«, bemerkte ich.

»Außerdem begann er damals schon ehrenamtlich als Streetworker. Man ließ ihn nur an die leichteren Fälle, aber immerhin.«

»Was sind leichtere Fälle?«, wollte Daniela wissen.

»Behinderte und Obdachlose ohne Suchtproblematik«, las Thorsten von seinen Notizen ab. »Er opferte fast seine gesamte Freizeit. Sein Studium litt darunter, er hat die Prüfungen immer nur ganz knapp geschafft.«

»Diese Reaktion auf den Tod seiner Mutter ist nachvollziehbar«, meinte Stefan und Daniela nickte zustimmend.

Thorsten grinste. »Er begann zusätzlich mit Karate.«

»Der ist doch ein echter Hänfling«, erinnerte ich mich.

»Da geht es um Technik, Oliver. Muskelkraft ist nebensächlich«, erklärte Stefan.

»Ach so«, sagte ich, als erinnerte ich mich gerade in diesem Moment wieder daran. »Du meinst, so wie beim Tai-Chi?«

Danielas Gesicht verfinsterte sich. Nur war mir das zum ersten Mal nicht egal.

Schnell lenkte ich wieder zum eigentlichen Thema zurück. »Warum ist das wichtig?«

»Er hat seine Karatefähigkeiten genutzt. Es kam immer häufiger zu Vorfällen. Er schlug Leute zusammen. Teilweise mit großer Brutalität.«

»Und was waren das für Leute?«, fragte Stefan.

»Das ist der springende Punkt. Er hat nur solche Leute zusammengeschlagen, die sich vorher an einem seiner Schützlinge vergriffen haben. Es begann damit, dass er einen Obdachlosen vor drei betrunkenen Jugendlichen rettete, die an dem ihre neuen Baseballschläger ausprobieren wollten. Mit dem Ergebnis, dass einer nur noch auf einem Auge sehen kann, der zweite definitiv niemals Kinder haben wird und der dritte immer noch unter Panikattacken leidet.«

»Die armen Kerle«, sagte ich ohne Bedauern.

»So ging es dann weiter. Er schlug zu, wenn er angerempelt wurde, dann bei Beleidigungen und schließlich ohne ersichtlichen Grund. Er gab an, es habe beleidigende Blicke gegeben. Oder zweideutige Bemerkungen.«

»Er hat den Bogen überspannt«, diagnostizierte Daniela.

»Auch das wäre nicht ungewöhnlich«, wandte Stefan ein.

»Nach dem letzten Vorfall wurde er zu einer Therapie verurteilt. Danach ist er unauffällig geblieben.«

»Unser Mann ist also der Rächer der Enterbten«, fasste ich zusammen. Und Huwe war tatsächlich die einzige Person mit einem plausiblen Motiv für die Morde und die über alle Kenntnisse verfügte, die in den Taten zum Ausdruck kamen.

»Der sieht wirklich interessant aus«, meinte Stefan.

»Danke«, sagte ich zu Thorsten. »Lass mich noch etwas überprüfen, ich melde mich dann.«

Fünf Minuten später überquerte ich den Nordwall. Zum dritten Mal innerhalb von zwei Tagen war ich auf dem Weg in die Bücherei, diesmal geleitet von einem ganz bestimmten Verdacht. Aus mir würde noch ein echter Kulturmensch werden, wenn ich mich nicht in Acht nahm.

Daniela hatte ich in die Klinik geschickt, um sich Marvin erneut vorzuknöpfen. Mich nervte allein schon der Gedanke an den Jungen, deshalb war das eine gute Arbeitsteilung.

Obdachlose, Dealer und Junkies stoben auseinander wie ein Haufen Tauben, als ich an ihren Bänken vorbeiging. Wer sich mit diesen Typen anlegt, bekommt es also mit Walter Huwe zu tun, dachte ich. Karate hin, Technik her, ich verließ mich in solchen Fällen voll und ganz auf meine Muskeln. Ich ging unbeirrt weiter.

»In der geografischen Abteilung«, sagte die Bibliothekarin zu mir, bevor ich fragen konnte. Sie traute mir offenbar immer noch nicht zu, dass ich einfach nur ein Buch ausleihen wollte.

Ich fand Dirk mit seinem Bücherwagen zwischen Bildbänden über Nordamerika und Abhandlungen über Plattentektonik. Er freute sich, mich zu sehen.

»Oliver, schau mal, das ist der Grand Canyon«, strahlte er mich an.

»Wow«, antwortete ich, denn die Fotos waren beeindruckend.

»Hier im Regal sind Fotos von ganz vielen Plätzen, zu denen ich mal hinfahren möchte«, erklärte er mir.

»Das sind schöne Orte«, bestätigte ich. »Darf ich dich noch etwas zu deinem Ordner fragen?«

Er legte das Buch über den Grand Canyon beiseite und schaute mich treuherzig an.

»Du hast gesagt, Walter wollte, dass du Wort für Wort aufschreibst, wenn Broses sich gestritten haben.«

Er nickte.

»Walter wollte dir helfen, etwas gegen die Broses zu unternehmen.«

»Er passt gut auf mich auf.«

Es waren genau solche Aussagen, denen ich bisher viel zu wenig Beachtung geschenkt hatte. »Beschützt er dich noch vor anderen Dingen?«

»Ja.«

»Vor was noch?«

»Vor allen Leuten, die gemein zu mir sind. Es gibt viele gemeine Leute auf der Welt«, fügte er bekümmert hinzu.

»Wer war denn gemein zu dir?«

Dirk zögerte. Wahrscheinlich hatte er Schwierigkeiten, aus den vergangenen Vorfällen den passenden auszusuchen. Schließlich sagte er: »Kurz nachdem Walter zu mir gekommen ist, waren hier vor der Tür mal drei Jungen, die mich geärgert haben. Geschubst und so. Ausgelacht.«

»Was hat Walter dann gemacht?«

»Ich wollte mich in der Bücherei vorstellen. Walter kam vorbei. Als einer von denen mich schlagen wollte, hat er ihm den Arm verdreht.«

»Das war alles?«

Dirk nickte. »Dann sind sie weggelaufen.«

»Ist so etwas öfter passiert?«

»Nein. Mich hat keiner mehr geschlagen.«

»Wie hat er dir noch geholfen?«

»Es gab immer wieder Leute, die ... mich ausgelacht haben. Das war schlimmer als Schläge.«

»Was hat Walter unternommen?«

»Erst habe ich mich nicht getraut, es ihm zu erzählen. Aber dann hat er doch davon erfahren. Er hat sich furchtbar aufgeregt. Niemand darf über mich lachen, hat er gesagt.«

Ich nickte aufmunternd.

»Ich sollte ihm alles sagen. Immer, wenn so etwas passierte.«

»Und?«

»Es gab einen Mann, der immer in die Bücherei kam und mir nachgelaufen ist. Er hat nicht gelacht, aber ...«

»Sich anders über dich lustig gemacht?«

»Ja. Und dann habe ich es Walter erzählt. Und der wollte, dass ich ihm den Mann zeige. Das habe ich getan.«

»Und dann?«

»Das weiß ich nicht. Aber der Mann kam nicht wieder.«

Wir schwiegen beide.

»Bestimmt hat Walter ihn gebeten, mich nicht mehr zu ärgern«, schlug Dirk vor.

»Das glaube ich auch«, log ich.

Ob Dirk seine eigenen Worte glaubte, wusste ich nicht. In jedem Fall wurde ihm das Gespräch langsam unangenehm.

»Der Weg nach Hause ist gefährlich«, erklärte Dirk unvermittelt. »Viele Ampeln und Zebrastreifen. Große Straßen.«

»Hattest du schon mal einen Unfall?«

»Noch nicht. Aber die Autofahrer müssen aufpassen. Das tun sie nicht. Die Ampel ist grün, ich gehe über die Straße. Und dann werde ich beschimpft.«

»Da hat Walter dir auch geholfen?«

Dirk nickte.

Das fand ich spannend. »Wie denn das?«

»Ich sollte alles aufschreiben. Datum, Ort, was genau passiert ist. Und das Kennzeichen.«

»Und was hat er mit der Liste gemacht?«, wollte ich wissen.

»Ich weiß es nicht.«

»Wurdest du weiter beschimpft?«

»Ja. Aber etwas ... war schon anders.«

Ich wartete.

»Es gab da auch diesen Motorradfahrer. Jeden Morgen, wenn ich aus dem Haus ging, fuhr er über unsere Straße. Viel zu schnell. Ich stand mitten auf der Straße, er fuhr direkt auf mich zu.«

»Er wollte dich überfahren?«

»Vielleicht.«

»Was war das für ein Motorrad?«

»Ein orangefarbenes.« Er nannte mir das Kennzeichen.
»Das ist mir noch nicht aufgefallen«, meinte ich.
»Seit zwei Wochen ist es nicht mehr gekommen.«
»Was hast du noch alles aufgeschrieben?«, fragte ich.
»Ich habe zwei Listen«, verriet Dirk.

Ein paar Minuten später saßen wir in meinem Auto und waren auf dem Weg zu Dirks Wohnung. Ich hatte Thorsten am Telefon.

Ich gab ihm das Motorradkennzeichen durch. »Überprüf doch mal den Halter«, bat ich. »Ist nur so ein Gefühl.«

»Nur so ein Gefühl?«, fragte Thorsten nach, aber ich hörte, wie seine Finger bereits auf der Tastatur klapperten.

»Richtig. Und dann brauchen wir Walter Huwe im Präsidium. Unverzüglich.«

»Geht in Ordnung«, bestätigte Thorsten.

»Wann hast du Walter von dem Motorrad erzählt?«, fragte ich Dirk.

»Vor drei Wochen ungefähr.«

Ich schaute nachdenklich auf den Verkehr. Dann riss mich Thorstens Stimme aus meinen Gedanken. »Meine Güte, Oliver. Der Besitzer des Motorrads …«

»Ja?«

»Er ist tot.«

51

Daniela

»Du bist ja tatsächlich unverletzt«, empfing mich Heiko mit hochgezogener Augenbraue.

An manchen Tagen konnte ich mich beherrschen, an anderen nicht. So wie jetzt. »Heiko, es reicht mir, wenn ich mich mit Marvin auseinandersetzen muss. Lass uns bitte wie Erwachsene miteinander umgehen.«

Sein Mund klappte auf und zu, aber er schluckte seine Entgegnung herunter.

»Was macht denn unser Schätzchen?«, fragte ich.

»Schätzchen?«

»Wie würdest du ihn nennen?«

»Ich würde ihn auch Schätzchen nennen«, entgegnete Heiko. »Aber … das ist nicht der Punkt.«

»Heiko …«, sagte ich gedehnt.

»Du würdest ihn nie Schätzchen nennen. Zumindest hättest du das bisher nicht getan.«

Ich funkelte ihn an, aber entgegnete nichts.

»Das ist nicht neutral«, fügte Heiko hinzu, »sondern abwertend. Das klingt eher nach diesem Kommissar als nach dir.«

Ich wich einen halben Schritt zurück. Um weiteren Belehrungen vorzubeugen, warf ich selbst einen Blick durch den Einwegspiegel. Marvin saß in nahezu derselben Position in seinem Bett wie am Morgen, wirkte aber nicht ganz so weggetreten.

»Wie lange sitzt er schon so da?«

»Der Junge ist ziemlich ausdauernd«, erklärte Heiko sachlich. »Nachdem du gegangen bist, hat er noch anderthalb Stunden seine Show abgezogen. Mal geschrien, mal gedroht, dann wieder geheult wie ein Schlosshund.«

»Er müsste jetzt ziemlich erschöpft sein.«

»Theoretisch schon. Aber ich würde nicht drauf wetten. Seine Augenbewegungen machen einen ziemlich wachen Eindruck auf mich.«

»Die Ärztin hat sich zurückgehalten?«

»Hab sie nicht mehr gesehen. Bestimmt hat jemand sie an ihren Stuhl gefesselt.«

Als ich ihn musterte, hob er abwehrend die Hände: »Schau mich nicht so an.«

»Ich werde jetzt reingehen und mit ihm sprechen«, verkündete ich.

Auf dem Weg nach draußen hielt er mich zurück. Er drückte mir liebevoll den Arm. »Ich bin froh, dass dir nichts passiert ist.«

Meine Hand auf seiner Schulter löste bei mir nichts aus. »Danke«, sagte ich, war aber in Gedanken schon halb bei Marvin.

Der Junge schaute zögerlich auf, als ich den Raum betrat. Er musterte mich ohne erkennbare Regung. »Da sind Sie ja wieder«, sagte er tonlos.

Ich nahm meinen Stuhl und schob ihn neben das Bett. »Und du hast dich wieder beruhigt.«

Marvin errötete. Es war ein seltsamer und unerwarteter Anblick. Er wirkte verletzlich. Menschlich. Ich wartete.

»Es …«, begann er stockend, »… es ist mir furchtbar peinlich. Es ist so … manchmal habe ich solche … Aussetzer. Dann bin ich einfach weg. Und weiß nicht mehr, was ich getan habe.«

Was so ziemlich die erste vernünftige Auskunft war, die ich von ihm bekam. Zumindest klang sie ganz vernünftig. »Du hattest das früher auch schon?«

»Oft. Öfter in der letzten Zeit.«

»Wie oft? Einmal in der Woche?«

»Anfangs, ja. In den letzten Wochen häufiger.«

»Kannst du das noch genauer sagen?«

»Alle zwei Tage. Manchmal auch jeden Tag. Oder mehrmals am Tag.«

»Weißt du, wie lange das dauert?«

Er schüttelte den Kopf.

»Ein paar Minuten?«, schlug ich vor.

»Nein. Ganz sicher länger. Eine Stunde. Mindestens.«

»Woher weißt du das? Hast du mal auf die Uhr geschaut?«

»Nein, ich … habe es an der Sonne gesehen. An einem

Tag in meinem Zimmer schien die Sonne gerade herein und als ich wieder zu mir kam, war sie schon weg. Das waren mindestens zwei Stunden. Und einmal …«

Ich wartete geduldig. Was er mir erzählte, ergab auf unheimliche Weise Sinn, aber ich war mir bewusst, dass man jedes seiner Worte mit Vorsicht genießen musste.

»Einmal war ich noch in der Schule und als ich wieder klar denken konnte, stand ich vor Claudias Haus.«

Ich brauchte einen Moment, um die Information einzuordnen. »Du meinst das Mädchen, mit dem du zusammen sein wolltest?«

»Ja. Und von der Schule bis zu ihr braucht man mit dem Bus eine halbe Stunde. Mit dem Fahrrad noch länger.«

»Weißt du denn, wie du dorthin gekommen bist?«

Er schüttelte den Kopf.

»Und was du in der Zwischenzeit gemacht hast?«

»Nein.«

Ich musterte ihn prüfend, konnte aber nicht erkennen, ob er mir etwas vormachte. Seine Aussagen waren zumindest stimmig. Und boten eine Erklärung für sein Verhalten an, die ihn fast vollständig entlasten konnte.

»Weißt du noch, was heute Morgen geschehen ist?«

»Ich erinnere mich, dass Sie von mir enttäuscht waren. Sie wollten gehen. Und das wollte ich nicht.«

»Warum war ich enttäuscht?«

»Das weiß ich nicht mehr.« Er blickte mir treuherzig in die Augen.

»Was ist danach geschehen?«

»Ich weiß es nicht.«

»Was ist der letzte Gedanke, an den du dich erinnerst?«

»Dass Sie nicht gehen sollen. Ich habe sonst niemanden …«

»Und das letzte Gefühl in deiner Erinnerung?«

»Angst.«

Ich nickte. Auch das war plausibel. Und viel zu glatt. Höchste Zeit, das Thema zu wechseln. »Ich möchte dich zu einem deiner Nachbarn etwas fragen.«

Er blinzelte irritiert, blieb mit seiner Aufmerksamkeit aber bei mir.

»Dein Nachbar Dirk Springer ...«

»Der Spasti«, sagte er wie aus der Pistole geschossen. Und das wirkte weder treuherzig noch unschuldig.

»Es gibt jemanden, der ihn regelmäßig besucht hat.« Ich hatte ein Foto von Walter Huwe mitgebracht und zeigte es Marvin.

»Klar, den kenne ich. Unverschämter Kerl.«

»Unverschämt?«

»Kam ständig an und hat sich beschwert. Soll sich lieber um seine eigenen Angelegenheiten kümmern.«

Marvin wollte die Arme verschränken. Als seine Fesseln ihn daran hinderten, ballte er zornig seine Fäuste. Von dem Jungen, der über seine Absencen besorgt war, keine Spur mehr.

»Er hat sich über den Lärm beschwert?«

»Welchen Lärm?«, fragte Marvin trotzig.

So viel zur Einsichtsfähigkeit. »Gab es jemals mehr als nur Beschwerden?«

Seine Augen waren ohnehin zu Schlitzen zusammengeschnurrt, wurden jetzt für einen Moment aber noch schmaler. Unsere Blicke trafen sich und es war dieser Bruchteil einer Sekunde, den er länger als normal benötigte, um zu antworten, der mich misstrauisch machte. »Ja, jetzt wo Sie es sagen. Der Typ hat mich auch bedroht. Hatte ich ganz vergessen. Den kann ja auch keiner ernst nehmen. Arschloch.«

»Was hat er gemacht?«

»Na, mich bedroht.«

»Wie genau?«

»Er kam wieder und beschwerte sich. Angeblich war die Musik zu laut. Spinner! Ich habe ihm erklärt, dass ihn das nichts angeht. Und dann sagte er: ›Das wirst du noch bereuen.‹ Richtig gezischt hat er es. Ich hatte Spucke im Auge.«

Selbst wenn Marvin sich das ausgedacht hatte, passte es dazu, wie ich Walter Huwe erlebt und was wir noch über ihn erfahren hatten. »Kam das häufiger vor?«, fragte ich.

»Nur ein Mal. Beschwert hat er sich oft. Und beim letzten Mal gedroht.«

»Wann war das?«

»Das ist … vielleicht eine Woche her. Ich weiß nicht mehr genau.«

Huwes unbestimmte Drohung schätzte ich eher als ungefährlich ein. Allerdings kam sie zur richtigen Zeit. Und im Zusammenhang mit den anderen Informationen wurde sie zu einem äußerst belastenden Detail.

Ich konnte in diesem Moment nicht entscheiden, wie glaubwürdig Marvins Behauptung war. Falls er sich den Vorfall gerade erst ausgedacht hatte, wollte er mich täuschen. In dem Glauben würde ich ihn lassen, um zu erfahren, was er sonst noch für mich bereithielt.

»Was ist mit Dienstagabend?«

Er blinzelte abermals, diesmal länger als bei meinem ersten Themenwechsel.

»Der Abend, an dem deine Familie gestorben ist«, half ich ihm auf die Sprünge.

»Was … meinen Sie?«, stotterte er.

»Wie verlief der Abend?«, fragte ich. »Fangen wir mit dem Tag an. Warst du in der Schule?«

»Ja.«

»Wie war es dort?«

»Wie immer.« Er wirkte nicht besonders glücklich bei dem Thema.

»Wie lange hattest du Unterricht?«

»Sieben Stunden.«

»Und danach?«

»Danach bin ich nach Hause.«

»Dort warst du den Tag bis zum Abend?«

Er schaute mich mit gerunzelter Stirn an. »Nee, da kann man es doch nicht aushalten so lange.«

»Warum?«

»Meine Eltern …«

Ich nickte verständnisvoll. »Deswegen bist du wieder losgezogen?«

»Meine Mutter will immer, dass wir zum Mittagessen zu Hause sind.« Er verdrehte gequält die Augen. »Danach bin ich wieder los. Zu Kalle.« Kaum hatte er das ausgesprochen, biss er sich auch schon auf die Lippe.

»Wer ist Kalle?«, fragte ich möglichst neutral.

»Ein Freund.«

Ich musterte ihn. Vielleicht brauchte er einfach eine Weile, bevor er mir mehr verriet. »Was habt ihr gemacht?«

»Rumgehangen.«

»Musik gehört?«

»Äh …«

Das schien ein ungewöhnlicher Freund zu sein. Am Rand meines Bewusstseins dämmerte eine Möglichkeit herauf, der ich nachging. »Wo wohnt Kalle denn?«

»In Uerdingen.«

»Du meinst Kalle, den Kraken?«

Volltreffer. Marvins Gesichtsausdruck entgleiste und er senkte schuldbewusst den Blick.

»Ich kenne Kalle, den Kraken«, plauderte ich unbeeindruckt weiter.

Marvin starrte mich mit großen Augen an.

»Ich habe ihn heute Vormittag kennengelernt. Aber das ist ein anderes Thema«, sagte ich leichthin. »Wann bist du wieder nach Hause gekommen?«

»Gegen sieben.«

»Auch wegen deiner Mutter?«

»Nein, ich musste noch Hausaufgaben machen.«

Dieser Satz war so normal, dass ich im ersten Moment stutzte. Marvin, den fast alle anderen Menschen nur als Urheber beständigen Terrors kannten, kam früher nach Hause, um gewissenhaft seine Hausaufgaben zu erledigen.

»Welche Fächer?«, fragte ich.

»Wie?«

»Für welche Fächer musstest du noch arbeiten?«

»Äh ...«, zögerte er. »Mathe.«

»Wie verlief dann der Abend?«, fragte ich.

Er schwieg.

Ich schwieg ebenfalls. Meine Geduld war durch unzählige Therapiesitzungen gestählt, während Marvin ein unbeherrschter Teenager war, Psychopath hin oder her.

»Abendessen«, sagte er schließlich.

»Was gab es?«

»Brot und Aufschnitt. Mit Salat.«

Zumindest das waren Details, die glaubwürdig klangen.

»Und danach?«

»Bin ich in mein Zimmer gegangen.«

»Mit deinem Bruder?«

Er schwieg.

Zuerst dachte ich, er wollte einen neuen Wettbewerb darum beginnen, wer den längeren Atem hatte. Dann sah ich seine Augen. Ich sprang erschrocken auf. Marvins Augäpfel waren nach oben verdreht, von der Iris nur noch ein schmaler Halbmond zu sehen. Seinen Körper durchlief ein Zittern. Es war ein Anblick wie aus einem billigen Horrorfilm. Ich ging einen weiteren Schritt zurück.

Im nächsten Augenblick stürzte die Ärztin Dr. Janzen in den Raum, herbeigerufen durch die schrillenden Geräte, die Marvins Vitalwerte überwachten.

Aber sie war lernfähig, denn als ich die Hand hob, stoppte sie und warf zuerst einen Blick auf die Monitore. Ratlos wandte sie sich Marvin zu. Sie schaute mich fragend an, aber ich hatte auch keine Idee, was los war. Auf ein Kopfnicken der Ärztin griffen die beiden Pfleger nach Marvins Armen und drückten ihn erbarmungslos auf das Bett, bis er sich keinen Millimeter mehr rühren konnte.

Bislang hatte der Junge bei diesen Aussetzern immer geschrien, jetzt verlief der Kampf lautlos. Vorsichtig hob Dr. Janzen ein Augenlid an und leuchtete in Marvins Pupille. Mit dem Ergebnis war sie anscheinend nicht sonderlich glücklich.

Der Schaum aus Marvins Mund brachte Hektik ins Geschehen. Die Ärztin bog seine Zunge mit einem Spatel beiseite, stemmte mit einem Keil seinen Mund auf und warf auch dort einen Blick hinein. Schließlich schüttelte sie den Kopf und bedeutete den Pflegern, den Jungen loszulassen.

»Zeitverschwendung«, sagte sie ruhig. »Der simuliert bloß.«

Wir verließen gemeinsam das Krankenzimmer und hörten durch die geschlossene Tür den beginnenden Tobsuchtsanfall.

»Woher wussten Sie, dass er simuliert?«, fragte ich die Ärztin.

»Ich hatte keine Ahnung«, gestand sie. »Es war nur ein Test.«

Den Marvin nicht bestanden hatte. Zum ersten Mal grinste Heiko in Gegenwart der Ärztin zufrieden.

52

Oliver

»Das kann kein Zufall sein«, sagte ich zu Markus, der zusammen mit Daniela und mir vor Dirks Aufzeichnungen und einem Ausdruck aus unserer Datenbank saß.

»Genau deshalb nennt man sie Zufälle«, wandte Daniela ein, »weil es so aussieht, als gäbe es einen Zusammenhang, obwohl es doch keinen gibt.«

Markus und ich schauten sie an, bis sie abwehrend die Hände hob. »Okay, ich glaube ja auch nicht dran.«

»Gut«, meinte Markus. »Denn bei einer oder zwei Übereinstimmungen könnte ich noch an Zufall glauben. Aber nicht in vier Fällen.«

Das war das Ergebnis unserer Ermittlungen. Dirk hatte für seinen Freund Huwe mehrere Listen mit Personen erstellt, die ihn in irgendeiner Form geärgert hatten. Die Liste mit Autos, deren Fahrer ihn auf dem Weg zur Arbeit beschimpft hatten, umfasste zwölf Kennzeichen. Die Eigentümer der ersten beiden Autos waren tot. Dann gab es noch eine Liste mit Personen, die ihn zu Hause gequält hatten. Ich wusste schon, dass das orangefarbene Motorrad an erster Stelle stand, weil der Fahrer Dirk aufs Korn genommen hatte. An zweiter Stelle rangierte ein Rentner, der Dirk bei jeder Begegnung zugerufen hatte: ›Typen wie dich hätte man früher vergast!‹ Sowohl der Motorradfahrer als auch der Rentner waren tot. Die Broses befanden sich an dritter Stelle der Liste.

»Ich bin sehr gespannt auf diesen Mann«, verkündete Markus. Er hatte bisher das konkreteste Interesse an Huwe, denn wie sich herausgestellt hatte, war die hängende Leiche aus dem Stadtwald der Motorradfahrer von Dirks Liste.

Der Abgleich von Dirks Listen mit den Todesfällen in Krefeld hatte zu viele belastende Fakten zum Vorschein gebracht, als dass sich Huwe noch problemlos aus der Affäre ziehen konnte.

Thorsten wirkte abgehetzt, als er zur Tür hereinkam. »Der Mann sitzt im Verhörraum und wartet. Aber es gibt ein Problem.«

»Und das wäre?«, fragte ich mit einer unguten Vorahnung.

»Er will einen Anwalt.«

»Ist das alles?«

»Reicht das nicht?«

»Das kommt auf den Anwalt an«, gab Thorsten zu bedenken.

»Was kann der schon für einen Anwalt haben?«, fragte ich. »Wundert mich, dass er sich überhaupt einen leisten kann.«

Wahrscheinlich irgendeinen Feld-, Wald- und Wiesenanwalt, fügte ich in Gedanken hinzu.

53

Daniela

Walter Huwe wirkte zwar nervös, wie er da im Vernehmungsraum wartete, aber nicht so besorgt, wie er vielleicht hätte sein sollen.

Wir warteten geduldig auf den bestellten Anwalt und vertrieben uns die Zeit mit Spekulationen. Markus überlegte, mit welchem Trick ein dürrer Kerl wie Huwe sein Opfer auf den Baum hatte bekommen können, Thorsten ersann Theorien über Huwes Beteiligung an den Brose-Morden.

Zeitgleich mit dem Ende der Diskussion traf Walter Huwes Anwalt ein. Unsere Überraschung hätte nicht größer sein können, als wir Eduard Förster erkannten, den Luxusanwalt, der zuvor bereits Frank Cagas aus der Klemme geholfen hatte.

»Was hat der denn hier zu suchen?«, raunte Oliver.

»Kennt ihr ihn schon?«, fragte Markus nach.

Oliver setzte ihn ins Bild.

Markus pfiff durch die Zähne. Im nächsten Moment befand sich Oliver schon im Verhörraum. Ich stand neben Markus vor dem Spiegel und beobachtete, wie Oliver erst Huwe, dann seinen Anwalt begrüßte und sich ihnen gegenübersetzte. Vor sich auf dem Tisch platzierte er sorgsam eine dicke Polizeimappe.

Ich bemerkte Markus' Arm an meiner Schulter, als wir uns zufällig berührten. Ich spürte weder Kribbeln noch sonst etwas.

Nebenan begann Oliver: »Vorgestern wurde im Stadtwald eine männliche Leiche aufgefunden. Sie hing mit einem Seil um den Hals in sieben Metern Höhe in einem Baum. Der Gerichtsmediziner hat angegeben, dass der Mann seit zwei Wochen tot war.« Er schob ein Bild über den Tisch.

Weder Huwe noch sein Anwalt reagierten.

»Das«, fuhr Oliver fort und legte nacheinander drei weitere Fotos auf den Tisch, »ist Familie Brose. Die Familienmitglieder sind in der Nacht von Dienstag auf Mittwoch ermordet worden.«

Der Anwalt wandte sich demonstrativ angeekelt an Oliver. »Warum zeigen Sie uns diese Bilder?«

»Weil wir glauben, dass eine Verbindung zu Ihrem Mandanten besteht.«

»Liegt ein Haftbefehl vor?«

»Noch nicht.«

»Worin besteht Ihrer Meinung nach die Verbindung meines Mandanten zu diesen Todesfällen?«

»Herr Huwe betreut diesen Mann.« Noch ein Foto. »Dirk Springer.«

»Ein hohes soziales Engagement sollte gewürdigt werden und nicht dadurch bestraft, dass Sie meinen Mandanten mitten aus einem Klientengespräch zerren und hierher verschleppen«, konterte der Anwalt.

»Ich bedaure die Unannehmlichkeiten«, erwiderte Oliver verbindlich. »Wir halten jedoch eine Mordermittlung für wichtiger als ein Klientengespräch.«

Försters Miene wurde starr, Huwes blieb ausdruckslos.

»Herr Huwe, Sie haben Dirk Springer recht umfassend betreut«, sagte Oliver dann.

»Ja. Das habe ich Ihnen doch schon erklärt.«

»Richtig. Vielleicht sahen Sie ihn mehr als einen Freund als einen Klienten?«

Huwe seufzte. »Dirk kann wahrhaftig einen Freund gebrauchen. Bei dem, was er schon alles mitgemacht hat.«

»Sie meinen die Schikanen?«

»Beschimpfungen, Angriffe. Einfach abscheulich«, sagte Huwe mit angewiderter Miene.

»Mir war nicht klar, was behinderte Menschen alles erdulden müssen, bevor ich Dirks Aufzeichnungen gelesen habe«, gab Oliver zu.

»Das glaube ich. Für diese Menschen setzt sich niemand ein. Sie sind immer die Opfer.« Huwes Stimme wurde lauter, sein Anwalt beobachtete ihn aufmerksam.

»Ich habe die Nachbarn selbst befragt und auch mit Dirk gesprochen. In seinem Haus muss es furchtbar gewesen sein«, sagte Busch mitfühlend.

»Das kann man wohl sagen. Diese Leute waren Abschaum!«

Förster legte Huwe eine Hand auf den Arm. Ohne Wirkung. »Ich meine, was die sich alles rausgenommen haben!«

»Es war ein Albtraum«, meinte Oliver.

»Und ob«, bestätigte Huwe. »Ich habe es ein paar Mal selbst mitbekommen. Es war unerträglich. Mich wundert immer noch, wie die anderen dort weiterhin wohnen konnten.«

Ich dachte an Frank Cagas. Nicht alle Nachbarn hatten die Schikanen einfach so tatenlos über sich ergehen lassen.

»Aber irgendjemand muss doch etwas unternommen haben«, sagte Oliver ungläubig.

»Keiner. Niemand hat sich getraut. Die Polizei konnte nicht helfen. Niemanden interessierte es.«

»Schrecklich.«

Huwe nickte. »Ich erinnere mich noch ganz genau. Einmal war die Musik so laut, dass ich dachte, das Haus stürzt ein. Bei Brose hat erst gar keiner aufgemacht. Dann bin ich durch das Haus, um ein paar Nachbarn aufzutreiben. Ich dachte, wenn alle zusammenhalten, kann man doch was ausrichten.«

»Vor Gericht?«

»Ja. Ich klingelte unten. Bei Stelling. Ich erinnere mich, als wäre es gestern gewesen.«

»Und?«

Huwe winkte ab. »Der Mann hätte sich beinahe in die Hose gemacht. Hatte Angst. Aber damit nicht genug. Wir stehen im Flur, können uns kaum verständigen, so laut ist der Krach, und der Typ behauptet allen Ernstes, sie bekämen ja überhaupt nichts von Broses mit und hätten mit denen auch sonst keine Probleme.«

»Eine Lüge«, erkannte Oliver.

»Feiglinge«, kommentierte Huwe verächtlich und setzte hinzu: »Einer von diesen Typen, die zu Hause mit kariertem Hemd und Pullunder rumlaufen.« Es fehlte nur noch, dass er ausspuckte.

Eine Anwartschaft auf den Preis für Zivilcourage hatten die Stellings sicher nicht erworben, aber Huwes Wut kam mir doch unverhältnismäßig vor.

»Aber dann hat irgendjemand etwas unternommen«, stellte Oliver fest und deutete auf die Fotos vom Tatort.

»Ich … denke, das war einer der Söhne? Marvin?«

»Wie kommen Sie darauf?«, fragte ich.

»Dirk hat es mir erzählt.«

Das konnte sogar stimmen. Dazu musste nur irgendjemand im Haus eins und eins zusammengezählt haben.

»Dirk hat Ihnen alles erzählt, was die Broses so getrieben haben.«

»Ja.«

»Er hat Protokoll geführt.«

»Richtig.«

»Falls die Angelegenheit vor Gericht kommt.«

»Ganz genau.«

»Ich verstehe immer noch nicht, warum Sie ihn gebeten haben, wörtliche Protokolle zu führen.«

Die Augenbrauen des Anwalts verrieten einen Moment lang dessen Überraschung.

»Für die Gerichtsverhandlung«, erklärte Huwe gedehnt. »Habe ich Ihnen auch schon erklärt.«

»Ihre Erklärung überzeugt mich leider nicht.«

Huwe zuckte mit den Schultern und handelte sich damit einen Frontalangriff von Oliver ein: »Sehen Sie, Herr Huwe, die Morde an den Broses beziehen sich offenkundig auf die Art und Weise, wie die Familie die Nachbarn gequält hat. Und auf Inhalte in Wortwechseln, die Dirk protokolliert hat. Es gibt nicht viele Personen, die über dieses Wissen verfügen, und Sie sind eine davon.«

Huwe war sprachlos. Förster zeigte sich unbeeindruckt von Olivers Ausführungen. Dann berappelte sich sein Mandant und zischte: »Sie haben ja keine Ahnung, wie sehr diese Typen das verdient haben.«

Der Anwalt packte Huwes Arm und drückte offenbar schmerzhaft zu. »Bitte kommen Sie auf den Punkt«, forderte er Oliver auf.

»Wo waren Sie in der Nacht von Dienstag auf Mittwoch, Herr Huwe?«, fragte Oliver.

Der Sozialarbeiter senkte seinen Blick.

»Herr Huwe?«

»Ich war … mit Chantal zusammen.«

»Wer ist Chantal?«, fragte Oliver, obwohl ich an seiner Stimmlage erkennen konnte, dass er eine ziemlich genaue Vorstellung davon hatte, wer die Frau war.

»Eine Prostituierte«, erklärte Huwe mit kaum hörbarer Stimme.

»Das ist entwürdigend!« protestierte der Anwalt.

»Ihr Mandant kann ein wasserdichtes Alibi gut gebrauchen«, teilte Oliver entschieden mit. »Wo finden wir diese Chantal?«, hakte er nach.

Huwe nannte einen vollständigen Namen und eine Adresse. Thorsten hatte mitgeschrieben und war schon halb an der Tür. »Ich check das.«

»Der fragliche Zeitraum geht von ungefähr acht Uhr am Abend bis sechs Uhr am Morgen«, erklärte Oliver nun. »Wann waren Sie denn bei Chantal?«

»Chantal war bei mir. Die ganze Nacht.«

Oliver zog die Augenbraue hoch. »Ich dachte, sie wäre eine Prostituierte und nicht Ihre Freundin.«

»Übertreiben Sie es nicht«, rügte Förster ihn prompt.

»Sie … war die ganze Nacht bei mir«, wiederholte Huwe matt.

»War das nicht ein teures Vergnügen?«

»Sie schuldete mir etwas.«

»Das muss ja eine Menge gewesen sein«, kommentierte Oliver trocken. »Warum stand sie in Ihrer Schuld?«

»Ich habe ihr mal geholfen. Sie vor einem Freier beschützt. Einem Schläger.«

»Und Sie haben ihm gezeigt, was Karate ist«, vermutete Oliver.

»Ja.«

»Wir werden Ihr Alibi überprüfen.«

»Tun Sie das«, entgegnete der Anwalt gelassen. »War es das dann? Können wir gehen?«

»Leider nein, Herr Förster. Ich habe noch einige weitere Fragen.«

Der Anwalt seufzte demonstrativ. »Ich hoffe, Sie wissen unsere Kooperationsbereitschaft zu würdigen, Herr Busch. Wenn ich den Eindruck habe, dass Ihre Fragen nicht zielführend sind, werden wir die Befragung abbrechen.«

Oliver nickte. Das Geplänkel gehörte zum Spiel dazu, zumindest wenn der Anwalt sein Geld wert war.

»Herr Huwe, ich habe noch einmal mit Dirk gesprochen und mir seine Aufzeichnungen angesehen. Sie haben ihn nicht nur gebeten, Wortprotokolle über die Broses zu führen. Er hat auch Listen erstellt. Tabellen mit Ereignissen, meist Übergriffen, aus denen die Täter eindeutig hervorgehen. Wozu dienten diese Listen, Herr Huwe?«

»Er hat so fürchterlich gelitten«, flüsterte der Sozialarbeiter.

Der Anwalt schaltete sich ein: »Worauf wollen Sie hinaus?«

Diesmal provozierte Förster den Frontalangriff. Oliver legte die Karten auf den Tisch: »Wir haben zwei Listen in Dirks Aufzeichnungen gefunden. Eine mit Autofahrern, eine mit anderen Personen, die ihn gequält haben.«

»Herr Busch …«, warf Förster gedehnt ein.

»Die ersten vier Personen, die auf diesen Listen stehen, sind tot.«

Damit war die Bombe geplatzt. Der Anwalt war gut, aber nicht so abgebrüht, wie er es wahrscheinlich gern gewesen wäre. Auch ohne Kamera und Zeitlupe erkannte ich seine Bestürzung und vielleicht die Einsicht, dass es in diesem Fall wohl nur noch um Strafminderung gehen konnte und nicht um Freispruch.

»Ich sehe nicht, was das mit meinem Mandanten zu tun hat«, behauptete Förster nichtsdestotrotz.

»Herr Huwe hat Dirk Springer aufgefordert, die Listen zu erstellen. Er ist in der Vergangenheit mehrfach dadurch aufgefallen, dass er sich mit unverhältnismäßigen Mitteln für die Gerechtigkeit eingesetzt hat. Und zwar mit Gewalt. Seine Motivation wird aus seiner Biografie verständlich. Und nun sind Personen von den auf seine Veranlassung erstellten Listen tot. Ermordet.«

Der Anwalt schwieg.

Oliver schob ein Blatt Papier über den Tisch. »Der Richter fand das ausreichend für eine erkennungsdienstliche Behandlung einschließlich DNA-Entnahme. Und für eine Hausdurchsuchung.«

»Dann ist eine weitere Aussage meines Mandanten nicht erforderlich«, stellte Förster fest.

»Wie Sie meinen«, entgegnete Oliver und lehnte sich betont gelassen zurück. »Ein Geständnis wirkt sich aber nach meiner Erfahrung strafmindernd aus.«

Ich war fasziniert, wie leicht Oliver die beiden schachmatt gesetzt hatte. Keine raffinierten Tricks, keine Fallen, sondern einfach ein geschickter Einsatz der Fakten.

Und es wirkte. »Mit den Broses habe ich nichts zu tun«, platzte Huwe heraus. »Mann, was der Junge getan hat, war doch bestialisch.«

»Sie haben die Broses verabscheut«, hielt Oliver ihm ruhig entgegen.

»Aber ich hätte sie nicht auf diese Weise umgebracht.«

»Sie sagten selbst, die hätten es verdient.«

»Das mag sein, aber ich hätte es nicht so machen können.«

»Was hatten Sie stattdessen vor?«, fragte der Kommissar leichthin.

Förster legte Huwe wieder eine Hand auf den Arm. Der schüttelte sie ab wie eine lästige Fliege.

»Ich hätte gerne ein Messer genommen. Aber, hey, die waren zu viert. Ich hätte wohl die Pistole benutzen müssen.«

»Herr Huwe!«, ging Förster streng dazwischen. An Oliver gewandt: »Mein Mandant verweigert die Aussage.«

Huwe schien das anders zu sehen und Oliver auch. Er fragte: »Sie fürchteten, von denen überwältigt zu werden, wenn Sie mit dem Messer kommen?«

»Groß waren die ja nicht, aber haben Sie die Muskeln von dem einen gesehen?«

Förster stand auf und versuchte, Huwe mit sich zu ziehen. »Wir gehen! Sofort!«

»Sie hätten es also anders gemacht als bei den anderen«, vermutete Oliver.

Huwe entwand dem Anwalt seinen Arm. »Bei den meisten habe ich das Messer benutzt.«

»Als Ihr Anwalt …«, begann Förster empört.

»Als mein Anwalt tun Sie, was ich sage«, zischte Huwe.

Förster musterte seinen Mandanten verblüfft, dann ließ er sich wieder auf den Stuhl fallen.

»Was ist das denn?«, fragte Markus neben mir.

Auch ich wunderte mich, dass Huwe plötzlich solche Autorität über seinen Anwalt entfalten konnte.

»Da steckt mehr dahinter«, vermutete ich, denn wir hatten uns ja schon zu Beginn gefragt, was ein Anwalt wie Förster mit einem Mandanten wie Huwe anfangen wollte.

Im Verhörraum begann Walter Huwe mit einem umfassenden Geständnis. Nachdem er geschildert hatte, wie er den Mann auf den Baum bekommen hatte und dabei Informationen preisgab, die nur der Täter kennen konnte, griff Markus zum Telefon. »Das musst du dir ansehen, Reinhold. Genau. Bring den Staatsanwalt mit.« Als er wieder aufgelegt hatte, sagte er ungläubig zu mir: »Oliver löst gerade meinen Fall.«

»Unseren eigenen leider nicht.«

Huwes Geständnis nahm seinen Lauf. Im Beisein eines verzweifelten Anwalts gab er auch die anderen drei Morde von Dirks Liste zu, schilderte seine Taten in allen Einzelheiten und legte großen Wert auf die Schuld seiner Opfer. Tenor seiner Ausführungen war, wie sehr sie allesamt den Tod verdient hatten.

»Das ist Selbstjustiz«, brachte Staatsanwalt Macke die Sache auf den Punkt, nachdem er gemeinsam mit Reinhold eine Weile zugehört hatte.

54

Oliver

Es war einerseits befriedigend, wenn ein Verdächtiger ein Geständnis ablegte. Auf der anderen Seite war es aufreibend, mit der Seelenwelt eines Mehrfachmörders konfrontiert zu werden. Weder Ausbildung noch Erfahrung können einen Polizisten auf ein solches Geständnis vorbereiten.

Es kostete unglaublich viel Kraft, Walter Huwe zuzuhören und immer wieder nachzufragen. Der Anwalt hatte aufgegeben und starrte seinen Mandanten genauso fassungslos an, wie ich mich fühlte.

Huwe schilderte seine unbändige Wut auf die Leute, die er umgebracht hatte. Der Motorradfahrer, der sich einen Spaß daraus gemacht hatte, Dirk ins Visier zu nehmen, der Rentner, der ihn beschimpft hatte. Beide aus purer Bosheit und Freude daran, einen Schwächeren und vermeintlich Wehrlosen zu quälen. Menschen mit gescheiterter Existenz, die sich auf diese Weise ein wenig aufspielten, um zumindest für ein paar billige Momente am Tag das nagende Gefühl der eigenen Unzulänglichkeit verdrängen zu können.

Dasselbe bei den Autofahrern. Menschen, die nur sich selbst sahen, alle anderen zu ihren Satelliten degradierten, die geduldet wurden und spuren mussten. Die vor sich selbst und ihrem Leben in ihren tiefergelegten Audi flüchteten, kleine Kinder und fußlahme Omas einschüchterten und Hausfrauen, die zu langsam schalteten, in den Kofferraum fuhren. Spielten sie sich als Könige im Auto auf, so waren es nach dem Aussteigen nur jämmerliche Gestalten, die noch nicht einmal einen zweiten Blick wert waren. Leichte Beute für Walter Huwe.

Den größten Zorn hatten jedoch die Broses auf sich gezogen. Sie verkörperten alles, was Huwe verabscheute. Sie waren das fleischgewordene Ziel seiner Mission, der ultimative Feind, das Böse an sich, manifestiert mitten in Krefeld. Huwe war ein Kreuzritter und er ging planvoll vor. Und deshalb, so berichtete er, hätte er die Broses noch nicht eliminiert. Sorgfalt und Umsicht waren notwendig, denn es handelte sich nicht um Einzelpersonen, sondern um vier Menschen zugleich. Es gab Zeugen zu bedenken und dass die skrupellosen Broses sich vielleicht besser zur Wehr setzen konnten als die anderen Opfer. Noch hatte er nichts in die Tat umsetzen können, aber er hatte einige gute Ideen und schmiedete eifrig Mordpläne. Seine Wut trieb ihn an, jedes Mal aufs Neue angestachelt von Dirks Berichten, seinem erschöpften Gesicht und seinen Tränen, wenn er krank vor Müdigkeit auf dem Sofa lag und die hart erkämpfte Stelle in der Bücherei aufs Spiel setzte, weil er nicht arbeiten konnte.

Ich verstand Huwe besser, als er ahnte. Ich kannte seine Wut aus eigener Erfahrung. Vielleicht machte es mir gerade das so schwer, ihm zuzuhören. Er hatte seinen Weg gewählt, Ungerechtigkeiten nicht zu dulden, Schikanen nicht zu schlucken, sondern der um sich greifenden Bösartigkeit die Stirn zu bieten.

Jeden einzelnen Fall legte Huwe mir systematisch dar. Die Person, ihre konkreten Vergehen, das Todesurteil, das der Sozialarbeiter gefällt und vollstreckt hatte. »Er hatte den Tod verdient«, erklärte er jedes Mal mit glühenden Augen. Und ein Teil von mir stimmte ihm zu.

Aber ich war bei der Polizei. Die Erkenntnis über den Vormarsch des Bösen nannte ich Motivation, meine Wut hieß Engagement. Übeltäter verhaftete ich. Lebendig. Das war etwas vollkommen anderes als das, was Huwe getan hatte.

Und ich war ein anderer Mensch. Ich war Polizist, er war Verbrecher. So einfach war das. Zumindest versuchte ich, mir das einzureden.

Erleichtert rief ich Markus mit einem Handzeichen zur Tür, als Huwe endlich fertig war. »Verhafte du den Mann.«

»Geht in Ordnung, Oliver. Du hast dich tapfer gehalten.« Er klopfte mir anerkennend auf die Schulter, zückte seine Handschellen und schob sich an mir vorbei in den Verhörraum.

Im Flur lehnte ich mich erschöpft gegen die Wand, spürte den angenehm kühlen Beton im Rücken und schloss für einen wunderbaren Moment die Augen. Ich hörte die Handschellen einrasten. Proleten, Rowdys und Asoziale konnten aufatmen. Das Quälen und Schikanieren der Schwächeren war nun weniger gefährlich.

Markus führte Huwe über den Flur davon. Anwalt Förster folgte, blieb aber neben mir stehen. »Was sagt man dazu?« Rhetorisches Nachgeplänkel.

Er reichte mir seine Hand. »Herr Busch, die Befragung war fair, aber mit einem überraschenden Ergebnis.«

Ich griff zu. »Ganz meinerseits«, entgegnete ich.

Er wollte den Griff lösen und seinem Mandanten folgen. Ich hielt seine Hand fest. »Sagen Sie, ist denn Ihr Honorar für Herrn Huwe nicht ein wenig … außerhalb der Reichweite?«

Förster lächelte verbindlich. »Wir sind alte Freunde, Herr Busch.«

Was auch immer das heißen mochte. Ich gab seine Hand frei, bevor er den Vorgang zu einem strafrechtlichen Tatbestand machen konnte.

Vielleicht war es ihr Duft oder eine Berührung, die ich nicht bewusst wahrgenommen hatte, aber plötzlich spürte ich Daniela neben mir.

»Alte Freunde«, brummte ich.

»Das hat er gesagt?«, fragte sie.

»Dann wird er wohl ohne Honorar arbeiten«, vermutete ich.

»Huwe ist umtriebig. Chantal schuldete ihm etwas. Und Förster vielleicht auch. Ich frage mich nur, wie die beiden Freunde geworden sind.«

Ich war erschöpft. Um ein Haar wäre ich an diesem Tag von ein paar irren Dealern erschossen worden und dann hatte ich ein Geständnis von vier Morden über mich ergehen lassen müssen.

»Vielleicht hat Huwe Förster mit Mandanten versorgt? Menschen mit rechtlichen Problemen?«, überlegte ich. Aber ich korrigierte mich gleich selbst. »Nein, das ist unwahrscheinlich. Förster ist Strafverteidiger und vertritt nur große Fälle.«

»Vielleicht in seiner Anfangszeit?«, schlug Daniela vor.

Ich schüttelte den Kopf. »Da war Huwe noch ein Kind. Nein, die beiden leben einfach in zwei unterschiedlichen Welten.«

»Offenbar nicht. Vielleicht hat Huwe ja für Förster gearbeitet?«

»Die Verbindung müssen wir abchecken. Aber erst morgen«, fügte ich hinzu. »Für heute haben wir genug Fälle von anderen Leuten gelöst.«

»Und das ist sehr verdienstvoll«, hörte ich Reinhold hinter mir. Im nächsten Augenblick hatte ich seine Hand auf meiner Schulter. »Oliver, du räumst unsere Stadt wirklich gründlich auf.«

»Denk bei der nächsten Beförderung an mich«, schlug ich vor.

Reinhold schaute mich prüfend an. »Ich dachte, ich bin erst mal etwas wohlwollender bei der Bearbeitung der Beschwerden wegen unverhältnismäßiger Gewaltanwendung.«

»Dass du immer noch darauf rumreitest«, sagte ich gedehnt. »Aber jetzt mal ernsthaft. Wir haben einen stadtbekannten Dealer ausgehoben und einen Mehrfachmörder überführt. Nur in unserem eigenen Fall drehen wir uns im Kreis und kommen nicht voran.«

»Wir haben jede Menge Informationen gesammelt, wissen aber nicht mehr als zu Beginn«, stimmte Daniela zu.

»Das wird alles kommen«, machte uns Reinhold Mut. »Wisst ihr was? Wenn dieser Marvin gut versorgt ist, macht doch einfach Schluss. Es reicht wirklich für heute.«

»Das ist eine Anordnung, der ich gerne folge. Sobald …«

»Was?«, hakte Reinhold ein.

»Ich möchte sichergehen, dass sich jemand um die Verbindung von Huwe zu diesem Anwalt kümmert. Die kommt uns verdächtig vor. Und derselbe Anwalt ist hier schon aufgelaufen, um Frank Cagas rauszuhauen, obwohl der sich diesen Förster noch viel weniger leisten kann.«

»Ich kümmere mich darum«, versprach Reinhold. »Und jetzt raus mit euch.«

Daniela nahm ihr Handy und wechselte ein paar kurze Worte mit Hähnel, während wir langsam den Flur entlanggingen.

»Marvin hat sich beruhigt«, berichtete sie mir schließlich. »Er reagiert auf nichts, aber er hat sich beruhigt.«

Es klang so, als müsse sie mit sich ringen, nicht doch noch in die Klinik zu fahren. »Dr. Hähnel hat ihn im Visier seiner Kamera?«, fragte ich deshalb.

Sie nickte.

»Gut. Heute hätten vier durchgedrehte Dealer uns beinahe ins Jenseits befördert. Und unsere erste wirklich vielversprechende Spur hat sich in Luft aufgelöst.«

»Falls Chantal Huwe nicht widerspricht«, warf Daniela ein.

»Soll Marvin doch stumm wie ein Fisch und starr wie eine Salzsäule in seinem Bett sitzen, wir haben etwas Besseres zu tun.«

»Ach so?«

»Feierabend. Abschalten. Uns daran erinnern, dass es auch normale Menschen gibt.«

»Das ist ein Argument«, stimmte sie mir lächelnd zu.

55

Daniela

Reinholds Hand hatte sich ermutigend und beruhigend angefühlt. Dafür war im Flur des Präsidiums bei Oliver gar kein Körperkontakt mehr erforderlich, inzwischen reichte schon seine körperliche Nähe aus. Er ging links neben mir, überragte mich um über einen Kopf und obwohl ich bemüht geradeaus schaute, spürte ich seine Gegenwart so deutlich, als würde ich ihn ununterbrochen anstarren.

Ich schüttelte energisch den Kopf. Das Kribbeln blieb.

»Alles klar?«, fragte Oliver.

»Ja. Ich bin nur erschöpft.«

»Ich fahre dich nach Hause«, teilte er mir mit.

»Was?«, quiekte ich.

»Du hast kein Auto hier.«

Natürlich hatte er recht. Heiko hatte mich heute Morgen abgeholt und seitdem war ich in den verschiedensten Polizeifahrzeugen mitgefahren. Mich wunderte nur, dass Oliver das mitbekommen hatte.

»Das ist nett von dir«, stimmte ich zu.

»Nicht der Rede wert«, meinte er und es klang tatsächlich so, als sei es keine große Sache.

Sein Auto war deutlich größer als meines. Nachdem wir eingestiegen waren, schrumpfte der Innenraum allerdings zusammen, bis ich das Gefühl hatte, direkt bei Oliver auf dem Schoß zu sitzen.

»Wo wohnst du?«, fragte er, als wir an der Ausfahrt standen.

In meinen Gedanken blitzte eine Vorstellung von Oliver auf, wie er vor meinem Haus vorfuhr, anhielt und ich mich zu ihm beugte. »Nein«, sagte ich entschieden. Bemerkte seinen irritierten Blick. Erklärte so ruhig wie möglich: »Ich muss noch in die Praxis. Andreas wartet, damit wir die Fälle besprechen können.«

»Klingt nicht sehr entspannend«, meinte er.

»Es gehört dazu.«

»Von mir aus. Und fahren wir jetzt links oder rechts?«

»Links«, wies ich ihn an.

Wir rollten eine Weile schweigend über die Straßen. Oliver fuhr umsichtig und überschritt nie die Höchstgeschwindigkeit. »Ist das schwierig, die Praxis und die Arbeit für uns unter einen Hut zu bringen?«

Ich schluckte. Die Praxis. Ich dachte an Andreas. Und hielt mich an dem Gedanken fest. »Wir sind zu zweit. Nur deshalb kann ich es machen.«

»Die Sachverständigentätigkeit muss dir viel bedeuten«, meinte er.

»Das tut sie. Sie ermöglicht mir etwas Abwechslung. Und die Arbeit für die Polizei ist sinnvoll.«

»Sinnvoller als das Therapieren von Patienten?«

»Genauso wichtig«, erklärte ich. »Aber sinnvoller als andere Nebentätigkeiten.«

»Zum Beispiel?«

»Fachartikel schreiben. Vorträge halten.«

»Könnte ich mir bei dir auch nicht vorstellen.«

Wie war das nun wieder zu verstehen? »Meine Artikel sind auch gut«, ließ ich ihn wissen.

Oliver schüttelte den Kopf. »Du gehörst nach draußen. Das ist deine Stärke.«

»Meinst du das ernst?«

Er runzelte die Stirn. »Ja klar. Warum?«

»Ich war heute am Hafen keine große Hilfe«, sagte ich kleinlaut.

Er machte eine wegwerfende Handbewegung. »Ein Revolverheld reicht im Team. Außerdem ist das auch gar nicht deine Aufgabe. Du bist hier, weil du mehr von Verrückten verstehst als ich.« Wie er es sagte, klang es fast charmant.

Eine Minute später erreichten wir die Querstraße zur Praxis. »Da vorne ist es«, sagte ich.

Oliver bog ab und hielt vor dem Haus. »Danke«, sagte ich artig und hatte meine Hand schon am Türgriff.

Doch der klemmte. Ich versuchte es erneut. Immer noch ohne Erfolg. Ich saß in der Falle. Ich drehte mich zu Oliver, halb in der Erwartung, ihn grinsend und sabbernd zu sehen, wie er sich auf mich stürzen wollte.

Stattdessen hatte er zwei senkrechte Falten zwischen seinen Augenbrauen. »Diese verdammte Tür«, brummte er verärgert. »Ich war erst letzte Woche in der Werkstatt deswegen.«

Dann beugte er sich zu mir, griff über meine Beine an die Tür, riss am Hebel und stieß sie auf. Ich sah die braune Haut in seinem Nacken. Seine Muskeln, die sich im Kampf mit der Tür spannten. Er roch nach Schweiß und einem modischen Aftershave. Er berührte mich nicht, aber das war auch gar nicht nötig. Ich spürte, wie mir das Blut in die Wangen schoss.

»Danke«, sagte ich.

»Entschuldige. Ich werde mich beschweren.«

»Kein Problem.« Ich wollte aussteigen, aber meine Beine folgten meinem Willen nicht.

»Mach nicht zu lange«, sagte Oliver mit einem Augenzwinkern.

»Wie?«

»Na, eure Fallbesprechungen.«

»Oh. Ja. Natürlich.« Einen Preis für geistreiche Kommunikation würde ich heute nicht mehr gewinnen.

»Ich gehe noch etwas trainieren«, verriet er. »Zum Abschalten.«

Und genau dieser Satz war es, der mir half, auszusteigen. Die Vorstellung, wie Oliver im Fitnessstudio an irgendwelchen Foltermaschinen saß und seine Muskeln aufpumpte – ein echter Abtörner. Ich war schlagartig wieder nüchtern. Schnell verabschiedete ich mich, warf die Tür zu und im nächsten Moment war ich schon am Eingang zur Praxis.

In unserer Küche nahm ich mir einen Tee. Ich verschüttete die Hälfte, weil meine Hände vor lauter Ärger über mich selbst zitterten wie bei einem Parkinsonpatienten. Wie war es möglich, dass mich ein dahergelaufener Muskelmann derartig aus dem Konzept bringen konnte? Ich war kein Teenager mehr! Oliver mochte groß und muskulös sein, aber er war auch ungehobelt, brutal und sarkastisch. Und dann das Fitnessstudio: ›Ich gehe noch etwas trainieren.‹

Soll er doch, dachte ich trotzig, einerseits frustriert und wütend, weil ich zugelassen hatte, dass dieser Kerl mich dermaßen in Aufruhr versetzte. Andererseits war ich heilfroh, dass ich nicht einen noch größeren Narren aus mir gemacht hatte als ohnehin schon.

Unvorstellbar, wenn Oliver es tatsächlich darauf angelegt hätte. Wahrscheinlich hätte ich dann seine Bettwäsche kennengelernt. Und morgen früh seine Aftershavemarke.

Andreas blickte überrascht von seinen Akten auf. »Du kommst früh«, stellte er mit einem Blick auf die Uhr fest.

»Das habe ich mir verdient«, verkündete ich. Auf dem Sofa zog ich meine Knie bis unter das Kinn und schlang meine Arme um die Beine.

So wollte ich abwarten, bis das Zittern verschwand.

Andreas schloss die Akte und setzte sich zu mir. »Du siehst erschöpft aus.«

»Auch das habe ich mir verdient.«

»Was ist los?«, fragte er sanft.

Ich erzählte es ihm. Meine frühe Begegnung mit Marvin im Krankenhaus. Die Schießerei im Hafen. Das Geständnis, das ich mit angehört hatte. Und erst in diesem Moment wurde mir klar, dass ich den Vormittag nur sehr knapp und mit viel Glück überlebt hatte. Um ein Haar wäre ich im Leichenschauhaus gelandet, auf Karls Tisch neben den Broses. Ich sah einen kahlen trostlosen Raum vor mir und Karl, wie er mit ausdrucksloser Miene die Kugeln aus meinem toten Körper pulte. Die Erkenntnis traf mich wie ein Schlag und drückte mich in die Lederpolster.

Andreas Hand auf meinem Arm fühlte sich gut an. Warm. Eine verständnisvolle Geste. »Das ist normal«, sagte er beruhigend. »Du wärst kein Mensch, wenn dich das nicht mitnehmen würde.«

Das gefiel mir überhaupt nicht. Erst musste Oliver mir das Leben retten, dann ließ ich mir von ihm den Kopf verdrehen. Und jetzt musste Andreas mich über die elementarsten Grundlagen der Traumatisierung aufklären. Das war nicht richtig. Ich war die Expertin. Ich hatte mein Leben unter Kontrolle. Ich half anderen Menschen. Nicht umgekehrt.

»Ich glaube nicht, dass wir heute noch eine Fallbesprechung machen, Daniela. Morgen wieder.«

»Aber wir müssen noch meine Klienten …«

»Ich habe alles im Griff«, sagte Andreas bestimmt. Und er schaffte es, dass es weder bevormundend noch herablassend klang.

Und deshalb mochte ich ihn auch so sehr. Er war gut aussehend, sensibel und verständnisvoll. »Fährst du mich nach Hause?«, fragte ich erschöpft.

Es war nur eine kurze Strecke, die Andreas innerhalb von fünf Minuten mit dem Auto zurücklegte. Die Abenddämmerung zog von Osten her am Himmel auf. Ich studierte das Farbenspiel am Firmament und nahm mir vor, es für meine Malerei zu nutzen.

Es war ein romantischer Abend. Ich dachte an Oliver, der jetzt mit anderen Muskelprotzen gemeinsam schwitzte. Nein, rief ich mich zur Besinnung, solche Typen sind abstoßend. Ich fand Andreas Augen. Ehrlich und intelligent. Ohne dunkle Geheimnisse. Das war ein Mann, wie ich ihn mir wünschte.

»Kommst du noch mit?«, hörte ich mich fragen.

Andreas war seine Überraschung deutlich anzumerken. Und sein inneres Ringen. »Daniela, vielleicht ist heute nicht der richtige …«

»Ach, sei still«, unterbrach ich ihn. Ich beugte mich zu ihm, schlang einen Arm um seinen Hals und zog ihn zu mir.

Seine Lippen waren weich und öffneten sich ohne Widerstand. Während unsere Zungen miteinander tanzten, fragte ich mich, warum ich das tat. Die Grenze zwischen Beruf und Privatleben hatte ich nicht ohne Grund gezogen, die Distanz zu Andreas war eine wohlüberlegte Entscheidung gewesen. Ich fand keine Antwort. Und das erwartungsvolle Kribbeln, das sich von meiner Zunge in meinen Bauch und noch weiter ausbreitete, ließ mich die Frage schnell wieder vergessen.

Als wir uns voneinander lösten, fragte ich in meiner besten Schlafzimmerstimme: »Kommst du jetzt mit?«

Andreas war verwirrt, aber folgsam. Er begleitete mich in meine Wohnung. Schon im Flur hatte ich ihm die Hälfte seiner Kleider ausgezogen und war hocherfreut über den Anblick. Er war gut gebaut, sportlich – nicht übermäßig muskulös.

Ich bedeckte seine Haut mit Küssen. Als wir auf mein Bett sanken, war er fast nackt. Er ließ sich mehr Zeit, knöpfte zögernd meine Bluse auf, löste vorsichtig meinen BH und begann, meinen Körper zu erkunden. Ich ließ meine Hände wandern, liebkoste ihn und stand förmlich in Flammen. Andreas blieb rücksichtsvoll.

Hinterher drehte er sich nicht weg, sondern wir lagen eng umschlungen, bis uns die Augen zufielen. Andreas murmelte etwas, das ich nicht verstand, an ihn gekuschelt schlief ich ein.

Samstag

56

Oliver

Nachdem ich Daniela vor ihrer Praxis abgesetzt hatte, kam mir das Rudern gerade recht. Normalerweise reichte mir eine Runde am Abend. Um die Eindrücke von Marvins Tatort loszuwerden, hatte ich zwei Runden benötigt. Nach der Schießerei, dem Geständnis von Walter Huwe und der Autofahrt mit Daniela wären drei Runden mehr als angemessen gewesen. Aber schon nach den ersten Ruderschlägen hatte ich bemerkt, dass mir der Container noch in den Knochen steckte. Also hatte ich mit Rücksicht auf meine Muskeln und Sehnen eine vorsichtige Runde gedreht und beschlossen, die Restgedanken an den Tag im Vereinsheim hinter mir zu lassen.

Hannes hatte schon auf mich gewartet, als ich anlegte. »Da ist ja meine Oma schneller als du.«

»Das kommt vom Containerweitwurf«, hatte ich behauptet.

An der Bar genehmigte ich mir genau ein Bier. Es kam mir nicht auf den Alkohol an, sondern darauf, mit Hannes die Welt wieder geradezurücken. Zumindest für den gestrigen Tag.

Weil es Samstag war und unser Täter ja streng genommen schon lange feststand, erlaubte ich mir, bis sieben Uhr im Bett zu liegen. Schlafen konnte ich allerdings nur bis fünf Uhr, als sich Gedanken an schießwütige Dealer und blonde Psychologinnen in meine Träume schlichen. Einmal aufgewacht, konnte ich auch durch noch so viele Wendemanöver auf meiner Matratze nicht zurück in den Schlaf finden.

Als der Wecker schließlich klingelte, riss er mich aus einem dumpfen Schlummer. Mit Watte im Kopf stand ich auf.

Die heiße Dusche half, löste aber meine Probleme nicht. Wenn ich darüber nachdachte, welches Ereignis vom Vortag mich noch am meisten beschäftigte, dann war es Daniela. Ohne genau zu wissen warum, ging sie mir nicht mehr aus dem Kopf.

Es gab nur ein Problem: Frauen, die wie Barbie aussahen, waren nicht mein Fall. Und noch viel weniger, wenn es Psychologinnen waren. Und am allerwenigsten, wenn sie sich in meinen Fall einmischten.

Trotz dieser Feststellung begleiteten mich die Gedanken hartnäckig während des Frühstücks und auf der Fahrt ins Präsidium. Mir fiel ein, dass wir für heute überhaupt nichts verabredet hatten. Ob sie auch ins Präsidium kommen wollte. Vielleicht sollte ich sie anrufen, ihre Handynummer hatte ich.

Doch ein unbestimmtes Gefühl hielt mich zurück. Telefonieren konnte ich später immer noch. Ich würde den Morgen nutzen, um auf den neuesten Stand zu kommen. Aus dem Krankenhaus erfuhr ich, dass Marvin weiter schweigend in seinem Bett saß.

Die Routinebefragungen, die wir wie ein Netz über den gesamten Kreis der Personen geworfen hatten, die mit den Broses zu tun gehabt hatten, bestätigten das Bild, das wir bisher schon von der Familie gewonnen hatten. Jedes Familienmitglied verstieß auf seine Weise nach besten Kräften gegen das, was man gemeinhin unter gesellschaftlichen Konventionen verstand. Der Vater durch rüpelhaftes Auftreten, die Mutter durch niederträchtige Psychospiele, Sven durch eine stolze Anzahl an Schlägereien und allen voran Marvin. Gegen ihn hatten wir eine Vielzahl von Anschuldigungen gesammelt, begonnen mit Sachbeschädigung und Beleidigung über Drogenhandel und im schwersten Fall bis zur sexuellen Nötigung seiner eingebildeten Freundin Claudia Rücker.

Auch wenn man davon ausging, dass schwere Kriminalität sich auf dem Boden minderschwerer Vergehen entwickelte, hatten wir doch niemanden gefunden, der Marvin eine Gewalttat jenseits der Körperverletzung zutraute. Wäre nicht der Vorfall mit der Katze im Kinderheim so gut dokumentiert gewesen, hätten wir überhaupt keine Hinweise gehabt, die die Taten plausibel hätten machen können. Von einem Motiv für die Morde ganz zu schweigen. Ich vermutete, dass bisher nur die Psychotherapeutin, die Marvin nach dem Heimaufenthalt behandelt hatte, einen Blick hinter seine Fassade hatte werfen können.

Ich komme mit allem davon.

Für mich war der Fall langsam, aber sicher klar. Seit Beginn der Ermittlungen hatte sich neben den harten Beweisen, die Marvin als Täter identifizierten, nichts anderes ergeben. Ich war sicher, dass Huwes Alibi halten würde. Hinweise auf eine zweite Person am Tatort hatten sich nicht bestätigt. Die einzige Möglichkeit, die für den Jungen noch als Ausweg blieb, war die noch zu diagnostizierende Persönlichkeitsstörung. Doch auch diese würde nichts grundlegendes verändern, der Täter wäre weiterhin in Marvins Kopf zu suchen, was den Jungen für viele Jahre aus dem Verkehr ziehen würde.

In diesem Moment klingelte mein Telefon.

»Gut, dass ich dich erwische«, meinte Reinhold. »Ich habe etwas, das du dir anschauen solltest.«

Der Weg über den Flur war nicht weit.

»Hier ist ja das halbe Kommissariat versammelt«, kommentierte ich, während ich mich in den Raum zwängte.

»Eher die halbe Kripo«, entgegnete Reinhold.

»Wir haben Chantal aufgegabelt«, verriet Thorsten, der mit verschränkten Armen am Fenster stand.

»Sein Alibi ist bestätigt?«, fragte ich.

Thorsten nickte. »Jede Einzelheit.«

»Dachte ich mir. «

»Aber jetzt halt dich fest«, warnte mich Reinhold.

Mein Blick wanderte automatisch zu Markus, der an Reinholds Schreibtisch saß und ernst einige Computerausdrucke musterte.

»Fangen wir mit dem Harmlosen an«, schlug Markus vor. »Wir haben diesen Förster unter die Lupe genommen«, erklärte er. »Du hattest dich gewundert, wieso Cagas ihn sich als Anwalt leisten konnte.«

»Und das habt ihr herausgefunden?«, fragte ich verwundert.

»Telefonverbindungsdaten«, erklärte Markus lapidar.

»Vom Anwalt? Wie habt ihr das denn gemacht?«

»Oliver«, tadelte mich Markus bierernst. »Wir würden doch niemals das Recht beugen. Und in diesem Fall war es auch gar nicht nötig. Wir haben etwas in den Telefondaten von Huwe entdeckt. Er ist das Verbindungsglied. Kurz nachdem Cagas von uns in den Streifenwagen verfrachtet wurde, ging bei Huwe ein Anruf vom Festnetzanschluss der Familie Cagas ein.«

»Frau Cagas«, vermutete ich. »Die ihren Schutzengel anrief?« Die Verbindung war zumindest schlüssig.

»Vermutlich. Und nach diesem Anruf rief Huwe bei Förster an. Das war etwa zwanzig Minuten bevor er hier aufgetaucht ist.«

»Wahnsinn«, sagte ich verblüfft. »Huwe und Förster müssen eine engere Verbindung haben, als wir vermutet haben.«

»Das ist anzunehmen. Wir haben uns gefragt, was diese beiden Männer miteinander zu tun haben könnten. Förster ist ein sehr erfolgreicher Anwalt, der große und scheinbar aussichtslose Fälle liebt, seine Honorare sind astronomisch. Dieser Ruf eilt ihm voraus. Aber ihm wird außerdem nachgesagt, dass er ein Faible für Gerechtigkeit hat.«

»Das wusste ich nicht«, gab ich zu. »Aber er ist doch Strafverteidiger. Und dann Gerechtigkeit? Ist das nicht ein Widerspruch?« Ich dachte an seine berühmten Prozesse, in denen er die großen Fische der niederrheinischen Unterwelt verteidigt und meist auch freibekommen hatte.

»Haben wir auch nicht kapiert. Vielleicht fragen wir einen unserer Psychologen. Wie auch immer, das ist eine Gemeinsamkeit der beiden.«

»Gerechtigkeitswahn?«, fragte ich zweifelnd.

»Nenn es, wie du willst.«

»Ist das nicht etwas weit hergeholt?«

»Was Gerechtigkeit angeht, liegen die beiden auf einer Wellenlänge.«

Mir dämmerte, worauf Markus hinauswollte. »Das meinst du nicht ernst.«

»Mir sind die Scherze gründlich vergangen, glaub mir.«

Ich sah sein ernstes Gesicht. Markus ohne ironischen Spruch, das machte mir wirklich Sorgen.

»Wir haben zwei Listen miteinander verglichen. Das«, Markus hob ein Blatt hoch, »ist eine Liste von Försters Klienten der letzten Jahre.«

»Und das andere ist die Liste mit allen ungeklärten Todesfällen aus demselben Zeitraum«, schlussfolgerte ich.

»Wir haben für die letzten fünf Jahre sechs Übereinstimmungen«, teilte Markus mit.

Ich sog scharf die Luft ein. Das übertraf meine Erwartungen bei Weitem. »Sechs Morde?«, fragte ich mit unangenehm schriller Stimme.

»Wir sind erst am Beginn der Ermittlungen«, gab Markus zu bedenken. »Die Männer, die jetzt tot sind, wurden alle eines schweren Verbrechens beschuldigt. Raub. Vergewaltigung. Mord. Alle wurden trotz belastender Beweise freigesprochen.«

»Und jetzt sind alle tot«, führte ich den Gedanken fort.

»Huwe wird gestehen«, sagte Markus zuversichtlich.

»Er wird dir erklären, wie sehr diese Typen den Tod verdient haben. Und dann musst du dir anhören, wie es war, ihnen ihre Verbrechen vorzuhalten und ihnen im Moment ihres Todes in die Augen zu sehen.«

»Ich weiß«, seufzte Markus bedrückt.

»Sobald wir etwas Handfestes haben, verhaften wir Förster«, schaltete sich Reinhold nun wieder ein.

»Er hat die Morde in Auftrag gegeben«, zeigte sich Markus überzeugt. »Als Anwalt konnte er leicht beurteilen, ob seine Mandanten wirklich schuldig waren. Wurden sie trotzdem freigesprochen, ließ er sie umbringen.«

Ich schüttelte ungläubig den Kopf, obwohl mir längst klar war, dass es genau so abgelaufen sein konnte. »Aber wieso ist das nie aufgefallen? So eine Mordserie, die hätten wir doch bemerkt, oder?«

Reinhold lächelte bitter. »Die beiden haben es geschickt angestellt. Sie haben sowohl den zeitlichen Abstand zur Gerichtsverhandlung variiert als auch die Todesursache. Einer ist erst drei Jahre nach dem Freispruch umgekommen. Nur zwei von ihnen sind eindeutig durch Gewaltanwendung Dritter gestorben. Zwei haben anscheinend Selbstmord begangen. Einer ist ertrunken, einer bei einem Verkehrsunfall getötet worden.«

»Förster hat seine eigene Schattenjustiz aufgebaut«, fasste Markus zusammen.

»Unfassbar«, sagte ich. »Und ich dachte, da steckt vielleicht irgendeine Sexgeschichte hinter.«

Für einen Moment senkte sich Schweigen über unsere Runde.

»Was ist denn mit unserem Fall?«, fragte ich. »Den könnten wir doch zumindest langsam zum Ende bringen, oder? Wir sind genauso klug wie am Anfang. Der Staatsanwalt soll den Jungen anklagen, dann ist die Sache erledigt.«

Reinhold rieb sich nachdenklich sein Kinn. »Hmm. Eigentlich hast du …«

Er wurde von Matthias unterbrochen, der mit rotem Kopf

in das Büro platzte. »Ach, hier seid ihr alle. Ich habe Neuigkeiten.«

»Noch mehr Enthüllungen?«, fragte ich misstrauisch.

»Du willst also nicht wissen, warum der Krake dich umbringen wollte?«

»Spuck's schon aus!«

Matthias öffnete die Mappe, die er dabeihatte. Er zeigte uns ein Blatt, auf dem sich eine bunte dreidimensionale Struktur befand. Ein Molekül, vermutete ich.

»Bist du unter die Künstler gegangen?«, frotzelte Markus.

»Das ist das Wirkstoffmolekül einer neuen Droge, die wir im Labor des Kraken gefunden haben«, erklärte Matthias. Er nannte uns sogar den Namen, aber mein Ohr scheiterte bei dem Versuch, die Worte sinnvoll an mein Gehirn weiterzugeben.

»Nur weil er eine synthetische Droge verbreitet, muss er doch nicht gleich losballern«, meinte ich.

»Nee, muss er nicht. Es sei denn, er ist high.« Matthias holte ein zweites Blatt heraus. »Das ist eine Besonderheit dieser Droge. Sie lässt sich nicht im Blut nachweisen. Deshalb haben wir bei den vier Männern einen Haartest gemacht.«

»Und da zeigt sie sich?«

»Genau. Sie waren alle total zugedröhnt.«

»So kamen sie mir nicht vor«, erinnerte ich mich. »Kontrollierte und zielgerichtete Bewegungen, klare Sprache, unauffällige Pupillen.«

»Wie gesagt, die Droge ist neu. Wir haben versucht zu simulieren, wie sie beim Menschen wirkt.« Jetzt zauberte er ein Blatt mit einem eingefärbten Gehirnquerschnitt hervor. »Sie macht aggressiv.«

Bevor er weitersprach, wartete er lange genug, damit ich eine Verbindung zu unserem Fall herstellen konnte. Doch die gefiel mir überhaupt nicht.

»Die Droge dürfte zwischen fünfzehn und dreißig Minuten brauchen, bevor sie wirkt. Dann erhöht sie die Aggressivität um ein Vielfaches. Reaktionsvermögen, Denken und motorische Fähigkeiten sollten nicht beeinträchtigt werden.«

»So wurde aus dem harmlosen Kraken ein wild um sich schießender Rambo«, schlussfolgerte ich.

Reinhold wollte wissen: »Wäre es vorstellbar, dass ein Mensch durch die Droge über Stunden hinweg zu extremer Brutalität fähig ist?«

»Ja.«

»So wie bei den Brose-Morden?«

»Deshalb bin ich ja sofort hergekommen. Wenn der Junge mit der Droge in Kontakt gekommen ist, kann das die Taten erklären. Immerhin hat er für den Kraken gearbeitet.«

Freispruch für Marvin. Was durch diese neue Information im Raum stand, war nicht weniger als die Vermutung, dass jemand Marvin unbemerkt die Droge untergeschoben hatte und dadurch die Tat erst ausgelöst wurde. Die jüngere Kriminalgeschichte war voll von solchen Fällen.

»Das beweist gar nichts«, wandte ich ein.

»Richtig«, stimmte Reinhold zu. »Aber vielleicht könnte ein Haartest bei Marvin die Droge noch nachweisen?«

»Sicher!«, antwortete Matthias. »Das Labor wartet bereits. Ich schlage vor, wir fahren gleich hin.«

Ich komme mit allem davon. In Gedanken sah ich Marvin schon triumphierend grinsen.

57

Daniela

Es war das berüchtigte böse Erwachen. Als ich die Augen aufschlug, war meine Haut mit Schweiß überzogen, Andreas Arm drückte auf meine Rippen. Vorsichtig entwand ich mich seinem Griff. Nackt und zaudernd stand ich vor dem Bett. Andreas lag mit einem zufriedenen Lächeln und zerzaustem Haar auf dem Bauch, die Bettdecke hob sich langsam im Rhythmus seiner Atemzüge. Vor vierundzwanzig Stunden waren wir zwei Psychotherapeuten mit einer gemeinsamen Praxis gewesen. Was waren wir jetzt?

Ich stahl mich ins Badezimmer. Im Spiegel begegnete mir eine Frau, die mit dem einen Mann geschlafen hatte, um sich zu beweisen, dass ihr nichts an einem anderen Mann lag.

Was hast du dir bloß dabei gedacht?, fragte ich sie vorwurfsvoll. Ihre Antwort bestand lediglich in meinem eigenen ratlosen Blick. Das dachte ich mir, murmelte ich lautlos. Überhaupt nichts hatte ich mir gedacht.

Andreas raschelte mit der Bettdecke. »Daniela?«, rief er leise.

Ich floh in die Dusche und drehte das Wasser so heiß auf, wie ich es gerade noch ertragen konnte. Mit größter Selbstbeherrschung gelang es mir, meine Selbstvorwürfe zu verdrängen – von denen ich noch jede Menge auf Lager hatte – und darüber nachzudenken, was als Nächstes zu tun war. Schließlich konnte ich nicht ewig unter der Dusche stehen. Aber mir fiel keine Lösung ein.

Andreas ließ mich ungestört duschen. So sauber wie schon lange nicht mehr, angelte ich schließlich nach dem großen Badetuch und schlang es mir um den Körper. Dann huschte ich ins Schlafzimmer. Andreas war nicht mehr im Bett. Für einen Moment dachte-hoffte-fürchtete ich, er könnte einfach verschwunden sein, doch dann roch ich den frischen Kaffee aus der Küche. Geschirr und Besteck klapperten.

Tränen sammelten sich in meinen Augen. Spontan fielen mir eine Million weitere Vorwürfe ein, die ich mir selbst an den Kopf werfen konnte.

Stattdessen bewies ich die Selbstdisziplin, die ich gestern

Abend hätte gebrauchen können, und wählte Unterwäsche, schlüpfte in eine verwaschene Jeans und einen dünnen Pullover, der seine Farbe schon vor Jahren eingebüßt hatte. Meine feuchten Haare bändigte ich mit einem Pferdeschwanz. Dann holte ich tief Luft und wagte mich in die Höhle des Löwen.

Andreas empfing mich mit einem warmen Lächeln. Er küsste mich. In seinen Armen stiegen wieder Bilder der vergangenen Nacht in mir hoch. Ich löste mich von ihm, vielleicht schroffer als angemessen gewesen wäre.

Er schaute mich liebevoll an, aber ich erkannte die Spur von Melancholie in seinen Augen, die ich dort schon seit zwei Jahren sah. Wusste er, was in mir vorging? Eigentlich hätte es mich nicht wundern dürfen. Immerhin war es Andreas. Der sensible, einfühlsame, verständnisvolle Andreas.

»Ich muss dir etwas sagen«, begann ich unbeholfen.

»Ich weiß, Daniela. Aber das kannst du auch beim Frühstück machen.« Er goss mir eine Tasse Kaffee ein.

Er machte es mir nicht gerade leicht. Ich nahm einen neuen Anlauf. »Andreas, ich möchte …«

Diesmal unterbrach mich mein Handy. Ich fluchte innerlich, doch ich musste zumindest nachschauen, wer es war.

Oliver. Was soll's, dachte ich. Er sitzt sowieso schon unsichtbar am Tisch, da kann ich auch mit ihm telefonieren. Ich schaute Andreas entschuldigend an, dann nahm ich den Anruf entgegen.

»Guten Morgen«, begrüßte mich Oliver. »Ausgeschlafen?«

»Wie neu geboren«, log ich.

»Das wirst du brauchen«, meinte er trocken. Und dann erzählte er mir, dass im Drogenlabor des Kraken eine Substanz gefunden worden war, die die Morde erklären konnte. Ein Haartest war angesetzt. Und eine erneute Befragung von Marvin erforderlich.

»Verstehe«, sagte ich knapp. »Ich bin schon unterwegs.«

Ich ließ Oliver keine Gelegenheit, mir zu erklären, dass es vielleicht doch nicht ganz so eilig war, und beendete das Gespräch.

»Ich muss weg«, sagte ich zu Andreas.

»Dein Fall?« Er schaute bekümmert auf den verführerisch gedeckten Frühstückstisch. »Dann nimm wenigstens ein Croissant mit. Für unterwegs.«

Ich zog im Flur hastig meine Schuhe an, Andreas tütete das Croissant ein. Ich wippte schon unruhig von einem Bein auf das andere, als er die Tüte in den Flur brachte.

»Willst du etwa so bei der Polizei auftauchen?«, fragte er verwundert.

Spätestens jetzt musste auch Andreas klar geworden sein, dass ich total von der Rolle war. Wenigstens hatte er mich vor einem peinlichen Auftritt im Krankenhaus bewahrt. Mit größtmöglicher Geschwindigkeit durchlief ich meine Morgenroutine aufs Neue. Ich wählte mein maigrünes Kostüm und trug Make-up auf. Wenige Augenblicke später stand ich mit trocken geföhnten Haaren wieder abmarschbereit im Flur. Ich küsste Andreas auf die Wange. »Wir reden später.«

»Natürlich«, gab er tapfer zurück.

Zum Glück herrschte weniger Betrieb als im Berufsverkehr, denn ich musste während der Fahrt ständig an Andreas denken. Auch an die letzte Nacht, aber vor allem an seine Rehaugen, in denen die Erkenntnis, dass ich ihn nur benutzt hatte, mit schmerzhafter Klarheit stand. Und trotzdem hatte ich bei ihm keinen Ärger gespürt, sondern nur bedingungslose Zuneigung.

Moralisch war ich erledigt. Als ich das Krankenhaus erreichte, war ich der festen Überzeugung, dass mir mindestens zehn Jahre ununterbrochener Selbstzerfleischung bevorstanden. Was nur gerecht war, wenn ich daran dachte, wie es Andreas gehen musste.

Oliver beachtete mich nicht besonders, sondern war in eine Diskussion mit Heiko verstrickt. »Und es gab kein Anzeichen?«

Heiko schüttelte den Kopf. »Ich habe die Videos mehrfach überprüft und kann einfach keine definitive Aussage machen. Wenn er uns täuscht, ist er verdammt gut darin.«

Oliver grunzte unzufrieden und schoss einen tödlichen Blick durch den Spiegel auf Marvin ab.

»Bist du bereit?«, fragte er mich dann.

Natürlich war ich nicht bereit. Ich hatte mich von einem Typen mit breiten Schultern und herben Umgangsformen in eine pubertäre Schwärmerei hineinziehen lassen. Ich hatte meinen Partner benutzt, um meine Würde zu verteidigen und sie gerade dadurch erst verloren. Ich war zu vielem in der Lage, aber nicht zur professionellen Befragung eines geistesgestörten Mörders.

»Sicher doch«, entgegnete ich betont gelassen.

Oliver schien nichts zu bemerken. »Sehr schön«, sagte er, dann gab er den Pflegern im Flur ein Zeichen.

Im nächsten Augenblick erschienen die beiden an Marvins Bett, packten die Arme des Jungen, deren Radius ohnehin schon auf wenige Zentimeter beschränkt war, und entnahmen die Haarprobe.

Das phlegmatische Ausharren war für Marvin nicht mehr durchzuhalten. Wütend starrte er die Pfleger an, dann begann er zu fluchen.

»Dein Auftritt«, gab Oliver mir das Zeichen.

Ich seufzte, machte mich aber auf den Weg. Mir ging die Frage durch den Kopf, mit welcher Begründung ich wohl ein höheres Honorar berechnen konnte als beim letzten Fall.

Marvins Verwünschungen schlugen mir entgegen, als ich die Tür öffnete. Einer der Pfleger zwinkerte mir aufmunternd zu, als sie an mir vorbei zur Tür gingen. Marvin entdeckte mich und wurde still. Ich nahm meinen Stuhl und setzte mich zu ihm.

»Sie sind wieder da«, stellte er feierlich fest.

»Ja.«

»Sie sprechen wieder mit mir.«

»Auch das.« Und ich musste schleunigst in Form kommen, sonst konnte ich die Befragung vergessen.

58

Oliver

»Was möchten Sie diesmal wissen?«, fragte Marvin im Krankenzimmer.

Daniela musterte ihn ruhig, antwortete aber nicht.

»Waren Sie wieder beim Kraken?«, hakte Marvin nach.

»Der Krake sitzt im Gefängnis.«

Marvin war überrascht. »Sie haben ihn verhaftet?«

»Die Polizei hat ihn mitgenommen«, antwortete Daniela unbestimmt. »Du hast für ihn gearbeitet?«

Er nickte zögernd.

»Warum?«

Er kaute einen Moment auf seiner Unterlippe herum, bevor er antwortete. »Ich wollte das Geld. Für alles braucht man Geld. Ohne Geld gehört man nicht dazu.«

Ich brauchte das Geld. Ein Klassiker bei Schauspielerinnen, aber anscheinend auch bei kleinen Dealern.

»Deine Freunde hatten mehr Geld als du?«

»Ja.«

»Es gibt doch noch andere Jobs.«

»Ich konnte auf coole Partys gehen. Und der Krake zahlt gut.«

»Hast du von deinen Eltern kein Geld bekommen?«, fragte Daniela.

Er schwieg.

»Was ist mit deiner Mutter?«

»Meine Mutter sorgt gut für mich«, antwortete er schnell.

»Hattet ihr keinen Streit?«

»Nee, warum?«

»Zum Beispiel wegen der Zimmer. Deine Mutter hat das größte Zimmer mit ihrem Atelier belegt. Du musstest dir mit deinem Bruder das kleinste Zimmer teilen.«

Seine Augenlider flatterten leicht, aber er antwortete nicht.

»Das hat dir nichts ausgemacht?«, bohrte Daniela.

»Nein.«

»Dein Vater meinte, es hätte dir etwas ausgemacht.«

»Er hat sich geirrt.«

»Wir wissen, dass du dich mehrmals mit deiner Mutter über das Zimmer gestritten hast«, behauptete Daniela ruhig. Sie bluffte nicht schlecht.

Marvin antwortete nicht. Ich rechnete jeden Moment damit, dass er wieder einen Anfall bekam, um der weiteren Befragung zu entgehen, aber er blieb ansprechbar.

»Hast du beim Kraken viel verdient?«

Marvin reagierte mit Verwirrung auf den Themenwechsel.

»Ich meine, du warst ja eher eine kleine Nummer«, fuhr Daniela fort. »Es hat eine Weile gedauert, bis sich einer der anderen Dealer überhaupt an dich erinnert hat.«

Ich nickte respektvoll, was sie natürlich nicht sehen konnte. Sie nahm Marvin geschickt in die Zange. Und das gefiel mir.

Der Junge presste die Lippen zusammen und vergaß offenbar, dass er auch durch die Nase atmen konnte, denn er wurde rot wie eine holländische Tomate. »Ich war keine kleine Nummer«, zischte er schließlich, bevor die Monitore wieder Alarm schlagen konnten.

»Du hast noch andere Dealer unter dir gehabt?«, fragte sie mit einer distinguiert gehobenen Augenbraue.

Das Rot in seinem Gesicht wurde noch dunkler. »Es dauert nicht mehr lange«, brachte er hervor.

»Du machst also Karriere?«

Wo blieb bloß der Anfall?

»Der Krake wollte mir eine Chance geben.«

»Dich zu beweisen?«

»Nein.«

»Sondern?«

Marvin antwortete nicht mehr. Er grinste. Wie jemand, der ein dunkles Geheimnis hat.

Daniela ging nicht auf dieses kindische Spiel ein, sondern zückte stattdessen ein Foto: »Ich habe dich schon einmal zu diesem Mann gefragt. Ist dir inzwischen eingefallen, wann du ihn zuletzt gesehen hast?«

»Mann, der war ja ständig da und ist durchs Haus geschlichen. Einmal habe ich ihn sogar von oben kommen sehen.«

Wo Huwe sicher seine Absprachen mit Frank Cagas getroffen oder ihm vertraulich eine Pistole zugesteckt hatte.

»Und wann ist er dir das letzte Mal begegnet?«

»Ich glaube, das war Dienstagabend. Bin mir sogar ziemlich sicher. Er hat mich im Flur angerempelt.«

Ich schloss die Augen und atmete tief durch. Das klang überhaupt nicht gut.

»Gestern hast du etwas anderes gesagt«, erinnerte ihn Daniela.

»Hab mich halt vertan.« Er zuckte mit den Achseln.

»Erzähl mir doch von Dienstagabend.«

»Hab ich doch schon.«

»Mich interessiert, was nach dem Abendessen passiert ist.«

»Ich habe Musik gehört«, entgegnete er schleppend.

»Das stimmt nicht«, stellte Daniela fest. Zu recht. Kein einziger Nachbar hatte etwas über Musik ausgesagt und auch in Dirks Liste fand sich dazu kein Eintrag. Und nach allen uns vorliegenden Informationen kam Musik in Zimmerlautstärke bei Marvin nicht vor.

»Doch! Ich erinnere mich ganz genau.«

»Bis zur Verhandlung solltest du dir noch einmal überlegen, ob du dabei bleibst.«

»Was für eine Verhandlung?«, quiekte Marvin.

»Du hast deine Familie ermordet, Marvin. Dafür wirst du angeklagt und verurteilt.«

Das Kinn des Jungen fiel so weit nach unten, dass man ihn beinahe für einen Yogi halten konnte, der eine ausgefallene Atemtechnik für Fortgeschrittene demonstrierte.

Daniela wartete.

Marvin stieß unartikulierte Laute aus. »Das habe ich nicht getan«, würgte er schließlich.

»Meine Güte«, brummte Hähnel neben mir.

»Was denn?«

»Der ist entweder ziemlich gut oder er hat wirklich einen zweiten Typen im Kopf.«

»Doch das hast du«, beharrte Daniela im Krankenzimmer. Sie brachte weitere Fotos zum Vorschein, diesmal vom Tatort.

Marvin riss entsetzt die Augen auf, wurde erst weiß, dann grün und erbrach sich schließlich in hohem Bogen auf sein Bett.

Daniela war schnell, aber nicht schnell genug. Sie war aufgesprungen und musterte den Schaden. Durch den Spiegel konnte ich Spuren in ihren Haaren und auf dem rechten Ärmel ihres Kostüms entdecken. Einen Moment lang dachte ich, sie würde die Befragung einfach fortsetzen, aber dann geschah, was längst überfällig war. Marvin sank in seine Matratze zurück und begann zu krampfen.

Die Szene taugte für ein Déjà vu. Die Pfleger eilten herbei, gefolgt von der Ärztin. Inzwischen im Bilde und von Hähnel durch unzählige Beleidigungen dressiert, betrachtete sie erst die Monitore, dann den Patienten. Sie betastete Arme und Beine von Marvin, fühlte die Stirn und leuchtete in die Augen. Dann winkte sie ab. »Der beruhigt sich wieder.«

»Bravo!«, rief Hähnel neben mir aus. Fehlte nur noch, dass er applaudierte.

»Wie haben Sie das nur hinbekommen?«, frotzelte ich.

»Habe meinen Charme spielen lassen«, entgegnete er.

Daniela erschien im Beobachtungsraum.

»Puh«, meinte Hähnel und wedelte sich übertrieben mit der Hand vor dem Gesicht herum. »Du stinkst.«

»Danke«, erwiderte sie verschnupft. Sie schob den Psychologen zur Seite und kam zu mir. »Was machen wir jetzt?«

Ich betrachtete Marvin, der sich gegen seine Handschellen stemmte, immer wieder aufbäumte und das Bett scheppern ließ.

»Es reicht für den Moment. Wir wollen den Fall sowieso zum Ende bringen. Warten wir den Drogentest ab. Wenn sich dann keine Hinweise auf multiple Persönlichkeit ergeben, wird er wegen dreifachen Mordes angeklagt«, erklärte ich zuversichtlicher, als ich mich fühlte.

Daniela nickte.

»Jetzt fahren wir ins Präsidium.«

»Aber ich bin ein wenig … derangiert«, meinte sie mit einem Blick auf ihre Jacke.

»Das sieht wirklich nicht so schön aus«, bestätigte ich. Außerdem hing der gallige Geruch von Erbrochenem in der Luft. »Du kannst dir im Präsidium die Haare waschen. Und eine Jacke finden wir auch für dich.«

Sie lächelte. Hähnel schaute dafür umso düsterer. Was war los mit den beiden?

»Komm«, sagte ich zu Daniela und legte ihr meine Hand auf den Rücken. »Bringen wir den Fall zu Ende. Genug ist genug.«

»Was ist mit mir?«, fragte Hähnel. »Wenn Sie den Fall abschließen wollen, brauchen Sie mich ja wohl nicht mehr, oder?«

Er klang genervt, deshalb entgegnete ich sachlich: »Wenn Sie freundlicherweise noch filmen, bis er sich beruhigt hat, melde ich mich innerhalb der nächsten Stunde und sage Ihnen, wie es weitergeht.«

59

Daniela

Heiko blieb sauer mit seiner Kamera zurück. Zumindest daran trug ich keine Schuld – mir war es von Anfang an nur um den Fall gegangen. Auf dem Parkplatz zog ich meine Jacke aus, um mir nicht die Polster zu versauen.

Im Präsidium zeigte Oliver mir Umkleideräume und Duschen. Ich wusch mir die Haare mit einem ausgeliehenen Shampoo, das seidenen Glanz versprach. Nach dem Föhnen konnte ich keinen Unterschied zu vorher feststellen, aber immerhin waren nun alle Spuren von Marvin beseitigt. Zumindest äußerlich, denn der Gestank von Erbrochenem hing mir noch in der Nase.

Beim Anziehen prüfte ich jedes Kleidungsstück genau. Nur die Jacke war betroffen. Ich hielt sie auch kurz unter die Dusche, bis das Gröbste abgespült war. Meine anderen Kleider zog ich wieder an.

Oliver erwartete mich in seinem Büro. Ich zog die Jacke über, die er für mich aufgetrieben hatte. Die Größe stimmte, aber natürlich war die dunkelblaue Uniformjacke mit leuchtender POLIZEI-Aufschrift keine gelungene Ergänzung zu meinem Rock.

»Steht dir gut«, behauptete Oliver trotzdem.

»Lügner«, lächelte ich.

Er antwortete nicht, sondern erwiderte mein Lächeln.

»Oh. Störe ich bei irgendetwas?«, fragte Reinhold und platzte dazwischen.

»Nein«, sagte Oliver eilig und war plötzlich zwei Schritte weiter von mir entfernt.

Matthias kam hinter Reinhold ins Büro. Die Mappe, die er in der Hand hielt, schien schwer zu sein, wenn man danach urteilte, wie gebeugt er ging.

»Es gibt Neuigkeiten«, verkündete Matthias, öffnete die Mappe und holte ein Blatt Papier heraus.

Olivers Miene verfinsterte sich.

»Der Drogentest?«, vermutete ich.

Matthias nickte nur. Reinhold beobachtete Oliver aufmerksam.

»Also, haltet euch fest«, warnte Matthias. »Der Test beweist, dass Marvin während der Morde bis obenhin zugedröhnt war mit dieser neuen Droge.«

Die Nachricht schlug ein wie eine Bombe, allerdings wie eine, die alles gefrieren lässt. Oliver regte sich nicht. »Das bedeutet, die Droge könnte eine Erklärung für die große Brutalität liefern, mit der Marvin vorgegangen ist«, erklärte Reinhold.

»Oder dass es überhaupt zu Gewalttätigkeiten kommen konnte«, ergänzte Matthias. »Jemand verabreicht ihm das Zeug, er rastet aus und wird zum Mörder.«

Das änderte alles. Unsere Ermittlungen hatten bisher eine vollkommen andere Richtung verfolgt. Auf der Suche nach der zweiten Person entweder am Tatort oder im Kopf von Marvin hatten wir Drogeneinfluss unbeachtet gelassen. Nicht ganz unberechtigt, weil der routinemäßige Bluttest ohne Befund geblieben war. Wenn die Rolle der zweiten Person nun darin gesehen werden musste, dass sie Marvin eine aggressivitätssteigernde Droge verpasst hatte, träfe den Jungen nur eine geringe Schuld an den Morden – wenn überhaupt.

»Er wird davonkommen«, sagte Oliver mit einer Bitterkeit, die normalerweise nur alten Menschen zugänglich war, die vom Leben nichts mehr erhofften und zynisch auf ihren Tod warteten.

»Das können wir noch nicht wissen. Wir müssen erst herausfinden, wer ihm die Droge untergejubelt hat«, wandte Matthias ein.

»Marvin hat gesagt, Huwe habe ihn Dienstagabend auf dem Flur angerempelt«, erinnerte ich mich.

»Der Mann hatte das stärkste Motiv, er hat Marvin direkt bedroht. Bei dem Rempler könnte Huwe ihm unbemerkt eine Dosis verpasst haben und hätte sein Alibi mit Chantal noch nicht einmal fingieren müssen«, bestätigte Reinhold. »Oder Marvin ist in der Drogenküche von diesem Kraken irgendwie damit in Berührung gekommen. Vielleicht hat ihm jemand einen Streich spielen wollen.«

»Schöner Streich«, schnaubte Matthias.

»Er wird davonkommen«, wiederholte Oliver, diesmal zornig.

»Das können wir noch nicht wissen«, behauptete nun auch ich.

»Aber das hast du doch sowieso von Anfang an gewollt, oder?«, schnappte er. »Nur deshalb bist du doch hier! Um irgendetwas zu finden, damit der arme Junge nicht ins Gefängnis muss!«

»Oliver ...«, versuchte ich, ihn zu beruhigen.

»Jetzt hat es ja doch noch geklappt!«, schrie er und im nächsten Moment war er schon an der Tür. »Herzlichen Glückwunsch!«, rief er über die Schulter, dann stampfte er über den Flur davon.

Ich war zu erschüttert, um zu reagieren.

Reinhold rief: »Oliver!« Aber er ging nicht so weit, hinterherzulaufen oder ihn unten am Ausgang stoppen zu lassen.

»Was ... was ist denn jetzt los?«, fragte ich entgeistert.

»Das wollte ich auch gerade fragen«, sagte Markus, der den Kopf zur Tür hereinsteckte.

»Marvin war high, als er die Morde begangen hat«, erklärte Matthias.

»Autsch. Alles klar. Das hat Oliver nicht gefallen.«

»Den sehen wir erst mal nicht wieder«, meinte Reinhold.

»Der ist schon auf halbem Weg zum Hafen und geht rudern«, stimmte Markus zu.

»Rudern?«, hörte ich mich fragen.

»Ja, er rudert. Um abzuschalten und sich zu beruhigen«, erklärte Markus. »Wusstest du das nicht? Solche Schultern bekommt man ja nicht vom Meditieren.«

»Nein, das wusste ich nicht«, murmelte ich. Mir wurde schwindelig und ich nahm vorsichtig auf dem nächsten Stuhl Platz.

Die anderen tauschten sich darüber aus, dass durch den Drogennachweis der ganze Fall auf einmal Sinn ergab. Die Morde wurden nachvollziehbar, die Brutalität verständlich, die vollständige Abwesenheit eines Motivs plausibel. Wenn jemand Marvin die Droge untergeschoben hatte, war seine Verwirrung nur zu gut zu verstehen. Da man bei klarem Bewusstsein blieb, während die Droge einen in ein unmenschliches Monster verwandelte, waren seine Erinnerungslücken und sein Leugnen mit einem einfachen Verdrängungsmechanismus zu erklären. Unter diesen Umständen konnte ich mir schwer vorstellen, dass ein Richter Marvin schuldig sprechen würde.

Natürlich ärgerte sich Oliver darüber. Aber sein Abgang war mehr als unprofessionell gewesen. Der Vorwurf, den er mir gemacht hatte, war irrational – ich war nicht an dem Fall beteiligt, weil ich Marvins Schuld relativieren sollte, sondern weil ich helfen sollte, sein Verhalten zu verstehen.

Und wie war es gestern Abend gewesen? Hatte nicht gerade meine falsche Gewissheit, dass Oliver zu den Muskelfetischisten gehörte, den Abend in eine Richtung gestoßen, die ich noch lange bereuen würde?

Ich schloss die Augen, aber mein Wunsch, aus diesem bösen Traum aufzuwachen, blieb unerfüllt.

60

Oliver

Ich kochte nicht vor Wut, ich schäumte über. Wahrscheinlich hatte ich eine Gewitterwolke über dem Kopf oder eine Hochspannungswarnung auf der Stirn, denn alle Kollegen, denen ich auf dem Weg zum meinem Auto begegnete, gingen schnellstmöglich in Deckung.

Er wird davonkommen, dachte ich immer wieder. Und ich konnte nichts dagegen unternehmen. Vielleicht wusste ich in irgendeinem verborgenen Winkel meiner Seele, dass dem Gedanken jede Logik abging, aber unsere gesamten Ermittlungen kamen mir vor wie ein abgekartetes Spiel.

Der Typ ermordete seine Familie – nein, er massakrierte sie – und was brachten wir zum Vorschein? Wir verdächtigten alles und jeden, nur um nicht in Betracht ziehen zu müssen, dass wir es bei Marvin mit einer Ausgeburt der Hölle zu tun hatten. Oder zumindest mit einem frühreifen Schwerstverbrecher.

Wir entdeckten seine unglückliche Kindheit. Was war auch anderes zu erwarten, wenn eine Psychologin eingekauft wurde? Es war genau das eingetreten, was ich von Anfang an befürchtet hatte. Frag einen Psychologen und aus dem Täter wird ein Opfer. So funktionierte die Welt.

Ich dachte an Daniela und wurde noch zorniger. Mehr auf mich als auf sie. Wie hatte ich nur auf die Idee kommen können, dass dabei vernünftige Ermittlungen herauskommen konnten? Oder irgendetwas anderes?

Wir deckten die dunkle Seite von Marvins Eltern und die seines Bruders auf. Wir gingen auf die Suche nach einem zweiten Täter. Ja, wir zogen sogar in Betracht, dass der Junge unter einer Persönlichkeitsstörung litt, bei der schon umstritten war, ob sie überhaupt existierte. Und jetzt die Drogen. Marvin stand da wie das reinste Unschuldslamm. Wir konnten ihn genauso gut direkt auf freien Fuß setzen.

Mit krachendem Getriebe und quietschenden Reifen schaffte ich es bis zum Ruderverein. Schnaufend wie eine Dampfwalze rollte ich zum Steg. Gestern hatte ich eine langsame Runde gedreht, um meine Arme nicht zu überlasten. Ich spürte das Echo des Containers immer noch in meinen Muskeln, aber das war mir egal. Ich wollte nur weg, weg und nochmals weg von diesem kranken Fall.

Ich war so geladen, dass ich überhaupt nicht wahrnahm, dass ich ruderte. In der Mitte der zweiten Runde wurde ich langsam müde und spürte, wie ich die Paddel ins Wasser stieß, die Knäufe heranzog und die Ruder wieder herumschwang. Das war immerhin tausendmal besser als der bewusstseinsfüllende Marvin.

Einen Moment lang fühlte ich mich, als müsste ich gleich kotzen, aber der Drang verging. Langsam, sehr langsam beruhigten sich meine Gedanken, während mein Puls zu rasen begann. Schweiß rann über meinen ganzen Körper, meine Lungen brannten und in diesem Feuer wurden alle Gedanken ausgelöscht. Ein gutes Gefühl. Ich erhöhte rücksichtslos die Schlagzahl. Irgendjemand würde schon einen Rettungswagen rufen, wenn ich mich übernahm.

61

Daniela

Noch Stunden nachdem Oliver mit seinem impulsiven Abgang alle vor den Kopf gestoßen hatte, beglückwünschte ich mich zu meinem kolossal idiotischen Verhalten. Mir war es nicht gelungen, Olivers Ressentiments als das zu erkennen, was sie waren: Unsicherheit und Angst, ich könnte Marvins Schuld einfach weganalysieren. Wie hatte ich all die Jahre als Therapeutin überleben können, wenn ich dermaßen blind und begriffsstutzig war?

Was ich mit Andreas angestellt hatte, konnte meine berufliche Zukunft gefährden – wenn alles glimpflich verlief. Und wozu das alles? Am Ende doch nur, weil ich einmal mehr voreilig gewesen war und mich von dummen Vorurteilen hatte leiten lassen.

Ich spürte, dass ich damit wirklich auf den Olymp gehörte. Wahrscheinlich würden meine Glanztaten als die drei großen Peinlichkeiten der Daniela Ellinger in die Geschichte eingehen, um nachfolgenden Generationen als warnendes Beispiel zu dienen. *Mach es nicht wie Daniela! Denk erst nach, bevor du handelst!*

Das war nicht mehr zu ändern. Ich überlegte krampfhaft, was ich nun tun sollte. Die einfachste Lösung bestand darin, dass ich die abschließende Stellungnahme schrieb, um die Reinhold mich gebeten hatte. Eine Zusammenfassung, was wir alles untersucht und in Betracht gezogen hatten, und meine fachliche Einschätzung dazu. Und danach konnte ich den Fall abhaken. Schließlich war es nicht mein Problem, wenn Marvin sich einer Strafe entziehen konnte und Oliver sich nicht im Griff hatte.

Aber das fühlte sich nicht richtig an. Natürlich lag Oliver mit seinen Beschimpfungen voll daneben. Trotzdem hatte ich das Gefühl, dass ich ihm etwas schuldig war. Trost. Eine Erklärung. Eine Entschuldigung, dass ich ihn für einen hirnlosen Muskelmacho gehalten hatte. Wobei ich das lieber für mich behalten sollte.

Das Eingeständnis, dass ich ihn einfach anrufen wollte, um seine Stimme zu hören, dass ich einfach wissen wollte, was er jetzt gerade machte, dachte und ob es ihm gut ging, fiel mir nicht leicht. Immerhin gelang es mir diesmal, nachzudenken, bevor ich zu meinem Handy griff. Dass ich mich in einer Besprechung befand, tat ein Übriges.

»Das sind die einzigen Anhaltspunkte?«, hakte Reinhold nach.

Auf der Leinwand war Marvins Gesicht in Übergröße zu sehen.

»Es sei denn, für Sie ist interessant, ob er hinsichtlich seiner Mutter gelogen hat«, entgegnete Heiko.

Reinhold strich sich gedankenverloren über das Kinn. »Nicht unbedingt«, sagte er schließlich. Der Fall lag klar auf der Hand und trotzdem wirkte er unzufrieden.

»Sein Verhalten vor den Anfällen gibt keinen Aufschluss darüber, ob eine multiple Persönlichkeit vorliegt«, fasste Heiko seine Erkenntnisse noch einmal zusammen.

»Das habe ich schon verstanden«, antwortete Reinhold. »Trotzdem gefällt mir die Sache nicht. Natürlich kann es auch sein, dass er geleugnet hat, dass die Morde überhaupt stattgefunden haben, weil die Erfahrung traumatisch war und er sie verdrängt hat. Aber irgendetwas stimmt da nicht.«

»Ich sehe keine Unstimmigkeiten«, beharrte Heiko.

Wenn es um seine fachliche Meinung ging, konnte Heiko sehr empfindlich reagieren. Aber der Instinkt eines Polizisten sollte nicht leichtfertig abgetan werden. »Kannst du es genauer beschreiben?«, fragte ich Reinhold.

»Ich wünschte, ich könnte es.«

Dann gab er sich einen Ruck. »Es ist klar, was zu tun ist. Wir befragen Huwe und die Dealer. Hatte Huwe Zugang zu der Droge, woher kam sie, wann kann sie Marvin verabreicht worden sein?«

Die Polizisten nickten, schwärmten aus und nachdem Reinhold sich bei mir und Heiko für die Zusammenarbeit bedankt hatte, blieben wir allein in dem Besprechungsraum zurück.

»Es war schön, mal wieder mit dir zu arbeiten«, sagte ich, bevor sich Verlegenheit ausbreiten konnte.

Wir umarmten uns.

»Pass gut auf dich auf«, sagte Heiko, als wir uns wieder voneinander lösten. Sein Blick verriet, worauf er anspielte.

»Er ist nicht so schlimm«, antwortete ich.

»Ich weiß das«, erwiderte er. »Aber weißt du das auch?«

»Psychologen«, seufzte ich theatralisch, aber das konnte weder ihn noch mich darüber hinwegtäuschen, dass er einen Nerv getroffen hatte. »Ich bringe dich noch zum Taxi.«

Der Taxifahrer wartete im absoluten Halteverbot vor dem Präsidium. Die Fahrt zum Bahnhof würde kurz und profitabel sein. Er verstaute Heikos Koffer im Wagen, wir winkten uns zum Abschied und dann war Heiko wieder unterwegs nach Tübingen.

Auf dem Weg zu meinem Auto dachte ich über Reinholds Worte nach. Es ging mir ähnlich, aber ich hatte dieselben Schwierigkeiten, mein Unbehagen in Worte zu fassen. In meiner Tasche spürte ich die DVDs mit den Videoaufzeichnungen von Marvin, die ich wahrscheinlich nie wieder anschauen würde. Der Fall war beendet und das bedeutete, dass ich mich meinen eigenen Problemen widmen konnte.

Andreas war nicht mehr da, als ich nach Hause kam. Ich fand einen Zettel von ihm vor.

Es war sehr schön. Ruf mich an, wenn du zurück bist.

Zum Glück war ich kein pubertierendes Mädchen mehr, sonst hätte ich bei diesen Zeilen schon wieder heulen müssen. Andreas hatte gespürt, was los war, bedrängte mich deshalb nicht mit Liebeserklärungen und legte das weitere Vorgehen in meine Hand.

Außerdem hatte er das Bett gemacht, die Küche aufgeräumt und den Abwasch erledigt. Das gab mir den Rest. Ich streifte meine Schuhe ab, zog die Uniformjacke aus und ließ mich aufs Bett fallen. Meine Augenlider waren schon seit dem Aufstehen schwer, doch jetzt wurden sie mit solcher Macht nach unten gezogen, dass nicht einmal Oliver sie hätte offen halten können. Ich lächelte bei dem Gedanken an ihn, dann schlief ich ein.

62

Oliver

Rudern wirkte immer, es war nur eine Frage der Zeit. Das Gedankenkarussell, in dessen Mitte der grinsende Marvin stand und die ganze Welt um sich kreisen ließ, war längst zerstört, als während der vierten Runde meine Muskeln kapitulierten. Erschöpft ließ ich mich zurücktreiben, lenkte nur ab und zu mit dem Paddel.

Als ich am Steg festmachte, empfing mich Hannes mit den Worten: »Du siehst beschissen aus.«

»Du solltest Motivationsseminare geben«, konterte ich.

»Ich gebe doch Motivationsseminare«, erinnerte er mich.

»Dann machst du gerade umgekehrte Psychologie mit mir, oder?«

»So ähnlich. Funktioniert es denn?«

»Immer noch besser als die normale Psychologie«, brummte ich.

Er schaute mich prüfend an. »Was ist wieder los bei der Polizei?«

Wir fanden uns auf der Terrasse wieder, wo ich mit einem Orangensaft und Hannes mit einem Bier die Sportsfreunde beobachteten, die sich noch auf dem Wasser abmühten.

»Stell dir vor«, begann ich mit sorgsam gewählten Worten, »es gibt da diesen Typen. Er begeht ein wirklich schlimmes Verbrechen.«

Hannes nickte.

»Was ist das schlimmste Verbrechen, das du dir in unserer Stadt vorstellen kannst?«, fragte ich ihn.

»Es gab diesen Mafiamord, wo einer zwei Konkurrenten ausgeschaltet hat«, erinnerte sich Hannes.

»Schlimmer«, kommentierte ich.

»Alles klar.«

»Also, er hat dieses wirklich schlimme Verbrechen begangen. Wir ermitteln. Er hat es eindeutig getan, ohne jeden Zweifel. Aber dann stellt sich heraus, dass der Typ eine neue Droge intus hatte und wahrscheinlich gar nicht für seine Tat verantwortlich gemacht werden kann.«

»Scheiße«, fluchte Hannes spontan. »Jemand hat ihn auf Drogen gesetzt?«

»Es sieht so aus«, bestätigte ich, nahm meinen Orangensaft und lehnte mich zurück. Dank der körperlichen Erschöpfung und des Gesprächs mit Hannes erschien mir die Angelegenheit nicht mehr ganz so katastrophal wie noch im Präsidium.

Oder zumindest war es keine Katastrophe mehr, die mich unmittelbar betraf.

Hannes ließ seinen Blick über das Wasser schweifen. »So ist das Leben manchmal. Gute Menschen müssen leiden und böse Menschen kommen davon.«

»Bist du jetzt Konfuzius, oder was?«, fragte ich gedehnt.

»Besser.«

»Buddha?«

»Ich bin dein Freund«, stellte er klar. »Im Moment scheint es wie eine Niederlage der Gerechtigkeit. Aber die Entscheidung ist erst dann gefallen, wenn der Richter gesprochen hat.«

Ich ließ mir die Worte durch den Kopf gehen. Dann fragte ich: »Was hattest du heute Morgen im Kaffee?«

»Vielleicht habe ich statt der Milch aus Versehen die Weisheitsdose genommen«, räumte er ein.

Wir lachten. Es war befreiend. Und nach den Tiefschlägen im Präsidium genau das Richtige. Ich bestellte mir noch einen Orangensaft.

Sonntag

63

Daniela

Die Nacht war ein einziger Albtraum. Schlimmer noch, denn um einen Albtraum zu haben, musste man zwangsläufig erst einmal schlafen. Was mir nicht gelang. Ich warf mich von einer Seite auf die andere, stellte fest, dass mein Kopfkissen nach Andreas roch, wurde von Marvin verfolgt, von Oliver angeschrien und von einem Dealer erschossen.

Ich komme mit allem davon.

Die Worte vagabundierten in meinem Kopf umher, ohne dass ich sie einfangen und unter Kontrolle bringen konnte. Wieder und wieder ließ ich jede Sekunde meiner letzten Begegnung mit Marvin vor meinem inneren Auge aufscheinen. Was hatte mich misstrauisch gemacht? Wieso zweifelte ich so stark an seiner Unschuld?

Ich fand keine Lösung. Eine Straßenlaterne schien durch die Ritzen der Jalousie und begleitete mich durch die Nacht. Mein Kopf wurde schwer, Arme und Beine begannen zu schmerzen, meine Gedanken wurden so zäh wie Sirup. Um halb vier am Morgen schaute ich zuletzt auf die Uhr. Irgendwann danach fiel ich endlich in einen unruhigen Schlaf.

Um halb sieben schreckte ich hoch. Ich fühlte mich wie gerädert, wusste aber, dass ich nicht liegen bleiben durfte, weil sonst mein Kreislauf zusammenbrechen würde. Ich streckte mich und stand taumelnd auf.

Dann traf mich die Erkenntnis wie ein Schlag. Ich fiel gleich wieder aufs Bett zurück. Mit einem Mal lag die Lösung des Falles vor mir, sie war geradezu beschämend einfach. Meine Müdigkeit war wie weggeblasen, die quälende

Nacht vergessen. Ich stürmte ins Bad, nicht um zu fliehen wie am Morgen zuvor, sondern um anzugreifen und Marvin zur Strecke zu bringen.

Beim Zähneputzen ließ ich mir alles noch einmal durch den Kopf gehen. Aber es ergab Sinn. Ich war mir sicher, die Lösung gefunden zu haben. Marvins Plan. Den er von Anfang an verfolgt und erst im letzten Moment abgeändert hatte.

Als ich Olivers Handynummer eintippte, schwand meine Entschlossenheit. Was, wenn er davon überhaupt nichts mehr hören wollte? Was, wenn er mich wieder beschimpfte?

Ich wischte die plötzlichen Bedenken beiseite: Ich war als Psychologin von der Polizei engagiert worden und er war der zuständige Sachbearbeiter. An wen sollte ich mich sonst wenden?

Es dauerte eine Weile, bis er abhob. Seine Stimme klang verschlafen. »Oh. Daniela«, sagte er, nachdem ich mich gemeldet hatte. Er klang nicht übermäßig begeistert.

»Ist Marvin immer noch im Krankenhaus?«, fragte ich aufgekratzt.

»Ja, aber …«

»Wie schnell kannst du dort sein?«

64

Oliver

Natürlich ließ ich mich sonntagmorgens gerne von einer schönen Frau wecken. Allerdings nicht mit einem Fall, der schon längst verloren war.

Ich starrte noch eine Minute lang mein Handy an, nachdem Daniela bereits aufgelegt hatte. War ich gerade überrumpelt worden? Ich legte den Apparat zur Seite und fügte mich schließlich in mein Schicksal. Daniela schien zwar in hellem Aufruhr, aber meine Begeisterungsfähigkeit für den Fall Brose war seit der letzten Wendung erheblich eingeschränkt.

Ich quälte mich aus dem Bett, mit steifen Armen und bleischweren Beinen schlurfte ich ins Bad. Beim ersten Versuch, mir mein T-Shirt über den Kopf zu ziehen, schoss ein Schmerz ungeahnter Intensität meine Wirbelsäule hoch. Verblüfft rang ich nach Luft, bewegte mich sehr vorsichtig, doch das Anziehen blieb eine Tortur.

Mit jeder weiteren Bewegung kehrte ganz langsam meine alte Geschmeidigkeit zurück und als ich das Krankenhaus erreichte, fühlte sich mein Körper fast normal an.

Im Fahrstuhl klingelte mein Handy. »Wo bleibst du denn?«, fragte Daniela ungeduldig.

»Ich bin schon unterwegs.«

Zehn Sekunden später fragte ich sie persönlich: »Warum die plötzliche Eile? Der Fall ist erledigt.«

»Noch nicht ganz«, erwiderte sie geheimnisvoll.

»Was soll das bedeuten?« Ich merkte, wie mein gestern so gut verpackter Ärger wieder zum Vorschein kam.

»Eine Befragung noch. Du wirst schon sehen.«

Im Moment sah ich nur, dass Daniela ein auffallend tief ausgeschnittenes Oberteil unter der Jacke ihres Kostüms trug. Vielleicht ihre übliche Sonntagskleidung.

»Was werde ich sehen?«, fragte ich barsch.

»Vertrau mir!«

»Das«, stellte ich misstrauisch fest, »sind die berühmten letzten Worte.«

Aber sie war schon verschwunden. Mein Platz war wohl im Beobachtungsraum. Dort war eine neue Kamera aufgebaut und ein anderer Laptop angeschlossen. Hähnel war nicht mehr im Spiel.

»Ich werde heute entlassen«, hörte ich Marvin im Krankenzimmer sagen.

»Aus dem Krankenhaus?«, erkundigte sich Daniela.

»Meine Zunge ist wieder ganz in Ordnung«, bestätigte Marvin.

»Das freut mich. Aber ich bin nicht wegen dir gekommen.«

Marvin runzelte die Stirn. »Sondern?«

Daniela hatte sich noch nicht hingesetzt und schaute sich nun sorgsam um. Sie ging zur Tür und drehte die Jalousien zu, sodass die Polizisten auf dem Flur nicht mehr hereinschauen konnten. Dann kam sie zum Spiegel und zog einen Vorhang vor. Der war allerdings ein technisches Wunderwerk, denn er war genauso durchsichtig wie der Spiegel. Ein Bluff. Doch damit nicht genug. Daniela ging zu ihrem Stuhl, knöpfte ihre Jacke auf und zog sie aus. Ihr Oberteil war nicht nur tief ausgeschnitten, sondern auch hauteng.

Meine Augen wurden größer, Marvins sprangen fast aus seinem Schädel. Zu welchem Zweck auch immer, Daniela fuhr schweres Geschütz auf.

»Ich komme wegen dem anderen«, sagte sie und setzte sich.

»Welcher … welcher andere?«

Daniela wechselte in einen mütterlichen Tonfall. »Schau mal, du bist niedlich, Marvin. Aber jetzt, wo die Polizei verschwunden ist und wir ganz unter uns sind, kann ich ja offen mit dir sprechen. Jungs wie du interessieren mich nicht. Ich suche echte Kerle.«

Marvins Blicke waren überall, nur nicht in Danielas Gesicht. Vielleicht hatte er auch deshalb keine Chance, ihre Worte zu verstehen.

»Wir haben oft genug miteinander gesprochen, Marvin. Ich weiß, dass da noch ein anderer ist. Du wärst zu alldem doch überhaupt nicht in der Lage gewesen.«

»Was … meinen Sie?«

»Du weißt, wovon ich spreche. *Er* weiß, wovon ich spreche. Und nur wegen *ihm* bin ich gekommen.«

Marvin schüttelte verständnislos den Kopf.

»Du hast überhaupt keine Vorstellung davon, wie mich das …«, schnurrte sie, schaute dann auf und winkte ab. »Aber dir brauche ich das nicht zu erzählen, du verstehst es eh nicht. Ich will mit *ihm* sprechen.«

»Ich … weiß nicht, wer das sein soll.«

Daniela seufzte. »Du langweilst mich. Ich will *ihn*.« Und dann beugte sie sich vor. »Ich meine, ich *will* ihn.«

Marvin wich etwas zurück, als Daniela fortfuhr. »Ich sehe doch, was hier abläuft. Nur *er* war klug genug, sich den ganzen Plan auszudenken. Nur *er* war stark genug, ihn durchzuführen.«

»Ich … aber …«

»Nun bring ihn schon her«, säuselte Daniela. Sie beugte sich vor und anhand von Marvins Gesichtsausdruck konnte ich schlussfolgern, was sich ihm dabei für Aussichten boten. »Du bist doch nur ein kleiner Junge, Marvin. Ich will *ihn!*«

»Ich … nein, ich bin kein Junge mehr.«

Daniela betrachtete ihn abschätzig von der Seite. »Wen willst du hier für dumm verkaufen? Du bist völlig harmlos. Du bremst ihn nur. Bist nur eine Last für ihn. *Er* hat doch alles gemacht.«

Marvin schwieg, presste die Lippen aufeinander und lief rot an. Sie legte die Hände an die Hüften und schaute ihn herausfordernd an.

»Aber, das … stimmt doch nicht.«

»Ich habe dich durchschaut«, winkte Daniela ab.

»Nein. Es gibt keinen anderen!«

Sie betrachtete ihn unbeeindruckt. »Wo ist *er*?«

»Es gibt keinen anderen. Ich habe alles getan.«

»Du? Du willst dich doch nur wichtigmachen.«

»Ich brauche keinen anderen«, erklärte er, sichtlich verärgert.

»Marvin«, entgegnete Daniela, nun wieder mütterlich, »ich kann dich nicht ernst nehmen.«

»Ich habe es getan. Ganz alleine!«

Daniela schnaubte. »Wo ist er?«

»Es gibt keinen anderen!«, schrie Marvin.

»Ich erkenne doch eine Persönlichkeitsstörung, wenn ich eine sehe«, entgegnete Daniela unbeeindruckt.

»Dann sind Sie genauso leichtgläubig wie die andere Therapeutin.«

Daniela wandte sich Marvin zu. »Das ist eine Beleidigung.«

»Ich habe alles geplant«, bekräftigte Marvin.

»Beweise es«, forderte sie ihn auf.

Marvin zögerte. Daniela drehte sich wieder weg und drückte dabei wie zufällig ihren Rücken durch. Marvin mochte ein Mörder sein und ein Psychopath. Aber er war auch ein sechzehnjähriger Junge. Gegen Daniela hatte er keine Chance.

»Dachte ich es mir doch«, sagte sie gelangweilt.

»Das war meine Strategie. Multiple Persönlichkeit. Ich habe schon einmal eine Therapeutin getäuscht.«

»Und bist damit davongekommen.«

»Richtig. Die Zeitpunkte während der Befragung …«

»Das war Absicht?«, fragte Daniela verblüfft. »Wir haben es nicht gemerkt.«

Marvin lächelte erfreut, als habe er gerade ein großes Kompliment erhalten.

»Es war perfekt«, fügte Daniela mit einer Spur Bewunderung hinzu.

»Dann die Drogen«, prahlte Marvin. »Meine Versicherung.«

Daniela nickte langsam. »Falls wir nicht auf die multiple Persönlichkeit hereingefallen wären, hätten die Drogen dich gerettet.«

»Richtig. Dieser Huwe hat mir das Zeug gespritzt. Ich bin ganz unschuldig.«

Daniela beugte sich etwas vor. »Um dich aus der Dealersache zu retten, hast du bestimmt auch eine Lösung.«

»Natürlich. Der Krake hat mich erpresst. Ich bin minderjährig. Ich kann das alles gar nicht verstehen.« Er grinste zynisch.

»Meine Güte«, hauchte Daniela. Ein leichter Schauder lief durch ihren Körper. Plötzlich war sie nicht mehr auf ihrem Stuhl, sondern auf der Matratze. Marvin war immer noch eng fixiert, aber er konnte sich zu ihr nach vorne beugen. Ihre Gesichter waren nur Zentimeter voneinander entfernt.

Sie strich über seine Hände. »Ich habe die Schlüssel«, flüsterte sie. »Aber ich muss noch eines wissen.«

Er starrte sie an, Daniela fummelte einen schmalen Schlüsselbund aus ihrem Rock.

»Warum?«, flüsterte sie.

Die alles entscheidende Frage. Ich hielt die Luft an.

Marvin war hypnotisiert. Daniela machte sich an seinen Handschellen zu schaffen.

»Weil ich es konnte«, antwortete er mit rauer Stimme.

»Weil du es konntest?«

»Niemand kann mir etwas anhaben.«

Daniela stand auf. Marvin war irritiert. Testete seine Handschellen. Stellte fest, dass sie immer noch verschlossen waren.

»Ich glaube dir«, sagte Daniela knapp. Sie zog ihre Jacke über, knöpfte sie zu und verließ den Raum.

Perplex starrte der Junge ihr hinterher. Er brauchte über zwei Minuten, bevor er begriff, dass er hereingelegt worden war. Dann begann das Toben. Doch noch nicht einmal die Pfleger machten sich die Mühe, nach Marvin zu sehen.

Daniela erschien erleichtert und gelöst im Beobachtungsraum. »Ich war mir nicht sicher, ob es funktionieren würde.«

Mir fehlten die Worte. »Du hast den Fall gelöst«, war das Beste was mir einfiel.

Sie schüttelte sich. »Ein widerlicher Typ.«

»Du warst sehr überzeugend.«

»Ich muss dringend duschen«, erwiderte sie.

Wir standen uns gegenüber. Ärger und Enttäuschung fielen von mir ab. *Weil ich es konnte.* Das Motiv des Teufels. Nur dass ich es alleine nie hätte beweisen können.

Ich erinnerte mich an meinen Auftritt im Präsidium. »Ich … Wegen gestern …«, begann ich.

Daniela stand plötzlich nah genug vor mir, um mir ihren Zeigefinger auf die Lippen zu legen. »Ich weiß«, sagte sie nur.

65

Auszug aus den Vernehmungsprotokollen von Marvin Brose

Kriminaloberkommissar Oliver Busch: Die Sache mit den Drogen war ziemlich schlau.

Marvin Brose: Danke.

B: Woher wusstest du, wie dieses neue Zeug wirkt?

M: Ich habe es doch beschafft.

B: Das war nicht der Krake?

M: Der Krake ist doch ein Trottel.

B: Aber du hast für ihn gearbeitet.

M: Ich stehe kurz davor, den ganzen Laden zu übernehmen.

B: Bisher arbeitest du auf der untersten Stufe.

M: Ich habe genug Unterstützer. Ich habe meine Familie aus dem Weg geräumt und niemand kann mir etwas anhaben.

B: Du hast bereits gestanden.

M: Ich werde noch den Kraken ausschalten, dann legt sich niemand mehr mit mir an.

B: Das macht Eindruck in der Szene?

M: Und ob! Alle werden zittern, wenn ich den ganzen Bezirk übernehme.

B: Das wird schwer, wenn du im Gefängnis sitzt.
M: Ich komme mit allem davon.
B: Du hast die Drogen absichtlich genommen?
M: Ein irres Zeug. Man ist ganz klar im Kopf. Wussten Sie das?
B: Man weiß genau, was man tut?
M: Jeden Moment. Und dann kommt diese Wut. Wie ein Feuer im ganzen Körper. Verleiht einem Kraft. Unglaubliche Kraft. Es war überhaupt kein Problem. Ich konnte es tun. Die Wut blieb die ganze Nacht.
B: Und am Morgen?
M: Absturz, Mann. Wie nach jedem Trip. Ich war ausgebrannt.
B: Warum die Sache mit der Zunge?
M: Das hat mir meine dunkle Hälfte befohlen. *(lacht)*
B: Du hattest Glück, dass sie rechtzeitig behandelt wurde.
M: *(lacht)* Mann, das hat mit Glück nichts zu tun. So funktioniert die Welt. Wenn ich einen umbringe, habe ich eine psychische Störung. Oder bin auf Drogen. Ich bin minderjährig. Niemand kann mir etwas anhaben. Ich komme mit allem davon.
B: Du hast deine Familie ermordet.
M: Es waren die Leute, mit denen ich eine Zeit lang zusammenwohnte.
B: Deinen Vater, deine Mutter. Deinen Bruder.
M: Biologische Zufälle.
B: Jetzt bist du allein.
M: Ich werde nicht allein bleiben. Jemand wird sich um mich kümmern.

Auszug aus den Vernehmungsprotokollen von Rechtsanwalt Eduard Förster

Kriminaloberkommissar Markus Wegener: Sie verzichten auf einen Anwalt?

Eduard Förster: Ich verteidige mich selbst.

W: Das ist meist nicht erfolgreich.

F: Ich traue keinem Anwalt.

W: Sicher wird nicht jeder seine Mandanten so hintergehen wie Sie.

F: *(schweigt)*

W: Was ist mit dem Ehrenkodex der Anwälte?

F: *(schweigt)*

W: Mord am eigenen Mandanten ist dadurch nicht gedeckt, oder?

F: Haben Sie noch nie gegen die Vorschriften verstoßen? Oder gegen den Ehrenkodex der Polizei?

W: Natürlich.

F: Kennen Sie nicht das Gefühl, dass das System die Gerechtigkeit untergräbt? Dass Täter geschützt und Opfer bestraft werden?

W: Das kenne ich sehr gut.

F: Und was tun Sie dagegen?

W: *(schweigt)*

F: Sehen Sie? So ging es mir auch. Ich habe alles hingenommen. Mein Gewissen mit Geld betäubt. Kennen Sie meine Honorare? Über Jahre wusste ich gar nicht, wohin mit dem Geld, glauben Sie mir. Aber es gibt eine Verpflichtung, die wichtiger ist als der berufliche Kodex der Polizei oder der Anwaltskammer.

W: Und zwar?

F: Als Menschen sind wir zuallererst der Menschheit verpflichtet. Und wenn ich sehe, dass mein Mandant gegen diesen Grundsatz verstößt, wenn ich ohne jeden Zweifel weiß, dass er schuldig ist – und dann sehe, wie leicht es für mich ist, ihn vor seiner gerechten Strafe zu bewahren, weil unsere Justiz es zulässt …

W: Dann handeln Sie?

F: Ja.

W: Aber Sie haben es nicht selbst getan.

F: Ich habe Walter getroffen. Es war ein Glücksfall.

W: Wie haben Sie ihn kennengelernt?

F: Ich habe beobachtet, wie er eine alte Frau beschützte, die von zwei Jugendlichen angepöbelt wurde. Ich kam dazu und wir wussten vom ersten Moment an, dass wir auf derselben Seite stehen.

W: Liebe auf den ersten Blick?

F: Es besteht kein Anlass, sich über mich lustig zu machen, Herr Wegener.

W: Natürlich nicht. Haben Sie gleich Ihren ersten gemeinsamen Mord geplant?

F: Wie können Sie nachts ruhig schlafen, wenn Sie einen Täter wieder laufen lassen, obwohl Sie genau wissen, dass er schuldig ist?

W: *(schweigt)*

F: Einen Vergewaltiger, von dem Sie wissen, dass er sich auf die nächste wehrlose Frau stürzen wird? Einen Pädophilen, der am nächsten Tag den erstbesten Jungen ins Gebüsch zerrt? Oder einen Mörder, der direkt auf die Suche nach dem nächsten Opfer geht?

W: Wir können uns nur innerhalb des Systems bewegen. Die Alternative ist Selbstjustiz.

F: Wenn das System versagt, warum sollten wir es nicht korrigieren?

W: Ich maße mir nicht an, mich über das System zu stellen.

F: Sie sind zynisch. So wie ich, als ich in Ihrem Alter war. Aber das funktioniert irgendwann nicht mehr. An diesen Punkt werden Sie ebenfalls kommen.

W: Sie haben die Beteiligung an allen Morden gestanden.

F: Die Beweislage ist eindeutig. Warum sollte ich leugnen?

W: Sie werden für viele Jahre ins Gefängnis gehen.

F: Ich fürchte, ich kenne das System besser als Sie.

Auszug aus den Vernehmungsprotokollen von Walter Huwe

Kriminaloberkommissar Markus Wegener: Erinnern Sie sich noch, wie Sie Förster getroffen haben?

Walter Huwe: Wir hatten dieselbe Mission.

W: Das haben Sie gleich erkannt?

H: Ich hatte diese Halbstarken in die Flucht geschlagen, da kam Förster dazu. Er fragte mich, ob ich nicht Interesse daran hätte, der Gerechtigkeit einen großen Dienst zu erweisen. Ob ich nicht zur Abwechslung einmal eine Ratte jagen wollte, anstatt mich bloß mit den Fliegen abzumühen.

W: Fliegen?

H: Das ganze Proletenpack eben. Er hatte echte Kriminelle im Auge. Am Anfang war mir das ein bisschen zu heiß. Schließlich waren die vom Gericht freigesprochen. Aber er zeigte mir Beweise, die er dem Gericht nicht vorlegen durfte.

W: Sie waren also einverstanden?

H: Ich habe doch nur auf so eine Chance gewartet. Das Böse greift nach der Welt. Es hockt in jeder Ecke, kriecht durch jeden Schatten! Sie müssen das doch wissen.

W: Die Kriminalitätsrate ist rückläufig.

H: Hören Sie doch mit der Statistik auf. Wenn Sie statt fünf Morden in einem Jahr vier haben, freuen Sie sich. Aber jeder Mord ist eine Tragödie für die Menschheit. Jeder Übergriff, jede Demütigung ist ein Verbrechen. Das Böse triumphiert, wo sich ein Mensch über den anderen erhebt.

W: Deswegen haben Sie den Kampf aufgenommen.

H: Wer soll es sonst machen? Die Polizei interessiert sich dafür nicht.

W: Sie haben zehn Morde gestanden.

H: Ich bereue keinen einzigen.
W: Hat Förster Sie auf den Geschmack gebracht?
H: *(schweigt)*
W: Wann haben Sie beschlossen, nicht nur seine Aufträge auszuführen, sondern in eigener Regie zu handeln? Die Menschen zu ermorden, die Dirk belästigt haben?
H: Vor vier Wochen.
W: Weil Sie anders nicht mehr weiterkamen? Konnten Sie es nicht mehr ertragen?
H: Sie hatten den Tod verdient.
W: Was war mit Frank Cagas?
H: *(schweigt)*
W: Sie haben ihm die Pistole beschafft. Er sollte für Sie die dreckige Arbeit erledigen, weil Ihnen die Sache mit den Broses zu heiß war, oder?
H: Der hätte nie den Mumm dazu gehabt. Das habe ich begriffen, als Cagas die Waffe in der Hand hielt. Was für ein Waschlappen. Munition habe ich ihm erst gar nicht besorgt.
W: Aber mit einem Anwalt haben sie ihm schon ausgeholfen.
H: Einen Leidensgenossen von Dirk lasse ich nicht hängen.
W: Und mit all den Morden, die Sie begangen haben, wollten Sie Dirk schützen?
H: Natürlich.
W: Oder wollten Sie sich selbst nur nicht eingestehen, dass Sie ihn nicht beschützen können?
H: *(schweigt)*
W: Wer wird sich um Dirk kümmern, wenn Sie im Gefängnis sitzen?
H: *(schweigt)*
W: Wird er zurechtkommen?
H: Ich bereue nichts.
W: Vielleicht kommt er in eine Wohngruppe.
H: *(schweigt)*

W: Wird er das verkraften? Glauben Sie, er versteht, was Sie getan haben? Und warum?

H: Seien Sie still!

W: Hätte er gewollt, dass Sie all diese Menschen ermorden? Hätte er das Todesurteil genauso leichtfertig gefällt wie Sie?

H: *(schreit)* Seien Sie endlich still!

Auszug aus den Vernehmungsprotokollen von Victor Karl Krakowski, genannt ›der Krake‹

Kriminaloberkommissar Matthias Teubner: Woher kam die neue Droge?

Victor Karl Krakowski: Wahnsinn, oder? Die haben wir direkt aus Russland.

T: Bisher ist sie noch nirgendwo in Deutschland aufgetaucht.

K: Ich habe meine Verbindungen spielen lassen.

T: Victor, dein Gesicht sieht furchtbar aus.

K: Was müsst ihr auch ausgerechnet dann auftauchen, wenn wir uns einen Schuss gönnen?

T: Hattet ihr vor, jemanden umzubringen?

K: Nee, wir wollten nur mal ausprobieren. Muss doch wissen, was ich in Umlauf bringe. Qualitätskontrolle und so.

T: Aber ihr wusstet doch, dass ihr von uns nichts zu befürchten hattet?

K: Das macht dieser neue Stoff. Einerseits wusste ich, dass ich nur ganz ruhig bleiben musste. Aber dann war da diese Wut. Unglaublich stark. Ich dachte wieder an die ganzen Schikanen durch die Bullen. Es ging nicht anders. Ich wollte diesen Gorilla umbringen.

T: Kriminaloberkommissar Busch.

K: Meinetwegen. Ihn und seine Barbiepuppe. Hast du die gesehen? So eine ist schwer zu finden, selbst wenn du mit Geld um dich wirfst. Habt ihr noch mehr von der Sorte bei der Polizei?

T: Marvin Brose hat für dich gearbeitet.

K: Der Rotzlöffel? Nutzlos. Habe schon länger überlegt, wie ich den loswerden kann.

T: Er wollte dein Geschäft übernehmen.

K: Dass ich nicht lache. Der kleine Scheißer ist wohl größenwahnsinnig!

T: Ebender wollte dich ermorden.

K: Du machst Witze!

T: Wollte mit den Morden an seiner Familie imponieren.

K: Matthias, mit so einem Irren lassen wir uns nicht ein. Der kommt ganz schnell auf die Abschussliste und verschwindet von der Bildfläche, selbst wenn er vorher Osama bin Laden gekillt hätte.

66

Daniela

Lob und Dank erfährt man als Therapeutin selten und mir wurde die ganze Aufmerksamkeit schnell unangenehm. Reinhold war begeistert, dass der Fall noch so einfach gelöst worden war.

Staatsanwalt Macke sah gute Chancen für die besondere Schwere der Schuld und die nachträgliche Sicherheitsverwahrung.

Oliver fand schnell seine Balance wieder. Ich habe es ja gleich gesagt, stand in seinem Gesicht geschrieben.

»Ich kann es immer noch nicht fassen«, erklärte er mir drei Tage später, als wir in einem Café die letzten wärmenden Sonnenstrahlen des Tages genossen. »Er hat alles von langer Hand geplant. Und gezielt nach einer Droge gesucht, die ihn befähigt, seinen Plan umzusetzen.«

Die Spuren im Internet, die Marvin hinterlassen hatte, obwohl er alle Vorsichtsmaßnahmen getroffen hatte, die einem durchschnittlichen Nutzer zur Verfügung standen, belegten deutlich den Verlauf seiner Suche. Durch sie war inzwischen auch eindeutig nachvollziehbar, woher er die Formel für den Muskelhemmer bezogen hatte, der seine Familie wehrlos, aber bei vollem Bewusstsein seiner stundenlangen Folter ausgesetzt hatte.

»Du hast doch von Anfang an gesagt, dass er einfach böse ist«, erinnerte ich ihn.

»Ich bin trotzdem erschüttert. Was geht nur im Kopf von diesem Kerl vor? Warum hat er das getan?«

»Er sagt, weil er es konnte. Die Macht über Leben und Tod war ein Rausch für ihn. Ihm fehlte die Bindung an seine Familie. Moral und Verantwortung sind ihm fremd. Er glaubt immer noch, dass er machen kann, was er will, und dafür keine Konsequenzen tragen muss. Emotional besitzt er die Reife eines Zweijährigen. Was soll ich sagen?«

»Er hat seine Familie noch nicht einmal gehasst, meinst du?«

»Nicht unbedingt.«

Oliver schüttelte den Kopf. »Ich komme da nicht mit.«

»Ich kenne mindestens fünf Psychologen, die sich sofort auf Marvin stürzen, sobald der Prozess beendet ist. Aber ganz verstehen werden wir ihn niemals.«

»Er ist ein Psychopath.«

»Mit Größenwahn«, bestätigte ich. »Er kann die Menschen in seiner Umgebung manipulieren und geht planvoll vor, um seine Ziele zu erreichen.«

»Das heißt doch auch, dass er erkennen kann, was andere im Schilde führen, oder?«

»Richtig.«

»Aber dich hat er nicht durchschaut. Am Schluss meine ich, als du …«

»Er ist nicht der klügste Psychopath aller Zeiten«, gab ich zu bedenken. »Denk nur an seine Ziele: die Übernahme des Drogengeschäfts des Kraken. Er leidet an wahnhafter Selbstüberschätzung.«

»Und sein Plan, mit den Morden davonzukommen, war ja auch nicht so realistisch«, meinte Oliver.

»Wenn er darauf spekuliert hat, wegen Persönlichkeitsstörung und Drogen in die Psychiatrie zu kommen, also in dem Fall, dass er nicht wegen Mordes verurteilt worden wäre, dann hätte er sein Talent einsetzen und eine ganze Menge Vorteile für sich rausschlagen können.«

»Freigang?«

»Sicher. Mehr als das. Wenn man entdeckt hätte, dass er psychisch oder körperlich von seiner Mutter misshandelt wurde, wäre er in einer Therapiemaßnahme gelandet. Und wenn er als ungefährlich eingestuft würde ...«

»Dann hätte er sein Geschäft von der Psychiatrie aus aufziehen können«, murmelte Busch. »Jetzt musst du mir nur noch verraten, wie du eigentlich darauf gekommen bist. Ich meine, wir haben doch alle dasselbe gesehen. Niemand hat etwas bemerkt.«

Ich lächelte. Am Ende war ich doch mein Geld wert gewesen. »Ich habe die ganze Nacht davor kaum geschlafen«, gab ich zu. »Ich hatte so ein Gefühl, dass etwas nicht stimmt. Mir ging ununterbrochen die Frage durch den Kopf, was er getan hat, um mich misstrauisch zu machen.«

»Und?«, fragte Oliver gespannt.

»Und am Morgen ist mir eingefallen, dass es nichts war, das er getan hat, sondern etwas, das er nicht getan hat.«

Olivers Augen weiteten sich. »Aber natürlich.«

»Bei der letzten Befragung hat er alle Gelegenheiten verstreichen lassen, einen Anfall vorzutäuschen. Er hat verstanden, dass wir anhand des Haartests die Droge entdeckt haben. Und ich habe ihn nach Huwe gefragt. Er konnte keinen

Anfall bekommen, weil er so lange warten musste, bis er Huwe belasten konnte.«

Oliver betrachtete seine Kaffeetasse. Die anderen Gäste waren in ihre eigenen Gespräche vertieft, lachten unbeschwert, blinzelten in die Sonne und widmeten sich ihrem Eis.

»Unheimlich«, meinte Oliver schließlich. »Und wie du ihn dann eingewickelt hast, um sein Geständnis zu bekommen …«

»Oliver, das ist mir furchtbar peinlich. Du ahnst nicht, wie viel Überwindung mich das gekostet hat.«

Er schaute mich ernst an. »Doch. Und ich bin dir sehr dankbar dafür, dass du es trotzdem gemacht hast.«

Dass Kommunikation immer auf mehreren Ebenen gleichzeitig stattfand, war eine Binsenweisheit, die man in jeder Frauenzeitschrift nachlesen konnte. Die Momente, in denen die eine Ebene zurücktrat und eine andere sich in den Vordergrund schob, hatten dennoch ihre eigene Magie. So wie jetzt.

»Ich wollte nie Marvins Schuld wegdiagnostizieren«, erklärte ich und beobachtete Oliver genau.

»Wahrscheinlich wusste ich das sogar. Aber ich war schrecklich sauer.«

»Ich habe das Gefühl, dass dich noch etwas anderes bedrückt.«

»Ich kenne die Ungerechtigkeit. Die Wut. Wie bei Huwe und Förster. Manchmal kann ich deswegen nicht schlafen. Es gab schon Fälle, da wollte ich genauso handeln wie die beiden.«

Ich nahm seine Hand und drückte sie aufmunternd. Er erwiderte die Geste und lächelte leicht.

»Du bist ein Mensch mit Gefühlen. Dir ist wichtig, was du tust. Andere Menschen sind dir wichtig«, erklärte ich. Wahrscheinlich war es genau diese Eigenschaft, die ihn so anziehend machte. Und die ihn vom immer kontrollierten, freundlichen, verständnisvollen Andreas unterschied.

Er schaute verlegen zur Seite.

»Deine Arbeit ist deine Leidenschaft. Deswegen gehört es dazu, dass du manchmal wütend wirst.«

Ich konnte sehen, dass er noch weiter mit sich hadern wollte, ob er ein schlechter Mensch war, weil er dieselbe Wut in sich spürte wie Huwe und Förster.

Doch dann lächelte er. »Wenn das deine fachliche Meinung ist …«

»Ist sie.«

»Dann will ich mich gerne darauf verlassen.«

Schweigen senkte sich über unseren Tisch. Zuerst hatten wir über den Fall gesprochen, dann über Oliver. Was bedeutete, dass wir nun zwangsläufig über uns reden würden.

»Ich muss leider noch ins Präsidium«, erklärte Oliver zögernd.

»Und ich in die Praxis«, erwiderte ich mit nicht weniger Unbehagen. Wir standen auf. Schauten uns unschlüssig an. Das Schweigen wurde langsam unangenehm. Wer würde den ersten Schritt machen? Was erwartete er? Sollte ich …? Oder war es nicht der richtige Augenblick? Für den Moment hatte meine Hand sich wieder selbstständig gemacht und strich durch meine Haare und nicht über Olivers Lippen.

»Wir sehen uns dann …«, sagte ich schließlich vage.

»Vor Gericht«, stellte Oliver fest.

Ich versuchte, mir meine Enttäuschung nicht anmerken zu lassen. Wir verabschiedeten uns mit einem umständlichen Winken, denn ein Händeschütteln schien zu distanziert, eine Umarmung zu intim.

Ich schlug den Weg zur Praxis, Oliver den zum Präsidium ein. An der nächsten Ecke holte er mich ein. »Du siehst gar nicht aus wie Columbo«, bemerkte ich mit einem Lächeln.

»Mir ist noch etwas eingefallen«, erwiderte er. Er musste sichtlich mit sich ringen. »Ich finde, wir könnten uns ruhig vorher noch einmal zum Kaffee treffen.«

Die Freude über Olivers Einladung begleitete mich als warmes Glücksgefühl auf dem Weg in die Praxis, so als würde die herabsinkende Sonne in meinem Bauch weiterscheinen. Ich hätte viel dafür gegeben, dieses Gefühl zu bewahren. Doch ich war realistisch.

In der Praxis angekommen, saß er an seinem Schreibtisch, über Fallakten gebeugt, versunken in seine Arbeit.

Ich seufzte, holte tief Luft und sagte: »Andreas, wir müssen reden.«

Nachwort

Handlung und Personen der vorliegenden Geschichte sind frei erfunden. Jede Ähnlichkeit mit lebenden oder toten Personen ist rein zufällig. Auch die Darstellung tatsächlich existierender Schauplätze folgt ausschließlich den Bedürfnissen der Handlung.

Danksagung

Ich danke meiner Frau Stefanie für ihre Unterstützung, Ermutigung und Aufmunterung genau in den richtigen Augenblicken. Ohne unsere Diskussionen über den Text und ihre vielen Tipps hätte ich diesen Roman nicht in der vorliegenden Form schreiben können.

Mein besonderer Dank gilt Sebastian Wessel von der Krefelder Polizei, der mir neben vielen wertvollen Hinweisen zum Manuskript immer wieder Einblicke in die Arbeit der Polizei erlaubt, die dafür sorgen, dass es auch in diesem Kriminalroman, in weiten Teilen zumindest, einigermaßen realistisch zugeht.

Nicht zuletzt möchte ich dem wunderbaren Team von Grafit danken, allen voran meiner Verlegerin Ulrike Rodi und meiner Lektorin Jana Kreuter, die auch bei diesem Manuskript mit unerschöpflicher Geduld mit mir gemeinsam die unendlich vielen kleinen Schritte bis zur endgültigen Fassung gegangen sind.

Mehr von Sebastian Stammsen

Sebastian Stammsen

Gegen jede Regel

ISBN 978-3-89425-379-0

Der 17-jährige Tobias wird in seinem Elternhaus hinterrücks erstochen aufgefunden. Markus Wegener und seine Kollegin Nina Gerling von der Krefelder Kripo müssen schnell erkennen, dass ihr erster Eindruck trog: Tobias war kein Außenseiter, sondern ein brillanter Musiker, gut vernetzter Computerfreak und – ein Frauenversteher. Auf seinem PC finden die Ermittler Sex-E-Mails von älteren Frauen und Hinweise, dass er sich in fremde E-Mail-Accounts eingehackt hat. Der Kreis der Verdächtigen wird immer größer und Markus Wegener muss sich mit einem Spiel vertraut machen, bei dem buchstäblich alle Regeln außer Kraft gesetzt werden.

»Man sieht diesen Krimi förmlich als nächsten ›Tatort‹-Dreh vor Augen.« Gießener Allgemeine Zeitung

»Für Liebhaber authentisch zeitgemäßer Krimis ist Stammsen damit der neue Geheimtipp.« Ostthüringer Zeitung

Sebastian Stammsen

Kettenreaktion

ISBN 978-3-89425-388-2

Markus Wegener und seine Kripokollegin Nina Gerling ermitteln in einem Fall, von dem sie nicht wissen, ob überhaupt eine Straftat vorliegt. Denn auch eine Obduktion kann nicht klären, woran der junge Elektriker David Krusekamp gestorben ist. Der Krefelder führte ein riskantes Leben – er arbeitete auf Montage in deutschen Kernkraftwerken, außerdem hatte er an jedem Einsatzort eine andere Geliebte.

Als Nina und Markus Krusekamps letzte Arbeitsstelle aufsuchen, geschieht das Unglaubliche: Das Kraftwerk wird besetzt. Was mit einem mysteriösen Todesfall beginnt, endet in einer atomaren Bedrohung für ganz Deutschland.

»Spannend und sehr aktuell.« Lübecker Nachrichten

»Ein authentischer Krimi mit einem sympathischen Ermittlerduo.« Neue Rhein Zeitung

grafit

Grenzüberschreitend kriminell

Thomas Hoeps/Jac. Toes

Nach allen Regeln der Kunst

ISBN 978-3-89425-337-0

In Mönchengladbach wird die Leiche einer Frau gefunden – versteckt in einer Kunstinstallation. Robert Patati, Restaurator am örtlichen Museum, ermittelt auf eigene Faust und trifft in Arnheim auf die Profilerin Micky Spijker. Zwei weitere Morde, bei denen die Opfer ebenfalls als Teile von Kunstwerken zur Schau gestellt werden, bestätigen ihren Verdacht: Ein Serienmörder geht um und mit jeder Tat werden seine Methoden grausamer – und künstlerischer.

»Dass es auch in Deutschland Stoff für neue ›Da Vinci Codes‹ gibt, beweisen Thomas Hoeps und Jac. Toes mit ihrem Krimi.« MDR

Thomas Hoeps/Jac. Toes

Das Lügenarchiv

ISBN 978-3-89425-360-8

Robert Patati muss mit ansehen, wie sein Freund und Kollege Wolfgang in dem von seinem Chef geliehenen Jaguar in die Luft gejagt wird. Der Verdacht fällt auf eine Gruppe, die schon lange gegen die Geschäftspraktiken eines Lebensmittelkonzerns protestiert. Schlagen die Aktivisten jetzt vollkommen über die Stränge? Obwohl sie sich gerade erst getrennt haben, bittet Patati die niederländische Profilerin Micky Spijker um Hilfe …

»Ein hoch politischer Roman, ein fesselnder Krimi und am Rande eine äußerst verzwickte Liebesgeschichte.« Westdeutsche Zeitung

Thomas Hoeps/Jac. Toes

Höchstgebot

ISBN 978-3-89425-394-3

Ein Gemälde René Magrittes wird zu einem absurd hohen Betrag versteigert – und bei dem anschließenden Transport gestohlen. Fast zeitgleich geht das Labor einer Medizintechnikfirma in Flammen auf. Restaurator Robert Patati und die Profilerin Micky Spijker ahnen, dass es einen Zusammenhang gibt. Wer will das Familienunternehmen *Roeder* in den Ruin treiben?

»Ein rasanter Krimi über Kunsthandel und Hightech-Kriegsmaterial.« 20 Minuten (CH)

Was ist Wahrheit, was Fiktion?

Marc-Oliver Bischoff

Tödliche Fortsetzung

ISBN 978-3-89425-398-1

Schriftsteller Martin Kanther ist eine verkrachte Existenz. Vor zwanzig Jahren landete sein Thriller *Drachentöter* auf den Bestsellerlisten, doch der damit einhergehende Ruhm wurde ihm zum Verhängnis: Die in seinem Roman beschriebenen Morde glichen den Taten eines realen Serienmörders bis ins Detail. Kanther stand zwischenzeitlich unter Verdacht; der wahre Mörder konnte nie gefasst werden.

Nun erhält Kanther eine ungewöhnliche Anfrage. Ein Fan seines Thrillers bittet ihn per E-Mail, sein Manuskript gegenzulesen. Kanther staunt nicht schlecht, denn er erhält die Fortsetzung des *Drachentöters.*

Als plötzlich auch in der Realität das Morden von Neuem beginnt, steht schon bald Polizeipsychologin Nora Winter mit ihren Kollegen von der Frankfurter Kripo vor Kanthers Tür …

»Warum auch sollen solche Bücher immer nur aus Skandinavien kommen? Auch Frankfurt, die Stadt am Main, hat doch fürchterliche Ecken! Und auch Deutschland, das so friedlich in der Sommersonne liegt, verfügt über genug böses Bodenpersonal, um einen richtigen Thriller im Stil von James Patterson oder Cody McFadyen zu bevölkern. ... Marc-Oliver Bischoff hat genau so einen geschrieben.«
Mitteldeutsche Zeitung

»Spannend und facettenreich.« Main-Echo

»Dieser Krimi will ... schnell gelesen werden.«
OTZ Ostthüringer Zeitung

grafit

Diese Geschichte lässt keinen kalt

Frank Bresching

Evas Entscheidung

ISBN 978-3-89425-396-7

Die Journalistin Eva de Boer erhält einen merkwürdigen Anruf. Eine junge Lehrerin verspricht ihr eine ganz besondere Geschichte. Doch erst als sie Details aus Evas Privatleben anführt, lässt sich die Journalistin auf Julia ein. Warum weiß die Fremde so viel und was will sie?

Noch am gleichen Tag treffen sich die beiden Frauen und Julia berichtet über das Ereignis, das ihr Leben komplett verändert hat: Auf einer Klassenfahrt wurde sie mit K.-o.-Tropfen betäubt und vergewaltigt.

Nach und nach wird der Journalistin klar, warum Julia ausgerechnet sie ausgewählt hat. Doch da ist es bereits zu spät: Längst steht Eva selbst im Zentrum des Geschehens und kann sich Julias Plan nicht mehr entziehen …

»Ein subtiler Thriller mit Gänsehaut-Finale.« Freundin

»Eine dramaturgisch ungemein spannende Story, die mit einer echt überraschenden Wende endet. Die Figuren wirken authentisch, das Geschehen sehr realistisch.«
www.hallo-buch.de

»Nichts für zarte Gemüter.« Hörzu

»Realistisch, ehrlich, schockierend. Ein hervorragend geschriebener Psychothriller über ein aktuelles Thema.«
www.krimizeitschrift.de

grafit